棘の街

堂場瞬一

角川文庫
23408

目次

今はここにいない全ての友へ

第一章

1

　捜査一課長の柴田武久《しばたたけひさ》が、細く吐息を漏らしながら腕組みをした。剃刀《かみそり》の刃のように目を細め、上條元《かみじょうはじめ》の顔を射貫《いぬ》くように見据える。やがて視線を外すと、渋面を浮かべたまま首を横に振った。

「駄目だ」

「どうしてですか」

　予想していたとおりの結論だったが、上條も簡単に引き下がる気はない。同じように腕組みをし、取調室のデスクを挟んで柴田と睨《にら》み合った。椅子に背中を押しつけて距離を取る。一線の刑事だった頃、「落としの柴田」の異名を取った取り調べの名人と向き合うのは奇妙な気分だったが、この場合、攻めているのは自分なのだと言い聞かせる。

窓を背にしたのは正解だった。逆光で、柴田の目には俺の顔がぼんやり黒く映っているに違いない。

柴田が身を乗り出し、デスクの上に固めた両の拳《こぶし》をのせた。子どもに言い聞かせるように穏やかな声で切り出す。

「刑事ってのはな、自分の好きな事件だけ選んでやってるわけにはいかないんだ。それぐらい、お前にも分かるだろう」

「ええ、そうですね。でも今、たった一つ動いてるのがあの事件なんですよ。好きな事件をやるわけにはいかないっていうのは分かりますが、他にやることもないでしょう」

上條が正論で攻めたてると、柴田が細く息を吐いた。曲げた人差し指で眼鏡を押し上げ、舌を小さく出して唇を舐《な》める。

「誘拐がまた動きだしたんですよ。上條は聞こえないふりをしてまくしたてた。俺にやらせて下さい。あれは俺の事件なんだ」

「駄目だ」

「どうしてですか」

「誰にどの仕事をやらせるかは俺が決める。みんなが好き勝手にやってたら組織は成り立たん」

柴田は言葉に硬い膜を張り巡らせた。小柄で細身、一見頼りないこの男は、実際には県警でも一、二を争う頑固者である。だが上條は、この事件に関しては柴田よりも頑固になれる自信があった。ならなければならない理由もあった。

「そんなことは分かってます。どうして俺にやらせてくれないんですか。北嶺《きたみね》に行かせて下さい。捜査本部に入れて下さい。駄目なら、その理由を教えて下さい」

「理由を言う必要はない。決められた仕事をするのが刑事の義務だし、その仕事を決めるのが俺の仕事だ。それを無視したら組織は成り立たん」柴田はますます高く、硬く壁を張り巡らせた。

「組織、ですか」上條は露骨に鼻を鳴らした。「俺は今まで、組織なんかに頼らなくてもちゃんと結果は出してきたでしょう」

「それは知ってる。だがな、お前だって警察官であることに変わりはないんだ」

「他のクソみたいな連中と一緒にしないで下さい」

苦笑しながら柴田が顎《あご》を撫《な》でる。

「分かった、分かった。お前が自分の仕事に自信を持ってるのは分かってるし、他の連中を歯痒《はがゆ》く思うのも理解できる。だがな、大きな顔をしていていいのは、仕事がうまくいってる時だけなんだぞ」

「自分がミスしたことは認めてるじゃないですか。否定もしていないし、開き直ってもいない。挽回《ばんかい》するチャンスはもらえないんですか」

ふと柴田の表情が崩れる。上條はそこに、哀れみと蔑《さげす》みが奇妙にないまぜになった感情を見いだした。ふざけるな。俺をそんな目で見るな。

「上條、焦る気持ちは分かるがな」柴田が煙草を取り出し、掌《てのひら》の上で転がした。「もう少し頭を冷やせ。お前のことをあれこれ言う奴がいるのは分かってるだろう。ほとぼりが冷めるまで大人しくしてろ。お前なら大丈夫だよ。勘は鈍ってないんだから」

柴田が上條の前に今日の朝刊を押しやった。社会面が開かれている。「強殺犯、防犯カメラの映像で逮捕」という四段抜きの見出しが目に入った。上條は視線を落とし、ざっと記事の前文を眺め渡した。

『――池田はなさん（七九）が自宅で殺され、盗まれたキャッシュカードで現金約三百万円が引き出された事件で、県警捜査本部は十八日、住所不定、無職、飯沢利樹容疑者（二七）を強盗殺人の疑いで逮捕した。銀行の防犯カメラの映像から割り出したもので、事件から三日でのスピード解決となった』

昨日この事件が解決したことで、捜査一課が抱える捜査本部事件はたった一つ、一年前に発生した北嶺の誘拐事件だけになった。

それにしても飯沢《いいざわ》、あの馬鹿が。頭が悪い奴は、本当にどうしようもない、と上條は短い溜息《ためいき》をついた。

上條は数年前から、飯沢を情報屋として使っていた。少年時代から派手な喧嘩《けんか》や窃盗事件で何度も警察の世話になり、成人してからは暴力団の周辺で半端仕事をしていた男である。上條は時々小遣いをやり、飯を食わせて面倒を見ていた。だからこそ気づいたのである。防犯カメラに残っていた映像では、大きめの帽子にサングラス、ご丁寧にマスクまでしていたが、特徴的な大きな耳、右眉《まゆ》の横についた黒子《ほくろ》を見逃すことはなかった。成人してからは逮捕されたことがないので、他の刑事たちは映像から正体を割り出すことができなかったのだ。

この男を捕まえた時、上條は何の感情も抱かなかった。飯沢が持っていた筋の情報が切れてしまうのは残念だったが、自腹で抱えた情報屋は他に何人もいる。いくらでも補充は利《き》くのだ。

情報屋は、誰もが境界線にいる人間である。どうせいつかは逮捕されるか野垂れ死ぬ。いなくなれば別の人間を見つければいい。こういう連中は使い捨てで、情報屋としての賞味期限にも限りがある。

「あれは見事だった」

誉《ほ》めることで全てが帳消しにできるとでもいうように、柴田が大きくうなずいた。上條は黙って首を横に振った。あれは単なる偶然にすぎない。知り合いが事件を起こしただけである――もっとも上條は、そのことを誰にも言わなかった。金を払って情報屋を使うことに、上層部はいい顔をしないし、自分がどれだけ情報網を広げているかを同僚に知られるわけにもいかない。

「関係ないですね」上條はスチールの折り畳み椅子を蹴飛ばして立ち上がった。「こんなクズみたいな事件の犯人を何人挙げても駄目です。誘拐を解決しない限り、俺はミスを挽回できない」

「北嶺の捜査本部の連中だって一生懸命やってるんだ。世間からあれこれ言われて辛《つら》い思いをしてるのに頑張ってるんだぞ。あいつらのことを信用してやれよ」

泣き落としか、と上條は鼻白んだ。

「何が捜査本部ですか。馬鹿ばかり集まってるから事件は解決しないんですよ。実際、遺体が見つかったのに何の動きもないじゃないですか。一度、捜査本部のメンバーを見直したらどうです。そうじゃないと、課長の責任にもなりますよ」

「おい、上條――」

呼びかけを無視して、上條は無言で取調室を出た。一課の大部屋にいる刑事たちの視線が一斉に上條の方を向く。馬鹿どもが。お前らが腹の底でざまあみろと笑っているのは分かっている。こんなものなのだ。誰かがヘマをすると、その分が自分の得点になったような気分になる。逆の立場だったら俺だってそう思うだろう。それが警察官というものなのだ。

大部屋を出て、上條は携帯電話を取り出した。階段の踊り場で、禁断の電話番号をプッシュする。

久しぶりだな、と相手は言った。警戒心を慎重に隠そうとして失敗し、上條の真意に探りを入れるような口調になってしまった。電話の相手は、警務部の然《しか》るべきポストにいる人間で、県警内の人事に決定的な影響力を持っている。

「お子さんはお元気ですか。もう十八歳ですよね」

「もうすぐ大学受験だよ」

ごく普通の会話だが、相手は明らかに用心している。

「いろいろ大変ですね」本当に大変だろう。どうせ脳みそがすかすかになっている息子なのだ。

「どこの家でも同じだよ」

相手がこの話題を早く打ち切りたいと思っているのは明らかだった。だが上條は、相手の心に過去の出来事を深く突き立ててやるつもりでいた。

「それにしても、あの時は大したことがなくて本当によかった。心配しましたよ」

上條は五年前、聞き込みの最中に、繁華街でふらふらしていた少年を保護した。シンナーをやっているのはすぐに分かったが、当時十三歳の少年の身元が分かると、その一件を即座に握り潰《つぶ》した。

「お願いがあります」

電話の向こうで、相手が息を呑《の》む様子が窺えた。彼も覚悟はしていただろう。いつか借りを返さなくてはならない。そのタイミングがいつになるか、ふと心が空白になった時には考えていたに違いない。そして上條は、彼が忘れないようにと定期的にご機嫌伺いの電話をかけ続けた。

「私にできることかな」

「あなたなら簡単です」

「何だろう」

「私を北嶺署に異動させて下さい」

「おいおい――」

「お願いします」

「例の件だね」

上條は無言を貫いた。話したくない。が、相手は上條の気持ちを無視して話しかけてきた。

「君が一課で厳しい立場にいるのは知ってるよ」

「いや、不愉快なだけです」

「不愉快？」

「周りがどうしようもないろくでなしばかりで」

電話の向こうで相手が苦笑を漏らすのが聞こえた。

「まあ、本部長表彰の記録を更新しそうな君から見れば、他の刑事の仕事ぶりは歯痒いかもしれんな」

「そのとおりです」上條は電話をきつく握り締めた。刑事の仕事を単なる仕事と割り切っている奴ら。心のどこかにいつも隙《すき》を抱えた奴ら。そういう連中と一緒にされてはたまらない。俺はあいつらとはレベルが違う。

「とにかく、君も少し外へ出るのはいいかもしれんな」

「じゃあ――」勢いを削《そ》ぐように、電話の相手が話を遮る。

「大丈夫だ。だけど二か月待ってくれ。少し調整しなくちゃいかん」

二か月。ちょうどあの誘拐事件の発生から一年になるわけか。その間に事件が大きく動くとは考えられなかった。そういうことは、勘で分かるものである。

「すいません、無理言いまして」

「いや、大したことじゃない。しかし、一課ってのも難しいところだよな。職人の集まりみたいなところだから、気難しい連中も多い。何かあるといづらくなるのは分かるような気がするよ」電話の相手は刑事部に勤務した経験はないはずだ。元々警備畑の人間である。「君みたいに実績のある刑事でも、周囲の目は厳しいんだね」

一つのミスで、それまでの実績は全て消え去る。積み重ねてきた表彰状も今ではただの紙クズだ。

「まあ、少し気楽にするといいよ」

「気楽になるために北嶺に行くわけじゃありません」

「何だって？」電話の相手が不審そうに訊《き》き返す。

「誘拐事件を解決しに行くんです」

このまま一課にいては、干されてしまう。事件にのめりこむためには、所轄署に転勤するのが一番簡単だ。電話の相手なら、間違いなく辞令を用意してくれるだろう。

「おいおい、あれから一年近く経《た》ってるんだぞ？　遺体が見つかったといったって、解決のめどが立ったわけでもないだろう」

「だから俺が行くんじゃないですか」

よろしくお願いします、と言って上條は電話を切った。北嶺、二度と戻るつもりはなかった故郷。だが今は、全ての過去に目を瞑《つぶ》らなければならないのだ。

2

上條が北嶺署刑事課の大部屋に足を踏み入れると、電源を落としたようにさっとざわめきが引いた。まったく、こいつらは。目を細くして室内を睥睨《へいげい》する。ドアを開ける前まで、高笑いが聞こえていたではないか。笑い声や白い歯は、未解決事件を抱えた署にあってはならないものだ。

上條は沈黙を掻《か》き分けるように大股《おおまた》で刑事課長の紅林《くればやし》の席に向かうと、軽く頭を下げた。報告書を読んでいた紅林が気配に気づいて顔を上げる。小さくうなずくと、痰《たん》が絡んだような声で「上條部長」とつぶやいた。上條はうなずき返し、黙って次の言葉を待つ。紅林が書類を丁寧にデスクの上に置き、眼鏡を外した。

「元気そうだな」

本音の読めないぼんやりとした表情で紅林が言う。立ち上がると、廊下に向けて顎をしゃくった。そのまま誘拐事件の捜査本部が置かれている会議室に向かうのかと思いきや、部屋の外に出た途端、立ち止まって上條に向き直る。

「ずいぶん呑気《のんき》な雰囲気ですね」文句を言われないうちに、上條は先制攻撃をかけた。

「何だと？」紅林が目を瞬《しばたた》く。

「笑ってる奴がいる。そもそも、こんな昼間に刑事部屋にたくさん人がいるのがおかしいんです。ケツが椅子に張りついてるんじゃないですか」

「相変わらず他人に厳しいな。だけど、お前もえらく勝手なことをしてるみたいじゃないか」

「事件のためです」

紅林が首を傾《かし》げる。

「自分から望んで厄介な荷物を抱えこむことはないと思うがな。来たばかりのお前にこんなことを言うのは気が引けるが、あの事件は今は動いてないぞ」

「遺体が見つかったのに何も分からないっていうのは、何かを滑らせているからでしょう。捜査本部の怠慢ですよ」

二か月前、遺体が発見された時に上條が予想したとおりだった。この事件は簡単には動きそうもない。だからこそ、二か月待っても北嶺署に来るだけの価値があると思った。

諦《あきら》めたように紅林が首を横に振る。

「まあ、お前を止めようとしても無駄だろうな。いつもこうなんだから」

「俺は必要なことをしてるだけです」上條は小さく頭を下げる。顔を上げると、紅林が唇を歪《ゆが》めていた。

「あちこちでぶつからんようにな。捜査本部の一員としてうまくやってくれよ」小柄な紅林が伸び上がるように上條の肩を小突く。

一年前の誘拐事件以来、この男は急激に年を取ってしまったようだ。今では、彼がまだ五十歳だということを信じる者はいないだろう。髪はすっかり白くなり、前髪が薄くなって地肌が覗《のぞ》いている。艶々《つやつや》していた顔には深く皺《しわ》が刻まれ、背中もいささか丸くなってしまったようだ。唯一変わっていないのは、「目玉の紅林」という渾名《あだな》のとおりのぎょろ目だが、全てを見通すようなその目も、今は少し濁っている。

「他人のことを気にしてたら仕事なんてできませんよ」

紅林が渋い表情を浮かべながら、指のささくれをいじった。

「おいおい、ここをどこだと思ってるんだ？　警察だぞ。お前があの事件に入れこむのは分からんでもないが、個人で突っ走るのは許されん」

反論することはできたが、上條は口をつぐんだまま再び頭を下げるにとどめた。紅林も言うべきことを言ってしまって満足したのか、もう一度、今度は少し乱暴に上條の肩を小突いて大部屋に引っこんだ。

上條は、捜査本部に向かう前にトイレに寄った。手が痛くなるほどの冷たい水で顔を洗い、ペーパータオルを引き抜いて丁寧に拭《ぬぐ》う。濡《ぬ》れた前髪から水滴を拭《ふ》き取って、鏡を覗きこんだ。誰かに喧嘩を売りたがっているように凄《すご》む四十男の顔が目の前にある。

いや、正確にはまだ三十九歳か。

警察官としての一歩を踏み出した二十歳の頃、将来の自分を漠然と想像することがあった。その頃は、四十歳にもなれば自分の仕事に自信を持って、二十歳の今よりも明るく強い顔になれるのではないかと思っていた。そう願っていた。今、上條の顔には厳しい表情が張りついているが、それが己の不安を覆い隠すための仮面であるということは自分でもよく分かっていた。家庭もなく、趣味も持たず、同僚とのつき合いも最小限にとどめて全てを捜査に注ぎこんできた結果がこれか。

刑事の仕事とは何だ。犯人を捕まえることである。不安に感じたらこの基本に立ち返ればいい。自分に言い聞かせ、上條はペーパータオルをくしゃくしゃに丸めてゴミ箱に放りこんだ。そのためには何でもやってやる。どんなことでも利用してやる。


事件が起きたのはちょうど一年前、去年の二月だった。被害者は県立北嶺高校二年生の上杉光良《うえすぎみつよし》、十七歳。両親は離婚し、北嶺市内で三軒の飲食店を経営する母親の朋絵《ともえ》と二人暮らしだった。

行方不明になったのは予備校からの帰りで、最初の脅迫電話がかかってきたのは、朋絵の帰宅を狙《ねら》い澄ましたような午前二時だった。朋絵は夜の間に三つの店——カジュアルなイタリアンレストラン、バア、居酒屋——に順番に顔を出してから、繁華街の外れにある事務所で事務をこなすのが日課で、帰宅はこの時間になるのが普通だった。この夜朋絵は、光良が帰宅していないことにすぐ気づいた。夜遊びするような癖もない光良がどこへ行ってしまったのか、不安になり始めたところで電話が鳴ったのだった。

比較的若い男の声で、「光良を預かっている」という内容だった。要求は二千万円。瞬時にして事情を吞みこんだ朋絵だったが、一一〇番通報し、しどろもどろに事情を説明したのは、電話が切れて十分経ってからだった。まともに声を出せるようになるまでに、それだけの時間が必要だったのだ。

犯人からの次の電話は、最初の電話から十時間後で、受け渡し場所と時間を指定しただけですぐに切れた。場所は北嶺で一番大きな公園の芝生広場、時刻は深夜一時である。その現場で上條は大きな失敗を犯した。結果として犯人は姿を見せず、身代金の受け渡しも失敗に終わった。警察は事件発生から一週間後に公開捜査に踏み切ったが、光良は依然として行方不明で、犯人に結びつく手がかりも一切得られなかった。

当時県警の捜査一課にいた上條は、最初の脅迫電話があった直後に北嶺署に投入されたのだが、身代金受け渡しが失敗してから三日後に担当を外された。

事件は、その後凍りついた。二か月前に光良の遺体が偶然発見されるまでは。そして上條の中では、一つの思いだけが大きく膨れ上がり続けた。

あれは俺の事件だ。

発生から一年、現在捜査本部には二十人の刑事が詰めている。本部からの応援組、北嶺署の地域課や生活安全課からの助っ人も含めた混成部隊だ。捜査本部に当てられた会議室に上條が顔を出した時はほぼ全員が出払っており、残っていたのは本部から出向いて指揮を執っている捜査一課特殊犯捜査係の警部補、大田黒《おおたぐろ》だけだった。上條に気づくと顔を上げ、無表情のまま小さくうなずく。こいつも急に年を取ったようだな、と上條は思った。年齢のわりに童顔だったのに、白髪が増えて印象が変わっている。小柄な体からは、ますます肉が落ちてしまったようだ。上條は黙って椅子を引き、大田黒から二メートルほど離れた場所に腰を下ろした。

折り畳み式のテーブルと椅子を並べただけの会議室は国道に面している。上條は大きな窓から外の光景を見やった。北嶺署は、地理的には北嶺市のほぼ中心部にあるのだが、窓の外の光景は賑《にぎ》わいとは程遠い。この街を走る唯一の鉄道の駅は隣町との境に近い市の北側にあり、市役所や県の出先機関などの公共施設、繁華街も市の北半分に集中している。北嶺署がある市の南部はまだまだ田舎の雰囲気が濃く、国道沿いに真新しいディスカウントショップや家電製品の量販店、車のディーラーが点在しているだけである。上條が生まれ育ったのもこの近くである。当時は本当に田んぼの中に家がぽつぽつと建っているだけの寂しい場所だった。二十年ほど前、市の南部に高速道路が通ったが、それで賑わいが増すこともなかった。道路は道路にすぎず、車は全て北嶺を通り過ぎてしまう。

「上條」

呼びかけられ、上條はゆっくりと視線を大田黒に向けた。大田黒は手を櫛《くし》代わりにして髪を掻き上げ、そのまま両肘《ひじ》をテーブルの上につく。前髪の一部が白い房に変わっており、それが妙に目立った。

「お前、本当にいいのか」

「ああ」

「何もお前一人が張りきる必要はないんだぞ。警察は組織なんだからな」

こいつも紅林と同じようなことを言っている。責任。最終的に誰も責任を取らないのが、警察という組織の最大の特徴なのに。

「張りきるもクソもない。俺の仕事は犯人を挙げることだけだ」

「まあまあ」大田黒は明らかに辛抱していた。元々呑気な人間ではない。上條が同期でなかったら、とうに怒鳴り声を上げて追い払っていたはずである。「とにかく、戦力増強は大歓迎だ」

大田黒が、テーブルの上に資料を滑らせた。上條は目の前を行き過ぎそうになったファイルを手で押さえて取り上げる。遺体発見者の供述調書と、遺体の写真だった。

上條は先に遺体の写真に目を通した。本部にいた時に何度も見ているが、いつも心臓を鷲掴《わしづか》みにされるような衝撃を覚える。地面から掘り起こされる途中で撮影された遺体は、ほとんど白骨化していた。湯が沸くほど暑くなる北嶺の夏が、体組織の分解を促進したのだろう。空っぽの眼窩《がんか》が何かを訴えるように上條を睨みつけていた——眼球がないのに、確かに睨みつけている。

遺体とともに掘り出されたナイキのスニーカーは、その頃流行していたものだ。あまりの人気にプレミアがつき、店で並んで買ったばかりの靴を奪われる「スニーカー強盗」とでもいうべき事件が県内でも何件か起きたのを上條は覚えている。靴と服――濃紺のセーターに白いシャツ、ジーンズ――以外に所持品はなく、歯型とDNA鑑定で、最終的に身元が確認された。頭蓋骨《ずがいこつ》が陥没骨折しており、死因は激しい打撲による脳挫傷《のうざしょう》と推定されている。凶器は見つかっていない。

「死んでからどれぐらいだ」写真に目を落としたまま上條は訊《たず》ねた。大田黒も書類から顔を上げずに答える。

「そんなこと分かるかよ。半年から十か月、それ以上詳しいことは解剖しただけじゃ分からない」

「殺した奴に訊いてみないとな」

「そういうことだ」

一年前だということは分かっている。身代金の受け渡しが不首尾に終わった後、犯人グループからの連絡は「取引は打ち切りだ」という一本の電話を最後に途絶えた。おそらく、その直後に光良を殺したのだろう。ずっと生かしておく理由はない。

「じゃあな」

一通り書類に目を通すと、上條は立ち上がった。大田黒の視線が追いかけてくる。

「どこへ行くんだ」

「仕事だ」

間髪《かんはつ》を容《い》れず、大田黒が噛《か》みついてきた。

「冗談じゃない。仕事を割り振ってるのは俺なんだぜ。捜査本部事件をやる以上は、チームワークを大事にしろ」

急に柴田のような口調になって、大田黒が上條を戒めた。同期だが、星の数は大田黒の方が一つ多い。二人だけの時は「俺、お前」の仲なのだが、上條は今、突然出現した壁の存在を強く意識した。

「お前、捜査本部に入る刑事は選べないのか」

「俺が決めることじゃない」

「可哀相《かわいそう》にな」表情を変えずに上條は言った。「阿呆ばかり集まってるから、いつまで経っても解決しないんだよ。お前はついてない。早く部下を選べるような立場にならないとな」

「お前が一人で何でもやってくれるっていうのか」

「そうだよ。働きの悪い連中を何人揃《そろ》えても、ゼロはゼロだからな」

「まったく、偉いことだな」

大田黒の皮肉を上條は聞き流し、無言で会議室を出た。大田黒の厳しい視線が背中に突き刺さったが、音を立ててドアを閉めることで簡単に遮断できた。何が捜査本部だ。

これまでの捜査の経緯をずっと見守ってきた上條に言わせれば、今の捜査本部は無能な刑事の集まりにすぎない。やる気も能力もない連中ばかりが、だらだらと時間を潰しているだけだ。

そんな奴らに任せてはおけない。これは俺の事件なのだ。


「警察には何度も話を聴かれたんですけどねえ」診察の合間にようやくつかまえた北嶺総合病院の院長、内山厚《うちやまあつし》は迷惑そうな表情を隠そうともしなかった。目立つ鉤鼻《かぎばな》をぐすぐすいわせ、細い目を何度も瞬かせる。

「申し訳ありません」形だけ謝って、上條は椅子を引いてきて腰を下ろした。

呆《あき》れたように上條を見ていた内山も、釣られて自分の椅子に腰を下ろす。二人は、院長室の巨大なマホガニー製のデスクを挟んで向かい合う格好になった。

上條は、頭の中で供述調書をひっくり返した。内山は五十九歳。元々富山の生まれだが、東京の医大を卒業後、北嶺生まれの女性と結婚してこの街に移り住んだ。それを知った時、何を好きこのんで、と鼻白んだのを覚えている。妻の父親は北嶺総合病院を経営する医療法人の理事長で、内山はそこを引き継ぐ形で院長に納まり、現在に至っている。市の教育委員を務めたこともある、いわゆる地元の名士だ。内山の経歴を頭の中でひっくり返しながら、上條は改めてこの男を観察した。二月だというのに、よく日に焼けている。夏はゴルフ、冬はスキーというアウトドアタイプの人間なのだろう。北嶺にはゴルフ場が二か所あるし、高速道路を北へ三十分も走ればスキー場にたどり着く。金が余っている人間なら、そういう環境を十分に利用できるはずだ。時間など、いかようにもひねり出せる。

上條はワイシャツのポケットから煙草を取り出し、内山に向かって振ってみせた。内山は渋い顔をしたが、はっきり「禁煙だ」とは言わなかったので、すかさずライターの火を移す。そもそも上條の目の前のデスクには、ガラス製の大きな灰皿と煙草ケースがのっているのだ。上條が顔の前で煙幕を張っていると、内山もデスクの引き出しを開けてフィルターつきのキャメルと小さな灰皿を取り出し、そそくさと火を点《つ》ける。

「先生も吸うんですか」

「やめてたんですよ、あの時以来ね」煙が染みたのか、内山がしきりに左目を擦《こす》る。

「そうですか」

「医者の不養生ってやつでね、昔は一日に二箱ぐらい吸ってたんだけど、あれ以来ぱったりですよ。私は元々内科が専門で、あんな死体にお目にかかるのは……」内山は、雪の朝に散歩をしていて、野犬が死体を掘り出しているところに出くわしたのだ。その時の衝撃を思い出したのか、言葉が引っこんでしまう。まだ長い煙草を慌てて揉《も》み消し、顔の周りに居座る煙を手で追い払った。「何だか煙草も吸えなくなっちゃってね」

「分かりますよ」

上條も煙草を灰皿に押しつけた。内山が腕組みをし、次の質問を待ち構える。

「あの現場なんですが」上條は最初の質問をぶつけた。

「ええ」

「人通りは多くないようですね」

「そうですね。夜中になると車もほとんど通りませんから」

「死体を捨てるのにも都合のいい場所ということですか」

「まあ、その」内山が唾《つば》を呑む。喉仏《のどぼとけ》が大きく上下した。「あまり気持ちいい想像ではないですけどね、そうなんでしょうな」

上條は広げた手帳に無意味な丸をいくつも書きつけてから、顔を上げた。

「遺体を見つける前に、あそこで何か変わったことを見聞きしませんでしたか」

「いや」

「遺体を埋めるっていうのは大仕事なんですよ。一人でやったとは思えない。何人もで穴を掘っていれば、たとえ夜中でも何か気づいたんじゃないかな」

「私は寝る時には睡眠薬を使うんでね」言い訳がましく内山が言った。「十一時に寝ると、朝の六時までは何があっても目が覚めないんですよ。三年前だか、朝の五時頃に震度5の地震があったの、覚えてますか」

上條がうなずくのを見て内山が続けた。

「あの時だって、まったく目が覚めなかった。だから、裏山で誰かが何かやってるぐらいじゃ、絶対気づきませんよ。それにあそこは、うちからはけっこう離れてるんでね」

分かっているならどうしてそんなことを訊くのだとでも言いたげに、内山が下唇を突き出す。上條が黙っていると、咳払《せきばら》いをして自分の灰皿を引き出しにしまいこんだ。デスクの天板を指で叩《たた》きながら、「あの事件もひどいことになりましたな」と思い出したようにつけ足す。

「ええ」上條は、内山の何気ない台詞《せりふ》の背後に隠れた毒を敏感に感じ取った。

「誘拐っていうのは割に合わない犯罪だっていうじゃないですか」

「成功率は限りなくゼロに近いですね」

上條は統計の数字を頭の中でこねくり回した。犯人グループが身代金を奪って無事に逃げきるケースは、日本ではほとんどない。大抵は身代金の受け渡しで犯人が尻尾を出す。仮にそこで成功しても、警察はいずれは犯人にたどり着く。誘拐は、犯人にとって極めて分《ぶ》の悪い犯罪なのだ。その意味で、あの事件は異例の展開をたどったことになる。犯人は身代金の受け取りに失敗し、その後完全に姿を消した。しかも被害者の遺体が発見されたのは十か月後である。誘拐事件の典型的な展開から、ことごとくはみ出すことばかりなのだ。

「まあ、親御さんも大変だったでしょうね」酸っぱい物を呑みこんだような顔つきで内山がうなずく。

その家族にこれから会わなければならない。それを考えると上條は不快な胸騒ぎを覚

「そうでしょうね」

えた。そんなことには気づかない様子で内山が続ける。

「親一人子一人で。母親にとっては息子さんが唯一の夢だったんでしょうけど、まさかあんな目に遭うとはねえ」

上條は、喉元に苦い物がこみ上げるのを感じた。そう、上條を事件に駆り立てるもう一つの原因が、被害者の母親なのだ。それは否定しようもない。

「お知り合いなんですか」

「狭い街だからねえ」

上條は小さくうなずいた。北嶺は県北部の中心都市ではあるが、人口は十五万人に満たない。東京へは電車で二時間。他の地方都市の例に漏れず、若者の流出はとどまるところを知らない。上條がこの街で生まれた四十年ほど前には人口も二十万人近くあったそうだが、その頃をピークに、以降は減る一方である。上條も二十年ほど前に街を出た一人なのだが、実際に外から見てみると、若者がここから出ていく理由がよく分かった。大都市ではないが田舎でもない。寂《さび》れきっているわけではないが、これから先目覚ましい発展も望めない。全てが中途半端で、街の将来にはゆっくりとした死が待ち受けているだけのように思える。

「そんなに噂《うわさ》になってましたか」

上條の質問に非難めいたものを感じたのか、内山が慌てて顔の前で手を振った。

「いやいや、噂なんてとんでもないですよ。でも、こんな大変な事件だから、いろいろな話が自然に耳に入ってきますわな」

「そのわりには、犯人に関する情報が出てきませんね。この街に犯人がいるとすれば、何か噂が出てもおかしくないと思いますが」

「犯人は外の人間じゃないんですか」内山が目を見開く。心底そう信じきっている口調だった。「まさか、北嶺の人間があんなことをするわけないでしょう」

「この街だけが特別ってわけじゃないんですよ」上條は腿《もも》を叩いて立ち上がった。「どの街にも悪い奴はいます」

「だけど北嶺では、ここ何年もこんなひどい事件はなかったでしょう？　私はここに住んで三十年以上になるけど、記憶にないなあ。だいたい、人を一人殺しておいて、何の足跡も残さないなんてことがあるんですかね」内山の言葉からは、警察がだらしないからだという本音が露骨に溢《あふ》れ出している。何か反論するか、そのまま無視しようか迷っているうちに、内山は上條が予想もしていなかった質問をぶつけてきた。「ところであなた、上條基義《もとよし》さんの息子さんじゃないですか」

ドアに向かいかけていた上條は足を止めて振り向いた。

「そうですが、それが何か」

「やっぱりね」満足したように内山が腹の上で手を組む。「私が知ってる限り、北嶺で上條っていう苗字《みょうじ》の人は一人だけだし、あなた、基義さんによく似てますよ」

「それはどうも」頰《ほお》が引き攣《つ》るのを感じる。どう反応してよいものか、さっぱり分からなかった。

「基義さんはうちに通院してましてね」

「そうだったんですか」

「一度、息子がいるって話してましたけど、まさかあなただったとはね」

「私は、この街とはずいぶん昔に縁を切ってるんですよ。今は、母親の命日ぐらいにしか帰ってきませんからね」

吐き捨てるように言って、上條はドアに手をかけた。

「この事件をきっかけに、また北嶺に縁が戻ってきたわけですか」

内山の声が追いかけてくる。何か分かっていて、最後の皮肉を浴びせようとしているのか？　一瞬、上條は足を止めたが、結局は内山の台詞を無視してドアを開けた。

消毒薬の臭《にお》いが漂う廊下を歩きながら、上條は何とか自分を納得させようとした。そう、俺がこの街にいる理由は、あの事件を捜査するためなのだ。そうでもなければ、生まれ育った街に帰ってくることは二度となかっただろう。俺も、故郷のべっとりした空気を嫌ってさっさと逃げ出した若者の一人だったのだから。

今になってもはっきりとした理由は分からないが、上條は物心ついた頃から北嶺が嫌いだった。隣近所全員が顔見知りのようなねっとりとした人間関係。覇気のない友人たち、ただ口うるさいだけの大人たち。十八になって、この街を逃げ出すことに成功した時は、ただ心底ほっとしたものだった。

それにしても、二度と住むことのない北嶺に居を移さざるを得ないほど、あの事件は俺を追い詰めているわけだ。振り向かずに飛び出してきた故郷と、自分の足場を根本から揺らすほどの事件。二つを天秤《てんびん》にかけた時、上條は「迷う」という選択肢を考えることすらできなかった。

どんな理屈をつけても、どんなに努力しても、完全に過去を忘れることはできない。上條がこの事件に入れこまざるを得ないもう一つの理由は、まさに忘れきれない過去の中にあった。被害者の母親、上杉朋絵は古くからの知り合いなのだ。正確に言えば北嶺高校の二年先輩であり、上條が初めて抱いた女でもある。

その頃の朋絵は輝くばかりに明るい笑顔を絶やさない少女で、学校ではちょっとしたアイドル的存在だった。衝突するような勢いで知り合ったのは高校一年の冬が始まる頃で、彼女は推薦で東京の短大への進学が決まったばかりだった。二人とも生徒会の評議委員を務めていたので、上條も顔だけは知っていたのだが、特別な感情を抱いていたわけではない。確かに美人ではあったが、上條の好みからすると少し顔立ちが派手すぎたし、年上の大学生とつき合っているという噂も聞いていたので、自分にはまったく関係のない女性だと思っていた。

最初に声をかけてきたのは朋絵の方だった。場所は、その頃駅前にあった「ラ・メゾン」という喫茶店。友だちと待ち合わせしていた上條がコーヒー一杯で粘っているところへ、朋絵が現れたのだ。上條を見つけるとごく親しい友人に会う時の邪気のない笑顔を浮かべ、宙に浮いたような足取りで近づいてきた。その笑顔が上條の心を突き刺した。これほど間近に彼女の笑顔を見たことはなかったのだ。派手すぎる——いや、そんなことはない。この笑顔を自分だけのものにするためなら、大抵の男は全てを投げ出すだろう。上條も例外ではなかった。友だちとの約束？　そんなもの、どうでもいい。

「上條君よね？」と気さくな調子で声をかけてきた朋絵は、まるで上條と待ち合わせでもしていたようにさりげなく、向かいの席に滑りこんだ。「もう、嫌になっちゃうわね」という言葉がそれに続いた。

どうしたんですか、と上條がもごもごと訊ねると、朋絵は待ってましたとばかりに、「聞いてよ」と前置きしてまくしたて始めた。今日が大学の推薦入試の合格発表だったこと、友だちに報告しようとしたが誰もつかまらず、体の中に溢れ出た喜びを抑えることができずに街に出てきてしまったこと、興奮しすぎて喉が渇き、この店に入ってきたこと。大学入試など遠い将来の話だと思っていた上條は彼女の喜びようが完全には理解できず、適当に相槌《あいづち》を打ちながら聞いていた。実際には彼女の言葉はほとんど耳に入らなかった。その顔をちらちらと見るのに忙しかったから。豊満な胸をことさら強調するような、体にぴっちり合ったセーターにも目がいってしまう。

「デートしようか」急に朋絵が持ちかけてきた。彼女の台詞の真意さえ分からずに、上條はかすれた声で「え？」と間抜けに言って、首を傾げた。朋絵は「だって誰も相手にしてくれないのよ？　喫茶店じゃなくて、どこかでお祝いしたいわ」と言葉を重ねて上條を誘った。友だちと約束が、と言い訳してみたものの、それが何の障害にもならないことは自分でも分かっていた。

食事が酒になり、夜になって二人は上條の家に上がりこんだ。深夜一時、隣にある店では父親がコーヒーを淹《い》れているというのに、二人はもうベッドの中で転げ回っていた。あまりにも急な展開で、上條は初めてのセックスを味わう余裕もなかった。裸の肩を毛布で覆った朋絵がくすくすと笑う。

「何か？」ヘマをしでかしたのではないかと恐れ、上條は慎重に訊ねた。朋絵は「だって、ねえ」と曖昧《あいまい》に答えた後で笑いが止まらなくなる。「私たち、さっき初めて会ったばかりみたいなものじゃない。それが、ねえ」

何よりも頭に焼きついている朋絵の記憶は、この笑い方だ。いつも人前で見せる明るく突き抜けた笑いではなく、秘密を共有した人間だけに明かす、秘めた笑い。

映画を観に行くわけでもなく、喫茶店で無駄話をして時間を潰すわけでもなく、二人の関係はほとんど純粋に肉体的なものだった。朋絵が、ごく普通の恋人同士の関係を望んでいなかったことは明らかであり、上條は時に、他の男の影を感じることもあった。不思議なのは、彼女が別の男と腕を組んで街を歩いたり、あるいは抱かれているところを想像しても嫉妬《しっと》を感じなかったことである。嫉妬を感じるほど長続きする関係ではないということが、自分でも分かっていたのだと思う。

実際二人の関係は、朋絵の卒業と同時に終わった。その時も上條は、これがごく自然な流れなのだと納得することができた。何十回も抱き合った数か月間は幸運な偶然のようなものだったし、東京へ出ていく彼女と自分では立場が違いすぎる。朋絵が旅立つ日、上條は駅まで見送りに行ったのだが、彼女はさりげない笑顔を浮かべ、「じゃあ」とやけに爽《さわ》やかに言って手を振っただけだった。これでいいのだ、と上條は自分に言い聞かせた。柔らかく滑らかな朋絵の肌の感触や、鼻腔《びこう》を心地よく刺激する汗の香りが脳裏に蘇《よみがえ》ることもあったが、だからといって泣きたくなるようなこともなく、ただ全ては甘美な想い出として心の底に染みついた。

その後、彼女が結婚したという話を耳にした。上條自身も若くして美歩《みほ》と出会い、ほとんど勢いに流されるように結婚した。上條の結婚生活は、美歩の急死で終止符を打たれた短いものだったが、時に朋絵との想い出が暗い日々を慰めてくれたのも事実である。ある意味、理想的な恋愛だったのではないかと思う。後腐れもなく、楽しく美しい日々だけが頭に刻みこまれる。

そんな都合のいい関係は、恋愛とは呼べないかもしれないが。

二十数年ぶりに再会した時、二人の関係は単なる刑事と被害者の母親だった。だが、被害者の母親が朋絵だという事実がなければ、上條もここまで事件にこだわらなかっただろう。別に未練も後悔もないし、今さら彼女に対してどうこう思うことはなかったが、

いるのだから、助けてやるべきではないか。何とかするのは自分の義務だという気持ちは確かにある——そう、昔馴染《なじ》みが苦しんで

インタフォンを鳴らすと、すぐにドアが開いた。マンションの外廊下に容赦なく風が吹きつけてくる。冬の北嶺に特有の、身を切るような風だ。日本海側から吹きつける風は、山で湿気を雪として落とし、寒気だけを運んでくる。このままドアを開けっ放しにしていては、せっかく暖房で暖まった部屋もまた冷えきってしまうだろう。かといって、家に入れて下さいと言いだす気にもなれない。朋絵も、まるきり赤の他人を相手にするように素っ気ない態度を保っている。上條は朋絵と二メートルほどの距離を置いたまま用件を切り出した。

「今日はご挨拶《あいさつ》に来ました」

「挨拶なんかしてもらってもあの子は帰ってこないわよ」朋絵がいきなり鋭いパンチを繰り出した。

「北嶺署に異動になったんです。これからもいろいろとお話をお伺いすることになると思いますから、それをお伝えしたくて」

「もう何も申し上げることはないと思いますけど」巧みに視線を逸《そ》らしながら朋絵が言った。

「あなたには喋《しゃべ》ることがなくても、私は光良君について知りたいことがいくらでもあるんですよ」

「冗談じゃないわ」

朋絵が髪に指を突っこんでくしゃくしゃにした。この一年でずいぶん痩《や》せてしまったのは一目で分かる。脅迫電話がかかってきた直後に会った時は、頰がふっくらして、まだ高校時代の面影がいくらか残っていたのに、今では顔のあちこちに影ができている。こめかみのあたりに白髪が四、五本混じっているのがやけに目立った。息子を失ったという事実は、彼女に無数の傷を刻みこんだのだ。

「何だかうちの子に責任があるみたいな言い方ね」

「そんなことはありません」

「この街の人がやったんじゃないんでしょう？　そうじゃなければ、もう犯人は捕まってるはずよね」

「そうと決まったわけじゃありません」

先ほど内山も同じようなことを言っていた。隣人が悪人であるわけがない、無邪気にそう信じられる人間がいることが、上條には理解できない。

「いい加減にしてちょうだい」朋絵がわざとらしく腕時計に目を落とす。小ぶりのロレックスだった。「私、これから仕事なのよ」

「それは分かってます」

「どうせ犯人は捕まりっこないんだから、もう放っておいてもらえないかしら」

放っておいてくれ。それが朋絵の基本的な態度だった。警察は信用できない。別れた夫に頼ることもなく――そもそも、夫と経済的に縁を切るために商売を始め、それなりに軌道に乗せたのだ――老いた両親に泣きつくことさえしない。たった一人であの事件を嚙み締め、悲しみと憎しみを硬い塊にして腹の底に呑みこんだのだろう。

二十年以上前、惜しみなく上條に与えられた笑顔は、どこかにしまいこまれてしまっていた。

「そういうわけにはいきません」

「私が頼んでるのに？　被害者の母親の私が」朋絵が拳を固めて胸を叩いた。一陣の風が吹きこみ、彼女の髪を頼りなげに揺らす。

「警察としては途中で投げ出すわけにはいかないんです」

「私に話を聞いても、何も出てこないわよ。あの子は被害者なんだから」

「それは分かってます」

「分かってないわ」朋絵が上條の胸に指を突きつける。「あの子が見つかってからずっとそうよ。まるで犯人扱いで」

「そんなことはありません」

「いい加減にしてよね」朋絵の鼻がひくひくと動く。「こっちが水商売してる人間だからって、馬鹿にしないでよ」

「冗談じゃない、私は――」

言いかけた上條の鼻先でドアが勢いよく閉まった。上條は耳の奥でその音が収まるのを待ちながらしばらく立ち尽くしていた。嫌な顔をされることは予想していたが、この反応はあまりにも過敏だ。

あるいは「水商売」がキーワードなのかもしれない。朋絵にとって何よりも大事なのは自分の商売なのではないだろうか。朋絵の経営する店はどこもそこそこ賑わっており、スナックのママというよりは女性実業家の肩書きの方が実態に近い。そういう人物の周辺を警察がうろついたらどうなるか。信用が大事な商売なのだから、客足に影響するかもしれない。

それにしても、殺されたのはたった一人の息子ではないか。警察の捜査が遅々として進まないのに苛立《いらだ》つのは理解できるが、あの反応は異常だ。

踵《きびす》を返して上條は歩きだした。何の手がかりもなし。初日としてはこんなものかもしれない。しかしこれが何日も、何か月も続いたら。首筋を撫でていく冷たく乾いた風が、自分のクビを宣告しているように思えた。

3

「じゃあ、何か分かったら連絡しろよ」

念押しして上條は電話を切った。電話の相手は情報屋の一人である。この際、どんな小さな情報でも欲しかった。

煙草に火を点けると、大田黒がこちらをじっと見ているのに気づいた。上條は、あえて彼を見もせずに言った。

「何だ」

「ご自慢の情報網ってやつか」

上條は肩をすくめて質問をやり過ごそうとしたが、大田黒は妙にしつこかった。

「あまりいいやり方じゃないな。情報を金で買うのには限界がある」

「そうかい」

「金じゃなくて、弱みを握ってるにしても、あまり感心しない。そういう連中を泳がせておくのは、警察官として正しいやり方とは思えん」

「お前は、どこまで刑事なんだ」

「は？」上條の切り返しに、大田黒が間の抜けた声を出す。「百パーセントに決まってるだろうが」

「じゃあ、自分の時間はないんだな？　自腹を切ってでも捜査をするんだな」

大田黒が黙りこんだ。そんなことができるわけはない。一歩警察を出れば、大田黒も父親の、夫の顔に戻る。だが上條には、仕事の他に情熱を注ぎこむ対象がない。時間も金も、全て仕事に使うのが当たり前だった。

「そんなことができる奴は、ある意味恵まれてるんだぜ」言い訳するように大田黒がもごもごと言った。

上條は鼻を鳴らし、席を立った。

「金で買おうが、脅して分捕ろうが、情報の質に変わりはないんだよ」

今度情報屋たちに連絡する時は、この部屋を使わないようにしよう。そう決めて、上條は大田黒の顔を見もしないで部屋を出た。ろくに実績も上げていない奴に、自分のやり方をあれこれ言われるのは不快だった。

死ぬほど不快だった。


「火、ある？」

伊刈真人《いかりまさと》がぼんやりした声で言うと、向かいの席に座っていた長内陽一《おさないよういち》がオリーブ色のフライトジャケットのポケットを探って百円ライターを取り出し、テーブルの上を滑らせた。真人は、テーブルを滑り落ちる直前のライターを危なっかしい手つきで摑《つか》み、震える右手を左手で支えるようにして煙草に火を点ける。深く煙を吸いこんでから顔を上げ、灰皿の縁《へり》で煙草を叩きながら、今度ははっきりした声で訊ねた。

「連中、今日はどうした」

「呼ぼうか」陽一がすかさず携帯電話を手にしたが、真人は首を振った。陽一が首を傾げる。「どうかした？」

「駄目だよ、店の中で電話かけちゃ」

「はいはい」呆れたような声で言って、陽一が携帯電話をテーブルに置く。毛糸のキャップを目の上まで引き下ろすと、携帯電話を弄《もてあそ》びながら、ソファの上でだらしなく姿勢を崩した。

ふと思いついたように、真人が身を乗り出す。

「そういえばさ、最近、正春《まさはる》を見たか？」

「いや」陽一がぼそりと答える。

「あいつ、何だか、俺たちを避けてるみたいじゃない」

「そうかもな」認めて陽一が座り直す。唇の両脇の皺が深くなった。「つき合いが悪くなったのは二か月前からだよな。電話にも出ないし」

「なるほど、二か月前か」納得したように真人がうなずく。「あの坊やが見つかってからってわけだ」

「そんなこと、でかい声で言うなって」

陽一が顔をしかめ、唇に人差し指を当てる。

「何だよ、お前もびびってるのか」

「いや、そういうわけじゃないけど」

突然、真人が頭から突き抜けるような甲高い笑い声を上げた。店内の客の視線が一斉に突き刺さる。それに気づいたのか、真人はスウィッチが切れたように笑いを引っこめ、窓に映る自分の姿に見入った。指先で前髪の乱れを直し、改めてガラスを覗きこむ。しばらくそうしていたが、ようやく満足したように陽一の方に向き直った。

「正春の奴、何か変なことを考えてるんじゃないだろうな」

「変なことって？」

「警察にタレこむとかさ」

「まさか。そんなことしたら、あいつも捕まっちまうじゃないか」陽一が声を低くして
真人の疑問を否定した。

「俺らを売れば自分だけは助かるとでも思ってるかもしれないぜ」

「いや、それはないだろう。あいつもそこまで馬鹿じゃないと思うよ」

「それはどうかね」真人が煙草を揉み消し、すかさず新しい一本に火を点けた。「あいつは気が弱いからな。びびったら、自分だけでも助かろうと思って警察に駆けこむかもしれない」

陽一の顔からすっと血の気が引く。

「だとしたら、やばいじゃないか」

「そうだよ」気の利いた冗談でも耳にしたように、真人が唇の端を持ち上げて笑う。

「まあ、大したことじゃないけど」

「大したことじゃない、か」陽一が自分の煙草に火を点け、どれだけ速く灰にできるか試そうとするようにせわしなく吸った。「お前、平気なのかよ」

「だって、実際大したことじゃないし」平然と言い放って、真人は陽一の顔に視線を据えた。こいつもびびっているのかもしれない。ばれるはずなどないのに。一番大事なの

は、堂々と知らん顔をしていることだ。びくびくしていたら、いずれ誰かに尻尾を摑まれてしまう。

「正春のこと、どうする」

「とりあえず話を聞いてみたらどうかな。ここに座って勝手に想像してるだけじゃ、何も分からないから」

「それだけでいいのか？」陽一が不満気に言った。

「最初はね。その後は、あいつがどんな返事をするかによるよ。そこはお前が判断すればいいじゃない。俺はこれから東京へ行かなくちゃいけないから、あとは頼むよ」

真人の言葉に陽一が大きくうなずき、携帯電話に手を伸ばした。

「じゃあ、早速呼び出すか」

「他の連中も揃ってからにした方がいいんじゃないか？　先にみんなを呼べよ」

「一人に三人じゃ、あいつも可哀相じゃない」

「そんなことされても仕方のないことをしてるかもしれないんだよ、あいつは。それに、お前一人でやるよりも、みんなで一緒に行けば、あいつも正直に話すかもしれない」

笑いながらうなずき、陽一が携帯電話を耳に押し当てる。

「ああ、陽一」

「何だ」

「携帯は外でな」

信じられないといった顔つきで首を振りながら、陽一が席を立つ。こいつはまだ事態が把握できていないのかと、真人は舌打ちをした。目立ってはいけない。誰かに目をつけられてはいけない。そうやって静かに時をやり過ごしていけば、いずれ全ては忘れ去られる。そして、終わるのを待つことだって、俺にとっては立派なゲームなのだ。今日明日のちょっとした不便さや窮屈さが我慢できないような奴に、俺とつるむ資格などない。

上條の父、基義が経営していたレストラン「オープン・オールナイト」は、夜遅くまで営業している。店名に反して、一晩中、というわけではない。今は父の古い友人、萩《はぎ》原明浄《わらめいじょう》が店を引き継いでいた。

地味な店構えである。レンガを張りつけた壁と、それに絡まる蔦《つた》。陽光を拒絶するように窓も小さい。控えめなネオン看板がドアの前に置いてあるだけで、それ以外にはレストランであることを示すものは何一つなかった。店の裏側に、彼の育った家がある。上條が家を出てから、父は家の一階部分を倉庫とガレージに使い、狭い二階を生活スペースに当てていたようだ。上條が高校まで使っていた部屋はそのままだったが、父がどうしてそうしていたのかは今もって分からない。いつかは戻ってくると考えていたのか、それとも片づけることさえ面倒だったのか。

たぶん後者だろう、と上條は思った。よく言えばこだわりのない、悪く言えば細かいことに気の回らないのが父であった。部屋を使えば掃除しなければならないし、それを億劫《おっくう》に感じていただけだろう。扉を閉ざしてしまえば、何もなかったことにできる。過去に蓋《ふた》をすることもできる。

一年前、父親の葬儀で北嶺に戻ってきて驚いたのは、ガレージに銀色のポルシェが収まっていたことだ。六〇年代中頃の、すでにクラシックカーの域に足を踏み入れているナロー・ボディのポルシェ。自分が父親について何も知らないことを、上條は改めて痛感した。萩原に聞いた話では、死ぬ二年ほど前から父が自分でレストアして乗り回していたらしい。上條自身はこんな車に乗るつもりはなかったが、処分する気にもなれなかった。

葬儀の後、この店と家をどうするかでちょっとした議論が起きた。上條はさっさと処分してしまうつもりだった。税金を払い続けるのも馬鹿らしいし、そもそも住むことのない家を持っていても仕方がないと思ったから。しかし、「オープン・オールナイト」にたむろしていた父親の仲間たちは強固に反対した。自分たちが買い取ってもいいからこの店を残せと、上條を説得したのだ。どうやらこの店に特別の思い入れを持っている人間は少なくないらしい。一生のほとんどを北嶺にしがみついて生きてきた初老の男たちにとって、「オープン・オールナイト」は過去と現在をつなぎ、仲間と顔を合わせるための大切な場所なのだろう。

断ることもできた。難しい話ではなかった。だが結局、上條は折れた。自分で相続税を払い、店のことは萩原に任せることにしたのだ。萩原は売り上げの一部を渡そうとも言ってくれたが、上條は公務員の副業禁止を理由に頑《かたく》なに断った。今考えても、どうして萩原たちの申し出を受け入れてしまったのか分からない。父の想い出を残しておいても仕方ないのだ。長い間、必要なこと以外は話さなかった父。年に一度、母の命日に顔を合わせるだけだった父。その父が残した店をぶち壊して、それこそ根っこから関係を絶ってしまってもよかったのに、なぜかそれはできなかった。

店を萩原に任せてしまってから、上條の足は再びこの店から、北嶺から遠のいた。誘拐事件の時はしばらく捜査本部に泊まりこんでいたのだが、その時も店に来ることはなかった——いや、避けていた。北嶺にしがみついている父の友人たちの背中に、自分の暗い未来を見るような気がしたから。

それでも今夜ここに顔を出したのは、自分が北嶺にいることを萩原には説明しておくべきだと思ったからである。口うるさい父の仲間たちに、後からあれこれ言われたのではたまったものではない。先制攻撃だ。涼しげにベルが鳴る音を聞きながら、上條は店のドアを開けた。客はいない。夜十時を過ぎると、タクシーやトラックの運転手が夜食を摂《と》ったり、眠気覚ましのコーヒーを飲みに立ち寄ったりして賑わうのだが。

こんな商売をしていて、父は何が面白かったのだろう。上條は小さく首を振り、カウンターに向かった。コーヒーの香りが頭をしゃきっとさせる。思い出されるのは、母の遺影に向かって何事かぼそぼそとつぶやいていた父の姿だ。母の写真は、今でもカウンターの一角に飾ってある。ただし、遺影ではなく銀のフォトフレームに入った若き日のポートレイトとして。ノースリーブの夏のワンピースに、ちょっと気取ってサングラスを髪留めのように頭にのせている。たぶん、二十代の前半。上條の記憶にある母親よりもはるかに若く、生活の疲れは染みついていない。彼が覚えている母親は、いつも忙しく動き回り、ほとんど座ることもなかった。父親が家に寄りつかないような家庭を切り盛りし、子供を育てることは、母親にどれほどの心労と疲労を強いたことだろう。家庭をそんなふうにしてしまった父に対する憤りは、今でも完全に消えたわけではない。

「元」カウンターの奥にいた萩原が顔を上げ、目を見開く。「どうした。珍しいな」

「商売の様子を見に来たんですよ」上條はカウンターに腰を落ち着けた。カウンターはどっしりした一枚板で、ほとんど黒に近い。レストランよりもバアにお似合いだ。ぐるりと店内を見渡す。「相変わらずがらがらですね」

「これからじゃないか」萩原がにやりと笑うと、髭の中にあるような顔がくしゃくしゃになった。「夜は長いんだから」

上條は、高校生の頃から萩原と顔見知りである。父親が長い放浪生活から北嶺に戻って「オープン・オールナイト」を開店すると、萩原はすぐ店に入り浸るようになった。何ともひねくれた経歴の持ち主であり、だからこそ父とは気が合ったのかもしれない。

元々は北嶺に古くからある寺の跡取りなのだが、東京の仏教系の大学に行っている時に六〇年安保の波に呑みこまれ、寺を継ぐという決められたレールをあっさり脱線した。

その後は日本各地を放浪し続け、北嶺に戻ってきたのが三十歳を過ぎてからである。それからは実家の寺にも寄りつかず、駅に近い繁華街でずっとバアを経営していたという。上條の父親が死んだ時、店を続けようと真っ先に言いだしたのが、小学校以来の親友である萩原だった。結局自分のバアは閉めてしまい、今はこの店のマスターに専念している。

六十を超えた今でも、ヒッピーがそのまま年を取ってしまったようなスタイルを崩そうとしない。半分白く、半分茶色い髪を長く伸ばし、いつもポニーテールにしている。額がずいぶん広くなってしまったのも、髪がずっと後ろに引っ張られているからかもしれない。頬から顎にかけてを覆う長い髯《ひげ》が、本音を隠しているようだった。服装は洗い抜いてほとんど白くなったダンガリーシャツに膝《ひざ》の抜けたジーンズが定番で、寒くなるとモスグリーンのMA-1を羽織る。その背中には巨大な髑髏《どくろ》マークのワッペンが張ってあるのだが、萩原はその上に自らガムテープでバツ印をつけていた。象徴的に死を否定しているのか、ほつれを繕っているだけなのか、上條はいつも訊きそびれてしまう。

「こっちへ帰ってきたんだってな」

「ええ」噂が広がるのは速い。上條は両手を握り合わせて萩原の次の言葉を待った。予想どおりの台詞が出てくる。

「ここに住めばいいのに。わざわざ家を借りるなんてもったいないじゃないか」

上條は署の近くの部屋を借りていた。積み木を重ねたような、味も素っ気もない2D

Kのアパートである。

「今さらここには住みたくありませんよ」

「そんなものかねえ。まあ、せっかくだからコーヒーでも飲んでいきなよ。腹は減ってないか」

言われて上條はメニューを取り上げた。ビニールでコーティングされているが、店の歴史が刻みこまれたように中の紙は黄ばみ、文字がかすれている。手書きの字は、確かに父親のものだった。まあ、いい。別にオヤジが作ったものを食べるわけではないのだし、どっちにしろ食事はしなければならない。メニューは昔と変わらず、カレーライスやオムライス、各種のスパゲティなど簡単なものばかりである。

「じゃあ、カレーを。それとコーヒーをお願いします」

「了解」

萩原が上條の前にスプーンとフォークを並べ、水を出した。巨大な寸胴からカレーを小分けし、小さな鍋で温め始める。途端に、肌がちくちくするほどの刺激的な匂いが漂い始めた。

「基義がカレーに凝ってたの、知ってるかね」鍋を掻き回しながら萩原が訊ねる。

「いや」

車だけじゃなくてカレーもか。萩原から聞かされて、知らなかった父の一面と初めて向き合うことになるのが常だった。

「世界中を旅してる時に、料理に興味を持ったんだよな。だからこういう店を出す気になったんだろうし。死ぬ前はカレーばかり作ってた。これは、あいつのレシピをもとに俺が完成させたんだ」

「オヤジがカレーねえ」上條が首を捻《ひね》るのを見て萩原が笑った。

「変だろう？　大雑把なのに、凝りだすときりがない男だったからね」

カレーが出来上がると、萩原はカウンターの中の椅子に腰を下ろし、さっそく質問をぶつけてきた。

「例の事件の関係なんだろう、こっちへ帰ってきたのは」

「帰ってきたんじゃありません。一時的に戻ってきただけです」乱暴にカレーを口に放りこみながら上條は訂正した。どす黒い色と香りから想像したとおり、かなり凶暴な辛さだ。ぷつぷつと香辛料を噛み潰すたびに、額を汗が伝う。お絞りで汗を拭って続けた。

「事件が解決すればすぐに出ていきますよ」

「解決できるのかね」

挑発するわけではない、さりげない質問だったが、萩原の言葉は上條の心にできた結び目にかちんとぶつかった。スプーンを皿に放り出し、真っ直《す》ぐ萩原の顔を睨む。

「できるできないの問題じゃなくて、解決するんです」

「おいおい、そんなに怖い顔するなよ」参った、というように萩原が顔の前に両手を突き出した。

「ああ」気を取り直して上條はスプーンを手に取った。萩原を脅しつけても何にもならない。

「それよりさ、例のポルシェ、どうするんだ」萩原がすかさず話題を変えてきた。

「どうするって」

「ガレージに置いたままじゃもったいないだろう。少なくとも一年前までは基義がちゃんと整備してたから、ちょっと手を入れてやればまだまだ走るはずだよ」

「俺はいいですよ。あんな派手な車には乗れない。萩原さんが乗ればいいじゃないですか」

「ああいう車は俺の趣味じゃないんでね。お前が乗った方がいい」

「警察官がポルシェに乗っちゃまずいんですよ」

警察官は所詮《しょせん》公務員であり、乗っていい車と悪い車がある。その線引きは曖昧だが、ポルシェは明らかに線の外にある。

「趣味としてはいいんじゃないか？　クラシックカーの整備なんて、上等な趣味だよ。俺はいいと思うけどな」

「遠慮しておきます。三十年も四十年も前の車なんか、信用できませんからね」

カレーを食べ終え、上條は水を一気に飲んだ。全身から汗が噴き出している。これはカレー専門店の味だ。父が凝り性だったというのは本当なのだろう。分からない。父のことは何一つ分からない。

「じゃあ、そのうちまた」上條は立ち上がって尻ポケットから財布を抜いた。

「いいよ、お前から金をもらうわけにはいかない。本当なら、この店の売り上げを少し渡さなくちゃいけないぐらいなんだから」萩原が慌てて手を振った。

「払いますよ」

「まあ、そう言わずにさ」

「こっちは警察官なんでね。タダ飯を食わせてもらうわけにはいかないんです」

「いいじゃないか、細かいことは気にしなくても」

「そうはいかない」

いつまでこの押し問答を続けなければならないのかとうんざりして、上條は財布から千円札を引き抜いた。カウンターに叩きつけるとすぐに財布をしまう。諦めたように、萩原が顔をしかめた。

「まあ、もう来ることもないと思いますけどね」

「そう言うなって。いつでも来てくれよ。お前の家なんだから」

「けじめですよ……それじゃ」

カウンターを離れ、ドアに向かって歩き始めた途端、ガラスが割れるような音が耳を突き刺した。振り向いて萩原の顔を見たが、彼も戸惑ったように首を傾げている。店の中ではない。外だ。上條は心持ち足早にドアに向かった。ドアを開け放つと同時に「やめろ！」と叫んで駆けだす。

十メートルほど先にある中古車販売店の駐車場の片隅で、数人の若者が誰かを囲んでいた。ぱっと見たところ、全員が十代である。そのうち一人は、短めの金属バットを今にも振り下ろそうとしていた。

「やめろ！」

もう一度叫ぶと、バットを持った少年がゆっくりと手を下ろす。四人いる。警察だ、と声をかけようとした瞬間、店のドアが開き、携帯電話を手にした萩原が出てきた。

「一一〇番するぞ」低い声で脅しつけながら、萩原が凶器のように電話を振りかざした。

少年たちの輪が解《ほど》け、じりじりと後ずさる。上條がさらに一歩詰め寄ると、一斉に駆けだした。後にはアスファルトの上に倒れた少年が一人残される。逃げ出した少年たちは国道沿いに停《と》めたミニヴァンに飛び乗り、ドアを閉める前に急発進させた。上條は握り締めていた手をゆっくりと開いて目を凝らしたが、ナンバーまでは読み取れない。

萩原が上條を追い越し、倒れている少年に駆け寄った。

「おい、大丈夫か」屈みこんで少年に手を触れようとする。上條は「触らないで」と忠告した。萩原が慌てて手を引く。

少年は、高校生ぐらいに見えた。死んだように蒼《あお》い顔で、目を閉じてはいるが、まるで生きていることを証明しようとでもいうように、かりかりと音を立てながら小石を握り締めている。そのまま砂になるまで握り潰してしまおうかというような力強さだった。上條が手を取って脈をみようとすると、乱暴に振り払う。

「立てるか？」

上條の言葉に煽《あお》られるように、少年が突然両膝をついて立ち上がった。血に濡れた顔がまだら模様になり、店から漏れ出てくる灯《あか》りで不気味に光る。足元がふらついたので上條はすかさず腕を摑んだが、少年はまたも乱暴にその手を振り払った。

「おい、無理するな」

歩きだした少年が足を止めて振り返る。幼さの残る顔に浮かんでいるのは怒りの表情だ。こっちは助けてやったんだぞ、と上條は心の中で文句を言い、そのとおりに口に出しかけたが、その瞬間、少年は前のめりに倒れた。上條は慌てて体を支えようとしたが間に合わず、少年が顔面から地面に落ちる。嫌な音が響き、上條は思わず唇を嚙んで少年の傍らに屈《かが》みこんだ。

「救急車、呼ぶか？」心配そうな顔つきで、萩原が携帯電話を振る。

「そうですね」

上條が言うのと同時に、一台の車が駐車場に乗り入れてきた。上條はゆっくりと立ち上がり、ヘッドライトの眩《まぶ》しさに目を細める。先ほどの少年たちが戻ってきたのではないかと思った。が、光沢のないシルバーのアウディから降り立ったのは、上條もよく知った男だった。

「何やってんだ、上條」

言いながら、男が欠伸《あくび》を嚙み殺す。高校時代の同級生で、市内の総合病院で外科医をしている関谷《せきや》研《けん》だった。

「ちょうどよかった」幸運な偶然に胸を撫で下ろし、上條は関谷のコートの袖《そで》を引っ張った。「怪我人《けがにん》なんだ。診《み》てやってくれ」

「救急車を呼べよ」関谷は倒れた少年を無表情に見下ろし、面倒臭そうに答える。「俺は、今日はもう店仕舞いした。誰もいない山の中じゃないんだから、俺が面倒見る必要はないだろう」

「救急車は呼ぶけど、とにかく診てやってくれないか」

「しょうがねえな」

少年の口からうめき声が漏れる。難儀しながら体を起こそうとしていた。上條は手を貸して仰向けにしてやってから、屈みこんで口元に耳を寄せる。

「何だ」

「……病院は駄目だ」

「怪我してるんだぞ」

上條は少年の目を覗きこんだ。軽い怪我ではない。だがその目には、生命力の強さを映し出すような怒りの炎が燃え盛っていた。

「病院は駄目だ」少年の声は先ほどよりも少しだけ明瞭になっていた。「警察も」

「お前、襲われたんだぞ」

「駄目だ」強く言って少年が目を閉じる。

上條は助けを求めるように関谷を見上げた。関谷の右の眉がアーチ形になる。

「何か難しい事情でもあるのか」

「まだ分からない」

「そうか」

関谷が少年の傍らにひざまずき、手首で脈を取る。少年が弱々しく振り払おうとしたが、上條が「医者だ」と説明すると安心したように力を抜いた。関谷は少年にいくつかの質問をぶつけた後、上條に自分のアウディのエンジンをかけてヘッドライトをつけるよう命じた。言われたとおりにすると、まず少年の目を覗きこみ、ついで頭の怪我を検《あらた》める。

「こっぴどく殴られてるけど、大丈夫だろう。とりあえず店に運ぶか」

「店じゃなくて家の方にしよう」上條が訂正する。

「いいのか」立ち上がりながら関谷が首を傾げた。「あっちは誰も使ってないいんじゃないのか」

「何でお前がそんなこと知ってるんだ」

関谷が器用に肩をすくめてみせる。

「俺はこの店の常連でね」それで全ての説明がついたとばかりに、上條を無視して萩原に声をかける。「マスター、ちょっと手を貸して下さい」

「いいよ」

萩原が電話をエプロンのポケットに入れると、関谷と二人で少年の脇の下に手を差し入れて支えた。少年はひょろひょろとした頼りない体型で背も低く、二人がかりで両脇を支えられるとつま先立ちになってしまう。萩原が振り返り、上條に声をかける。

「お前、家の鍵持ってるだろう？」

「ええ」鍵は、ズボンのポケットに入れたキーケースについている。

上條は小さく首を振って二人の先に立ち、店を迂回《うかい》して裏口に回ると家の鍵を開けた。ドアを開けた途端に、黴臭《かびくさ》い臭いが鼻を襲う。店を作る時に改築したため、家の作りは変則的になっている。一階に玄関はなく、ドアを開けるといきなり階段なのだ。手探りでスウィッチを探して灯りを点け、先に階段を上がって二階にある玄関の灯りを点ける。二人が少年を抱えたまま横になって階段を上がってきたが、さほど苦労しているようには見えなかった。

「上條、布団」

関谷に言われるまま、上條は玄関を上がってすぐ右側にある部屋のドアを開けた。以前彼が使っていた部屋で、冷たく埃《ほこり》っぽい空気が満ちている。

布団を敷くまでもなく、ベッドがあった。一応シーツはかかっているし、その上には毛布が綺麗《きれい》に折り畳まれて置いてある。上條は掌で軽くシーツを叩いてみたが、埃が立つようなこともなかった。全体に、上條が想像していたより片づいている。

「そこでいいですよ、マスター」関谷が指示し、萩原と二人で少年をベッドに寝かせる。

　少年は特に抵抗もせず、体を伸ばしてふう、と長い溜息をついた。枕が血で染まったが、出血は止まっているようだった。萩原が靴を、関谷が腰まである紺色のピーコートを何とか脱がせる。長袖の白いTシャツに汚れたジーンズという格好になると、少年は安心しきったように体の力を抜いて目を閉じた。

「いやはや」萩原が立ち上がって腰を伸ばし、拳を固めて二度三度と叩く。「人間ってのは、荷物としては最悪だね」

「マスター、お疲れのところ申し訳ないんですが」関谷が額の汗を拭いながら萩原の方を向いた。「救急箱、ありますか？　病院に連れていく必要はないと思うけど、応急処置しておきましょう」

「病院は駄目だ！」

　少年が突然大声を上げた。ぎょっとして上條は彼の方を向く。あの目だ。怒りを湛《たた》えたあの目が、三人を順番に見渡す。

「助けてもらっておいて、偉そうなこと言うな」

　萩原が説教を始めようとしたが、関谷がそれを遮る。

「マスター、すいませんけど」

「ああ、悪い悪い。だけど先生、この坊主はろくでもない野郎だぜ。死にたいってんなら、放っておいたらいいじゃないか」

　萩原が悪態をつく。喧嘩で一方的に殴られたのに、萩原の目には、この少年は被害者とは映ってはいないようだった。

「そうもいかんでしょう」と関谷が言うと、萩原は何かぶつぶつとつぶやきながら、階段を下りていった。

灯りの下、関谷が再び頭の傷を検める。少年は大人しくしていた。上條は無言のまま、ドアのところで様子を見守る。関谷がぼそぼそとつぶやいた。

「本当は縫わなきゃ駄目だけどね。傷が残るよ」

少年は無言で天井を見上げている。顔の位置からして照明がもろに目に入るはずなのに、何も見えていないように目は虚《うつ》ろだった。間もなく萩原が救急箱を持って戻ってきた。関谷がガーゼで綺麗に血を落とし、傷口を消毒する。傷そのものは、深くはないようだった。

「他に痛むところは？」タオルで手を拭きながら関谷が訊ねる。

少年は無言で首を捻り、右足に目をやった。軽く曲げ伸ばしすると、うめきながら膝を押さえる。

「膝か？　こっちの方が厄介だな」

文句を言いながら、関谷が少年の右膝を調べる。捻り、曲げ、その都度少年の反応を窺った。やがて平手で軽く膝を叩くと「折れてないだろう」と診断を下した。ジーンズをめくり上げ、湿布を当てて包帯を巻いた。

「膝の怪我ってのは軽く見てると痛い目に遭うからな。病院へ行かないと、足を引きずったままになるかもしれない。ちゃんと調べて治療した方がいいぞ」

警告を与えてから関谷が立ち上がる。小さく背伸びしてから、呑気な声で萩原に呼びかけた。

「マスター、コーヒー淹れて下さいよ。そのつもりで来たんだから」

「ああ、そうだね」

関谷が少年を見下ろし、それから上條に視線を移した。

「念のために、今夜は動かさない方がいいな。明日の朝になって悪化してなければ、まず大丈夫だよ」

「一晩泊めてやるよ」上條は溜息を押し潰しながら言った。「怪我してる奴を放り出すわけにもいかんしな」

同意を求めたつもりだったが、少年はそっぽを向いて毛布を胸まで引き上げた。何考えてるんだ、と言いそうになったが、上條は辛うじて声を呑みこみ、関谷と萩原に礼を言った。

「お前もコーヒー、飲まないか？」萩原が誘ってくれたが、上條は断った。

「ちょっと様子を見てます」

「何かあったら呼べよ」また欠伸を嚙み殺しながら関谷が言った。上條は「どうも」と言ったが、関谷は「まったく、金ももらわないで治療なんかできないよな」とすかさず皮肉を吐いた。

二人が階下に下りてしばらくしてから、少年が軽い寝息を立て始めた。それに気づいてからさらに五分待ち、上條は少年のピーコートを調べた。財布も運転免許証もない。毛布をめくり上げ、ジーンズの尻ポケットを見てみたが、そこにも何も入っていないようだった。

身元不明の少年が一人。何でこんな厄介者を抱えこまなければならないんだと、上條は心の中で悪態をついた。こんなことをしている場合ではないのに。

4

冷たい隙間《すきま》風《かぜ》に頰を撫でられ、上條は体を震わせて目を覚ました。かすかに頭痛がする。久しぶりの北嶺の寒さは身に染みた。

少年は壁を向いたまま眠っていた。膝を引き上げ、丸まった体の形のまま毛布が盛り上がっている。静かな寝息が聞こえるだけで、異常はまったく感じられない。腕時計に目をやる。深夜一時。店に行って、コーヒーの一杯も飲んで意識をはっきりさせるべきかもしれない。しかし階段を下りることすら面倒だった。

寒々としたダイニングキッチンに足を踏み入れる。冷蔵庫の電源は落ちているし、中はもちろん空っぽだ。戸棚を漁《あさ》って、インスタントコーヒーを探し出す。封が開いていないジャック・ダニエルズも一本見つかった。そういえば、父親が酔っているのを見たことは一度もなかったな、と思い出す。店では飲まなかったはずだが、一人、部屋で酒を飲んでいるのを見かけたことは何度もあった。そういう時父親は、無言のままじっと壁を見詰めていたものである。まるで死んだ母親が正面に座っているように。

大事な一人の女を亡くした悲しみは共通だったはずだ。なのに上條も父も、互いに別の部屋に籠《こも》って、相手の存在を無視して勝手に泣き続けるだけだった。いや、俺は泣かなかった。肝心な時にいなかった父に対する怒りが燃え上がり、涙を干上がらせてしまったのだ。

ポットをすすいで水を注ぎ、電源を入れる。湯が沸くのを待つ間にジャック・ダニエルズの封を開けた。リーバイスのロゴ入りのマグカップを水ですすぎ、指二本分、酒を注《つ》ぐ。口に含み、アルコールが口の粘膜をかすかに麻痺《まひ》させる感覚を楽しみながらゆっくりと飲み下した。食道から胃にかけてが温かくなり、凍えた指先にもほどなく血の気が戻ってくる。湯が沸く間に、カップの中のジャック・ダニエルズはなくなっていた。

カップにコーヒーを多めに入れ、慎重に湯を注ぐ。インスタントなりに香ばしい香りが漂いだし、上條を中途半端な眠気から引きずり出した。カップの縁まで一センチを残して湯を注ぐのをやめ、ジャック・ダニエルズを注ぎ足す。混ぜずに上澄みをそっと啜《すす》り、減った分だけもう一度注いだ。今度はスプーンでゆっくりと掻き混ぜ、カップを両手で抱えて部屋に戻る。

ドアを開ける時、ふと不安になった。自分がキッチンで時間を潰している間に、少年がいなくなってしまったのではないかと。ベッドはもぬけの殻で、疑問だけが残される——考えすぎだった。少年は上條が部屋を出た時と同じ格好のまま、毛布にくるまって寝息を立てている。

我ながら妙なことに首を突っこんでしまったと思う。少年がどんなに嫌がっても救急車を呼び、今夜の当直の連中に事件を引き渡すべきだったのだ。しかし、あの時の少年の異常な真剣さが、単純な事件として処理してしまうことを躊躇《ためら》わせた。

大したことではないはずだ。少年同士の喧嘩にすぎない。バットはやりすぎだが、何も難しい事件ではないだろう。ただし少年の意識が戻っても、この件をきちんと立件すべきかどうか、上條には未《いま》だ判断がつかなかった。そもそもどうして少年に一夜の宿を提供し、こうやって見守っているのか。そのように決めたのは自分なのに、何か間違ったことをしているのではないかという疑問と不安が消えない。

ふと、自分の息子のことを思い出した。生まれてからすぐに別れ、それ以来一度も会っていない息子。その存在も、上條が北嶺を避け続ける大きな理由になっている。息子は義父母と一緒にこの街に住んでいるのだ。いつもは意識の外に押し出しているのに、同い年ぐらいのこの少年を見て思い出したのだ。

馬鹿らしい。

俺には家族は必要ないのだ。仕事さえ続けていければ何もいらない。今までもそうやってきたし、それはこれからも変わらない。変わりようがない。

携帯電話が鳴った。こんな時間にかかってくる電話は事件の知らせに決まっている。少年を起こさないように慌てて通話ボタンを押し、部屋を出て小声で話しだした。

「はい」

「上條君かね」

その声は、突然過去から襲ってきた。失った息子のことを考えていたから電話がかかってきたのだろうか。まさか。一瞬、上條は体中の全細胞が発する警告を聞いた。関《かか》わるな。電話を切ってしまえ。だが上條の指は動かず、引きずりこまれるように相手の声に耳を傾けてしまった。

「何だね、君は」軋《きし》むような、耳に不快な声である。「北嶺に帰ってきてるそうじゃないか。どういうつもりなんだ」

「何でそんなことを知ってるんですか」

「まあ、なんだ」相手がわざとらしい咳払いをする。「私には、いろいろ情報を入れてくれる人もいるからな」

「そうですか」

さっさと電話を切ってしまいたかった。相手は、上條の人生を大きく捩《ね》じ曲げた人間である。児玉幸一《こだまこういち》――美歩の父親だ。彼女の死後、子どもを引き取り、面倒を取り去ってくれたことについては感謝すべきかもしれないが、その前後のやり取りは、上條の心に不快な記憶を植えつけていた。

「何か変なことを考えてるんじゃないだろうな」

児玉が探りを入れてきた。不躾《ぶしつけ》で直截《ちょくせつ》な物言いは、当時と何も変わっていない。もう七十をだいぶ過ぎているはずだが、丸くなるどころか逆に棘《とげ》が増えたようだ。

「何ですか、変なことって」

「息子のことだよ」

「誰の息子ですか」

電話の向こうで、児玉が大きな溜息をついた。わざとらしい。何かにつけて大袈裟《おおげさ》な男なのだが、それが生来のものなのか、弁護士として法廷で身につけたものなのかは判然としない。

「私の息子に決まってるじゃないか」

上條の子どもを引き取って、児玉はすぐに養子縁組をした。私の息子。法的にも現実的にも、間違いなく彼にはそう主張する権利がある。

「私には関係ない話ですね」

「本当にそうなのか」

暗闇に恐る恐る手を伸ばすような慎重さで児玉が言った。上條は痺《しび》れを切らし、早口で答える。

「この街には仕事で来ただけです。それはあなたには関係のないことだし、あなたの息子にも会うつもりはありませんから」

あなたの息子。その言葉が、上條の舌にざらついた感触を残した。

「そうかね。だが、十七年も経てば人は変わる。あんたが変なことを考えないという保証はないからな」児玉はまだ疑いを消しきれない様子だった。「とにかく、妙なことを考えないようにしてくれよ」

「今さら私がどうこうしようと企《たくら》んでるとでも思ってるんですか？　それこそ、妙な考えですね。馬鹿らしいにもほどがある」

「おい、上條君」

「もう遅いから切りますよ」

年寄りはとっくに寝ている時間だろうという台詞を上條は辛うじて呑みこみ、電話を切った。この男にはもっとひどいことを言われた。いくら言い返しても足りないほどなのだが、今さらその時の借りを返そうとは思わない。

それにしても児玉は用心しすぎている。十七年も前のことに対して、俺が仕返しするとでも考えているのだろうか。まさか。俺は放っておいてほしいだけだ。忘れたままにしておきたいだけだ。

それにしても、生まれた街に帰ってきたばかりだというのに、過去が束になって襲いかかってきた。これはほんの序章にすぎないような予感がする。それを想像すると鬱々《うつうつ》たる気分になった。

俺は、過去と向き合うためにこの街に戻ってきたわけじゃない。

「おう、どうだい」萩原が顔を上げる。上条は小さく首を横に振ってみせた。午前六時。萩原は店に泊まってしまったらしい。上条は欠伸を嚙み殺しながらカウンター席に座った。

萩原が水の入ったコップを上條の前に置き、「坊やはどうした」と訊ねる。

「まだ寝てますよ」

「傷が痛むのかな」

「いや、大丈夫でしょう。ぐっすり寝てるだけですよ」

「じゃあ、心配することもないか」萩原は笑みを浮かべたが、急に何かに気づいたように鼻をひくつかせた。目を細め「飲んだのか」と少しばかり厳しい口調で追及する。

「上は寒くてね」上條は肩をすくめてみせた。寝ては覚め、その都度ちびちびと酒を飲んでいたのは事実である。酔っているのかしらふなのか、寝ているのか目覚めているのかも判然としなかった。

「ちゃんと掃除してくれていたんですね。誰も住んでいないのに」

「店の掃除のついでだよ」

「ありがとうございます」

「そんなことより、もうちょっと飲むか？　ビールならあるけど」

「いや、これから仕事ですから」言ってしまってから、上條は気づいた。昼間、この店は無人になる。裏の家も同じだ。少年を一人で残しておいていいものか。

上條の懸念を察したのか、萩原が「あの坊やが心配なのか？」と訊ねる。

「別に心配じゃないけど、どうしましょうね。ここ、昼間は誰もいないでしょう」

「そうだな」萩原が髯を引っ張る。「本人に訊いてみたらどうだ。家に帰してやればいい」

「そうしますか」満足な答えは得られないだろうと思いながら、上條は萩原の提案に同意した。

「じゃあ、それはそれとして飯でも食うかい」萩原がちらりと壁の時計を見上げる。

「ちょっと早いけど朝飯にしよう」

「ええ」

コーヒーを頼んでから、上條は煙草に火を点けた。一服だけして灰皿に煙草を残し、外へ新聞を取りに出る。店で取っている新聞は二種類、全国紙と、北嶺だけで発刊されているローカル紙だ。カウンター席に戻って、ローカル紙を先に開く。ろくなニュースがない。市の予算関連の記事、それにこまごまとした話題物に加え、全国紙ならボツにしてしまうような小さな交通事故やひったくりの記事で何とか紙面を埋めている。こまごましたことどもが、上條の気持ちを萎縮《いしゅく》させる。この街は何もかもスケールが小さい。

地元紙を丁寧に折り畳んでカウンターに置き、全国紙を広げた。

そうこうしているうちに朝食が出来上がる。店のメニューにはモーニングセットがないので、上條のためだけの特製なのだろう。かりっと焼いた薄いトーストが二枚。分厚いベーコンを添えた目玉焼きにハッシュドポテト。香ばしい匂いに食欲をそそられ、上條はがつがつと朝食を腹に詰めこんだ。人心地がつくと、コーヒーに砂糖とミルクをたっぷり加え、時間をかけて飲む。新しい煙草に火を点け、ゆっくりと吸ってから立ち上がった。

「じゃあ、あの坊主を叩き起こして訊いてきますよ」

「ああ」萩原が煙草をくゆらせながら答える。

上條は、いつの間にか妙な胸騒ぎを感じていた。刑事としての勘だろうか、あの少年が災厄を運んでくる存在に思えてならない。

「おい、起きろ」

少年は上條の言葉に反応しなかった。相変わらず毛布にくるまって、壁を向いた同じ姿勢のまま軽い寝息を立てている。

「起きろよ」

上條は店から持ってきたコーヒーカップをそっと床に置き、毛布をはねのけた。少年は膝を胸まで引き上げた格好で、依然として目を開けようとしない。もしかしたら意識がないのかもしれないと思い、上條は肩に手をかけて軽く揺すってみた。途端に少年が跳ね起き、半分目を瞑ったまま周囲を見回す。上條は胡坐をかいて座り直し、コーヒーを差し出した。少年が濁った目で上条を見やり、おずおずと手を伸ばした。カップを受け取る手が震える。たっぷり縁まで入ったコーヒーが零《こぼ》れ、布団に丸い染みを作った。

目が腫《は》れ上がっている。昨夜関谷が巻いた包帯から、サボテンの棘のように髪がはみ出していた。少年は視線を落としたまま、コーヒーを飲み続ける。上条はその様子を見守りながら、奇妙な不安を感じていた。この少年は、昨夜何事もなかったかのように振舞っている。自分がどうしてここにいるのかも分かっていない様子だった。

少年はのろのろとコーヒーを飲み終え、上条にカップを差し出した。上条が受け取ると、すぐにまたベッドに横たわろうとする。

「ちょっと待てよ」

「眠い」

「寝るな。眠気覚ましにコーヒーを持ってきたんだぞ」

「いいじゃん」壁の方を向いたまま、少年が疲れた声で答える。

上条は少年のベルトに手をかけ、そのままベッドから引き摺《ず》り下ろした。少年は背中から床に落ちたが、怒るわけでもなく、ぼんやりとした視線で上条を見上げるだけだった。ようやく「眠いんだって」と控えめに抗議をする。

「いい加減にしろ。ここは俺の家なんだ。いつまでも勝手に寝てるんじゃない」

少年がゆっくりと上体を起こし、ベッドに寄りかかって胡坐をかいた。上条を見てはいるが、視線は虚ろなままである。

「お前、名前は」

「え」虚を衝《つ》かれたように少年がぽかんと口を開けた。

「名前だよ。一晩世話してやったんだから、それぐらい言えよ」

「いや」少年が、乾いてひび割れた唇を舐める。

「何だ、言えないのか」

「そうじゃなくて」

少年の目が虚ろにあちこちを漂う。上條は一瞬、腐敗して窪《くぼ》んだ光良の眼窩を思い出した。

「警察に行くか？　一応傷害事件の被害者なんだから、面倒見てやってもいいぞ」

「警察は駄目だ」少年が低く抑えつけるような声で言って上條を睨みつける。精一杯突っ張っているようだったが、底の浅い怒りが透けて見えた。

「いい加減にしろよ」

上條は取っ手を握ってカップの底を床にこつこつと叩きつけた。次第に激しく。割れるかと思った直前、少年が急に頭を抱えた。

「どうした」

体が震えているのに気づき、上條はカップを床に置いた。包帯に食いこんだ細い指が折れんばかりになっている。

「おい」上條が肩に手をかけると、少年の体の震えはさらに激しくなった。

「名前が……分からない」

「え？」

「名前が分からない！」激しい口調で叩きつけて、少年が顔を上げる。涙の膜に覆われた目には、上條が初めて見る戸惑いと怯《おび》えが浮かんでいた。

「記憶喪失？」

「そう」関谷がうなずく。

二人は、診療棟と病室棟をつなぐガラス張りの通路を歩きながら話していた。柔らかい陽射《ひざ》しが降り注いで通路は温室のように暖まり、上條の額には汗が浮かび始めていた。

「初めて本物を見たよ」

「俺だってそうだ」

「医者なのに？」

上條の質問に、関谷が口をへの字に結んだ。嫌がる少年の診察は先ほど終わったばかりである。専門ではないが、行きがかり上、関谷もつき合ってくれた。

「医者だからって何でも知ってるわけじゃないよ」関谷が弁解するように言う。「ほとんどの症例は、活字でしか知らないんだぜ」

「そうか」

「記憶喪失なんて、そんなに頻繁にお目にかかるものじゃないしな」関谷が欠伸を嚙み殺してから頬を掻いた。髭剃り痕《あと》に固まっていた血が滲《にじ》みだす。

「そんなものか」

「ああ。あの坊や、頭を殴られたって言ったよな」確認するように関谷が訊ねた。

「たぶんな。その現場を直《じか》に見たわけじゃないが」

「硬いもので殴られたのは間違いない」関谷が自分の後頭部を掌でさする。「そういう怪我だ」

「倒れた時に額も打ってると思う」

「それは関係ないだろう。たぶん、殴られたショックで記憶を失ったんだな」

「治るのか？」

関谷が首を傾げた。

「分からん。俺は脳は専門じゃないからな。ただ、昨夜襲われた時点から後のことしか覚えていないみたいだから、いわゆる逆行性健忘ってことになると思う。で、警察としてはどうするんだ」

「身元が分からないうちは何とも言えないな。事件として立件できるかどうかはともかくとして、まずは家族を探さないと。たぶん未成年だろうし」

「だけど、身元が分かるようなものは何も持ってなかったんだろう」

「昨夜調べた限りではな」財布も免許証も学生証もない。携帯電話ぐらいは持っているだろうと思ったのだが、それもなかった。

「また、えらい厄介事を抱えこんだな。やっぱり、昨夜のうちに病院に運んだ方がよかったんじゃないか」

「ああ、まったくだ」

医者は駄目だ。警察も駄目だ。少年の叫び声が蘇る。何か訳があるのだろうが、ふだんの自分だったらそれを無視してすぐに救急車を呼び、署で当直をしている連中に電話を入れていただろう。これから正式に捜査を始めるとしたら、昨夜の上條の行動は明らかにマイナスになるのだが、昨夜はなぜかそんなことは気にもならなかった。少年の要求を受け入れるのは当然だと思っていた。

「しばらくは病院で預かる。その後のことは、警察で考えてくれよ」関谷が淡々とした口調で言った。

「面倒かけたな」

「まったく、お前が事件を呼んできたみたいなもんだぞ。帰った早々、えらいことだな」

「分かってる」

上條は関谷に軽く会釈した。悪気はなかったのだろうが、関谷の台詞は上條の胸の真ん中に突き刺さった。俺はただ、起きてしまった事件に対処するだけだ。決して、事件が起きるのを心待ちにしているわけではない。

紅林の怒りは、レッドゾーンに入ったまま下りてこようとしないようだ。上條が刑事課の大部屋に入っていくと、じろりと厳しい視線を投げかけてくる。両手をきつく組み合わせて口に当て、わざとらしく咳払いをした。嫌な仕草だなと思いながら、上條は紅林のデスクに近づいた。人差し指を鉤《かぎ》の形に曲げて上條を呼び寄せる。

「例の記憶喪失のガキのことだけどな」

「ええ」

「何で報告しなかった」

「昨夜《ゆうべ》の段階ではそれほど大したことじゃないと思ったんですよ。それにガキが、病院にも警察にも行きたくないってゴネましてね」

「お前の基準ではどうなのか知らないけど、ガキ同士の喧嘩だって、北嶺じゃそれなりの事件なんだよ。金属バットを持ってる奴がいたそうじゃないか。穏やかな話じゃないな」

「そうですね」

「今、病院に人をやった。これ以上お前が心配することはない」

「別に心配してませんが」

紅林がずいと身を乗り出す。

「お前、何を考えてるんだ」

上條は紅林の本音を探ろうと、皺が増えたその顔をじっと見つめた。ぼんやりした表情の陰に隠れてさっぱり読めない。

「お前は捜査本部の事件をやるんだろうが。そう言ってわざわざここに異動してきたんだよな。だったら、余計なことに首を突っこんでる暇はないんじゃないか。別の事件で点数を稼ごうと思っても、そう簡単にはいかないぜ」

「あんなガキの面倒を見ても、点数は稼げませんよ。ああいう下らない事件を任せるには、他に適当な奴がいるでしょう」言って、上條はぐるりと大部屋の中を見回した。敵意のこもった視線が突き刺さってくる。それを感じて、さらに声を高くした。「その辺に暇そうにしてる奴がたくさんいるじゃないですか。そういう連中に見合った事件ですよ」

そう、所詮クズみたいな些細《ささい》な事件なのだ。俺が関わっている暇はない。が、何かが引っかかるのも事実だ。

「おい、いい加減にしろよ」紅林が拳をデスクに叩きつける。「話をややこしくしてるだけなんだよ、お前は。記憶喪失ってのがいつからかは知らんが、昨夜のうちだったら話が聞けたかもしれん」

「どうぞご自由に」上條は平然とした顔で言った。「俺にバツ印をつけたいならそうして下さい。もうでかいバツ印がついてますから、あと一つぐらい増えたって何てことはない」

「そういうことを言ってるんじゃなくてだな」紅林が拳でデスクをこつこつと叩いた。

「失礼します」上條は馬鹿丁寧に頭を下げた。「仕事に戻りますんで」

価がどうなろうが知ったことではないが、呼び止められて時間を無駄にすることは我慢できない。

それにしても、紅林はずいぶん変わってしまった。気性が激しい人間が多い捜査一課出身者の中では、異例ともいえるほど穏やかで部下の受けもいい男だったのに、今は猜《さい》疑《ぎ》心《しん》の塊になっている。怒鳴り散らす相手は俺だけではないのだ。昨日からだけでも、彼が刑事たちに罵《ば》声《せい》を浴びせるのを上條は何度か聞いている。たぶんあの事件が彼を変えたのだろう。そして紅林にとっての俺は、自分のキャリアに汚点をつけた人間という存在でしかないはずだ。

捜査本部の置かれた会議室では、今日も大田黒が書類と睨めっこをしていた。上條が入ってきたのに気づくと顔を上げ、唇を歪めて笑う。

「課長と揉めたんだって？」

問いかけを無視し、上條はファイルキャビネットを開けた。今日会いに行かなければならない人間がいる。もう一度データを頭に叩きこんでおきたかった。

「無視かよ」馬鹿にしたような声が背中から襲ってくる。

上條はファイルを探しながら低い声で皮肉をぶつけた。

「おい、上條」

紅林は一度しか呼び止めなかった。上條にとってはありがたいことだった。自分の評

「そこに座ってるのがお前の仕事か」

「ああ？」

「連絡係だったら、署の連中にやらせておけばいいだろう。それとも、偉くなると自分で歩き回るのは馬鹿らしくなるのかね、警部補さんよ」

「何言ってるんだ、お前」大田黒が唇を捩じ曲げた。

「そんなところで座ってても何も分からないって言ってるんだよ。お前、もう事件を投げちまったのか」

「馬鹿言うな」

大田黒が椅子を蹴って立ち上がる。上條は探していたファイルを見つけ出し、振り返ってデスクに置いた。大田黒が、両の拳を固めて肩を震わせているのが目に入る。

「お前には俺は殴れないよ」上條は静かに言った。

「何だと」

「お前はもう管理職のラインに乗ってるんだぞ。こんなところで俺を殴ったら、大事な将来が台無しだ」

「余計なお世話だ。だいたい、何で俺がこんなクソ田舎にいると思ってる？　誰のせいなんだよ」

分かっている。俺のせいだ。上條はその思いを嚙み砕き、腹の底に収めて書類に目を通し始めた。何百回となく自問し、分かりきった答えを目の前にして自分を責めたものである。やがて、少なくとも昼間のうちはそれを封じこめる術《すべ》を覚えた。今は、そういう思いが噴き出してくるのは夜になってからである。一人酒を飲んでいる時に、取り返しのつかないミスが頭の中で最初から最後まで再現され、無限のループになって繰り返される。十か月後に見つかった被害者の遺体が、その再現劇の終幕につけ足された。

上條は書類から必要な部分を抜き書きし、ファイルをキャビネットに戻した。大田黒のしつこい視線が絡みついてきたが、無視して部屋を出る。この会議室は安全で安楽だ。そこに安閑と居座って文句ばかり言っている大田黒は、もはや自分と同じ世界の住人とは思えなかった。

5

居心地が悪いとはまさにこのことだろう、と上條は思った。公園のベンチで彼の横に座った若い男は、一瞬たりとも落ち着かない。頭を小刻みに振り、その合間に左手の親指の甘皮を引っ張る。頭の中で響く不規則なリズムに操られるように、古いスニーカーを履いた右足をぱたぱたと地面に打ちつけた。今日は比較的暖かいのに、くたびれたコートの襟をしきりに引っ張って、存在しない寒風から身を守ろうとする。一年前に初めて会った時と同じように、神経質そうに唇の端が小刻みに引き攣っていた。

「落ち着けよ」

「いや」

男が上條の言葉に敏感に反応して、地面を踏み鳴らす足の速度を上げる。上條は、コンサートの中盤でドラムソロに入ろうとするロック・ミュージシャンの姿をぼんやりと思い浮かべた。

「いいから落ち着け。別に、取って食おうってわけじゃないんだから」

「そりゃあ分かってるけど」男がうつむき、血管が浮くほどきつく両手を組み合わせる。

「放っておいてもらう……わけにはいかないんでしょうね」

「放っておきたいよ、俺だって」

「じゃあ――」かすかに目に明るい色を浮かべ、男が顔を上げる。

「悪いが、仕事なんでね」上條は煙草に火を点け、男にも一本勧めた。男が慌てて首を横に振る。

「禁煙したんですよ」

「それで反省でもしてるつもりか？」

「いや、まあ、そういうわけじゃ……」男が語尾を宙に溶けこませる。

馬鹿野郎が。上條は苦々しい表情を隠しもせずに煙草を吹かした。この男――石井裕《いしいひろ》康《やす》こそ、上條が北嶺に戻ってくる原因を作った男である。ケチなかっぱらいが身代金受け渡しをぶち壊し、事件を闇に迷いこませたのだ。そう考えると今でも頭に血が上る。

「最近は真面目《まじめ》にやってるんだろうな」

「そりゃあ、もう」

石井がぺこりと頭を下げた。今年二十五歳。北嶺の生まれで、地元の工業高校を出て以来ずっと、半端仕事をしながら生きている。あの事件の端役としてちょろちょろと舞台に出てきたのは、アルバイトをしていたガソリンスタンドをクビになって一週間後だった。

「で、今さら俺に何の用事なんですか」探るように石井が切り出す。

「ご挨拶だ」

「ご挨拶？」肉の削げた石井の頬が震える。

「北嶺署に転勤になったもんでね」

「そうですか」

ちらりと見やると、無精髭《ぶしょうひげ》の浮いた石井の細い顔は蒼くなっていた。あの時の恐怖と混乱を思い出したのだろうか。

あの時、万に一つも起きえないはずの偶然が事件を潰した。上條は今でもあの数分間をはっきりと思い浮かべることができる。記憶というにはあまりにも鮮やかで、目の前でビデオを見せられるようなものだった。

誘拐犯は、身代金を持って一人で公園に来るよう、朋絵に指示した。時刻は深夜一時。朋絵がベンチに座った後、携帯電話に連絡が入ることになっていた。別の場所に移動しろという指示があるはずだ、と捜査本部では読んでいた。犯人も警察が張り込んでいることは予想しているはずだし、公園にのこのこ姿を現すとは考えにくい。身代金を持った人間をあちこち動かすのは、警察を混乱させるために、犯人が真っ先に考えつきそうなことだ。

そして大概は失敗する。

深夜一時、上條はベンチの裏手にある木立の中で、植えこみの後ろに姿を隠していた。身代金を持ってきた朋絵がベンチに座ったのは十二時五十分。肌を凍りつかせる冷たい風が吹く夜で、上條は体が冷えないよう、手足をずっと動かし続けていた。ベンチの近くでは十人近くの捜査員が張り込んでいたが、志願して一番近い位置にいたのは上條である。何かあったら、真っ先に飛び出すつもりでいたのだ。

朋絵と知り合いだということは、誰にも話していなかった。それで公私ははっきりと分けたつもりだったが、一方で朋絵を助けるのは自分しかいないという思いに衝き動かされていたのも事実である。裏で仲間たちが「スタンドプレイだな」と陰口を叩いていたのは知っていた。だが、そういう連中は上の命令を黙ってこなすだけで、自らの意思で窮地に飛びこむことはしない。それは間違っている。刑事は、言われたことを機械のように片づけるだけの兵士ではない。最も適切な方法は何か、常に自分の頭で考え続け、それを実行に移せる人間だけが、優秀な刑事になれる。

何かあったら——その「何か」は誘拐犯ではなかった。今でも時刻をはっきり覚えているのだが、一時二分、捜査員が張り込んでいない木立の一角から誰かが姿を現した。人気《ひとけ》のない深夜の公園のことで、上條はすぐに異変に気づいた。後ろから見ても分かるほど、朋絵の肩が緊張で盛り上がる。無線の空電音が上條の耳の中で耳障りに膨れ上がった。男は、ベンチの裏側を通るコースを、散歩でもするような調子でゆっくりと歩いていく。あれが誘拐犯なのか？　こんな時間に公園を散歩している人間がいるとは考えにくい。いや、誘拐犯にしては用心している様子がないのが変だ。何度も自問した後、上條は不審者ではあるが事件には関係ない人間だろうという結論に達した。

男が急に歩調を速めた。最後はほとんど走るようにベンチに駆け寄ると、背後から朋絵の首に手を回す。一瞬、公園の中が凍りつくのを上條は感じ取った。どうする――あの男が誘拐犯であるわけがない。しかし、実際に身代金を奪おうとしているではないか。様々な可能性の断片が頭を駆け巡ったが、はっきりとした結論が出ないうちに、上條は植えこみの陰から飛び出していた。

男が右腕を朋絵の首に回して抵抗を抑え、左手を伸ばして身代金が入ったバッグを奪い取ろうとしていた。上條の接近に気づいた男が慌てて振り向き、朋絵の首から腕を離す。左手はまだしっかりとバッグを握っていた。上條は振り向いた男の顎に肘打ちを食らわせた。がっくりと崩れ落ちたところで腕を捩じ上げ、背中を膝で押して馬乗りになる。

「大丈夫か」

声をかけると、朋絵がようやく細い悲鳴を押し出した。

「光良は？」声が風の中に消える。「光良は……」

上條は、男の両腕を背中に回し手錠をかけた。後ろ手錠は後で問題になるかもしれないが、そんなことを言っている場合ではなかった。馬乗りになったまま髪の毛を引っ張り、無理やり自分の方に振り向かせる。男の顔が苦痛に歪み、目の端に涙が浮かんだ。上條は握った髪の毛を全て抜くような勢いで引っ張りながら「子どもはどうした」と問い詰めた。答えはない。今度は顔を芝生に押しつける。男が苦しそうに体を震わせた。そのまま二十数えてから再び髪の毛を引っ張って顔を上げ、同じ質問を繰り返す。

男が、市内にあるガソリンスタンドをクビになったばかりの石井裕康という男だということが判明したのは、それから三十分後だった。急遽北嶺署に呼ばれたガソリンスタンドの経営者が身元を確認したが、困惑すると同時にほっとした表情を隠そうともしなかった。強盗をやるような男はさっさとクビにしておいて正解だったという本音が、誠意の感じられない愛想笑いの奥に透けて見えた。

強盗。そう、強盗だった。職をなくしてアパートも追い出された石井は、あの夜、公園にいる人間を狙って金を奪うつもりだったのだ。悪いタイミングで悪い場所に現れてしまっただけなのだが、それが引き起こしたのは最悪の結末だった。

石井を警察に引っ張ってから一時間ほどして、朋絵の携帯電話に連絡が入った。「約束が違う、サツを張り込ませたから取引は打ち切りだ」と。

犯人からの連絡はそれが最後だった。

公式に、また非公式に上條に非難が集中した。その非難は「様子を見るべきだったのではないか」ということに要約される。石井は凶器を持っていたわけではないのだから、見逃して跡を追うべきだったという意見が主流を占めた。

全て結果論である。上條は一切言い訳をしなかった。飛び出したのは、刑事としての理性的な判断ではなく、人間としての本能が命じたからである。本能の動きを説明することはできない。様々な可能性が頭の中を行き来したが、全ては仮定の話であり、やり直すことは不可能だった。

「例の被害者、やっぱり殺されてたんですね」

石井の言葉で、上條は嫌な回想から現実に引き戻された。

「お前が殺したんだ」

決めつけられ、ぎょっとして石井が体を引く。

「冗談は勘弁して下さいよ」

「違うのか」

石井の喉仏が大きく上下する。

「いや、だけど……」

「分かってる」上條は煙草を足元に投げ捨て、靴底で踏み潰した。視線を上げると、あの夜朋絵が座っていたベンチが嫌でも目に入る。芝生の上を吹き渡ってくる風に首をすくめながら、頭から零れそうになる思いを何とか封じこめた。「お前だけじゃない。俺の責任でもある」

「いや、そんな」石井の否定には力がなかった。

「お前は本当に誘拐犯と関係ないのか」

「冗談じゃない」即座に石井が否定した。

そんなことは上條にも分かっている。事件の後、石井はたっぷり二十日間絞られた。本件の強盗についての事情聴取はわずか一日で終わり、あとは誘拐に関する取り調べが続いた。背後関係の捜査にも何十人もの刑事が投入されたが、誘拐事件との関係はまったく見つからなかった。

「俺は何もやってませんよ」うつむいたまま石井が言った。「あれはたまたま、人がいたから」

「誰でもよかったんだな」

「もう勘弁して下さいよ」

「お前はまだ執行猶予中なんだぞ。終わったわけじゃないんだ」

石井は強盗未遂で起訴され、執行猶予つきの有罪判決を受けた。その後も北嶺を離れず、結局親元に戻って何もせずにだらだらと暮らしていると上條は聞いていた。そうか、親か。石井の親に当たってみるのも手だと上條は思った。何か隠しているかもしれない。

どんなに馬鹿な息子でも、誘拐や殺人に関わったことを知ったら庇《かば》ってやろうと思うのは、親として自然な反応ではないだろうか。

「何か思い出せよ」

「さんざん話したじゃないですか」

遠慮がちに石井が抗議するのを上條は無視した。

「本当にあの女性を知らなかったのか」

「全然知りませんよ。あの時初めて見たんです」

「本当は跡をつけてたんだろう」

「まさか」強固に石井が言い張った。

「金を持ってるのは分かってたのか」

「まさか、あのバッグにあんな大金が入ってるなんて思ってませんでしたよ」

「ずいぶんいい加減なやり方だな」

「だから、あんなこと初めてだったんですよ」唇を引き攣らせながら石井が「初めて」を強調する。

知っていればもっとうまくやったわけか、と上條は皮肉に考えた。

「どうしてこの公園だったんだ」上條は広い芝生広場をぐるりと見回した。「どこでもよかったってわけじゃないよな。お前は、夜でもここに人がいるのを知っていた。だから強盗をやろうと思ったんだろう」

「いや、だからたまたまですって」居心地悪そうに石井が体を揺すった。「別に、毎晩張ってたわけじゃないし」

上條はベンチの背もたれに体を預けた。背中が痛い。昨夜、座ったままうつらうつらしてしまったせいだ。

「この公園、夏はカップルが多いそうだな。覗きをやってる奴もいるらしいぞ」

石井が顔の前で大袈裟に手を振る。

「俺は覗きなんかやってませんよ」

上條は、わざとらしく溜息をついてやった。お前にはがっかりさせられる。自分の失望が石井の頭に染みこむのを待った。

「一年前と変わらないな。お前の言ってることは全然信用できない」

「そう聞こえるだけでしょう」

鼻を鳴らして石井がそっぽを向く。上條は石井の肩に手をかけて自分の方を向かせた。どぶのような臭いの息が漂う。何を食べたらこんなに臭くなるのだろう。

「お前、今は何やって食ってるんだ」

「まあ、いろいろ」

「いろいろ、か。あの時はあれ以上突っこまなかったけど、叩けばいろいろ出てくるんだろうな」

「冗談じゃないですよ」今にも泣きだしそうな顔で石井が唇を震わせる。「あれだけです。俺は何もしてませんよ」

「叩けば埃の出る体だろうが」

「やめて下さいって。警察官が乱暴したら問題になりますよ」

上條は乱暴に石井の肩を突いた。

「あの事件を解決するためだったら、お前をぶちのめすぐらい何でもない」

石井が目を見開いた。口がぽっかりと開き、細い息が漏れ出る。

「何か分かったらすぐに連絡しろ。ここで変な奴を見なかったか、思い出せ」

上條は財布から一万円札を三枚抜き出し、名刺と一緒に石井の手の中に押しこんだ。

石井が目を瞬かせ、金と上條の顔を交互に見やる。

「何ですか、これ」

「ただで情報を寄越せとは言ってない。お前、どうせ金に困ってるんだろう」

「それは、まあ」

上條が立ち上がると、石井も慌ててベンチから腰を浮かした。上條はすかさず捨て台詞を投げつける。

「忘れるなよ。あの子を殺したのは俺とお前なんだからな」

「だけど、刑事さんもずいぶん困ってるんですね。俺になんか訊いても仕方ないのに」

振り返り、上條はにこやかに目を細めた。追従《ついしょう》して石井が笑おうとする。上條はその顔を見たまま右の拳を腹に叩きこみ、笑顔を消し去ってやった。息ができなくなった石井が、喉の奥から奇妙な音を搾り出してその場に頽《くずお》れる。

　さくさくと枯れ芝を踏んで歩きだしながら、上條は、俺は焦っているのだろうかと自問した。石井を締め上げても何も出ないことは分かっている。遺体が見つかってから二か月、捜査本部の動き自体が壁にぶち当たっており、具体的な手がかりも何一つない。だからこそ、捜査本部からは離れて一人で動き回ることにしたのだ。捜査本部という組織の中にいると歯車の一つになってしまうし、そうなったら事件全体の動きが見えなくなる。一人だったら、自由な見方で事件に取り組むことができるのだ。

　しかしこのままではどうしようもない。何の手がかりもないまま、俺は、事件の周辺にいた人間を締め上げることで、満たされない自分の欲望を満足させようとしているだけなのだ。そんなことをしても、胸に空いた穴が塞《ふさ》がることはない。ただ苦い思いだけが残り、上條の気分は石井に会う前よりも低く沈みこんでいた。


「困るなあ、陽一」

　真人が文句を言うと、陽一はすねた表情を隠すように毛糸の帽子を目深に被《かぶ》り直した。真人は手を伸ばし、彼の帽子をはね上げる。驚いたような、怯えたような顔が覗いた。

「何だよ」辛うじて凄みを加えた声で陽一が反発する。

「人と話をする時はちゃんとしようぜ」真人が薄笑いを浮かべながら忠告した。

「分かったよ」

ふてくされたように言い、陽一がソファの上で座り直す。二人の前のコーヒーカップはとうに空になっていた。先日と同じファミリーレストランで、真人は一時間も一人で待ち続けた。陽一がやってきたのは五分前で、待っている間に真人の怒りは体を突き破りそうなほどに膨れ上がっていた。

気にくわない。

「で、あいつは今どこにいるんだ」

「知らない」

「知らないってねえ」真人が眉をひそめる。「お前ら、何やってたんだ」

「呼び出したんだけど、邪魔が入ったんだよ」陽一は身を乗り出したが、真人の冷たい視線に遭って、またソファにだらしなく背中を預けた。「何だか知らないけど、レストランからオヤジが二人出てきてさ」

「顔は見られたのか？」

射貫くように真人が目を細める。陽一が慌てて首を横に振った。

「いや、大丈夫。暗かったし、こっちはサングラスもしてたから」

「本当に大丈夫なんだな」

真人にしつこく念を押され、陽一が唇を尖《とが》らせた。

「くどいな。大丈夫だって言ってるじゃないか」

「くどい？」

真人の顔から表情が消えた。目を細め、陽一の顔を射貫くように見る。滑るような動きで陽一の髪を乱暴に摑んで顔を引き寄せると、右手に持ったライターを顎の下に差し出す。火を点け、髪を摑んだ手で頭を押さえつけると、じりじりと肉が焼ける臭いが漂いだし、陽一が短い悲鳴を上げた。店内の視線が集まっているのに気づくと、真人は素早く陽一を解放した。陽一が慌てておお絞りを顎の下に押し当て、次いで目尻から零れ落ちそうになった涙を拭う。

「陽一」子どもをあやすような口調で真人が言う。「言葉には気をつけような」

「分かったよ」一瞬ふてくされたように頰を膨らませた陽一が、慌てて言い直した。笑みを浮かべようとして顔が引き攣る。「分かってるって」

「じゃあ、探してくれよ」

「正春を？　俺が？」

驚いて陽一が目を見開く。その顔を見て、真人は困ったような笑みを浮かべて肩をすくめた。

「おいおい、俺はあいつに話を聞くようにお願いしたんだよな」

「ああ」

「ろくに話も聞いてないんだろう？　それでいきなりぼこぼこにしちゃうんだから、お前らも乱暴だよな」

「仕方ないじゃないか」陽一が顎にお絞りを当てたまま言い訳する。「あの野郎、生意気ばかり言いやがるからさ」

「だったら、何で急に生意気なことを言うようになったのか調べないと。物事には何でも原因があるんだぜ」

「分かったよ」

陽一が携帯を取り出す。真人はテーブルを指で叩いて注意を促した。陽一が顔を上げ、ぼんやりした目つきで真人を見やる。

「陽一、携帯は店の外でな」

何かぶつぶつとつぶやきながら、陽一が席を立った。真人は煙草に火を点け、感情の抜けた顔で店内を見回す。この店で時間を潰すのはそろそろやめにしよう。先ほどの騒ぎで、誰かに顔を覚えられてしまったかもしれない。

かといってこの街には、他にたむろできるような場所もない。仲間の家を転々とするのはまずい。ファミリーレストランは便利な場所なのだ。アルバイトばかりで店員も頻繁に代わるから、大人しくしていれば顔を覚えられる心配も少ない。しかし、北嶺にファミリーレストランがあと何軒あるか。まったく、こんなクソみたいな田舎町にいるから、一々人の顔色を気にしなくちゃいけないんだ。街を離れるチャンスは何度もあった。遠くの高校へ行くとか、東京の大学に進学するとか。そうやってこの街に別れを告げておけば、そもそもこんなことに煩わされる必要もなかったのだ。煙草を持つ指に力を入れると、フィルターが潰れ、指先に熱を感じる。

俺だけでも出ていくか。

いや、それはできない。あの連中を放っておいたら、いつぼろを出すか分からないのだ。危険と裏腹だが、一緒にいれば監視もできる。

結局は腐れ縁というやつか。真人は唇を歪めて笑い、窓に映りこんだ自分の顔をじっと眺めた。例えば陽一とは、中学校の時からのつき合いになる。あの頃は俺も、あの連中がどれほど馬鹿なのか分からなかった。何となく気が合い、一緒にいて楽だというだけで集まった仲間は、自分を除いては間抜けばかりだったのだ。

まあ、いい。真人は窓に映りこむ自分に向けて慰めの言葉をかけた。こういう馬鹿な連中を助けてやるのもゲームのうちじゃないか。せいぜい楽しもう。

砂糖の袋を取り、空になったコーヒーカップに中身を空ける。底に薄く残ったコーヒーに砂糖が溶けた。袋を縦に細く折り畳むと、端に火を点けて灰皿にそっと置く。真人は立ち上る細い煙に視線を注ぎ続けた。


誘拐事件の当日、午後九時以降の上杉光良の足取りは判明していない。そこにこそ事件の核心があった。分厚い報告書の束を読みこみ、午後九時までの光良の足取りについては上條も完全に記憶している。しかしもう一度、自分で全てを調べ直すことにした。九時以前の光良の行動も百パーセント分かっているわけではないし、分かっている部分も他人が調べたことである。そして自分以外の人間を絶対に信用しないことは、刑事としての上條の信条だった。

平日の光良の生活パターンはだいたい決まりきったものだった。部活動はやっていなかったから、基本的には授業が終わるとすぐに学校から解放される。月、水、金は予備校に通っていたのだが、そこへ行く前にいったん家に寄ることもあれば、繁華街で時間を潰してから予備校へ向かうこともあった。

誘拐された当日、学校が終わってから光良が家に帰った形跡はなかった。北嶺の南にある高校から、バスで駅の近くの繁華街に向かい、そこで本屋と喫茶店に寄ったのは確認されている。だが、警察はその日の光良の行動を完全に把握しているわけではなく、ところどころに穴が空いていた。本屋と喫茶店では少年と一緒にいるのを目撃されているが、それが誰なのかも確認されていない。埋めきれない穴の存在が上條を苛立たせた。警察が摑んでいない空白の時間に、光良が、誘拐犯と接触していたのではないかという疑念も消しきれない。

誘拐犯は、入念に下調べをしていたはずだ。飲食店を三軒経営している光良の母親の朋絵は、北嶺のように小さな街ではそれなりに羽振りのいい実業家である。二千万円という身代金も、いかにも彼女が応じられそうな金額だった。犯人はいったいいつから光良の周辺を調べていたのか。それとも、元々の顔見知りだったのか。

多くの疑念は解明されないまま、過去に埋もれようとしている。

繁華街の外れにあるコイン式の駐車場に車を停め、上條はゆっくりと歩き始めた。二十一年前、彼が街を離れた時と比べて、さほど変わったような印象はない。新しいスーパーが建ち、ゲームセンターとパチンコ店が増えた。アーケードも作り替えられており、一見しただけでは化粧直しに成功したように見える。それでも、何となく疲れたような空気が、二十一年前と同じようにこの街をうっすらと包みこんでいた。

昔よく通った本屋は、レンタルビデオ店を併設した古本のチェーン店に変わっていた。高校二年生の時にできたマクドナルドは、今でも賑わいを見せている。午後遅いこの時間に高校生が占拠しているのも当時と同じだった。昔は、マクドナルドでは千円以上使わないと食べた気にならなかったものだが、最近は黄色と赤の看板を見ただけで胸焼けがしてくる。そもそもハンバーガーなど、十年近くも食べた記憶がない。

昔、関谷たちと時間潰しに使っていた喫茶店が何軒も消えていた。初めて朋絵と話をした「ラ・メゾン」は、カジュアルウェアの安売り量販店に変わっている。その他にも、何軒もの昔馴染みの店が空き地になっていたり、シャッターを下ろしたまま沈黙していた。どこの地方都市でも問題になっている商店街の空洞化は、北嶺にも確実に押し寄せている。スプレーで意味不明の落書きがされているシャッターもあったが、それもうら寂しい雰囲気を強調していた。冬という季節のせいか、道行く人は皆、目抜き通りを吹き抜ける風から身を守るようにうなだれ、足早に歩いている。上條の目には、災厄の迫った街から人々が一刻も早く逃げ出そうとしているように見えた。

光良が友だちと会ったという本屋は、上條が高校生の頃にはなかったものだった。自動ドアの横はガラス張りのショーケースになっており、最近のベストセラーが綺麗にレイアウトされている。店内に入ると、暖房に包みこまれ、顔が上気するのを感じた。書棚は三列。右が実用書、真ん中が雑誌、左が単行本や文庫本のコーナーになっている。女子高生が三人、参考書の棚の前で小声で相談しながらあれこれと物色している。コートの襟を立てた初老のサラリーマンが、文庫本のコーナーで難しい顔をして背表紙を眺めていた。人が一番多いのはやはり雑誌の棚で、立ち読みをする人たちは、満員電車に押しこめられたように肩が触れ合わんばかりだ。レジを預かっている若い男の店員に「店長はいるか」と訊ねると、商工会の会合に出かけていて一時間ぐらいは帰らないという。先に喫茶店に回ることにした。

「珈琲道場」という名前のその店に、上條は見覚えがなかった。店の古び具合、看板の黒ずんだ色合いを見ると、自分が高校生の頃からあった店のようだが、記憶の糸を手繰っても何も出てこない。それにしても「道場」か。「最初の一口はブラックで」とか何とかうるさい説教をするマスターが仕切っているのかもしれない。

予想に反して、マスターはまだ二十代の若い男だった。ぱりっと糊《のり》の利いた白いワイシャツに黒い蝶ネクタイ、腰から下の黒い前掛けという格好で、喫茶店のマスターというよりはフランス料理店のギャルソンという風情である。清潔感を強調するためだろうか、地肌が透けそうなほど短く髪を刈り上げていた。カウンターに腰かけ、警察だと名乗ると、切れ長の目に困惑の色が浮かぶ。それが「迷惑している」というサインだと気づくのに時間はかからなかった。

若いマスターが、長身を折り曲げるように屈んだ。

「あの、例の件ですよね」

「そう。何度も押しかけて申し訳ないんだが——」

「こんなこと言うべきじゃないかもしれないけど、迷惑してます。お客さんもいるし」

はっきりした口調で言って、彼は店内をぐるりと見渡した。上條はうなずくだけで何も反論しなかった。マスターが軽く咳払いする。上條が名刺を差し出すと、自分の名前が入った店の名刺をカウンターに置く。上條は名刺を手に取りながらその名前を読み上げた。

「宇津木《うつぎ》か。珍しい名前だね」

「そうですね」

「高校の二年後輩に宇津木って奴がいたけど、親戚か何かかな」

「ああ」宇津木の顔を支配していた緊張がやっと去った。「そうかもしれません。この街で、宇津木姓の家は確か三軒しかないですからね」

「そうか。俺は北嶺高校なんだが」

上條が告げると、宇津木が大きくうなずく。

「じゃあ、間違いないと思います。叔父が北嶺高校でした」

こういう話は長続きはしないものだ。上條が二年後輩の宇津木を知っていたのは、彼が学園祭で三人を相手に大立ち回りをしてぶちのめされ、救急車で病院に運びこまれたからである。その時上條はたまたま現場にいて、喧嘩を分けたのだ。今さらそんな昔の話を持ち出しても場が盛り上がるとは思えないが、とりあえず宇津木が警戒を解いたので、それでよしとしなければならない。

宇津木が水を出した。コーヒーでも、と言われたのだが断り、早々に本題に入る。

「例の事件なんだけどね、誘拐された被害者が事件当日この店に立ち寄ってる。その件は分かってますね」

「ええ」

「被害者の顔は知ってましたか」

「後で写真を見せられて思い出しました。何回かここには来てるけど、話したことはないですね」宇津木が、濡れてもいない手をエプロンで拭った。「それに彼も、毎日来てたわけじゃないですから」

「もう一人の男の方は？」

「そっちは全然分からないんです。あの日が初めてだったかもしれないし……いや、それもはっきりしないな。お客さんと喋るのはあまり得意じゃないんで」

「それで『道場』ですか。私語厳禁でコーヒーを味わえってわけだ」

宇津木がにやりと笑う。上條は水を一口飲んだ。氷が歯に当たり、体の底から震えがくる。暖房の利きがあまりよくない。上條は両手をカウンターに置いて思案した。光良が本屋で会った友人が誰なのかは割れていないのだ。光良の顔写真を持って捜査員が歩いた結果、彼の顔を見たという人間は何人か現れた。本屋の人間然り、宇津木然りである。しかし、一緒にいた少年のことになると、誰もが途端に歯切れが悪くなる。

「一緒にいた子のこと、覚えてませんか」

「うーん」宇津木が頭を掻く。「何度も同じことを訊かれたんですけどね、分からないんですよ。この辺で見かけたこともないと思うし。申し訳ありませんが」

「友だち同士に見えましたか」

「そう、ですね。ご覧のとおりで静かな店なんですけど、あの二人は時々大声で笑ってましたから。注意するほどじゃなかったですけどね」

「話の内容は覚えてませんか」

「いやあ、そこまでは。お客さんの会話の内容なんて一々聞いてませんからねえ。よほど気になる話だったらともかく」

「少なくとも、その時はそういう話じゃなかったわけだ」

「それに、何しろ一年も前ですしね」

直後には忘れていたことを、しばらくしてから思い出すこともよくある。それでも一年前というのはいかにも古い話だ。おそらく、宇津木は本当に何も覚えていないのだろう。

「申し訳ありませんね、お役に立てなくて」

宇津木が頭を下げる。露骨に話を打ち切ろうとするその態度に、上條はなおも食い下がった。

「一緒にいた少年がどんな顔だったか、それだけでも……」

「いや、二人はそこに座ってたんですけどね」宇津木が入口の右側、観葉植物の陰になった席を指差す。「誘拐された子はカウンターの方を向いてたから顔を覚えてたんですけど、もう一人の子は背中を向けたままでしたからね」

「制服はどうですか」

光良が通っていた北嶺高校の制服は深い緑色のブレザーだ。

「もう一人の子はずっとコートを着てたんですよ。だから、制服を着ていたのかどうかも分からないですね」

これでは何も分からないも同然だ。こんな田舎町なのだ、もう少し隣人の様子に気を配るのが普通ではないだろうか。いや、中途半端な都市化は北嶺にも確実に及んでいるのだろう。礼を言って上條は店を出た。人気のない目抜き通りを寒風が吹き抜け、上條の背中を追い立てた。

6

駐車場に車を置いたまま、上條は駅前にある予備校に足を運んだ。誘拐された日、光良が六時半からの授業に出席したことは調書にも記載されているが、自分でも確かめておきたかった。事件があったのと同じ季節、受験シーズンということで、予備校はざわざわと落ち着かない空気に満たされていたが、上條は受付で何とかごり押しして、事件当日、光良が出た授業を担当していた講師をつかまえることができた。

「これから授業なんですが」

事務室の隣の会議室に顔を見せた井岡《いおか》という若い教師は、迷惑そうな表情を隠そうともせず、わざとらしく腕時計に目を落とした。教師というより大学生のアルバイトのような幼い顔立ちで、髭もほとんど目立たない。その代わりというわけではないだろうが、もみ上げを薄く長く伸ばしている。白いボタンダウンのシャツに、赤と紺のレジメンタルタイを合わせていたが、上條の顔を見るなり、気合いを入れるようにネクタイをきゅっと締め直した。

「お座り下さい」上條がいくらか高圧的に言うと、井岡は上條の顔色を窺いながら椅子を引いた。幅広いテーブルを挟んで向き合う。

「上杉光良君の件なんですが」

「上杉君ですか。そのことなら警察に何度もお話ししてますよ」挑発するように井岡が腕組みをした。

「面倒ですか」

「え？」井岡が、眠っているように細い目をいっぱいに見開いた。

「警察の事情聴取を受けるのは面倒ですかと訊いてるんです」

井岡が腕組みを解き、開き直ったように言葉を吐き出した。

「そりゃあそうですよ。授業の邪魔にもなるし、家に押しかけてこられたこともあるんですよ。そういうのって、いくら何でもやり過ぎじゃないですかね。僕は何も関係ないんだから」

上條は井岡の抗議を受け流した。

「二か月前に上杉君の遺体が見つかったことはご存じですね」

「ええ」遺体と聞いて、井岡がごくりと唾を呑む。背筋をすっと伸ばして上條を注視した。

「人が一人死んでるんですよ。ここであなたが毎日教えてた子がね」上條はじわじわと圧力をかけた。

「毎日じゃありませんよ」井岡が眼鏡を外し、鼻梁《びりょう》を指できつくつまんだ。目をしばしばさせると、遠慮がちに訂正する。「週に二回でした」

「でもあなたは、彼を個人的に知っていたわけでしょう」

「いや、まあ……あの、刑事さん」井岡が眼鏡をかけ直し、また上條の顔をまじまじと見つめた。「何度もお話ししたんですけど、私は彼のことはよく知らないんですよ」

「週に二回も会っていたのに？」

「一クラスに何人いると思いますか？　それに、彼は目立たない子だったんですよ。授業中も静かだし、授業が終わってからも積極的に質問に来るわけじゃなかったから」

「友だちは？」

「あまりいないようでしたね」

「本当なら、今頃受験だったんですよね」

誘拐された時、光良は高校二年生だった。本人は進学を希望していたという。やはり北嶺を出るつもりだったのだろうか。大学進学は、街を出るためのかっこうの理由になる。

井岡がうめくように喉の奥から声を絞り出した。答えようのない質問をぶつけているのだということは上條にもよく分かっている。この男には何の責任もない。事件から一年以上も経ってから、悔やみの言葉、あるいは懺悔《ざんげ》の涙を求める方が間違っている。

「もう一度確認しますが、本当に彼と親しい生徒さんはいなかったんですね」

「そうですね」井岡が顎を撫でる。「でもここは学校じゃないですから。子どもたちがどんなつき合いをしているかまでは、僕らも把握してないんですよ」

「そんなものですか」

「予備校は学校じゃないですからね」弁解するように井岡が繰り返した。「ここは、友だちを作りに来る場所じゃないんです」

「そうですか」

言葉を切り、上條は両手を組み合わせた。ゆっくりと揉み絞りながら井岡を見つめていると、彼は決まり悪そうに体を揺すってから顔を上げた。

「とにかく、地味な子でした」

「地味、ですか」

上條が繰り返すと、井岡が言葉を探すように天井を見上げた。

「暗いっていうかね。授業の時はいつも一人で一番後ろの席に座ってましてね。中にはいるんですよ、親に言われたから仕方なくここに来てるって子が。彼もそんな感じじゃなかったのかなあ。まだ二年生だったでしょう？　受験だって言われても、そんなに焦ることもなかっただろうし」

朋絵の顔を思い浮かべる。彼女が無理に予備校に行かせたのだろう。教育熱心な母親というのは彼女のイメージには合わないが、二十年も経てば人は変わる。常に笑顔を絶やさず、東京では何をして遊ぶかということばかりを語っていた少女が、息子を追い立てるように予備校に通わせる母親に変身していても不思議はない。

いずれにせよ、今まで上條が聞いていた光良の人間像も、井岡の印象と重なる。いつも背中を丸め、心の底には不満を抱えているようなのに、決して表には出さない。母親の圧力と折り合いをつけるために、いつも自分の方から一歩引いていたかもしれない。遠くない将来、胃潰瘍になるようなタイプだったのではないだろうか。

上條は組み合わせていた手を解き、広げてテーブルの上に置いた。

「とすると、この予備校に親しい友だちはいなかったわけですね」三回目の質問である。

我ながらしつこいと思いながら、上條は語調を強めた。

「だと思います。始終見てたわけじゃないし、僕は生徒と友だちづき合いをしてたわけじゃないから、本当のところは分かりませんけどね」

「分かりました」上條は腰を上げた。井岡を見下ろし、「事件当日、ここに来てたのは間違いないですね」と確認する。

「ええ」

「いつもどおりの授業を受けて、いつもと同じ時間に帰った。そういうことですね」

「一年前から何度も同じ質問をされてますよ。答えもいつも同じですけど。彼は九時過ぎにここを出ているはずです」

とりあえずはこれで十分だ。光良が予備校にいつもどおりの時間に来て、いつもどおりの時間に出たのか、それが確認できればいい。だが、これからどうする？　光良が予備校を出てから、朋絵に脅迫電話がかかってくるまでの空白の時間については、今のところ何の手がかりもない。

どうやら、裏から手を回す必要がありそうだ。好ましいやり方ではなかったが、今の上條には手段を選んでいる余裕はない。

車に引き返す途中、携帯電話が鳴った。無視しようかと思ったが、反射的に手が伸びてしまう。

「おい、あのガキはどうするんだ」挨拶抜きでいきなり紅林が切り出してきた。

「どんな具合なんですか」

「相変わらず何も喋らない。お前の言うとおりで、確かに記憶喪失みたいだな。病院では入院する必要はないって言ってるが、どうするつもりなんだ」

「俺がその判断をしなくちゃいけないんですか」むっとして上條は言い返した。「誰か、事情聴取したんでしょう。そいつに任せればいい」

「こっちだって人手が足りないんだ。ちゃんと捜査するなら昨夜のうちに動きだしておくべきだったな」非難がましく紅林が指摘した。「まあ、二、三日経っても記憶が戻らないようだったら、新聞にでも情報を流しておくか」

「どうぞ、課長のお考えどおりに」

「本当は、お前が責任を持って対処すべきなんだぞ」

その言葉の裏に、俺はこんな面倒なことに関わっていられないという本音が透けて見えた。

「体は一つしかないんでね」

「そんなことが言える立場か？」

「立場で仕事してるわけじゃありません」

「いい加減にしろよ――」

「後で病院に行ってみます」

上條の方で先に折れた。自分に責任などないとは思っていたが、あの少年のことが妙に気になるのも事実である。腕時計を見る。五時。用を済ませてから病院に回っても、まだ面会時間に間に合う。少し話してみよう。それでどうするか決めればいい。あるいはあの少年も、俺になら何か話すかもしれない。一晩面倒を見てやったのだから、それぐらいの恩義は感じているのではないだろうか。

それにしても、自分の名前も忘れてしまったあの少年を何と呼べばいいのだろう。道に迷った子犬を拾ってきたらこんな気分になるのだろうか。

「これは珍しい」

皮肉っぽい挨拶が出迎える。上條は黙ってうなずくと、勧められるのを待たずに、男が座る向かいのソファに腰を下ろした。ビルの一角にあるこの事務所の名前は「北嶺企画」という。一見何の変哲もない会社の事務室だが、その実態は暴力団の事務所である。何を企画しているのかは知らないが、事務室の中に暴力の臭いを感じさせるものは何もない。すでに勤務時間は過ぎているのか、事務室の中にいるのは、上條の目の前に座っている小野《おの》里《ざと》康永《こうえい》を除けば、若い社員数人だけだった。彼らは申し合わせたように、糊の利きすぎた白いワイシャツの袖をめくり上げ、整髪料をたっぷりつけて髪を光らせている。暖房が利きすぎており、上條はコートと一緒に背広の上着を脱いでソファの上に置いた。小野里はほぼ黒に近いグレイのチョークストライプのスーツを着こんだまま、涼しい顔をしている。二十年ほど前、高校の同級生だった頃に比べて顔の彫りが深くなっているような感じがしたが、上條は、日焼けした肌に深い皺が刻まれているせいだとすぐに気づいた。

「茶は出ないぞ」探るように上條の顔を見ながら小野里が言った。

「けっこうだ」

「で？　何の用だ」

「儲《もう》かってるみたいじゃないか」上條は事務所の中をぐるりと見渡した。

「何でそんなことが分かる」

「お前の服、ずいぶん金がかかってるだろう。それに、事務所のパソコンも全部最新モデルみたいじゃないか」

　ふっと小野里の表情が崩れた。笑うとけっこう愛嬌のある顔である。昔からそうだ。怖がって誰も笑わそうとはしなかったが、笑顔には邪気がない。

　小野里の父親は、古くから北嶺を根城にする暴力団の組長だった。暴対法が施行されるはるか以前、暴力団がまだ暴力団らしかった時代、小野里の父親は北嶺の繁華街に隠然たる影響力を持ち、みかじめ料を吸い上げて組員を養っていた。

　高校で上條の同級生だった小野里本人が、自分の身の上話をしたことは一度もない。噂は自然に耳に入ってきたものであり、上條がそれを事実だと確認したのは警察官になってからだった。高校時代の小野里は、父親が組長だからといって取り巻きがいるわけでもなく、いつも一人でクラスメイトからは距離を置いていたものである。彼は一人でいるのに慣れているようだったし、むやみに怒ったり暴力を振るうこともなかった。体だけは大きく威圧感はあったが、一見したところでは目立たない、大人しい学生だった。今は違う。どんなに「会社役員だ」と言い張っても、小野里の背後には暴力のイメージが透けて見える。上條は、そんなことを考えもしなかった高校時代に思いを馳《は》せた。

二人に関谷を加えた三人が、特に親しい仲間だった。共通項はオートバイである。関谷が学校で禁止されている免許を取り、二年生の時に最初のオートバイを手に入れた。上條と小野里は放課後関谷の家に立ち寄り、関谷のマシンをいじりながら無駄話をして時間を潰したものである。小野里が積極的に話に加わってくることはなかったが、どこか嬉《うれ》しそうに、手をオイルで汚してオートバイのエンジンを下ろしたりしていた。やがて小野里も免許を取り、上條もそれに続いた。もっとも実際にオートバイを買ったのは関谷と小野里だけで、自分の小遣いを全てアルバイトで稼いでいた上條は、やっとタイヤ二本分ぐらいの貯金しかできなかった。それでも、三人で二台のオートバイを使ってのツーリングが週末の楽しみになった。

ワインディングロードで汗を流し、疲れたら公園や駐車場にオートバイを停めて一休みする。三人揃って芝生に寝転がり、煙草を回し飲みしながら見上げた空の蒼さは、今も上條の脳裏に焼きついている。シャツの生地を突き抜けてちくちくと背中を刺す草の刺激もはっきりと覚えていた。

そんな時に話題になるのは、決まって高校を卒業したらどうするか、ということだった。関谷は、初めて会った頃から「北嶺を出ていく」と言っていた。父親が医者なので、自分も同じ道を進まなければならない。そのためにはまず東京の大学に行かなくちゃいけないし、この街にいると何かと息が詰まる、と。上條は自分の将来については何の考えも抱いていなかったが、いつの間にか関谷の意見に完全に同調していた。

一言で言えば、この街は鬱陶《うっとう》しい。高校に入学した頃から、上條の心の中には北嶺に対する不快な思いが渦巻いていた。直接の引き金になったのはオートバイの問題である。「三ない運動」などという馬鹿げた言葉が生まれた時期で、上條の高校でも「オートバイの免許を取らない、買わない、乗らない」などという台詞が教師たちの口から繰り返し出てきた。上條が免許を取ったこともどこかで漏れ、結局、半年近くも取り上げられた。

ところが関谷は何も言われなかった。小野里も同様である。一年生の時から、成績が学年で五番以下に落ちたことがない関谷は、何をやってもいいという免罪符を手に入れていたも同じだったのだ。たとえ人を殺しても、教師たちは目を瞑るのではないかと上條は思った。小野里の場合は違う。教師だってヤクザは怖いのだ。関谷や小野里に恨みを抱くことはなかったが、教師たちの矛盾に満ちた態度は、上條の心に深い不信感を植えつけた。もちろん、こんなことはどこの街へ行っても同じだっただろう。だが上條には、北嶺の空気が教師たちの考え方を捩じ曲げているようにしか思えなかった。

とにかく、北嶺にいても何もできないのは分かりきっていた。ろくな働き先もなく、当時は通えるところに大学もなかった。やりたくもない、下らない仕事で日々をすり潰すように歳月を重ねていく。広い世界を知らないまま年を取り、家庭を持ち、死んでいくのは耐えられなかった。かといって、大学に入って東京に出ることは現実味が薄かった。学費や生活費で父親に頼る気にはなれなかったから。自活しよう。それなら公務員が一番安心だ。かといって、書類仕事で一生を終えるつもりはない。警察官だ、という結論が次第に頭の中で形作られた。

上條は公務員試験に合格し、警察学校に入った。関谷は東京の医大に現役で合格し、街を出ていった。ただ一人、小野里だけが北嶺に残った。卒業を間近に控えたある日、三人は小野里の車でドライブに出かけた——小野里はその頃もう車の免許を取ってオートバイからは卒業していた——のだが、それが三人の別れになるだろうということは、上條にも何となく分かっていた。夜通し山道を走り、それに飽きたら自動販売機で缶コーヒーを買って休む。小野里は何も言わなかったが、それが彼なりの別れの儀式だということは、上條にも理解できた。夜が明け、駅前で二人を降ろした後、小野里は長い間駅前のロータリーをぐるぐると回り続けた。車の遠心力で、二人を北嶺から弾《はじ》き飛ばしてしまおうとするかのように。

小野里は北嶺から出ていかなかったが、それまでの自分の人生にはきっぱりと別れを告げた。

卒業後、小野里は父親の組に入った。「若」と呼ばれ、跡目を継ぐための修業をしていたこともあったと上條は聞いている。警察にいれば、そういう情報は自然に耳に入ってくるものだ。だがそれも長くは続かなかった。上條が刑事になったばかりの頃、小野里は県都で起きた暴力団同士の抗争事件に絡んで逮捕され、二年を刑務所で過ごしている。出所後、彼にとって厳しい時代が待っていた。暴対法の施行で、暴力団に対する締めつけが一際厳しくなっていたのだ。

それでも小野里は潰れなかった。表面上は父親の組織を解散させたが、代わりに「北嶺企画」を立ち上げ、表の顔として飲食店の経営などに乗り出したのだ。その後、地元や警察と悶着《もんちゃく》を起こしたことはない。小野里自身は「北嶺企画専務」の肩書きを持っているだけで、社長には暴力団と直接関係のない人物を置いている。小野里は決して表には出てこない。出てこられない理由もある。問題にならない程度の「しのぎ」を依然として続けているのは間違いないのだ。ただし、警察が積極的に尻を蹴飛ばしたくなるようなことには手を出さない。小野里は水面下に隠れ、時折呼吸をするために、慎重に鼻先を出すだけになったのだ。

上條は小野里の二十年間を、警察官の仕事の一環として途切れ途切れに知っている。向こうは俺のことをどこまで知っているのだろう。柔らかいソファの上で座り直し、小野里の顔を正面から見据えた。小野里が落ち着いた声で切り出す。

「で、何の用だ。お前と仕事の話はないと思うけどな。それとも、暴対課にでも出向したのか」

小野里が訊ねる。知っているくせに、と上條は腹の中で笑い、皮肉をまぶして訊き返した。

「何でお前が暴対課に用事があるんだ」

小野里がにやりと笑う。

「俺の思いこみかな」

「もう知ってるんだろう」

「ようこそ、北嶺へ」

おどけて小野里が両手を広げてみせた。巨大な鳥が羽を広げたようにも見える。元々大きな男なのだ。高校時代の身長は百八十五センチ。当時もがっしりしていたのだが、卒業後二十年以上の年月が、それ相応の肉と脂肪を与えていた。いや、脂肪ではない。増えた体重の分はほとんどが筋肉だろう。刑務所に入ると規則正しく運動もできるし、かえって健康になって娑婆《しゃば》に帰ってくる人間もいる。

小野里がゆっくりと笑みを消し、手を畳んだ。

「お帰りっていう方が正確か」

「帰ってきたわけじゃない。あくまでも一時的にだ」一時的、を上條はことさらに強調

とは違う」

「お前も北嶺をさっさと出ていった口だからな。俺みたいにずっとここで燻《くすぶ》ってる人間とは違う」

した。

「お前も二年ばかり街の外へ出てたじゃないか」

小野里の口の端がひくひくと動く。爆発の兆しにも見えたが、それはすぐに引っこんだ。高校時代、上條は小野里のこういう表情を何度も見ている。その都度、次の瞬間に吹き荒れる暴力を予感したものだが、それが実際に起きたことは一度もない。この男はどこかで、自分の感情を完璧にコントロールする術を身につけたのだ。

「人間、何事も経験だ。俺は、二年間を無駄に過ごしたわけじゃないぞ」小野里は年寄りじみた口調で断じると、自分を納得させるように何度もうなずいた。「で？　わざわざ昔の友だちに挨拶しに寄ったわけじゃないだろうな」

「お前はどう思う」

「おう」小野里が目を細める。「高校時代のお前は、友だちの少ない俺につき合ってくれたいい奴だった」

「今も敵か部下しかいないんじゃないか」

「この世界、腹を割って話し合える人間なんかいないんだよ。誰かを信用するってことは、失敗の第一歩だ」

「それは俺も同じだな」

「お巡りと一緒にするなよ」

「紙一重じゃないかな。あるいは鏡のこっち側と向こう側みたいな感じかもしれない」

上條の真意を探ろうとするように、小野里がまた目を細める。やがて上條の目の中に何かを見つけたのか、微笑《ほほえ》んで立ち上がり、小さなグラスを二つとオールドパーを持って戻ってきた。それぞれのグラスに二センチずつ注ぎ、一つを上條の前に置いた。

「まだ勤務中か？」

「俺は二十四時間、勤務中だ」言いながら上條はグラスを取り上げ、口をつけた。オールドパーは滑らかに喉を滑り落ちる。アルコールで体が温まるにつれ、上條の中ではかえって緊張感が高まった。気づくと、小野里が観察するようにじっと見ていた。

「勤務中っていっても、それを飲んだということは、正式な仕事の話じゃないんだな」

うなずいて小野里の問いを肯定してから、上條はデスクで仕事をしている若い社員たちに目をやった。小野里が首を捻って彼らの方を向き「お前ら、飯でも食ってこい」と命じて背広の内ポケットから財布を抜く。一万円札をひらひらさせると三人が同時に立ち上がった。全員が背広とコートを手にあたふたと出ていくと、小野里は上條に向き直った。まだ自分のグラスには手をつけていない。

「それで？」

「お前がヤクザだって言うつもりはない」

「よせよ」演技かとも思えるほど大袈裟に顔をしかめ、小野里が煙草を取り上げた。火を点けずに掌の上で転がし、上條の次の言葉を待つ。

「今はまっとうな会社の経営者ってわけだな」

「正式には、俺は経営者じゃないよ。そんなタマじゃない」小野里が首を振った。

「じゃあ、ふだんは何をやってる？　まさかもう、自分の手を汚すようなことはしてないんだろうな」

「そもそも汚れ仕事なんかしてない」重々しく言って小野里がうなずく。「時代は変わったんだよ」

「そうだな」

「じれったい男だな、おい」

本当にじれたような口調で言って、小野里が煙草に火を点ける。上條は何も言わずに彼の顔を見詰め続けた。自分の目が、底知れぬ沼のように暗闇を湛えていてくれるとありがたい、と思いながら。何とか自分のペースに引きずりこみたい。

「例の件だろう」

小野里がずいと身を乗り出す。地震だ、と上條は思った。マグニチュード7クラスの地震で小山が動いたような迫力がある。

「そう」

「だいたいお前は、あの事件が気になってこの街に帰ってきたんだろう。県警捜査一課のエースが、わざわざこんな田舎町の警察に、な」

を鳴らす。

「俺が聞いてる話とは違うな。お前、表彰記録を更新しそうなんだって？」小野里が鼻
「俺はエースじゃない」

「あんなものは誰でももらえる。ただの紙屑《かみくず》だ。それにエースは失敗しないんだ。周りの期待を裏切るようなことはしない」

「そうか？　浜北組《はまきたぐみ》の一件は評判になってるぜ。お前は業界筋じゃ要注意人物になったわけだよ」

浜北組の一件とは、四年前に県都で起きた暴力団組員による発砲事件である。繁華街を歩いていた中学校の教諭が、流れ弾《だま》に頭を撃ちぬかれて死んだ。犯人はいち早く割れた。一般市民が犠牲になると、暴対課も容赦せずに暴力団を締め上げるようになるし、暴力団も片意地張って犯人を隠そうとはしないものだ。ところが犯人は事件後、組からもすぐに逃げ出して身を隠してしまった。その居場所を割り出したのが、一課から応援に出ていた上條である。その頃使っていた情報屋からのタレこみだった。隣県のホテルでの三日三晩の張り込みの後、上條は犯人を逮捕した。

そういう上條のやり方に対して、あれこれ陰口を叩く人間がいることは分かっていた。だが、刑事はどれだけ情報網を持っているかが勝負であり、陰口も単なる悔し紛れの捨て台詞だと上條は思っている。

「粘り勝ちだったな、あれは」

「徹夜続きに耐えられるのは能力とはいわないんだよ。エースっていうのはな、現場を一目見ただけで他の刑事が見逃したものを見つけ出して、すぐに犯人を割り出せるような勘のいい奴のことをいうんだ」

小野里がかすかにうなずく。相槌を打っただけなのか、実際にそうだと思っているのかは分からない。指先から立ち上る煙が、彼の表情を隠してしまった。

上條も煙草をくわえ、火を点けないまま唇の端でぶらぶらさせた。

「いても立ってもいられなくて北嶺に来たわけだ」軽い調子で言った小野里を、上條は睨みつけた。

「ああ、そうだよ。ここの刑事は馬鹿ばっかりだ。何もできない。こんな事件は、もっと早く片づけないと駄目なんだ」

「お前は自分にも他人にも厳しい人間だって評判だがね」小野里が煙草の先を上條に向ける。「自分に対してと他人に対してと、どっちが厳しいんだ」

「知らん。考えたこともない」そもそも他人に期待することはとうに諦めてしまっている。信じられるのは自分だけだ。「それよりお前は、あの事件について何か聞いてないのか」

「俺に訊くのは筋違いだぜ」小野里が巨大な肩をすくめる。

「いや、お前はこの街で何が起こってるのか、いろいろ知ってるはずだ」

「俺はこの街の番人じゃないし、何でもかんでも見てるわけじゃない」自嘲気味に言って、小野里がまだ長い煙草を揉み消す。「だいたい、俺たちは誘拐になんか興味はないからな」

「外国人かもしれない。お前はどう思う？」

あまりに見事に痕跡《こんせき》が消えてしまったせいか、捜査本部でも早くから外国人説が浮上していたのだ。

「それはないんじゃないか」小野里がグラスに口をつけた。水でも飲むように一口で呷《あお》ると、新たに三センチほど注ぎ足す。グラスをゆっくりと揺らしながらソファに背中を預け、足を組んだ。

「どうしてそう言いきれる」

「ありがたいことに、北嶺にはまだ中国人も韓国人も入ってきてないからさ。ピッキングなんかで稼いでる奴らは一時いたみたいだが、この街に根を下ろしたわけじゃない。そもそも、中国人が日本人を誘拐するような事件はあまりないだろう」

「そうだな」

「中国人同士の誘拐はよくあるけど、そんなことは俺らには関係ない。あいつらが潰し合いをしてくれれば、少しは治安も良くなるかもしれないしな。とにかく、俺の耳には何も入ってない」

「お前の口から治安なんて言葉が出ると、胡散《うさん》臭く聞こえるのはどうしてかな」

「馬鹿言うな。古来ヤクザと警察ってものはな、車の両輪なんだ。俺がヤクザってわけじゃないが」物分かりの悪い学生に講義する教授のような口ぶりで小野里が言った。「お前らは法律とやらに基づいて治安維持をする。ヤクザは違うかもしれんが、街を安定させておきたいという気持ちは警察と同じだ。それでうまくいってた時期は長いんだぜ」

「昔は、な。今は時代が違う」

「まったくだ」小野里がグラスを持ったまま大きく伸びをした。「やりにくい世の中になったよな。だけど、ヤクザがあまり縮こまってると、それこそ外国人がどんどん入ってきて日本を滅茶苦茶にしちまうぞ」

「外国人を利用している奴らもいるみたいだがな、お前のご同業の中には」

「いつの時代にも、自分の本分からはみ出して金儲けのことしか考えない阿呆な奴らはいるもんだよ。ヤミ金の連中なんか見てると反吐《へど》が出る」

「お前は違うっていうのか」

「俺を叩いてみろよ。埃一つ出ないぜ」

二人はしばらく睨み合った。実際には、睨むというより互いの腹を探り合うように視線を絡ませた。小野里が小さく咳払いをして再び口を開く。

「俺に頼るぐらい困ってるわけだ」

「困ってるわけじゃない」上條は強気に言い放って視線を逸らした。「利用できるものは何でも利用するだけだ」

「残念だが、あの件じゃ俺は何も聞いてないぜ」

「じゃあ、聞き耳を立てておいてくれ」

「どうして」面白そうに言って、小野里がグラスをテーブルに置いた。「お前に対してそういうことをする義理はないと思うが」

「叩いても埃は出ないって言ってたよな」

「綺麗な体だよ」小野里が左肩を掌でそっと叩いて繰り返した。「サツの旦那《だんな》連中に何を言われても、痛くも痒《かゆ》くもない」

「完全に潔癖な奴なんていないんだよ」上條はグラスを干した。「お前だって居心地の悪い思いはしたくないだろう。面倒見なくちゃいけない若い連中もいるだろうしな」

「脅す気か？」

「それは受け取る方の気持ち次第だな。お前は簡単にびくびくするような男じゃないと思うが」

「何でお前はわざわざ話を複雑にしてるんだ」小野里が、本当に訳が分からないとでも言いたげに首を捻った。「同級生のよしみで頼むって言えばいいじゃないか。それなら俺だって、はいそうですかって素直に聞いてやるよ」

「そういう関係を利用したくないんでね」違う。誰にも頭を下げたくないからだ。小野里も例外ではない。

小野里が鼻で笑い、指先で腿を軽く叩いた。

「だったら、そもそもここへ来る理由がないじゃないか。変わった奴だな。昔は気がつかなかったけど」

「変わったのかもしれない」

「確かに、人間ってのは変わる」小野里がグラスを一気に空にした。今のところ、酒に影響を受けている様子はまったくない。「分かった、目を配っておく」

「何も出ないがね」

「賄賂《わいろ》なんぞは期待してないよ。お巡りの給料なんか、たかが知れてるしな」声を出して笑ったが、小野里はすぐに真顔になった。「外国人かどうかはともかく、少なくとも犯人は北嶺の人間じゃないだろうな」

「どうしてそう思う」

「北嶺の人間がやったんなら、お前の言うとおりで、俺のところに何か話が入ってくるはずだからさ。俺たちは、情報を食って生きてるみたいなものだからな」

「ああ」

「だけど、外の人間がやったとしたら、俺のところに情報が入ってくる保証はない。あまり期待しないでくれよ」

「分かってる」

小野里が、空になった上條のグラスを見つめる。上條はグラスに掌をのせた。うなずき、小野里が煙草に火を点ける。急に体が小さくなってしまったように見えた。それまで緊張感と怒りで全身の筋肉を膨らませていたのだということに上條は初めて気づいた。小野里がにやりと笑いかける。

「ところでお前、まだ一人なんだよな」

「まだっていうか、どうかな」突然痛いところを衝かれ、上條は小声で答えを濁した。

「だから、あれ以来一人なんだろう」

小野里が真剣な表情で言った。上條は慎重に言葉を選んだ。どんな昔のことでも、愛した人間の死を簡単に話題にすることはできない。「そうだ」と短く認める。

確かに美歩を亡くして以来、俺は一人だ。誰かと暮らす気にはなれない。新しい生活を築くのが面倒でもあるし、同じ痛みを二度味わうのを恐れているだけかもしれない。自分の気持ちを冷静に分析する気にはなれなかった。十五年というより二十年に近い歳月が経ってしまったのに、未だに傷は乾ききっていない。包帯をはずせば、醜い傷が腐臭を発するはずだ。

「俺も詳しい話は知らんが、あの時はひどい目に遭ったそうじゃないか」

確かにこいつは噂話を食って生きているに違いない。あの不幸な結婚は、上條が北嶺を出てからのことであり、その頃は小野里を含め、高校時代の友だちとはほとんど接点がなかったのに。

「俺よりひどい目に遭った奴なんていくらでもいる」

「どれだけひどいか、感じ方は人それぞれだろう。不幸の比較なんてできないんだぜ。

で、ガキはどうしてるんだ？」

「知らん」それは本当だった。引き離されて以来一度も会っていない。彼自身、会う努力をしたわけでもなかった。そんなことにエネルギーを吸い取られてしまうのが嫌だった。「もうずいぶん会ってないからな――会ってないっていうのは変か。見てもいない」

「今どうしてるかも知らないのか」

「知らない。面倒なことは無視するようにしてるんだ。時間の無駄だからな」

「そんなもんかね」

「ああ」

「俺も離婚したんだ。知ってたか？」

「いや」正確には、結婚したことも知らなかった。

「ガキはいないから、女との縁も完全に切れちまってるけどな。だけど子どもがいたら、また話は違ったかもしれない」

「そうとは限らないんじゃないか」

話を打ち切るきっかけにと、上條はやんわりと小野里の言葉を否定したが、小野里はなおもしつこく訊ねてきた。

「子どもに会いたいとは思わないか」

「そもそも自分に子どもがいたことも忘れてる」

「そんなものかね」

「ああ」

　ふん、と鼻を鳴らして小野里が自分のグラスに酒を注いだ。馬鹿にしているわけではなく、上條の気持ちが読めない戸惑いを押し隠そうとしている様子であった。グラスの底でテーブルの上に小さな円を描きながら、上條の顔を見ずに言う。

「何だったらつないでやろうか？　向こうのオヤジさん、確か弁護士だったよな。それだったら伝《つて》がないわけじゃない」

「小野里」一音ずつを区切るように言って、上條は立ち上がった。「お前がそういうお節介を焼くのは似合わんぞ」

「どうして」

「お前はヤクザだから」

　携帯電話が鳴ったのは病院に向かう途中だった。片手でハンドルを握ったまま電話に出ると、関谷の慌てた声が飛びこんでくる。

「奴がいなくなったぞ」

「あの坊やが？」

　関谷が露骨に舌打ちをする。

「さっき気がついたんだ。脱走したんだよ、あの野郎」

「おいおい、病院ってのはずいぶんいい加減なんだな」

「そう言うなって。昼間は意外に気づかないんだよ。人の出入りも多いし、患者だってずっとベッドに縛りつけられたままってわけじゃない」関谷がぶつぶつと言い訳した。

「それよりどうする？　どうしたらいい？」

「そっちはどうするんだ」

「どうもこうも、いない奴の面倒は見られないじゃないか。それに、行方不明の人間を捜すのは警察の仕事だろう」

そもそも捜す必要があるのだろうか。上條は携帯電話を握り直して「分かった」と短く告げた。

「放っておけ」

「いいのかよ」

「そもそもこの件は俺の担当じゃないんだ。今朝、別の連中に引き渡したんだから。知ったことかよ」

お前が何とかしろという紅林の言葉を頭の中で揉み消して上條は言った。

「冷たいな」

なじるように関谷が言う。上條は思わず反論した。

「昨夜一晩、面倒見てやったじゃないか。あれで十分だろう。子ども一人どうなろうが、俺の責任じゃないよ」

その子が殺されなければの話だが、と上條は胸の中で一人つぶやく。奇妙な引っかかりがあるのも事実だったが、突然自分の生活に飛びこんできた少年に仕事の邪魔をされたくはなかった。

「そう言わないでさ、ちょっと捜してやったらどうだ。記憶喪失なんだぞ。何か面倒に巻きこまれたら、こっちだって後味が悪いじゃないか」

「冗談じゃない。俺だって忙しいんだ。切るぞ」

しかし、実際に電話を切ってしまうと急に不安が膨れ上がる。関谷の言うとおりで、記憶喪失になった人間を放っておくわけにはいかない。たぶんそんなことはないはずだが、また襲われたらどうなるか。

まったく、こんなことは俺の仕事じゃないんだと文句を言いながら、上條はいつの間にか「オープン・オールナイト」に向けて車を走らせていた。


予感はあった。根拠のない予感は外れることが多いのだが、今日に限っては当たった。車を店の駐車場に停め、裏手の家に歩いていくと、少年がドアの前でだらしなくしゃがみこんでいるのが目に入る。眠っているわけではなく、ただエネルギーを消費しないように一番楽な姿勢を取っているだけのようだった。実際、疲れているのは間違いない。病院からここまで、歩けば一時間ほどもかかるはずだ。

少年は上條に気づくと顔を上げ、一瞬何かを期待するように目を輝かせたが、その光はすぐに消えてしまう。全ての希望を、今まで歩んできた道に残してきたような顔つきである。十五か十六か、それぐらいの少年が全てを諦めきってしまうというのが上條には信じられなかった。その年頃の絶望感など、五年も経ってみれば、どれほど馬鹿らしいものだったか気づく。

「病院を抜け出したらしいな」

「嫌いなんだ」かすれた声で少年が言いきった。

「何かあったのか」

「いや」即座に否定した後、少年は唇を嚙んで黙りこむ。

「これからどうするつもりだ。お前の家が分からない限り、病院で大人しくしていてもらうしかないんだぞ」

「嫌だ」

「どうして」

「……分からない」

吐き捨て、少年は頭を抱える。体が震えだした。病院は何かのキーワードなのかもしれない、と上條は思った。この反応は過敏すぎる。

「いったい、どうしたいんだ」

「別に」

痺れを切らして上條は言った。

「じゃあ、しばらくここにいるか」

少年がのろのろと顔を上げる。上條は、餌《えさ》を待つ犬を想像した。

「いいの？」

「いいも何も、行くところがないんだろう。だけどな、こっちだって好きで置いてやるわけじゃないんだ。それだけはちゃんと覚えておけよ」

うなずき、少年はゆっくりと立ち上がった。膝が破れたジーンズの埃を払い、背筋を伸ばす。小柄で、体にはほとんど肉がついていないようだ。

「置いてやるが、条件がある」

「条件？」

「大人しくしてること。酒も煙草も女も駄目だ。薬もな」

「そんなこと関係ないよ」少年が顔を赤らめる。

「それと、店の手伝いをしろ」

「店って、このレストラン？」少年が蔦の絡まった店の壁を見た。「俺、手伝いなんてできないよ」

「やってみろよ。ただで誰かが面倒を見てくれると思ったら大間違いだぜ」

少年が不満気に唇を歪める。かすかにうなずくと、上條の次の言葉を待った。

「体は何ともないのか」

「たぶん」自信なげな口調だった。

「じゃあ、店に出ろ。いや、その格好じゃまずいか」上條は上から下まで少年を見た。

破れたジーンズ、泥まみれのコート、そして何より汚れた顔は、客を驚かせるだろう。

「まず風呂に入れ。何か服を探すから、それに着替えてから店に出ろ」

上條は家の鍵を開けた。ひんやりとした風が階段の上から吹き下ろしてくるようだった。階段を上りながら、どうしてこんな厄介事を抱えこんでしまったのだろうと自問する。答えは返ってこなかった。何かが気になるのだ。しかし、その「何か」の正体がどうしても分からない。封筒の中には答えが入っているのに、きつく糊づけされたその封がなかなか剝《は》がせないようなもどかしさを上條は感じていた。

第二章

1

男は迷惑そうに顔をしかめた。肩の上に重い荷物でものっているように首を回し、右手に握ったプラスティック製の定規を規則正しいリズムで左の掌に叩きつける。溜息をつくように上條に告げた。

「何度お話ししても無駄ですよ」

「無駄かどうかはこちらが決めます」

「何十回も同じ話をしたんですがねえ」

男が定規を握り直した。殴りかかってくるのではないかと上條は一瞬身構えたが、男は定規をレジの横にそっと置いた。

「必要なら何百回でも話を聴きます」

「本当に必要なことなんですか？」事件の日、光良が立ち寄った書店の店主、金沢誠《かなざわまこと》は、半ば白くなった眉をひそめた。「もう、ずいぶん前のことですからね。覚えてませんよ」

「思い出して下さい」上條は強引に続けた。「人が一人殺されてるんですから」

「そんな、私の責任みたいに言われても」急に腰が引けた口調になって、金沢が店の中を見渡した。「あの子がここに立ち寄ったってだけじゃないですか」

いや、あんたには責任がある。殺された光良の行動をぼんやりと見逃していた人間全てに責任がある。上條の沈黙が、金沢を不安に陥れたようだ。

「どっちにしろ、あの時一緒にいたのが誰かなんて分かりませんよ」と慌てて言い添える。

「見覚えのある顔じゃなかったんですか」

「お客さんの顔なんて一々覚えてませんよ。もちろん、商店街の人は別だけど。近所のお馴染みさんですからね」

「でもあなたは、被害者の顔を覚えてたわけでしょう。どうしてですか」

「いや、それは私じゃないですよ。息子の方です」

そうだった。クソ、俺はボケている。情報が頭の中で混同してしまっていたのだ。目撃者は店主の息子である。気取られないように小さく溜息をつき、上條は崩れかけた会話を立て直した。

「息子さん、ね。あの日レジに座ってたんですよね」

「大学が試験休みに入ってたんで、こっちに戻ってきてたんですよ」

「今は？　やっぱり試験休みですか」

「ええ」言ってから金沢は何かに気づいた。すっと眉を上げる。「そうか、あれからちょうど一年経つんですね……分かりました。今外に出てますけど、すぐに呼びますから」

一年という歳月の重みが、金沢の態度を急変させた。「何周年」などというのは便宜的な区切りにすぎないのだが、時にはその言葉が人の心に予期せぬ影響を与えることもある。金沢は携帯電話を持って店の外に出たが、すぐに戻ってきた。

「近くにいましたわ。すぐこっちに来るそうです」自分が追及されずに済むと思ったのか、心なしかほっとした様子である。

「どうも」

礼を言って、上條はいったん店の外に出た。そろそろ店仕舞いの時間であり、店内にいると邪魔になる。二分ほど待っていると、毛糸のキャップに腰まであるグリーンのナイロンコート、茶色い編み上げブーツという格好の若者が、息せききって走ってきた。上條を無視して店に飛びこもうとしたが、上條はこの若者が金沢の息子だろうと見当をつけて声をかけた。

「金沢君だね。金沢克行《かつゆき》君」

「ええ」

足を止めた克行がすかさず視線を上下させる。俺を観察しているつもりかと上條は苦笑したが、克行は眼球の運動をやめようとしなかった。見て面白い人間ではないのに。別れた直後には顔も体型も服装も忘れられてしまう、そういう匿名性が刑事には必要だ。上條は店の中の金沢に一声かけてから、克行を伴って歩きだした。克行が遠慮も警戒もなしに彼の横に並ぶ。少し無邪気すぎるようにも思えたが、こういう人間はうまく利用するに限る。

「君、飯は食ったか」

「いえ」

「じゃあ、ちょっとつき合わないか。俺もまだなんだ」

「いいですけど」さすがに少し用心した口調で克行が応じる。

「この辺、何か美味《うま》い店はないか。久しぶりなんで様子が分からない」

美味い店という言葉に、克行も今度はすぐに反応した。

「最近新しいうどん屋ができたんですよ。関西風だけど、安くてけっこう美味いみたいですよ」

「うどんか、いいね」足元にまとわりつく寒風が、澄んだ脂の浮いた鴨南蛮《かもなんばん》の温《ぬく》もりを想起させる。「奢《おご》るよ」

「ええ」まだ慎重な口調を崩さぬまま、克行が答える。

「大丈夫だ。取って食おうってわけじゃないから」上條が保証すると、克行がかすかに頬を緩めた。

克行の案内で、二人は本屋から歩いて三分ほどのところにある「花むら」といううどん屋に入った。深夜二時頃まで開いている店のようだが、九時に近いこの時間は閑散としている。酔客が酒宴の締めにうどんを食べに来るのはもう少し後だろう。

二人は一番奥にあるテーブル席に腰を落ち着けた。メニューに鴨南蛮があるのを見つけ、上条は迷わずそれに決めた。克行は決めかねている様子で「天ぷらって気分じゃないんだけどな」とつぶやく。

「とりあえずビールでも飲まないか？」

克行が目を見開いた。

「いいんですか、仕事中に」

上条は腕を突き出し、時計の文字盤を人差し指でこつこつと叩いた。

「こんな時間まで仕事してるんだから、自分にご褒美だよ。寒いし、少しアルコールを入れないと体が凍っちまう。君は未成年じゃないよな？　飲んでも大丈夫なんだろう」

「ええ、少しは」

克行がにやりと笑って帽子を脱ぐ。髪がぺったりと頭にへばりついており、最初に見た時よりも子どもっぽい印象を受けた。

ビールを二本頼み、届くのを待つ間も、克行はメニューと睨めっこを続けた。

「この店は何が一番美味いんだ」

「天ぷらうどんじゃないですかね。名物なんですよ。掻き揚げなんだけど、物凄く大きいんです」

「じゃあ、君はそれにしろよ。いつまでも迷ってたって仕方ないだろう。たかがうどんじゃないか」

「そうですねえ……じゃ、そうするか」

ビールが運ばれてきた。克行は天ぷらうどんを、上條は鴨南蛮を注文する。

「自分で注いでくれ」言って、上條はすかさず自分のグラスをビールで満たした。

克行もそれにならう。二人でグラスを合わせる真似《まね》だけをした。冷たいビールが喉に引っかかりながら流れ落ち、胃の底に落ち着く。上條は煙草に火を点け、煙越しに克行の様子を窺った。彼も、十八になってさっさと北嶺を出ていった若者の一人である。とはいえ、今でも長い休みになると実家に帰ってくるということは、故郷を完全に捨てたつもりはないようだ。そんな人間がいるということが上條には信じられない。故郷とは、一度出てしまったら後足で砂を蹴りかけ、二度と振り返るべき存在ではないはずだ。そういう意味では、やはり北嶺に戻ってきた関谷の考えが、生き様が理解できない。

克行はビール二杯で真っ赤になった。

「何だ、弱いのか」

「いや、顔が赤くなるだけで」弁明する克行の口調は、少しばかり怪しくなっていた。

「大学だとずいぶん飲まされるんじゃないか？　その調子だと大変だろう」

「いや、まあ、つき合いはつき合いで仕方ないですよ」人間関係に疲れたサラリーマンのような台詞をつぶやきながら、克行が三杯目を注いだ。「だけど、本当にいいんですか。こんなところで酒を飲んでて」

「酒ぐらい飲んでも話はできるさ」

「あの日のことですよね」克行が自分から切り出した。「でも、役に立てるかどうか分かりませんよ。俺は店番してただけなんですから」

「ふだんは店番はしないんだよな」

「そもそもここに住んでませんから」

「帰省した時だけ手伝ってるわけだ」

「いや、そういうわけでもなくて、あの時は本当にたまたまだったんです。店番の人間が誰もいなくなるから頼むって言われて。そうでもなければ店番なんかしませんよ。別に店を継ぐ気もないし」

「なるほど。とにかく君は、被害者のことをよく覚えていた」

「そういうわけじゃありません」かすかに酔いが回った口調で克行が否定した。「後で写真を見せられて、見覚えがあるって言っただけです。別に知った顔じゃなかったし」

「君は、被害者とは同じ高校なんだよな」

　克行が指を折って何かを数えた。

「ええ。でも、確か向こうは四年下ですよね。だから直接知ってたわけじゃないんですよ。卒業してからは高校とも縁がないし」

「ところで、何で顔が分かったんだ？」

「え？」虚を衝かれたように、克行がぽかんと口を開ける。

「顔見知りじゃないんだろう。店で立ち読みしてるだけの人間の顔を覚えてるっていうのも、変な話だよな。客はたくさんいるわけだし。よほど長い時間立ち読みしてたとしたら別だけど」

「立ち読みだけじゃないですよ。買い物もしました」

克行が怪訝《けげん》な表情を浮かべた。

「そうか」上條は素早くうなずいた。克行の記憶が正しいかどうかを試す誘導尋問だった。ここまでは調書に記載されているとおりである。どうやら克行の記憶力は信頼できるものらしい。調書に書いてある以上のことを思い出してくれよ、と上條は祈った。

「その時、被害者は二千円ぐらいの買い物をしたはずだよな」

「ええ」

「何を買ったか覚えてるか？　参考書か何かかな」

「うーん」急に克行が口を濁した。手にしたコップを小刻みに揺する。

「どうかしたか」

「いや」

「はっきりしよう。いいか、知ってると思うけど、被害者は事件から何か月も経ってから遺体で発見されたんだ。ほとんど白骨化してたんだぞ。土の中で、虫に体を食い荒らされてな。可哀相だと思わないか？　何とかしてやろうと思わないか」

口を押さえて克行が椅子を蹴り、奥のトイレに駆けこむ。ほどなくげえげえと吐く音が聞こえてきた。慌てて店員が飛んできて「何かまずいことでも？」と心配そうに訊ねる。

「気が弱いだけなんだ」上條が答えると、店員は不審そうな表情を浮かべたまま引っこんだ。

五分ほどしてようやく克行が戻ってきた。すでにうどんは運ばれてきていたが、うんざりしたように丼を見下ろして傍らに押しのける。上條も同じようにして、正面から克行と向き合った。克行の目は血走り、何度も空咳《からせき》をする。上條は彼のグラスに気の抜けかけたビールを注ぎ足してやった。

「少し飲んだ方がいい」

「刑事さん、悪趣味ですね」克行が恨みがましく言ってコップを睨んだ。

「事実を言っただけだ。それぐらい大変なんだってことを意識して欲しい」

「そんなこと、言われなくても分かってますよ。俺は、あの高校生を最後に見た一人みたいなものなんでしょう」

「ずいぶん気取った言い方をするじゃないか。まだ余裕があるな」

克行が精一杯厳しい表情で上條を睨みつけた。上條はその視線をやり過ごすと、質問を再開した。

「もう一人、一緒にいた少年のことは覚えてないんだな」

「ええ」

「どうしてだろう」上條は大袈裟に首を傾げてみせた。「片方を覚えていてもう一人の記憶がないっていうのは。やっぱり本を買ったか買わないかの違いなのか」

「だと思います」何度か躊躇った後、克行が遠慮がちに口を開く。「買ったものがね」

「何だったんだ」

「薬物マニュアル」

上條は小さく眉を上げた。

「そういうタイトルの本だったのか」

「正確にそういうわけじゃないけど、とにかくそんな感じでした。なんか、高校生が買う本じゃないなって思って」

「もう一度見れば分かるか」

「たぶん」

「そうか」

上條は髭の浮いた顎を掻いた。かすかな曙光《しょこう》が見えているような気もするが、それが取っ掛かりになるかどうかは分からない。

「そのこと、最初に事情聴取された時には言ってなかっただろう」

「ええ」克行の顔が曇った。

「どうして黙ってたんだ」

「あの時は忘れてたんですよ」

「そんな都合のいい話が……」

「本当ですって」訴えるように言って克行が唇を噛んだ。「俺だって考えたんですよ。あの日だけだって何十人も買い物をした人がいたのに、どうしてあの高校生のことだけ覚えてたのかって。しばらくしてからやっと思い出したんですよ、ああいう変わった本を買ったからだって」

「警察には言ってないのか」

「訊かれてませんから。俺は事情聴取は一回しか受けてないんです」

「そういうことか」上條は舌打ちをしてビールを干した。これは明らかに捜査本部の怠慢だ。同じ人間に何度も事情聴取するのは常識である。話を聴く刑事が代われば、また別の切り口も出てくるものだ。「それならそうと、君も言ってくれればよかったんだ」

克行が不満そうに唇を尖らせたが、それでも「すいません」と素直に謝った。

「大学に行ってると、ついいろいろと忙しくて」

上條は表情を緩め、「伸びちまうから食おうぜ」と言って丼を引き寄せた。克行もそれにならう。

二人はしばらく無言でうどんを啜った。麵《めん》はやや伸びかけていたが、まだもっちりとした食感を保っている。ほとんど透明な汁に鴨の脂が浮かび、麵の喉越しをさらに滑らかにした。克行の天ぷらはごぼうやにんじんを細長く切って揚げたもので、嚙むたびに歯切れのよい音が聞こえてくる。克行が落ち着いたようだったので、上條は途切れてしまった質問を再開した。

「薬物マニュアルか。どんな本だったか覚えてるか」

「いろいろありますからね。ムックみたいなやつも出てるし、もちろん高い専門書もあります。あの時は普通の単行本だったんじゃないかな」

「専門書じゃないのか。大学の薬学部で使うようなやつ」

「いや、うちはそんなに専門的な本は置いてませんから。店を見てみますか？　もしかしたら同じ本があるかもしれないし」

上條は腕時計を見下ろした。

「もう閉店時間だろう」

「店の中を見るぐらいは大丈夫ですよ」

「そういう関係の本はよく売れるのか」

「いや、そんなことないと思いますよ。少なくとも俺が店番してる時に、他に売った記憶はないですね。だから思い出したのかもしれないけど」

これが何かの手がかりになるかどうかは分からないが、何もないよりはましだ。完全に見逃していたものが、後で重要な手がかりだと判明したことは今までに何度もある。犯人にたどり着くまでは、どんな些細な手がかりでも手放すべきではない。

食事を終え、二人は足早に本屋に引き返した。半分閉まったシャッターをくぐり抜けると、レジで売り上げを精算していた金沢が驚いたように振り返る。

「何だ」

克行が怒ったような口調で告げる。

「何だじゃないよ。刑事さんがちょっと調べたいことがあるっていうからさ」

「お前、飲んでるのか？　飲めもしねえくせに」金沢が鼻をひくつかせる。そんなことをするまでもなく、克行が酔っているのは頼りない足取りを見れば明白だった。

「大丈夫だって」克行がやけに甲高い声で答え、ひらひらと手を振りながら単行本のコーナーへ歩いていく。

上條はその後に従ったが、非難するような金沢の視線が突き刺さってくるのをはっきりと感じた。

克行が腰を屈めて、単行本のコーナーを下から上へと探していく。上條は彼の後ろに立って、目で本棚を追った。

「ええと、これだったかな」

一分ほどして克行が一冊の分厚い本を引っ張り出し、上條に手渡した。素っ気ない白い表紙に黒い文字で『完全薬物マニュアル』というタイトルがある。確かに、大学で使うような専門書ではないようだが、寝る前にベッドで気軽に読む本というわけでもなさそうだった。二段組で四百ページ近くある。ページをめくってみると、五十音順に各種の薬物の解説がイラストや写真つきで収められている。薬物にまつわる事件や歴史についても書かれているところなどはちょっと読み物風だが、それにしても堅い内容であるのは間違いない。裏を返してみると、値段は確かに二千円だった。高校生が気楽に買う本とは思えない。

それより、気になる事実が上條の前に大きく立ちはだかっていた。

光良の遺体が発見された現場には何もなかった。通学に使っていた鞄も、予備校の参考書も、そしてこの本も。いったいどこに消えてしまったのだろう。

もしも見つけ出せれば、真相に近づけるかもしれない。

上條は自腹を切って本を買った。

「オープン・オールナイト」はいつも通り賑わっていた。店の近くに市営の体育館があるのだが、そこでバレーボールの練習を終えた一団が立ち寄ったらしい。萩原もてんてこ舞いで、上條が店に入ってくるのに気づいても軽く手を上げるだけだった。

少年の姿は見当たらなかった。

上條は大股でカウンターに歩み寄り、萩原に「あいつはどうしました」と訊ねた。萩原が、髭面の中に困惑した笑みを浮かべる。

「それがねえ。まあ、何だ。飯を食わせて裏の家に帰したよ」

「仕事はしてないんですか」

「慣れてないし、怪我もしてるんだからしょうがないだろう」萩原が妙に庇いだてするのが気になった。

「そうですか。すいませんでしたね」

上條は萩原に向かって小さく頭を下げ、店の裏口を抜けて家に行った。こんなことだろうと思っていた。だがあいつも、タダで飯が食えるなどと思わない方がいい。金も飯も、労働の対価として受け取るものだ。そんなことは中学生でも高校生でも分かる理屈である。

急ぎ足で階段を上るうちに、テレビの音が漏れてきた。どうやら少年は、上條の父親の寝室にいるようだ。ドアを開けると、灯りも点けない部屋の真ん中に胡坐をかいて座り、ぼんやりとテレビを眺めている。顔が極彩色の光でまだらに染まっていた。

「何してるんだ」

答えはない。少年は振り向こうともしなかった。上條は部屋の灯りを点けると、リモコンを取り上げ、乱暴にテレビの電源を切った。怒りだすわけでもなく、少年がぼんやりと上條に顔を向ける。無表情だった。記憶ばかりでなく、感情も失ってしまったのかもしれない。

「店を手伝うように言っただろう」

「できない」自分のことではなく他人の事情を喋るような淡々とした調子だった。

「できるできないの問題じゃなくて、働かないと飯は食えないんだ」

「飯なんかいらない」

「何を突っ張ってるのか知らんがな」上條はテレビと少年の間に割りこんで胡坐をかいた。「俺はお前をここに置いておく義理も義務もないんだぞ。明日にでもお前の顔写真を新聞に載せて、大々的に宣伝してやろうか」

「嫌だ」

「どうして。家に帰りたくないのか」

「帰らない」少年がやけに力強い口調で宣言した。

「帰らないって、いつまでもそうしてるわけにはいかないだろう。家を見つけるのはそんなに難しくないぞ」

「そんなことしないでよ」不必要に突っ張っていた少年の声がへし折れ、懇願するような口調に変わった。

「もしかしたら、自分の家がどこか思い出したのか」だったら簡単だ。親を呼び出して引き取らせればいい。しかし少年は力なく首を横に振るだけだった。

「分からないけど、帰りたくない」

「家がどこなのか、自分の名前が何なのかも分かってないんだろう。それでどうして帰りたくないなんて言えるんだ」

「分からない。だけど家には帰りたくないんだ」少年が理不尽な理屈を繰り返す。

「分からん奴だな」言いながら上條は、少年の記憶が戻りかけているのかもしれないと思った。家族との不仲、あるいは幼年時代の虐待。家に戻ればろくなことにならないというのを、記憶の底でかすかに自覚しているのかもしれない。

立ち上がり、上條は少年を見下ろした。何となく小動物を彷彿《ほうふつ》させる。寒さや恐怖を感じると、それだけで体と心の許容量をオーヴァーして死んでしまうような小動物だ。

「帰りたくないならそれでもいい。だけど、これからどうするつもりなんだ。働かない奴をここに置いておくわけにはいかないんだぞ——それとも、またあの連中に襲われるのが怖いのか」

「やめてくれよ！」少年が突然声を張り上げ、上條のズボンを摑んだ。「あいつらは……あいつらは……」

「何か覚えてるのか」

恐怖を湛えた少年の目が大きく見開かれる。今にも涙が零れそうになっていた。体ががくがくと震え、口の端で唾が泡になる。

「分かった、落ち着け」

「助けてよ」

「助けるって、何から」

少年が、寒い日にプールから上がった時のように体を震わせる。そうしても恐怖を振り払うことができないようで、見る見るうちに涙が溢れだした。

「分かった、分かった。助けるのは構わないけど、ここにいるよりは警察に行った方が安全なんだぞ」

「警察は嫌だ。病院も嫌だ。ここにいる」

これではまるで物分かりの悪い幼児だ。上條は溜息をつき、次いで異臭に気づいた。

少年の体から、動物のような臭いが漂っている。上條は露骨に顔をしかめ、鼻をつまんでみせた。少年は、上條がどうしてそんなことをするのか分からないといった様子で、涙を拭うばかりだった。

「お前、風呂には入らなかったのか」

「風呂は嫌いなんだ」

「自分の名前は分からなくても、そういうことは覚えてるわけか。とにかく、俺の家にいるなら風呂ぐらい入れ。嫌いだとかそういうのは認めない。いいな。店に出られないなら出られるように努力しろ。そうじゃなければ出ていけ」

一瞬、二人の視線が絡み合った。少年が何も言わず膝に手を突いて立ち上がる。

「風呂は一番奥だ。たぶん、シャワーは使える」

少年が風呂場に消える。上條は押入れを探してバスタオルを見つけ出し、風呂場に持っていった。上着を脱ぎ、上半身裸になった少年の細い背中を見て、上條は体が震えるような衝撃を感じた。

急に周囲が暗くなり、どこからか冷たい風が吹きこんできた。

急に熱が上がったようだ。上條はぼうっとしたまま店に戻り、スツールに座ろうとしたが、足元がおぼつかない。先ほどの集団はすでにいなくなっており、店内は閑散としていた。萩原がすぐに上條の異常に気づいて話しかけてきた。

「どうした」

「明日からはあの子にちゃんと仕事をさせて下さい」

「俺は別に構わないんだぜ」萩原が洗ったコーヒーカップを伏せながら言った。「手伝ってもらわないと困るわけじゃないからな」

「ちゃんとさせないと駄目になっちまいますからね」

「何だよ、いったいどこまで面倒見るつもりなんだ」

上條は肩をすくめた。自分でも理由が分からず、先の見通しもないことは答えようがない。

「どうかしたのか」

「いや、別に」

騒々しくドアを開ける音に続き、「いや、参った参った」という疲れた声がした。関谷が上條の隣にどっかりと腰を下ろし、気詰まりになった二人の会話に割りこむ。

「冷えますねえ。今年は十年ぶりの寒さらしいけど、本当だ」

「何だい、先生。今日はずいぶん遅いんだね」萩原がからかうように言った。

「帰り際に急患で……緊急手術で今までかかったんですよ」

「そりゃあ大変だったね。コーヒーでいいか」

「お願いします」言って煙草をくわえると、そこで初めて上條に気づいたように「おう」と声をかけた。上條もああ、とだけ応じる。関谷が溜息をついた。

「お前、小野里とは会ってるのか」

「毎日疲れるな」ふと思いついて、上條は訊ねた。

「だろうな」関谷の顔が曇る。いや、と短く返事をしてそっぽを向いた。

「同じ街に住んでるのに、冷たいんじゃないか。俺は挨拶してきたぜ」

「やめとけよ」下を向いたまま関谷が忠告する。

「どうして」

「分かってるだろう。その……まあ、お前は警察官だから平気かもしれないが」

こんなものだろう。俺たちの人生は、ある日を境にくっきり分かれたのだ。関谷はごくまっとうな社会人である。責任のある仕事に就き、家族を大事にしている。ヤクザの道に足を踏み入れた昔の友だちを避けているからといって、責めるわけにはいかない。

関谷が、小野里という言葉がもたらした不快感を振り払うように、わざとらしく明るい声で訊ねた。

「ところであの子、どうした」

「ここに帰ってきてたよ。犬か鳩みたいなもんだ」

「何だ。心配して損したな」関谷が不満そうに頬を膨らませる。

「心配してたようには見えないが」

「まあまあ」関谷がせわしなく煙草を吸った。「怪我は案外軽かったから、無理に入院する必要はなかったんだ」

「そういう問題じゃない」

「じゃあ、何が問題なんだ」

「あの坊やは、人間として基本的なことが欠けてる。何というか……生きてく上で必要なことを、誰も教えてこなかったみたいなんだよ」

「お前、あの子を預かるつもりなのか？」怪訝そうに関谷が上條の顔を覗きこんだ。

「しばらくはな」上條も煙草に火を点けた。「記憶が戻るのを待つよ」

「どうして」

「え？」

関谷が目を細める。煙草を灰皿に置き、水を一口飲んだ。

「何でお前がそんなことをするんだ？　関係ないじゃないか。たまたまこの店の近くで襲われたってだけでさ。預かって面倒見るなんて、警察官の仕事の範囲をはみ出してるんじゃないか」

「うちの署も真面目に捜査する気はないんだよ」上條はとっさに嘘をついた。「だけど、放っとくわけにはいかないだろうが。誰かが面倒見てやらないと」

「そういう子どもを預かってくれる施設もあるだろう」

「まあ、そうなんだが、そこまですることもないだろう。とにかく、俺にもよく分からん」上條は両手を上げて降参の仕草をしてみせた。「何だか気になるんだ。放っておけない。それだけだ。ここに置いておく限りはそんなに手間もかからないしな」

萩原が割りこんできた。

「コップを割らない限りはな」

「店の手伝いをさせてるんですか」関谷が萩原に訊ねる。

「元のたっての希望でね」

言葉を切り、関谷がまた上條をまじまじと見つめる。

「何だかお前らしくないな」

「そうか？」

関谷がふっと笑みを漏らした。頭の後ろで手を組み、腰をスツールの小さな背に預ける。

「ガキに興味を持ったり同情したりするタイプじゃないだろうよ、お前さんは」

次の瞬間、上條は立ち上がって関谷のシャツの胸倉を掴んだ。ネクタイがよじれ、関谷の顔が蒼くなる。何か言おうとして口を開けたが、言葉の代わりにしゅうしゅうと空気が漏れるような音がするだけだった。

「おい、やめろって」

慌てて萩原が割って入る。それでも上條は力を緩めず、関谷の首を絞め続けた。

「元、よせ」

冷たい声が上條の頭に降り注ぐ。萩原の醒《さ》めた視線が突き刺さり、それで一気に力が抜けた。関谷が吐きそうなほど激しく咳をし、喉を押さえる。カウンターから出てきた萩原がすかさず水を飲ませた。

「お前……」関谷が苦しい息の下から何とか言葉を吐き出す。「何をむきになってるんだよ」

上條が答えずにスツールの上で固まっていると、関谷は手を緩めずに追及してきた。

「俺だってガキが二人いるんだぜ。父親なんだよ。少なくともお前よりは子どものことは分かってるつもりだ。お前に子どもの何が分かるっていうんだよ」

飛び出した関谷の本音に、上條の怒りは水をかけられたように消えた。

そう、高校時代につるんでいた三人の中で、四十歳が近い今、まともな家庭生活を送っているのはこいつだけなのだ。上條の結婚生活は妻の死で崩壊した。小野里は離婚したと言っていたが、そもそも彼に生活といえるようなものがあるかどうかは分からない。

関谷は、高校時代からつき合っていた同級生と結婚した。瑛子《えいこ》。そう、旧姓高井《たかい》瑛子だ。ポニーテールの似合う小柄な子だった。関谷は、彼女を三人の輪の中に入れようとはしなかった。たぶん小野里に近づけたくなかったのだろう。小野里は関谷の本音に気づいていたはずだが、例によって何も言わなかった。

夏の午後、市立図書館の隣にある公園の木陰で、瑛子の膝枕《ひざまくら》で居眠りする関谷の姿を、上條は何度も見かけたことがある。木漏れ日が二人の上に降り注ぎ、その周辺だけ時が止まってしまっているようだった。二人は、関谷が医大を卒業して北嶺に帰ってくるとすぐ結婚した。二人の子ども。病院でのそれなりの地位。安定した収入。こいつはまともな人間なのだ。少なくとも、突然爆発する暴力に対処できるような男ではない。もしかしたら、こうやって首を絞められたことで、これからの人生が大きく変わってしまうかもしれない。暴力に対して何もできなかった自分の弱さに気づき、心の底から笑うことがなくなるのではないだろうか。

俺は違う。襲われればやり返すか、逃げるか、後で逮捕して締め上げてやるか、いくらでも選択肢を持っている。

そんな選択肢があるのは、決して誇れることではない。もっとも、自分の人生を誇る必要などまったくないことは、上條にはよく分かっていた。

2

真人は車のハンドルを両手の指で交互に叩いてリズムを取った。助手席の須藤仁《すどうひとし》が、不安そうに真人を見やる。それを無視して、真人はハンドルを叩く指のスピードを上げた。思いついたようにラジオを消すと「それで？」と質問を切り出す。

「ああ、あの、正春はあの店にいるみたいだけど」仁が慌てて答える。

「あの店って、この前の店か？」真人がかすかに眉を上げた。「何でまた」

「あの店の人が助けて、そのまま置いてやってるみたいだよ」

「物好きな奴もいるもんだな」

馬鹿にしたように鼻を鳴らし、真人が煙草に火を点ける。窓を開けると、国道の騒音が遠慮なく飛びこんできた。目の前ではラーメン屋の看板が派手に輝いている。陽一が中で食事している。あの馬鹿が。真人は心の中で毒づいた。呑気にラーメンを食べてる場合じゃない。溜息を一つついてから仁に訊ねた。

「そこで何やってるんだ、正春は」

「そこまでは」仁が肩をすくめる。

真人はいきなり仁の右肩を摑んだ。薄いトレーナーの生地を通して爪が食いこむ。仁が唇を歪め、低いうめき声を上げた。

「それじゃ困るんだよな、仁」冷静な声で真人が忠告した。「どこにいるか分かっても、それだけじゃどうしようもないだろう」

「分かった、分かったって……」仁が体を捻って真人から逃れようとする。

真人は唐突に手を離し、ハンドルを両手で抱えこんで背中を丸めた。

「やる時はちゃんとやらなきゃな」

「分かった」

「分かりました、だろう?」仁は真人より一歳年下だ。年下の人間にタメ口を叩かれるいわれはない。

「……分かりました」ふてくされたように仁が吐き出す。

真人はちらりと首を捻って仁の表情を見た。薄い唇を嚙み、不満そうに目を細めている。まあ、いいか。こいつは頭が悪い。こんな奴に正春のことを調べさせた陽一が間違っているのだ。あいつも最近調子に乗っている。俺が命じたことはあいつが自分でやるべきだ。下請けに出すような権利はあいつにはない。

陽一が店から出てきて、入口の横にある自動販売機で缶コーヒーを買った。お手玉のようにぽんぽんと宙に投げ上げながら車に戻ってくる。後部座席に滑りこむと、ニンニク臭い息を撒《ま》き散らしながら、缶のプルタブを押し上げた。

「陽一」真人はバックミラーを覗きこみながら、醒めた声で呼びかけた。

「ああ？」

「駄目だよ、人にやらせちゃ。お前が自分で調べてこいよ」

「いいじゃねえかよ。とりあえず正春がどこにいるかは分かったんだから」

「なるほど」わざとらしく重々しい口調で真人がうなずく。「それで、お前はどうしたいの」

「どうしたいって、何を」バックミラーに映る陽一の顔が曇った。

「あいつを見つけたのはいいよ。でも、それで終わりってことはないよな。もう一回あいつにちゃんと話を聞かなくちゃいけないんじゃないか」

「まあ、そうだな」渋々といった感じで陽一が同意する。

「話を聞くだけじゃ駄目かもしれないよ。あいつが何を考えてるのか、それによっては
……」

車内に沈黙が流れ、仁がごくりと唾を呑む音が響く。バックミラーには、缶をきつく握り締める陽一の姿が映った。

「あのレストラン、何か変じゃないか」突然、真人が話題を変えた。

「変って、何が」緊張の瞬間が去ったと判断したのか、陽一がそっと息を押し出しながら訊き返す。

「午後から夜中にかけてだけ開いてるんだってさ」真人は国道を行き交う車をぼんやりと目で追いながら言った。「変わった店だよな」

「ああ」

「あいつはずっとそこにいるのかな」

「それは調べてみないと分からない」陽一が慎重な口調で答えた。

「じゃあ、調べてくれよ」真人は軽い調子で命じた。「それで、思いきって行ってみようぜ、思いきってね。分かるよな、俺の言ってる意味は」

真人はほくそえんだ。赦《ゆる》しを請う相手をぶちのめし、顔の形が変わるまで殴りつける。終《しま》いには肉を裂き、骨を折る感触を味わうことができる。

それは何ものにも代えがたい快感だ。

朋絵にとって、午前九時はまだ夢の途中の時間なのだろう。ドアを開けた途端、彼女がまとった疲労と眠気が波のように襲いかかってきたが、上條はそれを「申し訳ない」

の一言でやり過ごした。朋絵はまだ諦めきれないように、ぶつぶつと文句を重ねる。

「公務員には分からないと思うけど、私は夜が遅いの」

「分かってます」

夜が遅いのが理由ではなく、低血圧だからだろう、と上條は腹の中で笑った。昔からそうだった。一緒に朝を迎えると、彼女はどうしても目を覚まそうとせず、何度学校に遅刻しそうになったことか。いつもの明るい笑顔は、寝起きに限ってはどこかに消し飛んでしまう。

「分かってるなら、もう少し遅い時間に訪ねてくれてもいいじゃない」どろんとした目つきで上條を睨みながら朋絵が抗議した。「別に、急ぐ話じゃないでしょう」

その言葉にこめられた皮肉を頭の中で嚙み砕きながら、上條は玄関に入りこんだ。急ぐ話じゃない。今さら急いでも仕方がない。死んだ子は帰ってこないのだから——ようやく抵抗を諦め、朋絵が体を引いた。玄関から吹きこむ風の冷たさに、ガウンの襟元を掻き合わせる。自分がまだ寝巻き姿なのに突然気づいたようで、「ちょっと待って」と言いながら慌てて部屋の奥へ走っていった。上條はコートのポケットに手を突っこみ、彼女が戻ってくるのを待った。

霜降りのグレイのトレーナーとジーンズに着替えて朋絵が姿を現すのに、五分かかった。跳ねた髪をべっ甲柄のバレッタで何とか押さえつけていたが、化粧っ気のない顔には相変わらず生気がない。

「で、今朝は何なの」壁に肩を預け、体を傾けて朋絵が訊ねる。

「光良君の部屋を見せて下さい」

「今さら部屋なんか見てどうするのよ」朋絵が頰の内側を嚙んだ。

「ちょっと気になることがあるんです」

朋絵が、マニキュアの剝げかけた爪をいじった。うつむいたまま、消え入りそうな声で訴える。

「そのままにしておいてくれない？」

「どうしても調べたいことがあるんです」

「だけど……」

「お願いします」上條は頭を下げた。顔を上げた時にも、朋絵の顔にはまだ戸惑いの表情が浮かんでいたが、上條は辛抱強く彼女の返事を待った。

「あなた、全然変わってないわね」諦めたように朋絵が首を振る。「いつも最後は自分の意見を押し通しちゃうのよね。あの頃は……」

吐息の中に消えた彼女の言葉を上條は想像した。「そういうあなたが好きだった」かもしれない。「それが我慢できなかった」かもしれない。

どうでもいいことだ。

「上杉さん」彼女を焦らせてはいけないと思いながらも、上條は答えを急《せ》かした。

鼻から小さく息を吐いてから、朋絵が諦めたように言う。

「お好きにどうぞ」

上條は靴を脱ぎ、真っ直ぐ光良の部屋に向かった。朋絵が後からついてくる。上條は振り向きもせずに彼女に訊ねた。

「事件の後で、警察は光良君の部屋を調べてますね」

「ええ。三十分ぐらいね」

三十分。いくら何でも手抜きではないだろうか。六畳ほどの部屋でも、隅から隅まで徹底的に調べればもっと時間がかかるものだ。もっとも、事件の現場はこの家ではなかったのだから、あの時は捜索が形だけのものになるのも仕方なかったのかもしれない。

玄関の奥、リビングルームの向かいにあるドアを開けて部屋に入った。長期にわたる部屋の主の不在を示す埃っぽい臭いが、鼻を刺激する。朋絵が部屋を覗きこんでいるのが感じられた。上條は振り返り、穏やかな笑みを浮かべて「一人でやります」と告げる。朋絵が不満そうに唇を尖らせたが、結局小さく頭を下げるとドアの陰に消えた。それを見送ってから上條はドアを閉め、照明を点ける。

六畳の部屋で、右側にベッド、窓際に机が置いてある。机の横には天井まで届く本棚と小さなオーディオ、CDがいっぱい詰まったカラーボックスがあった。ざっと見ると、アルファベット順に並べられているようである。部屋の中央の炬燵《こたつ》には座椅子が置かれ、左側はクローゼットになっていた。薄いグレイの絨毯《じゅうたん》が敷いてあり、上條が歩き回る足音を消し去る。

窓に歩み寄り、カーテンを開ける。窓を開けて空気を入れ替えたいという欲求を何とか抑えつけ、机の引き出しを順番に開けていった。上の幅広い引き出しにはノートとメモ帳ばかりが入っている。ざっとページをめくってみたが、ほとんど使われていない。それ以外には、パソコンのマニュアルと保証書が入っているだけだった。

袖の引き出しに移る。一番上はボールペン、サインペン、シャープペンシルなど筆記具で埋まっていた。新品は一本もない。三十本まで数えて諦めた。使いかけの消しゴムも十個近くあった。二番目の引き出しにはフロッピーディスクとCD-ROMがきちんと縦に並べられている。ここを捜索した連中はフロッピーディスクの中身まで全部調べたのだろうか。CD-ROMは市販のソフトのものばかりで、こちらは中身を検めるまでもなさそうだった。一番下の引き出しには、封を切ったマイルドセブン・ライトと灰皿が入っている。灰皿は汚れていたが、吸殻は残っていない。光良も非の打ちどころのない真面目な高校生というわけではなかったのだと分かり、上條はかえってほっとした。煙草の他には綺麗に洗濯して畳んだタオルが二枚、大量のポケットティッシュ、それにMDが数枚見つかったが、上條が期待していたようなものはなかった。

そもそも何かが見つかると期待する方が間違っているのかもしれない。

デスクの上にはノートパソコンと携帯式のMDプレーヤー。パソコンの電源を入れ、立ち上がるのを待つ間に本棚を調べる。一番下の段にはコミック雑誌が乱雑に突っこんであるが、五段ある棚の一番上には参考書、二段目から三段目にかけては文庫本がきち

ん と並べられていた。古典といわれる小説が何冊もあったし、単行本では宇宙物理学の本が目立った。ぱらぱらとめくってみた限り、数式に埋め尽くされた専門書というわけではないようだが、軽い読み物ともいえない。えらく難しい本を読んでいるものだと感心したが、もちろん上條の狙いはそんなものではなかった。本と本の間を探し、ケースに入った辞書は全て外に出してみた。やはり何も見つからない。

パソコンが立ち上がったので、椅子を引いて座った。フォルダの中身をざっと調べてみたが、気になるようなファイルは見当たらない。このパソコンは主にインターネットとメール用に使っていたようだ。今は電話線がつながっていないので、とりあえず以前受信したメールを調べてみる。しかしこちらも手がかりにはならなかった。光良は不要なメールをまめに削除していたようで、残っていたメールはわずか十通。どれも友だちとのやり取りで、学校や塾での不安を書いた他愛《たわい》ないものばかりである。中身を読んだ限りでは、確かに深いつき合いをしている友人はいないようだった。アドレスと名前を全て書きとめてから、光良が出したメールをチェックする。相手は十人。そのうち四人は受信メールのアドレスと一致した。ざっと流し読みしてみたが、こちらにも注目すべき内容はなかった。希薄な人間関係、と上條は思った。見つかっていない携帯電話の通話記録も調べてみたが、相手は全て学校や予備校の友人であり、事件につながりそうな人間と話していた形跡はない。もちろん、携帯電話やメールでやり取りしていない相手もいたのだろうが。

パソコンは押収してもう一度しっかり調べる必要がある。念のためブラウザを立ち上げてブックマークをチェックしたが、上條が想像していたようなウェブサイトは見当らなかった。

薬物関係のウェブサイトは。

クローゼットの中を検めたが、こちらにも大したものはない。夏用の制服、腰丈のダウンジャケットが一枚、中綿入りの短いジャケットが一枚。あとはワイシャツが数枚とジーンズが二本、コットンパンツが一本、ハンガーにかかっているだけだった。床に直に置いたプラスティックのケースには、セーターやTシャツ、下着類が詰まっている。

どうやら外れのようだ。そして、光良がどうして薬物関係の本を買ったのかという疑問は残る。部屋にある本を見た限り、理系の分野には興味を持っていたようだが、薬物関係の本は一冊もない。ちょっとした好奇心だったのか、あるいは誰かに頼まれたのか。彼の部屋には、ドラッグとの関係を連想させるものは何もなかった。「薬物」という言葉が一人歩きして俺の想像を走らせただけかもしれない、と上條は思った。

いや、諦めるのはまだ早い。上條はベッドの布団をめくり上げた。ヒンヤリとしたシーツ全体を手で触り、下に何かが隠されていないかどうか確かめる。どうせなら徹底してやってやろうと思い、シーツを外した。ベッドパッドをめくり、さらにマットレスをベッドから下ろして床に置いた途端、異音が耳に飛びこんだ。大した音ではない。耳の片隅に残る程度のほんのちょっとした音、紙が擦れ合うような音だ。しかしその発生源がマットレスであることは間違いない。

裏側だ。マットレスをベッドに立てかけて裏側を検めると、小さな傷痕《きずあと》が見つかった。ナイフか何かで十センチほど切り裂き、その跡をガムテープで二重に塞いでいる。テープを剝がし、手を突っこんだ。

やがてマットレスから出てきた上條の手には、何の変哲もない茶色い封筒が握られていた。指先で押し潰すようにして感触を確かめると、かすかにきゅっという音がする。灯りに透かしてみると、中に細かい粉が入っているのが分かった。

ほんの数グラムだろう。それでも十分だった。一年前、己の愚かさと迂闊《うかつ》さをさんざん味わって以来初めて、目の前に光明が射《さ》してきたような気がした。

警察は、最初にボタンをかけ違えてしまったのではないだろうか。捜査本部が執拗《しつよう》に追いかけたのは、朋絵の人間関係である。水商売をしていれば、誰かと利害関係が衝突することもあるだろう。朋絵に恨みを抱いた人間が、息子を誘拐して復讐《ふくしゅう》しようとしたのではないかという見方は、早くから打ち出されていた。実際、朋絵に対する事情聴取は執拗に行なわれ、三つの店の財政状況も徹底的に調べられた。そのような捜査が生み出したのは、朋絵の警察に対する不信感と諦めである。一方、朋絵の別れた夫や朋絵の両親に対する事情聴取も行なわれたが、そちらからも敵対的な人間関係が浮かび上がってくることはなかった。

光良が違法な薬物を持っていたとなると、事件にはまったく違う側面から光が当たることになる。

気づくとドアが細く開いて、隙間から朋絵が部屋を覗いていた。その顔に浮かんでいたのは好奇心でも怒りでもなく、ひどく醒めた表情だった。それが意味するところは、明らかに「今さら手遅れ」である。


持ち帰った封筒を鑑識に渡してから三十分後、紅林が捜査本部の部屋に怒鳴りこんできた。あまりの勢いに、デスクの角に腰をぶつけてうめき声を上げる。

「上條、どういうつもりなんだ」

上條は黙って紅林の顔を見た。顔が真っ赤になり、目も充血している。何事かと戸惑う大田黒が、二人の顔を交互に見た。

「お前、被害者の部屋に勝手にガサをかけたそうじゃないか」

「任意で調べさせてもらっただけですよ。家族の許可は取っています」上條は、食いつくような紅林の視線から目を逸らしながら素っ気なく答えた。

「屁理屈《へりくつ》を言うな！」

紅林が怒鳴りつけ、机に拳を叩きつける。大田黒が慌てて湯飲み茶碗を掌で押さえた。紅林が机の横を回りこんで上條の横に立つ。上條は折り畳み椅子にだらしなく座ったまま、無表情に紅林の顔を見上げた。

「いい加減にしろよ。お前は好き勝手にやりすぎだ。それが許されないことぐらいは分かるだろう」

「組織に縛られてちゃできないこともあるんですよ」

「何だと」紅林が眉をぴくぴくと痙攣《けいれん》させる。「警察は組織なんだよ。組織の中の組織だ。そんなことは基本だろうが」

「鑑識の結果を待ちましょう」上條は穏やかな声で話題を逸らした。「いいですか、一年前に調べた時は、あの部屋にあるものを見落としていたんですよ。あの時俺が調べていれば見つかったかもしれない。それができなかったのはどういうことなんですか」

「そんなのはお前の勝手な思いこみだ。それとも、仲間の失敗をあげつらうつもりなのか」

当然だ。誰かが失敗したら徹底して糾弾する。そうすることで自分の成功をより輝かしいものにすることができるのだから。事実、上條は、これまでも同僚を、あるいは先輩をも厳しく叱責《しっせき》してきた。

紅林が怒りの鉾先《ほこさき》を大田黒にも向ける。

「大田黒主任、困るね。捜査本部はどうなってるんだ」

「私も困ってるんですよ」大田黒が諦めたように力なく首を横に振った。「この男は、こっちの言うことなんか聞きもしないんだから」

そうだろう、とばかりに紅林が激しくうなずき、再び上條に突っかかってくる。

「上條、いつまでもこんなことをしてたら処分せざるを得ないぞ。そんなことが分からんわけじゃあるまい」

「処分だ何だと言う前に、捜査を進めたらどうなんですか。被害者は薬物に関係していたかもしれないんですよ」

紅林がはっと息を呑み、目をぎょろつかせる。怒りの吐き出し先がなくなり、そのうち爆発してしまうかもしれないと上條は想像した。

「課長、俺はこの事件を片づけたいだけなんです」上條は静かに主張を押し通した。「そのためには、手段にこだわっていられないんでね」

「とにかく、勝手なことはするな」紅林が固めた拳を震わせ、忠告を繰り返した。「二度は言わんぞ」

上條は小さく頭を下げた。それを見て、紅林が激しく鼻息を噴き出しながら部屋を出ていく。部屋を揺らすほどの激しさでドアが閉まったのを見届けてから、上條はそっと息を吐いた。

「上條、あんまり無茶やってると俺だって庇いきれんぞ」大田黒が鉛筆の尻で書類を叩いた。

「今まで、お前に庇ってもらったことはないと思うが」

「これからの話だよ」鉛筆を転がし、大田黒が両手を広げてテーブルに置く。「一番頭にくるのは、お前が勝手に動き回って新しい証拠でも見つけたら、俺たちが馬鹿に見えるってことだ」

「ようやく本音が出たな」上條はにやりと笑ってみせた。「クソみたいなプライドなんか捨てちまえよ。一年もこの事件を抱えてるんだぜ。泥に塗《まみ》れようが処分されようが、できることは何でもやってみないと駄目だ」

「お前、まだあの件を気にしてるのか」

大田黒の質問に上條は沈黙で答えた。舌打ちしてから大田黒が続ける。

「俺も、あれは難しい判断だったと思うよ。あの時俺がお前の位置にいたら、同じようにしてたかもしれん」

「そいつはあくまで仮定の話だな」

「まあ、そうだが」

「でも、結果は一つだけだ。俺が余計なことをしたからあの子は死んだ。その事実に変わりはない」

「お前の論理は途中が飛んでるよ」大田黒が呆れたように言った。「あの件と、被害者が死んだことを直接結びつけるのには無理がある」

「そんなことはない」

「よせって」大田黒が自信なさそうな口調でもごもごと続ける。「あの子がいつ死んだのかも分からないんだぞ。もしかしたら、誘拐された直後に殺されてたかもしれないだろうが。あれから一年も経ってるんだ、犯人を捕まえてみないと本当のところは分からない」

「そんなことはどうでもいい」上條は北嶺の街を吹き渡る寒風にも劣らぬ冷たい口調で、大田黒の言葉を否定した。「俺は犯人を挙げたいだけだ」

「簡単に言うわりにはえらく無理してるようだがね」

上條が厳しく睨みつけて皮肉をはねのけると、大田黒が素早く咳払いをして質問を切り替えた。

「で？　ドラッグなのか」

「今、鑑識が調べてる」

「どこにあったんだ」

「ベッドのマットレスの中。切って、隠してあった」

「それじゃあ見つからないわけだ」

「どうかな」上條は煙草に火を点けた。目を細め、煙の行方を見つめる。「あの時徹底してガサをやってたら、必ず見つかったはずだ。どうも、調べた人間が馬鹿ばかりだったようだな」

「そこまで言うな。ああいう状況だったら、そこまで徹底して調べないのが普通だろうが。それに、それは俺の責任でもお前の責任でもない」大田黒が肩をすくめる。「強いて言えば捜査本部全体の責任だ」

「そうだな、お前個人の責任なんてことになったら出世に響くからな」

「そんなこと言ってないだろう」大田黒がむっとして下唇を突き出す。

「俺にはそう聞こえるが」

「俺だって、まずはこの事件をちゃんと挙げたいんだ。何の罪もない子が一人死んで、十か月も土の中に埋まってたんだぜ」

「何の罪もない子だ？　お前は本当にそう思うのか」

上條が強い調子で言うと、大田黒が口籠《くちごも》った。

「そうやって感傷に浸るのもいいけど、事実はどうも違うみたいじゃないか。だが、これが何かの手がかりになるかもしれない」

「ああ」渋い表情を浮かべたまま、大田黒が同意した。

「生活安全課にも応援を頼む必要が出てくるだろうな」

「分かってる。そういうことは俺がちゃんとやる。頼むから、お前は勝手に動き回らないでくれ」

「課長みたいなことを言うな」上條は大儀そうに立ち上がり、コートに袖を通した。

「鑑識から連絡が入ったら俺に回してくれ」

「どこへ行く？」

「街だよ」

「街？」大田黒が首を捻る。

「この事件の答えは街の中にある」あんたには分からないかもしれんがな、と上條は腹の底で言った。すでに刑事たちをまとめる立場になっているお前は、街の空気を、現場の気配を忘れかけているだろう。しかし事件の手がかりは、安全で空調の利いた捜査本部にではなく、常に街の中にあるのだ。


「シャブか」小野里が低い声で言った。

繁華街の外れにあるバアはまだ開店したばかりで、磨き上げた床からかすかなレモンの香りが立ち上っている。「女がいない店がいい」と小野里が誘ったのだが、女どころか客は彼らの他に誰もいなかった。

「まだ分からん」

上條はカウンターの奥の壁にかかった時計を見た。鑑識の調査結果が出るのは明日になるだろう。熱心にやってくれれば今夜中にはある程度の結論が得られるかもしれないが、自分の脅しが利いたかどうか自信はなかった。

「この街にもシャブが出回ってるのか」

「そんなもの、ない場所を探す方が難しい」

小野里が低い声でふっと笑った。狭いボックス席から巨体がはみ出そうになっている。今夜飲んでいるのはラフロイグ。燻《いぶ》したような香りのシングルモルト・ウィスキーである。小野里には合っていないような気がした。疑うような上條の視線に気づいたのか、にやりと笑ってグラスを指で叩く。

「俺だって、たまにはこういう気取ったものが飲みたくなるんだよ」

「俺は何も言ってないぜ」

「お前が何を言いたいかぐらいは、顔を見れば分かる」

「ポーカーフェイスは得意なつもりなんだが、修業が足りないようだな」

上條はわざとらしく両手で顔を拭った。べたべたと掌にまとわりつく不快な感触に思わず顔をしかめる。小野里が喉の奥の方で笑ったが、すぐに真顔になった。

「しかしお前、案外やるもんだな」

「馬鹿にしてるのか？」

「いや、真面目な話」小野里が煙草に火を点け、口を歪めて斜め上に煙を噴き上げた。

「昨日の今日でそこまで摑んだんだから」

「そんなことより、北嶺でシャブ以外に出回ってるヤクはないのか」鑑識の結果はまだだが、光良の部屋で押収した薬物が覚せい剤でないということは上條には分かっていた。

「あまり聞かないな」小野里が無精髭の浮き始めた顎をそっと搔いた。

「あまり聞かないってことは、少しは聞いてるわけだ」

「揚げ足を取るな」

「正確にいきたいだけだ」

小野里がラフロイグを舐めた。上條はグラスを揺らし、フォアローゼズを氷で薄め続ける。もったいないとでも言いたそうに小野里がそのグラスを見つめていたが、やがて顔を上げて慎重に切り出した。

「最初にこれだけははっきりさせておきたいが、うちは絡んでないからな」

「俺は生活安全課じゃないから、あんたらとヤクの関係には興味はない」

「興味はなくても、何かあれば調べるのが警察官の習性だろう」

「そんなことはどうでもいい」上條はフォアローゼズを半分ほど呷った。「実際のところ、どうなんだ」

「何だか喋りにくいな。お前が喋りにくくしてるんだぜ」

上條はグラスを両手で握り締めたまま小野里をじっと見た。神経戦だ。この男が何か知っているのは間違いない。向こうはどこまで喋っていいか、計算しているだろう。一方上條は、どこまで締め上げてよいものか、まだ計りかねていた。昔馴染みだからではない。ヤクザに筋を期待するのは間違っているからだ。

小野里が先に口を開いた。

「完全に綺麗な街なんかどこにもない。北嶺だって例外じゃないさ」

「そりゃあそうだ」

「だからってすぐに、北嶺が薬物で汚染されてるってことにもならない」

「ほう」

「うちは絡んでないがね」この台詞は二度目だが、最初よりも強い口調だった。「確かに、昔はヤク関係はうちの業界の専売特許だった。でも今は違う。簡単に手に入るし、売るのも簡単だ」

「外国人か」

「それもある。中国系、韓国系……」小野里が指を折った。「日本人でも若い奴らは、俺らの目の届かないところで好きにやってるしな」

「若い奴らか」上條は身を乗り出した。「実際にそういう噂でもあるのか」

タイミングを計るように、小野里がグラスを右手の中指で叩き始めた。太い金の指輪が当たり、その都度澄んだ音を立てる。

「どうなんだ」上條は声を高くして小野里を追及した。

「上條さんよ」追及をかわすためか、小野里がソファに背中を埋めて上條との間に距離を置いた。「俺だって何でもかんでも知ってるわけじゃないんだぜ」

「噂でいいんだ」

「俺は、噂は喋らない。もっと確実な話じゃないとな」

「だったら、ちゃんとした情報が耳に入るように、しっかりとアンテナを立てておいてくれ」

小野里が灰皿の上で短くなっていた煙草を手に取り、親指と人差し指で挟みこんでせわしなく吹かした。

「お前に対してそんな義理があるのかね」

「ない」

「上條、お前、自分を追い詰めすぎてないか」急に声を和《やわ》らげて小野里が訊ねる。諭すようにゆっくりとうなずいてから続けた。「刑事がヤクザに頼み事なんかするもんじゃないよ」

「お前はヤクザなのか」

「違う。しつこいな、お前も」しれっとした表情で言って小野里がグラスを干す。空のグラスをそっと脇に押しやると、テーブルの上に身を乗り出した。「そんなことはどうでもいい。何でそんなにむきになってるんだ」

「俺のミスで子どもが一人死んだ。その事実からは逃げられない」

「あれは仕方ないことだったって聞いてるぞ」

「そうかもしれないが、組織ってのは、失敗を誰かの責任にしなくちゃいけないんだよ。それはお前も知ってるだろう」

「極めて日本的な解決って感じだな」

「俺は正式な処分も受けてない。左遷されたわけでもないし、給料も減ってない。ただ、誘拐事件の捜査からは外された。俺にとっては十分すぎる罰だよ」

「それがお前のプライドを切り裂いたわけだ」テレビで野球の試合を観て感想を漏らすように気楽な調子で小野里が言った。「今時プライドなんて流行《はや》らんが、お前は古臭いタイプなんだろうな。そういうことに耐えられないんだろう。だけど、そういう個人的な事情で勝手な捜査をしていいのかね。捜査本部も無視して、一人で動き回ってるらしいじゃないか」

「暴対課にはずいぶんお喋りなネタ元がいるみたいだな。お前はうちの内部事情をよくご存じだ」

皮肉を吐き捨て、上條は残ったバーボンを喉に流しこんだ。小野里が新しい煙草をパッケージから引き抜き、掌の中で転がす。

「お前の考えは俺にも分かる」

「そうか」

「立場は全然違うがね。自分で落とし前をつけないとやっていけない。そういうことじゃないのか」

「落とし前をつけても、昔の自分に戻れるかどうかは分からんがね」

「戻る必要はないんじゃないか」妙に醒めた口調で小野里が言った。「戻ることばかりを考えてちゃ、あまりにも後ろ向きじゃないか……まあ、同級生のよしみで少し耳を澄ましてやるよ」

「すまん。悪いようにはしない」

「そんなこと、気にするな。それと、もう一つ理由があるだろう」

上條は唾を呑んだ。この男が知らないわけがない。世間とは一線を画しているように見せかけながら、ありとあらゆることに目を配っているのだ。それは高校生の頃から変わらない。

「あの子どもの母親のことだな」

「ノーコメント」

　それを無視して小野里が続ける。

「隠したって駄目だぜ。あの坊やの母親とお前がどういう関係だったかは知ってる」

「覗きでもしてたのか」

「馬鹿言うな」小野里が小さく笑った。「だけどな、今考えると、お前ら二人には別の人生もあったかもしれない」

「そんなことは考えるだけ時間の無駄だ」

　上條は強引に話を打ち切った。小野里の言葉が胸に突き刺さる。今とは別の人生。俺だけではなく、朋絵にとっても別の人生があったかもしれない。が、そういうことを想像しようとすると、ピンを打ちこまれたように頭の芯《しん》がしくしくと痛む。上條は、わざとらしい明るい声で念を押した。

「とにかく耳を澄ましておいてくれよ」

　小野里が苦笑を浮かべてうなずいた途端、上條の携帯電話が鳴った。断って席を立ち、店の外に出る。繁華街のメインストリートから一本裏に入った通りで、人通りは少ない。バアの隣にある鶏の唐揚げを専門に出す店から、香ばしいニンニクの香りが漂いだし、空《むな》しく宙に消えていく。

「上條です」

「あ、すんません」聞き慣れない声が耳に飛びこんできた。「鑑識の秦《はた》です」

に向かって延々と愚痴を零したのだ。

「大田黒主任に携帯の番号を教えてもらいました」

「そうか」

「例の薬なんですけどね」

「もう分かったのか?」

「ええ。嫌な感じですね」

「秦」丸く血色の良い彼の顔を思い浮かべながら、上條は短く脅しつけた。「さっさと話せ」

「ああ、すいません」さして気にする様子でもなく秦が続ける。本人は普通に話しているつもりかもしれないが、こいつの喋り方は人を苛つかせる。「コカインの新しいタイプなんですけど、最近、東京の方で流行ってるんですよ。『ホワイトスノウ』って呼ばれてるんですけどね」

ホワイトスノウ。上條も以前聞いたことがある。数年前から、東京で何件かの摘発例があったはずだ。鼻から吸引できる気軽さと、中毒性の高さが問題になっている。

「間違いないな?」

「こっちはプロですよ。間違えるわけないでしょう」むっとして秦が言い返す。

「今、相場はどれぐらいだ」

「グラム十万とかそれぐらいじゃないですかね。封筒に入ってたのは二グラムちょっとでしたけど」

「最近、北嶺で『ホワイトスノウ』が見つかったことは？」

「自分の記憶ではないですね。県内でもまだ検挙事例はなかったと思います。詳しいことは生活安全課に聞いて下さい」

「分かった」

　秦はまだ喋り足りない様子だったが、上條は即座に電話を切った。単なる事件の被害者だと思っていた少年がドラッグに手を出していた――後味の悪い話だが、これは間違いなく何かの手がかりになる。同時に、これは単なる誘拐事件ではなく、背後にもっと大きな事件があるはずだと上條は直感した。

3

　店に戻って「ホワイトスノウ」の一件を小野里に告げる。彼の表情はほとんど変化しなかったが、口調が急に滑らかになった。

「今、東京で流行ってるやつだな。案外安く手に入るから、若い奴らの間で人気らしいよ。コカインとは精製方法が微妙に違うそうだな」

「ほう」上條は関心なさそうにつぶやいた。

予想どおり、彼の気を引こうと小野里がさらに饒舌《じょうぜつ》になる。

「値段も安い。それで効き目はクラック並みだそうだ。速攻で天国だよ。注射じゃなくても鼻からもいけるから気楽だしな。こういうことに関しては、本当にいろいろ考える奴がいるもんだ。そういう知恵を純粋に薬の開発に回したら、今頃は癌の特効薬もできてるんじゃないか」

「この件について何か情報は？　北嶺では出回ってないのか」

「少なくとも俺は知らない」小野里が即座に断言した。「そもそも、あまり関わりたくない話だな。お前は知らんだろうが、うちは昔からヤクには手を出さないんだ。先代がそういう方針でね」

「お前のオヤジさんが？」

会ったこともない小野里の父親、その姿をイメージすることは難しい。何となく、義理と人情、それに面子《メンツ》を大事にする昔かたぎのヤクザではないかという印象を昔から持っているのだが、その辺りのことは暴対課の古株の刑事にでも訊いてみないと分からない。もっとも、知らない方がいいようにも思える。

小野里が無言でうなずき、二杯目のラフロイグを一口飲んだ。

「ヤクザなんて世間の鼻つまみ者だけど、オヤジは一本筋が通ってたぞ。ヤクには絶対手を出さなかった。それは誉められてもいいと思うけどな」

「本当にそうだったとしても、俺がお前らを誉めると思うか」

小野里が苦笑する。大きな手でグラスを包みこみ、上條の顔を真っ直ぐ覗きこんだ。

「そこまで言われても、何だか怒る気になれないんだよな。お前、そういう点では得してるぞ」

「オープン・オールナイト」に、客は二人しかいなかった。カウンターの中にいる萩原も暇そうで、ぼんやりと壁を眺めながら皿を拭いている。最初少年の姿が見当たらず、上條は一瞬頭に血が上るのを感じた。

「萩原さん、あのガキは――」

「ここにいるよ」萩原が言うと、少年が頰を膨らませてカウンターの中で立ち上がった。

「それに、ガキってのはやめようや。本人が名前を思い出せないんだから仕方ないじゃないか。俺はアキラって呼ぶことにした」

「何でアキラなんですか」スツールに腰かけながら上條は訊ねた。

「俺の甥っ子の名前でね」

「そうなんですか」

「知らんのか」呆れたように萩原が首を横に振った。「萩原晶《あきら》。北嶺出身の唯一のプロ野球選手じゃないか」

上條は目を見開いた。この街の出来事は、全てが細い糸でつながっているような気がしてくる。俺は、その糸で編み上げられた蜘蛛《くも》の巣に囚《とら》われた虫だ。

「あれ、萩原さんの甥っ子なんですか」

「そうだよ」萩原が不満そうに頰を膨らませる。「あんた、この街のことは何も知らないんだね」

知らないわけではない。もう十年も前だが、北嶺高校の野球部が初めて県大会の決勝まで進んだことは上條もよく覚えている。万年三回戦止まりのチームが準々決勝に駒《こま》を進めた時、舞い上がったOB会の幹部から早くも「甲子園出場の際は寄付をよろしく」という連絡が回ってきたぐらいの大変な出来事だったのだ。四番でサードを守っていた選手がドラフトで引っかかってプロ入りしたことも、新聞で読んで知っていた。しかし、その時の選手が萩原の甥だったとは。

「今、どうしてるんですか」

「引退した」

「引退って、まだ若いでしょう」

「ドラフト六位だったからな。どんなに頑張っても限界があったんだろう。才能が全ての世界だから」萩原が遠い目をした。「今は球団でスコアラーをやってるよ」

萩原は、甥の活躍に夢を託していたのではないだろうか。大きな期待を託されてプロ野球の世界に飛びこんだ少年に、いつの間にか枯れ果てた自分の夢を重ね合わせた人間が、この街に何人いたのだろう。

下らない。誰かに夢を託さなければならない人生に何の意味があるというのか。それもこれも、この街のせいなのだ。夢を見るにも、その夢を見つけることさえできないこの街のせいなのだ。

「アキラ」上條は少年に呼びかけた。かすかな違和感を覚えながら。

少年は露骨に嫌そうな表情を浮かべて上條を睨みつけてきた。自分でもこの呼び名が気に入らないのかもしれない。上條はスツールに座り直すと、少年に真っ直ぐ視線を据えた。

「お前が名前を思い出すまではアキラにしておく。ちゃんと手伝ってるのか？」

アキラが唇を歪めて肩をすぼめた。やけに大人っぽい仕草であり、上條はそれが気にくわなかった。

「大丈夫だよ。今日は今のところコップも皿も割ってないし」萩原が割って入った。

「手際がいいとは言えないけどな。お前、バイトとかしたことないのか？」

「分からない」アキラが無愛想に答える。

「バイトなんかする必要がないご身分だったんだな、きっと」

萩原がからかうと、アキラが一転して子供っぽく頬を膨らませて洗い物を始める。上條はぼんやりとその様子を眺めながら煙草に火を点けた。

「何か食べるか」萩原が声をかけてきた。

「いや」断って、上條はゆっくりと煙草を吹かした。視線は無意識のうちにアキラの動きを追ってしまう。何だかぎくしゃくして、今にもコップを取り落としそうだった。これではかえって足手まといだろう。

本当は俺が何とかすべきだ。

父親の友人だというだけで、俺は萩原に甘えすぎている。それでも今は、彼の好意にすがらざるを得なかった。自分にはやることがあるのだし、二十四時間この少年の面倒を見ることはできない。

アキラが欠伸を嚙み殺した。昼夜が逆転した生活で、体のリズムが狂ってしまったのかもしれない。上條は精一杯柔らかな声で話しかけた。

「夜が遅いから、しばらくきついぞ」

自分には関係ないことだとでも言わんばかりに、アキラがふいと横を向いた。

「あまり無理しないでいいんだからな」

今度は一切反応がない。わざとそうしているのか、これが自然なのか、アキラは何を言ってもやっても上條を苛つかせる。

「店がない時はどうしてる」

「寝てる」低い声でアキラが答えた。

「他にすることはないのか？　外へ遊びに行けばいいじゃないか」

アキラの顔が蒼褪《あおざ》め、唇が震える。上條は自分を睨みつけるその視線を何とかやり過ごした。

「怖くて出られないんだな」

「どうでもいいよ、そんなこと」

「何がどうでもいいんだ」上條はカウンターの天板を指で叩いた。無意識のうちに、その動きが次第に速くなる。

「別に怖くないし、外に出たくもない」

「昼間寝てて、夜はこの店にいるだけで、一日中籠ってたら腐っちまうぞ」

「関係ない」アキラがそっぽを向く。うつむき、乾いた布でコーヒーカップを拭き始めた。

この手ごたえのなさは何なのだろう。魂のない木の人形か壁でも相手に話しているような感じがする。今までどんな育ち方をしてきたのか。いや、あるいはあの事件でそれまでの生活をすっかり失ってしまったのか。

「あの連中は誰なんだ」

「あの連中って」下を向いたまま、アキラがいじけたように吐き出す。

「お前を襲った連中だよ」

「知らない」

アキラの声がかすかに震えだしたのを上條は聞き逃さなかった。

「全然知らない連中なのか、それとも覚えてないのか」

アキラが顔を上げる。前歯が食いこんだ唇は白くなっていた。

「……覚えてない」

「そうか」これではどうしようもない。単なる行きがかり上の喧嘩だったのか、もっと根の深いトラブルだったのか、それすらも判然としないのだ。

「顔見知りじゃないんだな」

「だから、分からないって」アキラが激しく首を横に振った。さながら頭の中に住み着いた悪夢を追い出そうとでもするように。

「焦るな。ゆっくり思い出してみろ」

アキラが汗の浮いた上唇を舐め、コーヒーカップを一つずつカウンターに置いていった。ひどく丁寧に。そうすることで精神を集中させ、大事なことを思い出そうとしているわけではなく、上條の言葉を頭から追い出したいと願っているだけに違いない。

「まあ、あまり無理するなよ」萩原が助け舟を出した。

アキラは無反応で、依然としてカップを置き直し続けている。それをしばらく見ていた萩原が急に真剣な表情になり、上條に「ちょっと」と呼びかけた。

萩原はカウンターを出て、そのまま店のドアを開けた。駐車場の隅まで行って煙草に火を点け、寒そうに自分の肩を抱く。アキラに聞こえるはずもないのに、店の方を何度もちらちらと窺った。上條は煙草を投げ捨て、萩原の言葉を待った。

「何ですか」

「今日店を開ける前にな、妙な奴らを見かけた」

「誰ですか」上條は、背筋を冷たいものが這《は》い上がってくるのを感じた。

「分からん。そこに車が停まっててな」萩原が駐車場の入口に向けて顎をしゃくる。

「俺が車から降りたら急発進した。逃げ出すみたいな感じだったな」

「あの時の連中ですかね」

「そうだと思う」萩原が両手を丸めて息を吹きかけた。「たぶんアキラは、顔も知らない連中にいきなり襲われたわけじゃないだろう」

「ナンバーは？」

萩原が掌で顔を拭った。

「隠してた。だから変だと思ったんだが、ふざけた話だよ」

「顔は見なかったんですか」

「プライバシーガラス」萩原が肩をすくめる。

「あの子をいつまでもここに置いておくと、萩原さんに迷惑をかけることになるかもしれません」

「いや、俺は大丈夫だよ」萩原が歯を見せて笑う。

何の根拠もない自信が上條を不安にさせた。この男は、どこか世の中の仕組みからはみ出したように超然としている。父がそうであったように。似たもの同士は惹《ひ》かれ合うということなのだろうか。

「うちで預かりましょうか」

「同じことじゃないか。ここだってお前の家だって、昼間人がいないのは同じなんだから」

「まあ、そうですね」なぜか、このことになると頭の回転が鈍くなる。上條はゆっくりと首を振った。

「警察の方で何とかできないのかね」

「今の状況じゃ、ちょっと無理ですね」

「ま、そんなもんだよな、警察ってのは」馬鹿にしたように萩原が鼻を鳴らす。

この男の警察嫌いは筋金入りなのだ。六〇年安保の時代からだから、かれこれ四十年以上になる。それなのに、警察官である自分と話す時はやけに饒舌になるのが、上條には理解できない。

「迷惑かけますが、よろしくお願いします」上條は頭を下げた。

「なに、大したことないよ。この間の連中なんぞ、俺にも追っ払えるさ。まだまだガキには負けんよ」

「最近の子どもはそんな簡単にはいきませんよ。何考えてるか分からないんだから。いきなり刺されでもしたらどうするんですか」

「ガキなんてのは所詮ガキさ」

言い返すことはできたが、上條は口を閉ざした。何か具体的な対策があるわけではないし、萩原は上條が諌《いさ》めたぐらいで素直に従う男ではない。

「俺も気をつけておきますよ」

「そうだな。用心に越したことはない」

「店の前で誰かが見張ってたこと、アキラは知ってるんですか」

「言ってないよ」とんでもない、とばかりに萩原が顔の前で手を振る。「何も怖がらせることはないからな」

「そうですね。今は黙ってた方がいいでしょう。何かあったらすぐに俺に連絡して下さい」

「頼りにしてるぜ。しかし、そういう口調は基義にそっくりだな」

「まさか」予想もしていない時に父親の名前が出てきて、上條はぎくりとした。父が頼りになる？　まさか。上條の記憶にある限り、父ほど頼りにならない人間もいなかった。

「否定するかもしれんが、何だかんだ言ってお前は基義に似てるんだ」

萩原が声を上げて笑い、上條の背を平手で叩いた。かすかな痛みと一緒に、長年背負い続けた父に対する想いが体の奥に染みこんでいく。

父親は、上條にとって解明できない謎であった。

一年前、あの誘拐事件の直前に病死した父親の基義は、北嶺で生まれ、世界へ飛び出し、最後に北嶺に戻ってきた男である。

地元の高校を卒業した後は、北嶺の隣町にある大手自動車メーカーの工場へ就職した。当時の北嶺の若者にとっては、理想的な就職先である。本格的なモータリゼーション時代を目の前にして、自動車産業は永遠に右肩上がりの成長を続けていくように思われていたし、実際に他の会社よりもずいぶん給料もよかったらしい。

最初は工場のラインで働いていたのだが、上條が生まれた頃には会社専属のテストドライバーになっていた。北嶺に新しくできたテストコースで、車の性能をぎりぎりまで試す仕事である。国産車としては早い時期に開発されたＤＯＨＣエンジンをテストしたのも、七〇年代に入ってからのヒット商品となった小型ＦＦ車の初期のテストを繰り返したのも基義だった――という話を、上條は全て萩原から聞いた。

その後はレースの世界に転じた。会社に籍を置いたままのサラリーマンドライバーだったが、六〇年代後半から七〇年代の初頭にかけて、国内のあちこちのサーキットを転戦し、それなりの成績を上げていたという。そのせいで家にいる時間は少なく、幼稚園から小学校低学年の頃の上條には、父に関する記憶がほとんどない。

その後、記憶はさらに曖昧になる。七四年、レース中のクラッシュで両足に大怪我をした父はレースを引退して会社も辞め、つき合いのあった出版社の力添えでモータージャーナリストに転じた。レースを追いかけて海外を飛び回る日々が続き、ますます北嶺からは足が遠のく。いつの間にか上條の頭の中で、父親は「たまに家に来る人」という認識が固まり、そういう状態は彼が中学校に入る頃まで続いた。

よくある話だった。あの時代のサラリーマンなら、多かれ少なかれ身を粉にして仕事に打ちこみ、家庭を顧みなかったはずだし、子どもというものは、いつか父の不在に慣れてしまうものだ。金がないわけでもなかったし、母と二人の生活に寂しさを感じることもなかった。

父は、家に帰ってくるたびに珍しい海外のみやげ物を山ほど抱え、やたらと感情を昂《たかぶ》らせて飽くことなく喋り続けたものである。そんな父親が、母子二人の生活への闖入者《ちんにゅうしゃ》としか感じられなかったこともある。父は、ふだん家にいない分を一気に穴埋めしようとしたのかもしれないが、上條には、そういう態度が妙に芝居がかったものに見えた。見たことも聞いたこともない海外の話にも、興味を引かれることはなかった。

母が交通事故で死んだのは、上條が高校に入学した年の春だった。レースの取材でヨーロッパ各地を転々としていた父親に訃報《ふほう》が届いたのは葬儀の三日後で、家に戻ってきたのはそれからさらに五日経ってからだった。その時感じた父への憎しみは、今も忘れることができない。ただ、完全に憎み抜くことはできなかったのだと思う。大袈裟ではなく父は三日三晩泣き続け、最後は意識を失って病院に担ぎこまれたのだ。そんな姿を見てしまうと、「ふざけるな」と言葉を叩きつけ、絶縁を宣言することなどできなくなる。

それにしても父が、母に対してそういう感情を持ち続けているということが、上條には意外だった。結婚して何年も経っていたのに。家族よりも自分の仕事や夢を優先しているのだとばかり思っていたのに。だが、夫婦の間のことは夫婦にしか分からない。思い起こしてみれば、母が父に対する愚痴や悪口を言ったことは一度もなかった。

母の死をきっかけに、父はがらりと変わってしまった。家に帰ってくるたびに父として、夫としての愛情を大仰《おおぎょう》に押しつけていたのに、一気に年老いてしまったように動作が緩慢になり、口数も減った。上條に話しかけることもほとんどなくなった。そのうえモータージャーナリストとしてのキャリアをあっさりと放棄し、北嶺に腰を落ち着けてレストランを始めたのだ。

上條にとっては、何とも居心地の悪い生活だった。家にいつも父がいるというのは経験のないことだったし、顔を合わせても会話が弾むわけでもない。そう、あの頃感じていたのは違和感だ。ずっと家を空けっぱなしだった人間が、一転して家に居座るようになることは、それだけでも大変な変化である。しかも父親は、ずっと自分の殻に閉じ籠ったままだった。時折、夜中に一人仏壇の前で涙を流していることもあり、上條も気軽に声をかけにくくなってしまった。

店は萩原たちの溜《た》まり場になり、父は世界各地で見聞きした話題を持ち出しては友人たちを笑わせた。引き出しは無尽蔵のようであり、友人たちを前にしている時だけ、父の顔は生き生きと輝いていたものである。その輪の中には入りにくい雰囲気があり、上條はできるだけ店に近づかないようにしていた。裏手にある家に朋絵を引っ張りこんで肉体関係を続けていたのも、父に対する反感からだったかもしれない。俺は俺で好きにさせてもらうという無言の宣言だったから、特に隠すこともしなかった。

一度、父と朋絵が階段でばったり顔を合わせたことがあるのだが、その時も父は黙って通り道を開けてやっただけだった。後で何か言われるかもしれないと思った——説教されるとか、あるいは下卑《げび》た冗談でも口にするとか——が、父はまるで朋絵を見なかったかのように振舞っていた。そのことを告げると、彼女は「変わったお父さんね」と肩をすくめたものである。

北嶺を出ることを決めた原因の一つは、明らかに父の存在である。警察官という堅い職業を選んだのは、自分の好きなように、奔放に生きていた父への無言の反論でもあった。俺はオヤジのようにはならない。きちんと生きてやる。家庭を持つようになれば、責任を持って家族の幸せを第一に考えよう。だが、自分の進路を告げた時も、父は「そうか」と短く言うだけだったし、上條が街を出ていく日も、せわしなく働いていた。これで綺麗さっぱりだ、俺は永遠に北嶺と、そして父と縁を切る。そう思って家を出て、冷たい三月の空気を吸いこんだ直後、上條はうまく説明できない胸のつかえを感じたことを覚えている。

長い年月の後、上條はようやく気づいた。俺はオヤジが羨《うらや》ましいのだ。自分には真似できそうもない人生を生きた父という男を眩しく思うのだ。

父はどうだったのだろう。じっくり話し合うこともできず、ついに本音を知ることはできなかった。俺との関係をどう考えていたのだろう。俺が警察官になったことを、美歩と結婚したことを、子どもを手放したことをどう考えていたのだろう。北嶺を出た後も、年に一回、母親の命日に顔を合わせるだけで、まともに言葉を交わすこともなかった。

自分のやってきたことが間違っていたと考えたことは一度もない。だが今になって、上條の心は揺らいでいた。仕事以外に何もない生活。二十年近くもそうやって生きてきて、今初めて疑問が芽生えている。何か別の人生もあったのではないか。父のように生きることはできなかっただろうし、そうしたいという気持ちは少しもなかったが、もう少し別の生き方もあったのではないか。

節目節目に父の言葉があれば。四十近くなってこんなことで悩むのは情けない話だったが、今、上條が誰よりも話をしたいと思う相手は父だった。

「へえ、じゃああいつ、やっぱりずっとあの店にいるわけだ」

気の抜けたような声で真人は言い放った。勢いこんで報告した陽一が、不機嫌そうに顔をしかめる。

「もうちょっと喜んでくれよ。やっと探り出したんだぜ」

「そうか、よくやってくれたな」

真人は依然として関心のなさそうな口調で言った。いつものファミリーレストランのいつもの窓際の席。真人はソファに背中を埋め、目を細めて陽一を見た。こいつは誉めてもらいたいのだろうか。心の底から喜びの声を上げ、背中を大袈裟に叩いてやれば満足するのだろうか。

まるで犬だ。

「とにかく、店が開いてない時は家から一歩も出てこないな」

「家があるのか」

「こっちが国道で、そこに面した方が店になってる」陽一が紙ナプキンをテーブルに広げ、ボールペンで図を描き始めた。「この裏が家なんだ」

「誰の家？」

「表札には『上條』って書いてあったな」

「その店の人間なのか」

「まだ分からない」

「何だよ」うんざりしたように両手をテーブルの上に投げ出し、真人は文句を言った。

「じゃあ、奴がそこにいるのが分かっただけじゃないか。全然前に進んでないよ」

「だけど、けっこう大変だったんだぜ」陽一は頰を膨らませたが、抗議はあくまで控えめだった。「ずっと張り込みして、やっと正春の顔を確認したんだから。あいつ、とにかく外に出てこないんだ」

「もう少し頑張ってもらおうかな」

「何で。さっさとやっちまえばいいじゃないか。あの店、昼間は誰もいないみたいだぜ。

昼間やれば、ばれないよ」

「それじゃ面白くないだろうが。それに、あいつがその家にずっと一人でいるかどうかは分からないんだろう？　誰か一緒に住んでるのか、あいつが毎日何をしてるのか調べてこいよ。それからどうするか決めようぜ」

「面倒臭いこと言ってないで――」

「だからお前は駄目なんだよ」正確には「お前らは」だ、と真人は頭の中で訂正した。こいつらはみんな阿呆だ。思いきったことをやるのは構わない。しかし、それと危険を冒すこととはまったく別なのだ。「ただそこへ行って奴をぶちのめして終わりじゃ、面白くも何ともないだろう。どうせやるならもっと派手にやらなくちゃ」

瞬時に陽一の顔が蒼褪める。

「真人、まさか――」

「ああ、今はそんなこと考えなくていいから」

真人は面倒臭そうに顔の前で手をひらひらさせた。こいつはどうして怯えているのだろう。そもそも最初に正春に話をつけに行った時に中途半端なことをしたから、こんなことになってしまったのではないか。あの時、俺も一緒に行くべきだった。そうすればもう片がついていたはずなのに。どうしても東京へ行かなければならない用事があったことが、今になって悔やまれる。

「実際どうするかは、その場に行ってからじゃないと分からないだろう？　雰囲気だよ、雰囲気」

「そんなこと言ったって、この前みたいになったらどうするんだよ」

真人は、陽一の震える唇を眺めた。いったい何が怖いというのだ。真人は掌を広げ、じっと見下ろした。あの感覚が蘇る。ストライクゾーンのど真ん中に入ってきたボールをバットの真芯でとらえ、レフトスタンド上段に叩きこんでやったようなものだ。次のボールも。その次のボールも。白球がスタンドに飛びこむたびに、心の中の雑念が消えていく。快感とかそういうものではなかった。ただあの行為を通じて心が澄み渡り、あらゆる邪念が去っていく。あれは祈りのようなものかもしれない、と真人は思う時がある。絶対的な力を持つ者を前に祈り、己の心を無にする時、人はこんな気分になるのかもしれない。いや、あれは、祈りよりもずっと前向きで崇高な行為だ。ただ高次の存在に己の身を委《ゆだ》ねるのではなく、ただ自分の力を信じ、自分の意思でやることなのだから。

「とりあえずどうするよ」

陽一に呼びかけられ、真人は顔を上げる。妙に落ち着いた気分だった。小さな笑みを浮かべ、低い声で告げる。

「とにかく、もっと詳しく調べてくれよ。あの家には他に誰が住んでるのか、店にはどんな人間が出入りしてるのか、正春は何をしてるのか、な」

「分かった」

「それにしても正春、うまく隠れたつもりなのかね」真人はくすくすと笑った。

「あいつは頭が回らないからな」馬鹿にしたように陽一が決めつけて、煙草に手を伸ばした。真人は急に真面目な表情を浮かべる。

「いや、馬鹿にしたもんじゃないぜ」

「何で」

「もしかしたら何か考えがあって、あそこに隠れたのかもしれないじゃないか」

「まさか。そんなことないだろう」陽一がわざとらしく声を上げて笑い、煙草に火を点ける。「頭隠して尻隠さずってやつ？　ばればれなんだからさ、あいつはやっぱり間抜けだよ」

「決めつけるのは、もう少し様子を見てからにしようぜ」こいつに説教するのもいい加減飽きてきた。俺はそろそろ、この連中とつるむのをやめるべきかもしれない。馬鹿の中にいると、自分まで馬鹿になってしまうかもしれない。

「分かったよ」不満そうに言って陽一が煙草を吹かす。

いくら何でもこれだけ言えばちゃんとやるだろうと思い、真人は話題を切り替えた。

「ところでさ、そろそろまた始めようかと思うんだ、例の件」

途端に陽一の顔が強張《こわば》り、目が暗くなった。

「マジかよ」

「大学で、お得意様だった連中にせがまれてるんだよ。別に金が欲しいわけじゃないけど、頼まれると断りにくいじゃない」

真人はこの街にある唯一の大学、北嶺大に籍を置いている。大学にいるほとんどの時間をぶらぶらして過ごしているのだが、その方が、講義で机上の空論を聴いて時間を潰しているよりもよほど役に立つ。

しかも金になる。いいことずくめなのだが、このために北嶺に縛りつけられているのも事実だった。商売を放り出してこの街を出ていくことはできなかったのだ。

陽一はぽかんと口を開けたままである。指先の煙草から、長くなった灰が零れ落ちそうになった。真人は灰皿を煙草の下にあてがい、陽一の手の甲を軽く叩いて灰を落としてやった。

「何でそんなに驚いてるんだ」

「いや……」陽一が上唇を舐めた。ぬめぬめと赤く光る唇を見て、真人ははっきりとした嫌悪を感じた。陽一が、空気を求めるように口を開けて言葉を押し出す。「もうやらないかと思ってたから」

「どうして」

「しばらく大人しくしてようって言ったじゃないか」

「ああ、あれね」さりげない調子で言い、真人はコップの水を一口飲んだ。にやりと笑うと「前言撤回」とあっさり宣言する。

「何で」陽一が震える手で煙草を灰皿に置き、身を乗り出す。「やばいよ。何回も同じことをやってたらばれちまうじゃないか」

こいつも案外馬鹿じゃないな、と真人は思い直した。発覚を逃れるためには、同じことを繰り返さないのが基本である。しかし、俺は損得勘定だけで動いているわけではない。危ないと分かっていながらやるからこそ、面白いのではないか。

「このまま何もしないで頭を低くしてたって、面白くないだろう？　どうせやるなら、サツやヤクザの裏をかいて派手にやってやろうぜ。派手にっていうのは変かもしれないけど、ばれないように工夫しながらやるから面白いんじゃないか」

「勘弁してくれよ」額に汗を浮かべ、陽一が懇願した。「俺はもう、危ない橋を渡るのはごめんだぜ」

「陽一、それはないんじゃないか」真人がぐっと身を乗り出す。「俺たち、昨日今日のつき合いじゃないだろう。それに去年のことを思い出せよ。俺たちが何をやったのかをさ。今さらお前一人逃げ出すなんて許されないんだぜ」

「それは分かってるけど、しばらく大人しくしてる方がいいんじゃないか」

「じゃあお前は、これからずっと頭を低くして目立たないように生きてくつもりなのか？　そんなことして何が面白いんだよ」つい先日までは真人もそう思っていた。だが、どこかで突破口を見つけなければならない。目立たぬように生きていこうとすれば、いずれは息が詰まってしまう。

「面白いとか面白くないとかの問題じゃないだろうが」震える声で陽一が反論した。

「俺だって、自分が可愛《かわい》いからね」

「馬鹿言うな」呆れたように言って、真人がソファに、ぽん、と背中を預けた。「お前、自分がまともに生きられると思ってるのか？　そのうちどこかに就職して、可愛い嫁さんをもらって小さな家を建てて、このクソみたいな街で死ぬまで暮らしていけるとでも思ってるのかよ。それで満足なのかよ」そう、お前はもう、首までドブにつかっているのだ。

「じゃあ、俺の人生はどんな人生なんだよ」抗議するのではなく、答えを求めるような頼りない声で陽一が訊ねた。

「一生ロープの上を歩き続けるんだな。立ち止まったらそこで落ちるんだぜ」

「冗談じゃない」陽一が吐き捨てたが、その言葉には自信の欠片《かけら》も窺えなかった。「そんなことずっと続けてたら、参っちまうじゃないか」

結局こいつは俺とは違う種類の人間なんだなと思い知らされ、真人は力なく首を横に振った。慎重に一歩を踏み出し、ロープの感触を足の裏に感じながらそろそろと歩く。足元には何もない空間が広がっていて、霞《かす》むほどの彼方に硬い地面がかすかに見えるだけだ。

それがいいのではないか、そういう生き方こそが。明日を——いや、今日を生きられる保証さえない中で、足の裏にしっかりロープの感触を感じながら渡っていくスリルこそが快感なのだ。

朋絵の経営する三軒の店のうち、「メランザーナ」という名のイタリアンレストランは繁華街の外れにある。上條はそこへ足を運んだ。看板に大きくナスの絵が描いてあるので、店名の意味は想像できる。外に張り出されてあるメニューを見てその想像が裏づけられた。メニューの大半は、ナスを使った料理で占められているのだ。

そうか、と上條は思い至った。朋絵はたった一度だけ料理を作ってくれたことがあったが、それがナスのラザーニャだった。彼女はナスが好きなのだろう。あの頃はそんなことすら知らなかった。

捜査上の問題で彼女に会う必要があったわけではない。個人的に会いたいわけでもなかった。ただ、実際に彼女が切り盛りしている店がどんなものか、見ておきたかっただけである。それに夕食がまだだった。「オープン・オールナイト」で例の殺人的な辛さのカレーを食べる気にもならず、いつの間にかこの店まで来てしまった。

八時過ぎ、テーブルはほとんどが埋まっていた。一番奥にある窓際の席に案内され、上條はメニューを検討した。ナスはあまり好きではない。それに、一人で食事することが多い上條は、イタリアンレストランに足を踏み入れることなどほとんどないのだ。結局、一番無難な平打ち麵のボロネーゼを選び、食後の飲み物にエスプレッソを頼む。

運ばれてきたパスタには、こってりとチーズが絡んでいた。これは後で胸焼けするかもしれない。選択ミスを悔いながら、上條は何とかパスタを平らげた。小さなカップに入った濃いエスプレッソにたっぷり砂糖を加えて飲みながら、店内を観察する。若いカップルが多かったが、抑えた笑い声が時折聞こえるだけだった。ＢＧＭよりも大きな声で話すと蹴り出されるのかもしれない。その静かなざわめきを大声でぶち壊してやりたいという欲望を何とか抑えながら、上條は煙草に火を点けた。

冷たい声が降ってきたのはその瞬間だった。

「何してるの」

振り向くと、目に冷ややかな色を湛えて朋絵が立っていた。どうしてよいものか一瞬迷った後、上條は座るよう彼女に促した。朋絵は躊躇《ちゅうちょ》せず上條の向かいに腰を下ろす。

「お店にまで何の用？」

「食事ですよ」

「食事ね……。いかがでした」

「流行ってる理由が分かりましたよ」

「そう」一瞬だけ朋絵の顔に笑みが浮かんだが、すぐに流れて消えた。「仕事じゃないのね」

「仕事だったら、まずあなたを探します」

「それは、ありがたい話じゃないわね」朋絵が肩をすくめた。「一つ、訊いていい？」

「何ですか」

「あなた、希望してこの事件を担当したの？　外れたって聞いたけど」

「外された、が正解ですね」

こういう店で交わす会話ではないと意識しながら上條は言った。次の瞬間には「そんなことないでしょう」と否定してもらいたいがための台詞だったのだと気づいたが、朋絵は「そうね」という残酷かつ効果的な一言を返してきただけだった。

「昔のことは――」

「それとこれとは関係ありません」上條は朋絵の言葉を途中で遮った。必要以上に甲高い声になってしまった。咳払いをして声の調子を元に戻す。「昔の話は昔の話です」

「ずいぶん簡単に割り切るのね」

「あの件で、誰かが傷つきましたか？　そんなことないでしょう」

たぶん彼女にとって、俺と過ごした日々は想い出に昇華することすらない単なる記憶でしかないのだろう。そもそも彼女は、過去にあれやこれやと思いを馳せるタイプではないと上條は思っていた。それに二人とも別の相手と結婚したし、再び人生が交錯することなど――しかもこんな形で――予想もしていなかった。

「まあね」朋絵が煙草をくわえる。上條は、彼女がライターの火を煙草に移すのを黙って見守った。「あの頃は、二人とも若かったのよね。自分のことも分からなかったんだから、お互いに縛りつけなくてよかったんじゃない？」

「そうなんでしょうね」

相槌を打ちながら、上條は本当にそうなのだろうかと今さらながら疑った。小野里も言っていた。別の人生もあったのではないか、と。少なくとも俺たちの関係がずっと続いていたら、朋絵がこんな目に遭うことはなかったかもしれない。もちろんそれも朋絵と再会してから考えたことである。ただ、今は、彼女の存在を二十年以上も意識の外に押し出していたことにかすかな罪悪感を覚えた。実際に自分に責任はないにしても。

「お互いに結婚もしたし」そこまで言ってしまってから、朋絵は先を続けてよいかどうか迷いだしたようだった。

「お互いにうまくいきませんでしたけどね」上條が言葉を引き取る。クソ、この街にプライバシーはないのか？　彼女は、俺の人生を隅から隅まで知っているようではないか。

「知ってる？　私の亭主、若い子が好きでね」

上條は顔を上げた。

「若い子って、要するに中学生や小学生よ。本当にそういう女の子たちと遊んでいたかどうかは知らないけど、財布にヌード写真が入ってるの、見つけちゃってね。ぞっとしたわ。胸も膨らんでないような女の子を――」

言葉を切り、朋絵が煙草を灰皿に置く。一つ溜息をつくと、気持ちを支えるように、顎の下に拳をあてがった。上條は、喉の奥に硬い塊が生じるのを感じた。ようやく言葉を押し出す。

「それで別れたんですか」

「それも理由の一つね。私が気づいてたこと、向こうが知ってたかどうかは分からないけど。怖いじゃない、そういうことを話し合うなんて。『あなた、ロリコンなんでしょう？』なんて直接訊けないわよ。ふだんは威張ってるのに、ちょっとショックを受けると自殺しちゃいそうなタイプだったから」

「そうですか」

「何だか、いろいろなものが崩れちゃった感じなのよ」朋絵が煙草を取り上げ、煙を天井に噴き上げる。「八年前に別れてから、ずっと突っ張ってたわ。あんな馬鹿亭主に負けてたまるかって思って。今はつっかい棒が外れちゃった感じね……あの子もいなくなっちゃったし。何とか立ってるだけ」

相槌を打たず、上條はうなずくだけにした。朋絵が頬杖《ほおづえ》をついて続ける。

「あの子は、私のたった一つの生きがいだったのよ。いろんなことを押しつけすぎたかもしれないけど、頑張ってもらうためには仕方なかった。とにかく、あの子の父親みたいな、どうしようもない人間になって欲しくなかったから。だから私も一生懸命働いて」

その結果、親子の時間を共有することもできなくなってしまったわけだ。上條が指摘するまでもなく、朋絵にはそのことは分かっているようだった。

「でも、もっといろいろ話しておけばよかったとは思ってる。ちゃんとした大人になって欲しいって思ってるだけで、あの子自身の希望や夢を真面目に聞いてあげたことは、一度もなかったかもしれない。特に高校に入ってからはね。あの子もあまり喋る子じゃなかったから。時々勉強の話をするぐらいで、あの子が何を考えてるのか、どんな友だちとつき合ってるのか、全然知らなかった。本当は少し仕事を減らしても、あの子と一緒にいる時間を増やすべきだったかもしれないけど、そんなこと、できないでしょう。死ぬ気で働いたのよ。でも、それもあの子が生きていた時の話。今みたいな状態じゃ……店はやってかなくちゃいけないことは分かってるけど、何だか惰性になっちゃったわ。思いきってやめようかと思う時もあるのよ」

「駄目ですよ」

「どうして」

朋絵が上條の顔を正面から覗きこんだ。二十年前はいつも笑みを湛えていたその瞳に、今は深い疲労と絶望が宿っている。

「あなたの下で働いてる人がたくさんいるでしょう。そういう人を困らせちゃいけないんじゃないかな」

俺は何を言っているのだ。事件の背後にいる人たちのことを考えていては仕事はできない。被害者と犯人。構造はできるだけシンプルにしなければいけない。余計な情が混じると捜査の軸がぶれる。

「そうね……それは分かってるけど」朋絵が言葉を切り、急に厳しい表情を浮かべた。

「この前、あの子の部屋を調べて何か分かったの？」

「それは、後日改めてお聴きします」

「どういうこと？」

「捜査中なので」

上條はコーヒーを飲み干し立ち上がった。朋絵は腰を下ろしたままである。

「ねえ」

「はい?」

「犯人、捕まるのかしら」

「捕まえますよ」

すがるように上條を見る朋絵の目は、そんなことはありえないと訴えていた。

4

「北嶺」の名前は、現在の県北部一帯を版図《はんと》としていた戦国大名に由来する。その居城「北嶺城」は、今も市の中心部の高台にほぼ完全なままの姿を残しており、その一帯は公園として整備されていた。春には桜が満開になり、下から見上げると北嶺城全体がピンク色に霞むほどなのだが、この季節は茶色とグレイの光景が広がるだけで、ひどくうすら寂しい。

上條は公園の一角にある歴史博物館の駐車場に車を停め、ハンバーガーを頬張っていた。助手席では生活安全課の刑事、小岩井《こいわい》憲次《けんじ》が、不機嫌な表情を浮かべて外を眺めている。上條は早くも胸焼けに苦しんでいた。こんなものは食べたくもないのだが、小岩井の好物なのだ。

「食えよ」上條は紙袋を差し出した。小岩井は顔をそむけたまま受け取ったが、袋を開けようともしない。「ハンバーガー、好きだろう」

「ええ、まあ」関心なさそうな口調と裏腹に、小岩井の顔はほころんでいた。

「じゃあ、食え。冷たくなると不味《まず》いぞ」

「勘弁して下さいよ、上條さん」いきなり小岩井が泣きついた。

耳が隠れるぐらい伸ばした髪に、子どもっぽい印象を与える目尻が下がった目。上條の二年後輩だが、ぱっと見には十歳ほども年下に見える。顔には皺一つなく、髪も黒々として、警察官としての長年の苦労を感じさせるものは何もなかった。

「勘弁するって、何をだ」上條はハンバーガーを頬張りながら質問を投げかけた。オレンジジュースで飲み下してから、小岩井の顔に視線を据える。

「上條さん、捜査本部を無視して一人でやってるそうじゃないですか」声を振り絞るようにして小岩井が言った。

「無視？　無視ね」上條が繰り返すと、小岩井がびくりと体を震わせる。「お前もそう思ってるのか」

「いや」

「お前が違うと思ってるなら、何も問題ないじゃないか。俺は他の誰でもないお前と話をしてるんだぜ」反論の機会を与えず、上條は決めつけた。「後輩に頭を下げてるんだから、力を貸してくれよ」

「頭なんか下げてないでしょう」小岩井が盛大に溜息をつく。

警察という組織にいる限り、何年経っても、先輩後輩の力関係を覆すことができないことはよく分かっているのだ。小岩井は、上條が最初に配属された署の二年後輩である。上條は、童顔でどこかおどおどしていた小岩井の面倒をよく見てやったものである。仕事を教え、飯を奢り、私生活の悩みも聞いてやった。そういう恩が一生ついて回るということはよく分かっていたからだ。今日も、聞き込みに出ていた小岩井を呼び出すと、文句を言いながらもすぐに飛んできたのだ。

「あまり大変な話は困りますよ」

「俺が欲しいのは情報だけだ」

「簡単に言わないで下さいよ。情報なら、こっちだって欲しいぐらいなんだから」

「いや、お前だからできることなんだ。そっちの専門の話だからな」

「ヤクですか」

すぐには答えず、上條はフロントガラス越しに外の景色を眺めた。苔《こけ》むした石垣が目の前にある。何百年も前に建造された城は、これからも同じだけの歳月を生き延びていくことができそうだ。冷たく乾いた冬の気候は、古い建造物には優しくないはずなのに。

「そう、ヤクだ」上條はやっと言葉を吐き出した。「俺は、そっちの方面には疎《うと》くてな。最近、北嶺で『ホワイトスノウ』が出回ってるっていう情報はないか」

「いや」

即座に小岩井が否定する。簡潔で自信たっぷりの答えだったが、上條は早々に彼の自信を打ち砕いてやることにした。

「そんなものは本当に出回ってないってことなのか、それともお前が知らないだけなのか、どっちなんだ」

小岩井が唇を固く引き結ぶ。やがて悔しそうに認めた。

「俺の耳には入ってません」

「だったら、北嶺に入ってきてる可能性もあるわけだ」

「それは否定できませんね。『ホワイトスノウ』は、ここ二、三年の間に東京で出回るようになったんですよ。だいたい東京の流行は半年か一年遅れで北嶺に入ってきますから、今見つかっても不思議じゃないですね」

「今じゃない。一年前なんだ」

「とすると、例の被害者の少年の件ですね」小岩井がすかさず反応する。

これだけでも、他の刑事たちよりはずいぶんましだ。噛んで含めるように説明しないと分からない連中は多いし、そうやって説明している時間は明らかに無駄なのだから。

「もう知ってるのか」

「隠しておけるわけないでしょう。鑑識の連中、慌ててこっちにも飛んできましたよ」

確かに隠し通せるものではない。管内で新種のドラッグが見つかったら、生活安全課は上を下への大騒ぎになる。上條が鑑識に脅しをかけたぐらいでは、情報漏れを防ぐことはできないのだ。

「この件、もう捜査を始めてるんだろう」

「ええ、まあ」小岩井が口を濁す。

「光良の身辺を洗い直すつもりか」

「仕方ないでしょう。やらざるを得ませんよ。あまりいい気分じゃないけど」

やる気のなさと同時に、困惑が小岩井の口調に滲んでいた。そういう気持ちは上條にも理解できないではない。相手は誘拐事件の被害者だし、その身辺を洗うきっかけになったのが、正規の手続きにのっとったわけではない上條の家宅捜索だったからだ。

「俺は俺でやらせてもらう」

「それは、上條さんの仕事の範囲をはみ出してますよ」

「俺の仕事の範囲をお前が決めてくれるのか」低い声で上條は凄みを利かせた。

「いや、そういうわけじゃないけど」小岩井がもごもごと口の中で言葉を転がす。が、やがて意を決したようにはっきりした口調で上條に告げた。「上條さんが今まで結果を出してきたのは知ってるけど、あまり勝手なことばかりしてるとやばいですよ。上からも目をつけられてるんじゃないですか。仕事を取り上げられたら、誘拐犯を捕まえる目的も果たせなくなるでしょう」

「自分の尻拭いぐらい自分でできる。お前に心配してもらう必要はないよ。お前は、何か情報が入ったら俺の耳に入れてくれればいいんだ」

「素直にうなずけないですね」

横を見ると、小岩井が苦笑を嚙み殺していた。ようやくハンバーガーの袋に手を突っこんで取り出す。

「こういうコレステロールの高い食事は、そろそろやめなきゃいけないんですけどね」

「コレステロールの心配より事件の心配をしろ」

やれやれといった顔つきで小岩井が溜息をつき、包装を破ってハンバーガーにむしゃぶりついた。

「やっぱ、美味《うめ》えな」と言葉を漏らし、三口で食べてしまう。音を立ててコーラを飲み、小さなげっぷを漏らした。

「やめられない悪癖ってのはあるよな」上條がからかうと、小岩井が小さく声を上げて笑った。

「嫁にばれたら怒られますよ」

「だけどお前、コレステロールの心配なんかする必要ないだろう」

上條は板のように平らな小岩井の腹を見つめながら溜息を漏らした。昔から、小岩井がどうやって体形を維持しているのか、上條にとっては大きな謎である。警察官に必須の剣道や柔道には熱を入れていないし、特に他の運動をしている様子もない。しかもジャンクフードが大好きで、張り込みの時にはコンビニエンスストアの袋一杯にポテトチップスや甘ったるい清涼飲料水を詰めこんでやってくる。こういう体質の人間がいるのは不公平だと、上條は最近目立ち始めた自分の腹を見下ろしながら考えた。

「去年の健康診断で引っかかって」

「お前が？　信じられんな」

「中性脂肪ですよ。肝臓の数値もよくなかったし」

「隠れ肥満ってやつだな。もうハンバーガーの類《たぐい》はやめた方がいい」

「だったら買ってこないで下さいよ。目の前にあれば食っちまうんだから」不満そうに言って小岩井がコーラを飲み、袋の端を丁寧に折り畳んだ。それから急に真面目な声になり、両膝に手を置く。「上條さん、嫌な想像してるんじゃないですか」

「何が」

「例の被害者の少年が、どうしてホワイトスノウなんか持ってたのか」

「東京へ遊びに行って買ったのかもしれない。歌舞伎町や渋谷だったら簡単に手に入るだろう」

「あの量は、一人で使うには多いんじゃないかな」

「好奇心ってこともあるだろう。それとも、ディスカウントセールでもしてたか」

こういうやり取りは久しぶりだな、と上條は思った。相手の言うことを一つ一つ否定しながら仮説を積み上げていくのは、刑事の基本的な思考方法だ。

音を立ててコーラを啜ってから、小岩井が続けた。

「少なくとも、被害者本人が使ってた形跡はないんでしょう？　まあ、あの遺体じゃ、解剖結果もどこまで信用できるか分からないけど」

「友だちに分けてやるつもりだったのかもしれない」

「分けるんじゃなくて、売るつもりだったんじゃないですか？　あれだけの量を持ってたら立派な売人ですよ。それより、高校生が二十万なんて金を簡単に出せますかね」

「親はずいぶん甘やかしてたらしい。何だかんだと理屈をつけて、金をもらってたのかもしれないじゃないか」自分の言葉が朋絵の行動を非難しているのだと意識すると、かすかに胸が痛んだ。

「冗談じゃない。うちなんか、娘には月に三千円しかやってないんですよ」

小岩井の娘は、確か中学二年生だ。

上條は無精髭の浮いた顎を撫で、寒々とした公園の光景を眺めた。枯れた木々の枝が辺りを茶色に染め上げ、その間を寒風が吹き抜ける。毎年のことなのに、あと数か月先には満開の桜で公園がピンク色に染まることが想像もできない。名物の「岩割桜《いわわりざくら》」――二つの岩の間に生えている巨大な桜で、その名のとおり岩を割って出てきたように見える――には今年も観光客が群がり、露店が出て賑わうはずだ。

何もしなくても春は来る。しかし、季節と心は別だ。事件が解決しない限り、上條の心には永遠に寒風が吹き続ける。

ここ何年もないですね」
「可愛いもんですよ。万引きとか喧嘩沙汰《ざた》はよくあるけど、それこそヤクの事件なんて
「最近の北嶺のガキどもはどうなんだ」気を取り直して上條は質問を変えた。

「そうは言っても清廉潔白ってわけじゃないだろう」

「まあ、俺たちだって見落としてることもあるかもしれませんからね」

その事実を認めるのが悔しいとでもいうように、小岩井が両手をきつく揉みしだいた。

「これからは、もっと目を光らせておいてくれないと困るぜ」

「そうですねえ」適当に返事していた小岩井が、上條の厳しい視線に気づいたのか、背筋を伸ばした。「了解です。ちゃんと見ておきますよ」

「ぼけっとしてるなよ」

何だかんだ言ってもこいつは頼りになる。問題は他の連中である。仮にあの誘拐事件が再び動きだせば、功名心から乗り出してくる奴らが何人もいるだろう。そういう連中に、自分の仕事を邪魔されたくはなかった。


朋絵を見つけるのにしばらく時間がかかった。自宅にも店にもいない。一時間ほどもあちこちに電話をかけて探し回った挙句、ようやく彼女を見つけ出したのは自宅近くの喫茶店だった。

午後一時、朋絵は客足の途絶えた店内に一人で座り、サンドウィッチと紅茶を前に煙

草を吹かしていた。サンドウィッチは手つかずのままで、すでに乾き始めているようである。上條は大股で彼女に近づくと、同じテーブルの向かい側に腰を下ろした。丸テーブルはごく小さなもので、朋絵との距離が近すぎるように感じられる。

朋絵がのろのろと顔を上げたが、上條の姿を認めても何の反応も示さなかった。彼の顔をぼんやり見たまま紅茶に手を伸ばす。手探りでカップを持ち上げようとして、少し零してしまった。

「今日は何?」彼女の視線は、上條を貫いて店の壁を向いていた。

「ちょっとお訊きしたいことが」

「昨夜訊けばよかったじゃない。わざわざ店まで来たんだから。何度も私の前に顔を見せないで」

「昨夜は食事でしたから」

理解できないと言いたげに朋絵が首を振る。上條は、一瞬躊躇した後に正面から切りこんだ。

「息子さんは何をしてたんですか」

「何のこと?」

「あれから署の連中が来たはずです」

「息子を犯人扱いしてね」朋絵が歪んだ笑みを浮かべ、煙草を灰皿に置いた。「冗談じゃないわよ」

「何が冗談じゃないんですか」

「え」虚を衝かれたように、朋絵が目を大きく見開く。化粧っ気のない顔は蒼褪めて、風邪でも引いているように見えた。

「こっちだって冗談じゃないんですよ」上條は朋絵に顔を近づけた。「あなたは、息子さんがふだん何をしているのか、詳しくは知らなかった。昨夜は自分でそう言ってましたよね」

朋絵が唇を嚙む。歯が食いこみ、血が噴き出すのではないかと上條は想像した。自分で認めるならともかく、改めて他人から指摘されたくはないのだろう。上條がじっと見ているのに気づくと急に力を抜き、かすかにうなずいた。

「そうね」諦めたような口調で、表情も弛緩《しかん》していた。「あなたの言うとおりだわ」

「あなたは夜働いている。光良君は予備校に行って、そうじゃない時は一人で家にいたはずですよね。実際に彼が何をしていたのか、あなたは全然知らなかったんでしょう」

「私を責めて楽しい？」朋絵の目が燃え立った。

「責めてるわけじゃない。確認してるだけです」

「それにしても、もっと言い方があるんじゃないの」

「こういう喋り方しかできないもんでね、昔から」上條は自分も煙草をくわえ、火を点けた。朋絵との間に薄い煙幕ができる。手を振って煙を払いのけ、続けた。「彼がふだんどんな連中とつき合ってたか、本当に知らなかったんですか？家に遊びに来るような友だちはいなかったんですか」

朋絵が力なく首を横に振る。上條はそれを眺めながら、低い声で質問を重ねた。

「小遣いは、月にいくらあげてたんですか」

「二万円」

隠し持っていたホワイトスノウは小遣い十か月分だ。どうしても欲しいものがあれば、高校生が十か月分の小遣いを貯めようとするのは不思議ではない。その年頃だったら、オートバイとか、ギターとか。しかしその「欲しいもの」がホワイトスノウだというのがどこか妙に感じられた。あんなものは一瞬でなくなってしまうし、次の二十万円がすぐに必要になる。やはり光良は売人だったのだろうか。少し金額を上乗せして、友人たちに売りさばいていたのだろうか。

「彼は、小遣いを何に使ってたんでしょうね」

「分からないわ。そんなこと、一々聞かなかったから」

「家で何か様子がおかしいようなことはありませんでしたか？　ぼうっとしたり、妙にはしゃいだり。急に乱暴になったり、物を壊したりとか」

自分の質問に意味がないことは分かった上で上條は言った。綺麗に片づいた光良の部屋からは、ドラッグにはまった人間特有の荒れた雰囲気は感じられなかった。それに小岩井が言ったとおり、遺体からも薬物反応は出ていないのだ。

「普通でした。でも、私は四六時中光良と一緒にいたわけじゃないから」

実際には、一日のうち顔を合わせる時間は一時間もなかっただろう。母親は夜になってから出かけ、帰ってくるのは息子が寝ている時間だ。息子は翌日、母親が寝ているうちに家を出ていく。一言も言葉を交わさない日だって少なくなかったはずである。

「突然、暴力を振るわれたりしたことはありませんか」

「ありません」言下に朋絵が否定した。答えが早すぎる気もしたが、嘘をついているようには聞こえなかった。

「変な連中が家に遊びに来ていたことは？　悪い連中とのつき合いはなかったんですか」我ながらしつこいと思いながら上條は繰り返した。だが、同じ質問を何度も続けているうちに、忘れていた何かを思い出すこともある。

「私は見たことはありません」一瞬言葉を切った後、急に朋絵の口調が乱暴になった。髪に手を突っこんでくしゃくしゃにし、顔を傾ける。「分かってるわよ、私は母親失格。子どものことを何も知らなかったんだから」

朋絵の事情は上條にも理解できる。夫と別れた後、朋絵は必死になって三つの店を切り盛りしてきたのだ。子どもを育てるために金を稼ぐことが最優先で、光良に目が届かなかったからといって、一概に責めることはできない。口ではうるさく言っていただろう。予備校に通わせたのも彼女の意向であるはずだ。だが、言葉だけで親子の情が通じ合うわけではない。

「そんなことは言ってないでしょう」

「言わなくても、あなたがそう考えてるのは分かるわ」

「いじけていても犯人は捕まりませんよ」

朋絵が、短くなった煙草をぎゅっと握り潰した。指先が焦げそうになり、慌てて灰皿に投げ捨てる。

「どうして私を責めるの」平板な声で朋絵が抗議した。「私だって、あの子を育てていくために必死になって働いてたんだから」

「それは分かってます」

「私のせいにすればいいでしょう」憤然と言い捨てて朋絵が立ち上がった。「お前がしっかりしてないからあの子は殺された。口には出さなくてもみんなそう思ってるの。親だって、別れた亭主だってね。私には分かってるの」

上條は何も言わなかった。そうではない、あなたはできる限りのことをやったのだと、口で言うのは簡単である。しかし、そんな慰めでは朋絵は納得しないだろうし、上條自身、言葉で彼女の感情を丸めこむつもりはなかった。そうだ。確かにあんたのせいでもあるのだ。親は子に対して責任を持つのが当然である。

だが、俺にそんなことを言う資格はない。

誘拐事件が公開捜査に切り替わったのは、身代金の受け渡しが失敗に終わってから一週間後のことである。犯人グループから「取引は打ち切りだ」という通告はあったものの、万が一に備えて報道協定の解除は先延ばしにされていた。

この一週間で警察は出遅れてしまったのではないかと上條は思う。もしも身代金の受け渡しが失敗した直後に事件を公表していたら、もっと具体的な手がかりが得られたかもしれない。記憶は時の経過とともに薄れる。逆に言えば、誘拐のように世間の注目を集める事件の場合、公表された途端にどっと情報が集まってくるのが普通である。その九十九パーセントが役に立たないものであるにしても、何もないよりはましだ。

ところがあの時に限っては、情報はゼロに近かった。光良が拉致《らち》された現場を見た人間も、身代金受け渡し現場の公園近くで不審な車を目撃した人間もいない。あの時、上條の頭に真っ先に浮かんだのは、狂言ではないかということだった。光良は母親と折り合いが悪く、彼女を困らせるためにやったのではないか、と。だが、徐々に上條の耳に入ってきた情報では、この二人の親子関係は真正面から衝突するほど濃密ではなかった。光良が行方不明のままというのは狂言説の重要な根拠であったが、遺体が発見されてその説は完全に潰れた。

上條は自分のメモを読み返し、事件直後に事情聴取を受けた人間の名前を確認した。一年前とは状況が違っている。ドラッグの情報を手がかりに話を聴けば、また違う結果が得られるかもしれない。朋絵と別れてから、上條は光良の通っていた高校に車を走らせた。職員室に話を通すべきかどうか迷ったが、結局足を向けざるを得なかった。間もなく授業が終わる時間だったが、名前が分かっているだけで会うべき生徒の顔を知らなかったし、後々面倒なことになるのも嫌だった。

教職員用の駐車場に車を停めて一歩表に出た途端、上條は記憶の洪水に襲われて頭がくらくらするのを感じた。北嶺高校は上條の母校でもある。卒業して二十年以上も経っているとはいえ、当時のままの古い体育館や武道場を眺めていると、ここで過ごした三年間の想い出がどっと押し寄せてきた。それは主に、埃と汗の臭いである。頭の固い教師たちと、夢も希望も持たない友人たちの死人のような顔である。「地元で教師になる」と言っていた連中が多かったのだが、上條にはその考えがさっぱり理解できなかった。どうして地元にしがみつく必要があるのか。どこへでも出ていけるのに、どうして自分をこの街に縛りつける必要があるのか。

頭を振って過去を押し出すと、上條は記憶を流してしまおうというように足早に歩き始めた。グラウンドではサッカー部が練習中で、一時は甲子園までもう一歩と迫っていた野球部は片隅に追いやられている。グラウンドには細かい土埃《つちぼこり》が舞い、強い風が吹くたびに選手たちの足が止まった。この赤土の埃は、運動部員たちにとっての大敵だったのだが、それは今も変わっていないようである。目に入れば動きが止まってしまうし、ユニフォームに染みつくと簡単には洗い落とせない。

そういえば、学校で朋絵と一対一で言葉を交わしたことはなかったな、と思い出す。むしろ、ああいう関係になってからは、意識して学校では顔を合わせないようにしていた。それは、十六歳の上條にとってはひどく刺激的な体験であった。学校の外に、もう一つ秘密の生活がある。友人たちに対するかすかな優越感さえ覚えたものだ。

校長が出張中ということで応対してくれた教頭は、出汁《だし》の出きった鶏ガラのように痩せて骨ばった男で、目だけが異様に大きかった。上條は淡々と事実だけを述べ、光良と親しかった生徒にもう一度事情聴取させてくれと頼みこんだ。

「と言われましてもね、今は受験シーズンですから」それが全ての言い訳になるだろうとでもいうように、教頭が語気を強める。「生徒を動揺させたくないんですよ」

「すぐに済みます」

「受験の時に生徒たちがどれほど神経質になっているかはご存じでしょう」

「本当なら光良君も今頃は受験だったはずですよね。彼はもう試験を受けることもできませんが」

曲げた人差し指の関節で、教頭が眼鏡を押し上げる。

「あまり無理を言わないで下さい。上杉君のことは残念ですけど、うちは他にもたくさんの生徒さんを預かっているんですよ」

「そうですね。でも、死んだのは彼一人ですが」

上條はしばらく教頭と視線をぶつけ合った。教頭は案外強情に無言を貫いていたが、結局最後には折れた。

「手短にお願いしますよ。それと、他の生徒を動揺させないで下さい」

「それはもちろんです」

上條は気取られないようにそっと息を吐き出し、職員室を出る教頭の後に続いた。案内されたのは校長室の横にある会議室で、暖房も入っていなかった。待つように言われて合成皮革の椅子に腰を下ろすと、背筋をくすぐるような寒さが這い上がってくる。窓の外はちょうどサッカーのゴールになっており、攻めこんできた選手たちがゴール前に殺到してサイドからのボールを待っていた。いつの間にこんなにサッカーが流行りだしたのだろう。俺が高校生の頃、我が物顔でグラウンドを一番広く使っていたのは野球部だった。県大会の三回戦止まりの常連だったのに。

五分ほど待っていると、教頭につき添われて一人の少年が会議室に入ってきた。制服が体に合わず、ズボンの裾《すそ》からは靴下が、袖口からはワイシャツが長く覗いている。おどおどしたように会議室の中を見渡したが、決して上條とは目を合わせようとしなかった。

「座って」上條が右手を伸ばして促すと、少年は楕円形のデスクの一番遠いところに腰を下ろそうとした。

「もっと近くに」上條が言うと、慌てて腰を上げる。椅子三つを間に置いて座り直したので、上條もそれで妥協することにした。少なくとも声を張り上げずに話はできるはずだ。教頭が少年の横に腰を下ろそうとしたので、上條は慌てて「二人きりで話したいんですが」と言った。

「それは困ります」教頭が顔をしかめる。

出ていった。
「稳便にお願いしますよ」上條の顔をじっと見つめて念押ししてから、教頭は会議室を
再度視線がぶつかり合ったが、結局、上條はまたも教頭の意思をへし折った。
「私も困ります」

「名前から聞こうか」上條はメモを広げ、ボールペンを構えた。
「……井川《いがわ》」
辛うじて聞き取れる程度のか細い声だった。メモをざっと見てその名前を見つける。
「井川直己《なおき》君だね」
「はい」直己は学生服の襟のフックを外し、だるそうに首をぐるぐると回した。
「そう緊張しないで」
「はい」
「君は、光良君とは親しかったんだね」光良が頻繁にメールを送っていた相手の一人が
直己だった。
「ええ、まあ」
上條は言葉を切り、直己の顔をじっと見つめた。細面の顔には産毛のような無精髭が
生え始めているが、まだ剃刀を使うほどではないようだ。それにしても、「ええ、ま
あ」という言葉の真意は何だろう。この年代に特有の、全てを曖昧に誤魔化すような口
癖なのか、それともさほど親しくなかったということなのか。

「どういう友だちだったんだ」

「予備校が一緒で」

「学校では？」

「学校では……」直己が顎に生えた細い髭を指先で神経質そうに引っ張った。「クラスが違ったからそんなに会わなかったし、話すのも予備校でだけだったし」

上條には何とも理解しがたい話だった。学校では話もしないのに、外の予備校で仲良くなるというのは本末転倒の感じもする。

「彼の趣味は何だった」

「趣味ですか？」少し話がくだけてきたせいか、直己の緊張がわずかに薄れた。肩の力が抜け、顔の強張りが消える。「いや、あいつは特に趣味なんてなかったけど」

「大学には行くつもりだったのかな」

「だと思いますよ。だから予備校にも通ってたんだし」

「どこの大学に行くかなんて話はしてたのかな」

「いや、具体的には……東京へ出たいとは言ってたけど」

東京。発想が飛びすぎかもしれないが、キーワードがつながった。一年前、ホワイトスノウは主に東京でしか出回っていなかったはずだ。

「彼は、東京へよく行ってたのかな」

「模試とかで、何回かは」

「たぶん、あると思います。俺は一緒に行ったことはないけど」

一人で渋谷や新宿の繁華街を彷徨《さまよ》い、理性を吹き飛ばす白い粉を買い漁っていたのだろうか。何だか光良のイメージに合わない。いや、イメージできるほど彼のことを深く知っているわけではないのだと、上條は自分を戒めた。ろくに知らない人間に対して先入観を持つことは、視野を狭める結果しかもたらさない。

「君の目から見て、光良君はどんな人だったのかな」

「どんな人って」困ったように顔をしかめ、直己が唇を舐める。「急にそんなこと言われても」

「君の印象が聞きたいんだよ。あまり目立たなかったみたいだね」

「そうですね。気も弱かったし。生徒会の評議委員もやってたんだけど、それも無理に押しつけられて断りきれなかっただけですから。真面目だけど、要領も悪かったなあ」

「他に親しい友だちはいなかったのかな」

「俺は知りません」

「彼、ドラッグに手を出してなかったか。ヤクに」

直己がぽかんと口を開けた。次の瞬間には激しく首を横に振る。

「いや、まさか」

「言いきれるか？」

「だって、そんなもの使ってたら何かおかしくなるんでしょう？　少なくともあいつにはそんなところはなかったから。いつも同じ調子でぼそぼそ話して、急に騒ぎだしたり黙りこんだりってこともなかったし」

「そうか」

ホワイトスノウの作用は基本的にコカインと同じである。高揚感が急速に体を包みこみ、それが消えた後にはテレビのリモコンボタンを押すのさえ面倒なほどの倦怠《けんたい》感が襲ってくる。使用前使用後で、変化は目に見えて分かるはずだ。しかし親も友人も、光良の変化には気づいていない。ホワイトスノウを使っていなかったことは間違いないだろう。

「彼、友だちは少なかったみたいだね」

「まあ、一緒にいて楽しい男じゃなかったから」

「君はどうして親しくなったんだ？　同じ予備校に通ってるってだけで親しくなるものなのかね」

「同じ学年であの予備校に通ってたのは、俺たちだけだったんですよ」

「そうか……彼はクラブ活動もしてなかったんだよな」

「でも、学校にも予備校にも関係ない友だちもいたかもしれません」

「そうなのか？　どんな友だちだったんだ」勢いこんで上條が訊ねると、直己は反射的に身を引いた。

「いや、よく分からないけど、予備校の帰りなんかに、これから人と会わなくちゃいけないとか言ってたことがあったから。ファミレスとかによく行ってたみたいだけど」

「どこの？」

「いや、そこまでは」

「分かった」

上條は直己を解放することにした。北嶺にはファミリーレストランは数えるほどしかない。一軒ずつ当たっていってもさほど時間はかからないだろう。頻繁に出入りしていたとすれば、誰か覚えている人間がいるかもしれない。

席を立ちかけた直己に上條はもう一度声をかけた。

「何であんな事件が起こったと思う」

中腰のまま、直己が怒ったような口調で言う。

「俺にそんなこと訊かれても……」

「そうだよな」分かったように相槌を打っておいてから、上條はさらに質問をぶつけた。

「君らの仲間内では、みんな何て言ってるんだ？　噂になってただろう」

「それは……」何か言いかけ、直己が口を閉ざす。

「どうなんだ」上條が追い打ちをかけると、直己は精一杯皮肉に頬を歪めて切り返してきた。

「俺にそんなことを訊くなんて、刑事さんもよほど困ってるんですね」

5

光良が予備校での授業を終える時間は、だいたい午後九時頃だった。その時間に合わせてファミリーレストランへ聞き込みに行くにはまだずいぶん間があったので、上條はいったん署に帰った。

捜査本部では、大田黒が外から戻ってきたらしいコート姿の刑事と話しこんでいた。上條が入ってきたのに気づくと、二人は申し合わせたように口を閉ざす。上條は二人を無視して座り、デスクの上に手帳を広げた。顔を寄せて大田黒と話していた刑事がすっと立ち上がり、上條に一瞬厳しい視線を投げつけてから部屋を出ていこうとする。

「ちょっと待て」

鋭く呼びかけると、刑事がドアのところで立ち止まった。

「何か俺に文句があるみたいだが、今日、あんたは何をした。手がかりの一つも見つけたのか」

刑事が両の拳を握り締める。背中が細かく震えた。さあ、どうした。殴りかかってこい。身構えて待ったが、刑事はすっと肩の力を抜くと、ドアを叩きつけて出ていった。

西日が当たって、手帳のページがオレンジ色に染まる。座ったまま手を伸ばしてブラインドを乱暴に下ろし、赤い陽光を遮った。大田黒はデスクの上で両手を組み合わせたまま、彫像のように固まっている。上條が睨みつけると、ようやく口を開いた。

「何のつもりだ、上條」

「何が」

「何も同僚に喧嘩を売ることはないだろうが」

「じゃあ、今の男は何か情報を持ってきたのか。外をうろついた時間だけの成果は上がってるのか」

何か言いかけた大田黒の唇がすぼまる。デスクの端を摑むと、ゆっくりと身を乗り出した。

「そう厳しいこと言うなって。誰も彼もがお前みたいに優秀なわけじゃないんだから」

「優秀かどうかは関係ない。問題はやる気があるかないかだろう」

手帳から顔も上げずに上條は答える。この男が心底嫌いになってきた。管理職の仕事というのは、結局現場の刑事に文句を言うことだけなのだ。書類を調べたりするのでどうしてもここに来なければならないことがあるのだが、今度は大田黒がいない早朝か深夜にしようと決めた。

大田黒がボールペンでデスクを叩く。その音がまた、上條を苛つかせた。

「ホワイトスノウの件、生活安全課の連中がかんかんになってるぜ」

「怒るのは筋違いだな。事件の後、被害者の部屋にガサをかけたのは誰だよ」上條は相変わらず目線を上げずに応じた。

「その時に見逃したから、今頃大騒ぎになってるんだろうが。問題があるとしたらそのことだ」

「何だって？」

「そんなこと、今さら蒸し返しても仕方ないだろう」大田黒がわずかに首を動かして、上條の視線を逸らす。

「そう思うなら、余計なことを言うな」

言い捨てて上條は立ち上がり、ファイルキャビネットのガラス戸を開けた。最後の最後になって直己がようやく教えてくれた光良の友人の名前を確認しておきたかったのだ。ファイルに手を伸ばすより先に、つかつかと歩いてきた大田黒が上條の肩を摑んで振り向かせる。充血した目は、暗い炎を湛えていた。上條の胸倉を摑んでぎりぎりと締め上げると、下からネクタイの結び目を持ち上げる格好になる。上條は大田黒の手首を摑み、握り潰す勢いで力を加えた。疲れでどす黒くなった大田黒の顔が次第に赤くなる。力比べは上條の勝ちに終わり、大田黒が荒い息を吐きながら手首をさすった。

「謹慎ものだぞ」今度は力ではなく言葉で脅しをかけてきた。

「人の首を絞めておいてよく言うよ。それに、お前には俺を処分する権利はない」

「課長に言うさ」

「言えばいいだろう。そうやって内輪揉めをしてる間に、犯人はどんどん遠くに逃げるんだ」

「だったらお前も、ちゃんと捜査本部の方針に従って仕事をしろ」

「断る。お前らは全然違う方向に行ってるんじゃないか」上條は大田黒の視線を無視して窓の方を見た。ブラインドの隙間から射しこんだ西日が、部屋を縞模様《しま》に染め上げる。大田黒が溜息をついた。演技でそうしているのではなく、心底呆れ、疲れきった感じである。

「俺のことは放っておいてくれ」同じような台詞を吐くのは何度目だろうか、と上條はかすかな疲れを感じた。「この事件は、綺麗に包装してお前のところに持ってきてやるから、それまでは黙って見てろ」

「誰もお前に頼んじゃいないよ」

「こっちも頼まれた覚えはない。俺がやらなくちゃいけないからやってるだけだ」

「なあ」大田黒が一歩下がった。無理に笑みを浮かべ、今度は露骨な懐柔策に出る。「昔はよく一緒に仕事したじゃないか。あの頃みたいにできないのか」

上條はゆっくりと頭を振った。

「今はもう違う。お前は管理職だ。俺なんかと一緒に仕事する立場じゃない」

「いい加減にしろ!」大田黒がまた声を荒らげた。怒りを封じこめるように両の拳を握り締め、顔が触れ合わんばかりに上條に詰め寄る。「俺の足を引っ張るな。遺体が見つかってから俺がどれだけプレッシャーを受けてるか、分かってるのか」

上條は相好《そうごう》を崩し、大田黒の肩を、ぽんと叩いた。友人を気楽に励ますようなその仕草に、大田黒が呆気《あっけ》に取られて口を開けた。

「ようやく本音が出たな」

「本音って——」戸惑ったように大田黒が目を瞬かせる。

「いいんだ。その方がお前らしい。分かってるよ。お前の足を引っ張って、出世の邪魔をするようなことは絶対にしない。それでうまくいったら全部お前の手柄にすればいい」

「オープン・オールナイト」の準備が始まる時間を見計らって、上條は店に立ち寄った。実際にはその前に家を覗いたのだが、アキラの姿は見当たらなかった。

店の方に回ると、看板の電源を入れるために外に出てきた萩原と出くわした。

「おう」ぶっきらぼうに言って萩原が顔を上げる。

「アキラは？」

「中にいるよ」萩原が親指を寝かせて店の方を指差す。

上條はうなずいてドアを押し開けた。

アキラは、カウンターの中でコーヒーカップを並べていた。今日は洗い抜いて色が落ちたダンガリーシャツを着ている。あれは確か、上條の父親のシャツだ。あちこち探して引っ張り出したのだろうが、アキラの細い体には一回り以上大きく、袖も胴回りもだぶついている。腕まくりをしているが、跳ねた水があちこちに黒い染みを作っていた。

「よう」

上條が声をかけると、アキラがちらりと彼の方を見た。小さく頭を下げただけで、すぐにカップを並べる作業に戻る。その作業に何かの意味があるとは思えなかったが、とにもかくにも手を動かすのは悪いことではない。上條はスツールに腰を下ろし、アキラと向かい合った。アキラは依然としてうつむいたままである。

「君、高校生なのか」

上條の問いかけに、アキラが顔を上げる。しばらく首を傾げていたが、口を衝いて出てきた答えは、上條が予想していたとおりの「分からない」だった。

「まあ、高校生なんだろうな。中学生には見えないし、大学生って顔でもない」

アキラの手元でカップがぶつかって甲高い音を立てる。どうにも危なっかしい。たぶん、家では食器を洗ったことなどないのだろう。

「仕事はちゃんとやってるみたいだな」

アキラが小さくうなずく。話をするだけで緊張するのだろうか、唇の端が、痙攣するようにひくひくと動いた。

「タダで置いてもらってるんだから当然だよな。飯はちゃんと食ってるのか」

またうなずく。話していても何の手ごたえもない。それを意識すると、上條は苦い思いがこみ上げてくるのを感じた。俺はたくさんのものを捨ててきた。自分の意思で捨てたものもあるし、奪い取られたものもある。しかし今までは、夜中に一人暗い部屋に座り、過去に消え去ったものを見つめ直そうという気持ちになることはなかった。そんなことをしなくても生きてこられたし、考えるだけ無駄だとも思っていたから。ただ一つの例外は、若くして死んだ妻の想い出である。控えめな笑顔が、張りのある滑らかな肌の感触が、未だに上條の記憶には残っているし、思い出すことが供養になるとも思っていた。だが、ごく短い結婚生活の記憶は時の流れとともに曖昧になり、時にその事実が上條を苛《さいな》んだ。

それが、北嶺に帰ってきた途端、過去の亡霊と向き合わなければならなくなってしまった。やはり、俺にとってこの街は鬼門だ。今までいくつもの決断をしてきたが、その中で唯一絶対正しかったのはこの街を出たことであると、改めて思う。

「何かやりたいことはないのか」

「え？」声に戸惑いを滲ませながらアキラが顔を上げる。カップを並べる手の動きが止まった。

「ほら、だからさ」もどかしさを感じながら上條は続けた。「何か趣味とかだよ」

「趣味って」戸惑いの度合いを増しながら、アキラが上條の顔を見た。ぼんやりと濁ったような目からは何も読み取れない。「そんなこと言われても」

「本を読むとか、音楽を聴くとか、映画を観るとかさ。何かやりたいことがあるだろう。スポーツはどうなんだ？　野球は？　サッカーは？　今度の土曜日、サッカーでも観に行こうか」

近くの街にJ2のチームがある。土曜日に試合があるかどうかは分からないが、練習の見学ぐらいはできるだろう。

まくしたててみたが、アキラは、上條が異国の言葉で話しかけてでもいるかのように無反応だった。

「ゲームセンターでも行ってみるか」

おぞましい考えだと思いながら上條は言った。本でも音楽でもスポーツでもないとすれば、あとはゲームぐらいだろう。コンピュータを与えてみるのはどうか。アキラは、一日中画面にかじりついてインターネットの世界を彷徨うのが趣味かもしれない。

「いいよ」アキラがぼそりと言った。

「いいっていうのは、ゲームセンターに行ってもいいっていう意味か？」

「何もしなくていい」

静かにピリオドを打つようにアキラが宣言した。カップを並べる作業に戻ろうとして手を滑らせ、派手な音を立てる。店に戻ってきた萩原が「あーあ、またやっちまったか」と苦笑いした。カウンターの中に回りこみ、割れたカップの破片を拾い上げる。

「これで昨日から三つめだな」

アキラは謝罪の言葉を口に出すわけでもなく、ただ反射的に小さく頭を下げるだけだった。

「そういう時は謝らなきゃ駄目だ」

上條はすかさずアキラに忠告したが、彼はどんよりとした視線を投げかけてくるだけだった。萩原がからかうように言う。

「お前さんにしてはずいぶん我慢強く説教してるな」

「どうでもいいじゃないですか、そんなこと」

上條は素っ気ない台詞で萩原のからかいに応じた。実際、彼の指摘するとおりである。しつこい取り調べをする一方、自分が陰で同僚たちに「五秒で見切りをつける男」と呼ばれていることは知っている。話が通じる相手かどうかは一言話せば分かるし、通じない人間を相手に長々と説得をするのは馬鹿らしい。アキラのような人間を相手にした場合、ふだんの俺ならまさに五秒話しただけで口を利かなくなるだろう。

だが、それができなかった。何とか自分の意思を伝えたい。きちんと会話を成立させたい。この少年のことをもっと知りたい。

気を取り直して話題を変えた。

「ドライブでもするか」

何を言われているのか分からない様子で、アキラが首を傾げる。

「面白い車があるんだ。乗ってみるか」

「おいおい」咎《とが》めるように萩原が口を挟む。「あれはしばらく動かしてないんだぜ」

「少なくとも一年前まではちゃんと整備してたんでしょう？　それに、乗れって言ったのは萩原さんじゃないですか」

「あれはただの中古車じゃなくてクラシックカーなんだぜ。四十年近く前の車なんだ。

「車ってのは飾っておくものじゃないでしょう。動いてるのが本来の姿なんだから、走らせてやらないと可哀相ですよ」

ご機嫌伺いをしながら慎重にやらないと、エンジンがいかれちまうよ」

「ま、いいけどさ」

萩原がカウンターの中を探ってポルシェのキーを見つけ出し、天板の上を滑らせる。

上條はキーをすくい上げると、明るい声でアキラに呼びかけた。

「じゃ、行くぞ」

アキラはぼうっとした表情を浮かべて突っ立ったままだった。

「行くぞ」上條が繰り返すと、ようやくかすかにうなずく。まるで自動車という存在そのものを知らずに、何をされるか怯えているようでもあった。

「大丈夫だって。死にやしないから」

死という言葉に敏感に反応して、アキラが下唇を嚙む。上條はカウンターの内側に回り、アキラの袖を引いて店を出た。シャツの下の腕は痛々しいまでに細い。

「その格好じゃ寒いな。何か上に羽織ってこいよ。その間に車を用意しておくから」

ますます困惑した様子で、アキラが睫《まつげ》を瞬かせる。説明するよりも体で感じさせてやった方がいいだろうと思い、上條はそれ以上何も言わなかった。

上條の心配をよい意味で裏切って、四十年近く前に生産ラインから送り出されたポルシェのエンジンは一発でかかった。一度車を降りて、ガレージの中でボロ布を見つけ出し、シートと計器類に積もった埃を綺麗に拭ってやる。やがて、ダッシュボードのウッドトリムに鈍い輝きが蘇ってきた。満足がいくまで掃除を終えると、改めて運転席に体を滑りこませる。

現代の基準からするとあまりにもシンプルな車だ。赤い革製のシートは純正ではなく後から付け替えたものだろうが、表革がかなりへたって、あちこちに細かい罅《ひび》が入っている。パワーアシストのつかないウッドのハンドルは頼りないほど細い。背中から聞こえてくるエンジン音は、高性能を誇るスポーツカーにしては大人しめだった。少しアクセルを踏みこんでみると、ミシンのようなエンジン音が滑らかに一塊になる。調子は良さそうだ。基本的にポルシェのエンジンは頑丈だという評判だし、トリップメーターはまだ六万キロを刻んでいるにすぎない。父の前に何人オーナーがいたか知らないが、丁寧に乗り継がれてきたのは間違いないようだ。

スポーツカーにしてはやけに長いシフトレバーをローに送りこんでから慎重にクラッチをつなぐ。エンジンがデリケートで、エンストするのではないかと心配していたのだが、案外簡単に動きだした。ガレージを出たところでサイドブレーキを引き、車を降りる。心配になったのか、萩原が店を放り出してやってきた。

「動きそうか？」

「大丈夫でしょう。エンジンも一発でかかったし、元気みたいですよ」

「ちゃんとダブルクラッチをやらないと、ミッションが傷むぜ」

「ダブルクラッチね」上條は、まだ後輪駆動だった頃のカローラレビンで運転を覚えた。その頃は意識してダブルクラッチをやっていたものだが、まだ体が覚えているだろうか。まあ、いい。どんなに古い車でも、車であることに変わりはないのだ。走らせるだけなら何とかなるだろう。

「カーブよりも真っ直ぐ走る時に気をつけてくれ」萩原がフロントタイヤの前に屈みこんだ。「基義は、バンパーの内側に錘《おもり》をつけようとしてたんだがね」

「後ろが重いわけですね」

「そう。リアエンジン車の宿命だな。タイヤは替えてあるから、普通に乗る分には大丈夫だけど、とにかく慎重にな」萩原は、なおも心配そうな表情を浮かべたままだ。「これは、基義が命の次ぐらいに大事にしてた車なんだからさ」

「へえ。じゃあ、その辺の電柱にぶつけてスクラップにしてやりますか」言ってしまってから後悔した。今になって、俺は何を言っているのだろう。はっきりと父を憎んでいたなら、本当にこんな車は潰してしまってもいい。だが、自分でも父をどう思っているのか分からないのだ。

萩原が溜息をつき、上條の心にぽっかり空いた部分を衝いた。

「この車に乗れば、基義のことも分かるかもしれんぞ」

「車はただの車ですよ。オヤジの名前が書いてあるわけじゃないし」いや、分かるかもしれない。この車には、父の体温が残っているかもしれない。

「基義がこのポルシェを愛していたことぐらいは理解してやらんとな」

ポルシェだけではないのだ、と思い出した。父親の車好きは昔からである。気づけば、いつも家には違う車があったような気がする、国産のスポーツカー、ヨーロッパの高級なセダン、アメリカのピックアップトラック。今考えれば、どれもその時代の最新モデルだった。最後にたどり着いたのが古いポルシェというのも、上條にはよく分からない。車好きはイタリア車かドイツ車のどちらかを偏愛するようになり、最後はイギリス車にたどり着くというのはよく聞く話だが、父は、自分はまだイギリス車に乗るような年ではないと思っていたのかもしれない。

ふと思い出す。あれは、高校二年生の冬だっただろうか。父親が突然上條をドライブに誘ったのだ。それまでそんなことは一度もなかったのに。ろくに話もしなかった父親の誘いに動転してしまったものだが、断る理由も思いつかないままに助手席に乗りこんだ。車は当時父親が乗っていた真っ赤なコルベット。北嶺には、いや、県内にも一台しかなかったであろう派手な車で、横に乗っているだけでボディに負けないほど顔が赤くなるのを感じた記憶がある。

父は何か話をするわけでもなく、ただ街を流した。一時間も、ただ排ガスを撒き散らして走っていただけだったが、あの時父は何がしたかったのだろう。息子を誘ってのドライブが父親らしい行為だとでも思っていたのだろうか。だったら何か話せばよかったのに。母の死に対して一言でも謝罪の言葉があれば、俺だっていつまでも黙ったままではいなかった。

俺だって何か話したかったのだ。そのきっかけは父親に作って欲しかった。それが父親の仕事である。その思いは今も変わらない。息子のことに関しては、父親が責任を持つべきだ。

アキラが階段を下りてきて、上條の追想は打ち破られた。やはり父親のものだった革ジャケット――襟にボアが付いた腰丈のもので、ウエストはベルトで絞れるようになっていた――を着こんでいる。父親がこんなジャケットを着ていた記憶はないが、ろくにヒーターも利かない車で冬のドライブを楽しむためには必要だったのだろう。

「乗れよ」

上條が声をかけると、アキラがぐずぐずと助手席のドアを開けた。しばらく躊躇っていたが、ようやく尻餅《しりもち》をつくようにシートに腰を下ろす。どうにも落ち着かない様子で、しばらく尻をもぞもぞと動かしていたが、上條が乗りこむとやっと体の動きを止めた。

「じゃ、行くぞ」

上條はゆっくりとクラッチをつないだ。車がそろそろ動きだすと、慎重にハンドルを切って国道に出た。前に車がいないのを確認して思いきりアクセルを踏みこむ。エンジンの音が滑らかになり、蹴飛ばされるような加速に体がシートに押しつけられる。隣でアキラが体を硬くするのが分かった。構わず上條はアクセルを踏み続け、水平対向エンジンの昂りが、未だ見ぬ場所へ自分を連れ去ってくれるのに任せた。

高速道路に乗って遠出しようかとも思ったが、車に慣れるために、北嶺市内のドライブにとどめておくことにした。北嶺の南側は、山の尾根沿いにけっこうなワインディングロードが連なっており、腕試しにはちょうどいい。夏にはよく交通事故が起き、若者が命を落とす場所である。それは上條が若かった頃から変わっていないが、今は夏でもないし、上條ももはや若くない。

ポルシェはなかなか言うことを聞いてくれなかった。クラッチは重く、シフトも渋い。リアタイヤの挙動が読めなかった。だが、上條は次第にリズムを摑んだ。スピードを上げてコーナーをクリアするたびに少し理性のたがが緩むのを感じる。しかし、絶対的なスピードはそれほどでもないようだ。たぶん最高出力は現代のカローラよりも低いだろう。そして萩原が指摘していたとおり、直線道路で少しスピードを上げると、ハンドルに伝わる道路の感覚が頼りなくなる。

南へ向かう途中で、小高い丘の中を抜ける道を選んだ。ちょっとした腕試しのつもりだったが、走り始めてすぐに、そこが光良の遺体の発見現場なのだということに気づいた。

まさにその場所で上條は車を停めた。もしも野犬がいなかったら、光良の遺体はずっと見つからなかったかもしれない。おぞましい光景ではあるが、上條は腐肉を探り当てた犬の野性に感謝したくなった。

「どうしたの」不安気にアキラが訊ねる。

「ちょっとした事件があった場所でね」

上條は目を凝らし、木立の奥を見つめた。もちろん彼もこの現場には来ている。しかし、しばらく時間が経った今、改めて観察すれば何か新しい発見があるかもしれないと思ったのだ。

もちろんそんなものが見つかるわけもなく、枯れた木の枝を風が揺らしているだけだった。

この場所が俺の運命を変えたのだ。もしもあのまま遺体が見つからなかったら、俺は今も県警本部の捜査一課にいただろう。そろそろほとぼりも冷めて、新しい事件の捜査に回っていたかもしれない。いや、状況がどう変わろうと、やはりこの事件を追いかけて北嶺に来ていたのではないだろうか。どんな刑事にも忘れられない事件がある。自分の人生を変えてしまう事件がある。それは粘り強い捜査で犯人を挙げた事件かもしれないし、ふとした気の緩みで解決が遠ざかってしまった事件かもしれない。上條は、この誘拐事件を自分の記憶に刻みこまれた傷にしたくはなかった。

その場の光景を目に焼きつけてから車を出した。次にここを訪れる時は、青葉が生い茂る光景になっているかもしれない。いや、そうなる前に何とかしたい。

車を走らせながら、上條はちらちらとアキラを観察した。今まで見たことのないアキラがいた。無愛想でも無気力でもなく、その顔に浮かんでいるのは純粋にドライブを楽しむ表情である。なるほど、こいつにはこういう楽しみがあったのか。数年後には免許を取って、趣味らしい趣味を持つことができる。それにしても、記憶喪失の人間は運転免許を取れるのだろうか。後で交通課の連中に確認してみよう。

アキラの顔は上気し、今にも笑みが浮かびそうだった。腕をドアの縁に預け、冷たい風を楽しんでいる様子である。

「楽しいか」

「え？」

「楽しいかって訊いてるんだよ」

上條は少しだけ声を張り上げた。アキラがもう少しでうなずきそうになったが、直前で思いとどまったように、顎をつんと上げる。何でこんなに意地を張っているのだろうと訝《いぶか》りながら、上條はさらにエンジンに鞭《むち》を当てた。

ポルシェは緩く長い坂道を駆け上がった。山道の木立の間に、エンジンの咆哮《ほうこう》が木霊《こだま》する。踏みこめば踏みこむほど、小さなエンジンは元気になるようだった。騒音規制など関係なかった時代の遺物だが、その荒っぽいサウンドが耳に心地よい。

ここは確かに、運転に慣れていない若い連中なら命を落としかねないワインディングロードだ。道幅は狭く、ブラインドコーナーが連続しているうえ、ところどころでガードレールが切れている。リアエンジン車の挙動を完全に摑んだわけではないのだ、と自分に言い聞かせながら、上條は少しペースを抑え気味にした。
山裾《やますそ》をしばらく登っていくと、上條たちが昔「見晴台《みはらしだい》」と呼んでいた場所に出る。道路脇に張り出した、車が十台ほど駐車できる平地で、名前のとおり市街地を一望できる。ワインディングロードのほぼ中間地点にあるので、一休みするにはかっこうの場所である。

このワインディングロードは、高校時代、関谷や小野里とよくツーリングした場所である。上條も、二人のオートバイを借りて何度も走ったものだ。事故が多い場所なのでパトカーがよく巡回していて、ひやりとさせられたことが何度もある。夜中、ヘッドライトだけを頼りに走るのはひどく怖くもあり、同時に気持ちが昂る冒険でもあった。命を削っているという実感で胸が締めつけられたのに、冷や汗はいつの間にかスポーツでかくような気持ちのいい汗に変わっていったものである。深夜、見晴台にオートバイを停めて柔らかい草の上に寝転がり、煙草を吹かしながら缶コーヒーを飲んで星空を眺める。あの頃は、それが最高の贅沢《ぜいたく》に思えた。いつか別々の道を行くことになっても、この二人と過ごした時間が貴重な想い出になることは分かっていた。

平日の夜とあって、車は他に二台停まっているだけだった。ポルシェを乗り入れてエンジンを止めると、先乗りしていた二台の車内から視線が突き刺さってくるのを感じる。このまま自分の車にしてしまってもいいかな、と一瞬思った。すうっと尻が落ちた滑らかなリアエンドの造型は、思わず息を呑むほど美しい。蛙を思わせる丸みを帯びたデザインは、最初見た時はどこか摑みどころのないものだったが、慣れてくると、これがスポーツカーの一つの究極の形だと思えてくる。

アキラが小さく溜息をついた。美味いものを食べた後とか、いい音楽を聴いた後に、無意識に漏れるような吐息である。上條は車を出て思いきり伸びをした。背中がばきばきと悲鳴を上げる。慎重に運転してきたつもりだったが、スポーツカーは、助手席に乗っているだけでも人を緊張させるものだ。アキラが続いて車から降り、寒そうに革ジャケットの襟を掻き合わせる。背中を丸めたまま、上條から三メートルほど離れたところに立ち、眼下に広がる北嶺の光景をぼんやりと眺めた。

まったく、見るべきもののない街だ。高速道路だけは立派だが、その向こうに広がっている市街地はすかすかで、ゴーストタウンのようである。もしも一面に田園地帯が広がっていれば、それはそれで豊かな生活を連想させるのだろうが、低い屋根の家々が連なる光景は、しがみつくべきものがほとんどないこの街の実態を証明するだけだった。

「よくドライブに行くのか」かじかんだ手に息を吐きかけながら上條は訊ねた。

アキラがゆっくりと首を横に振る。例によって、「違う」のか「覚えていない」のか判然としない態度だ。上條はそれ以上突っこまないことにした。言っても無駄だろう。自然に記憶が戻ってくるのを待つしかない。

それにしてもこの無気力さは気に障る。歳月は人を変えることもあるが、多くの場合、頑なな人間はより頑なに、負け犬はさらに卑屈な負け犬になるだけである。アキラの場合、このままずるずると世の中の底辺を這い回るだけの人生を送ることになりそうだ。金や能力がないという意味ではなく、這い上がろう、もっとまともな人生を送ろうという気力がないからだ。

手遅れかもしれないが、今からでもどうにかならないものだろうか。

いや、俺にはそんなことを考える資格すらあるまい。上條はコートのポケットに手を突っこんで背中を丸めたまま、市街地を見下ろし続けた。横を見ると、アキラも同じようにしている。二人で一緒に何かをしている——それが良いことなのか悪いことなのか、上條には未だに判断がつかなかった。

「サッ官?」

真人がぐいと眉を持ち上げる。ハンバーガーを頬張ったまま、陽一が小刻みにうなずいた。よく嚙みもしないで飲み下し、真人の言葉を待つ。どうやら誉めてもらえると思っているようだが、勘違いも甚だしい。たぶんこいつは、生まれてから一度も誉められたことがないのだろう。そろそろ、自分の一生はそういうことの連続だということを悟った方がいい。

「サツ官だよ」陽一が繰り返す。手にした食べかけのハンバーガーをつまらなそうに見下ろすと、紙袋に突っこんだ。

警察官か。真人はハンドルに両手を預けたまま考えた。夜の北嶺には珍しい渋滞で、国道には車が連なっている。アクセルにのせたままの足を床に下ろす。前が空いたがそのままにしていた。後ろからクラクションを鳴らされるが平気な顔で無視する。タイミングを見計らい、二度目のクラクションが鳴る直前に車を前に進めた。まったく、どいつもこいつも。東京じゃないんだから、こんなクソ田舎で、急いでどこかに行く必要なんかないはずだ。

「ふざけた話でさ、そいつ、ポルシェになんか乗ってるんだぜ」揶揄《やゆ》するように陽一が言い、ずるずると音を立ててコーラを啜った。「ずいぶん古い車みたいだけど、ポルシェはポルシェだからな」

「警察官がポルシェに乗っちゃいけないのかね」

「え?」陽一がぽかんと口を開けた。

「警察官がポルシェに乗っちゃいけないって法律なんかないだろう。それとも、連中の規則ではそう決まってるのかな」

「いや、まあ、そんなことないだろうけど」陽一が口籠る。

警察官がポルシェに乗ろうがフェラーリに乗ろうが、自分には関係ない。しかし真人は、その背景が気になった。ポルシェを乗り回す警察官とは、いったいどんな人間なのだろう。少し外れた奴なのか、それとも何か事情があるのか。

「そいつ、どんな奴なんだ」

真人が質問すると、陽一が面倒臭そうに答えた。

「四十歳ぐらいかな。あの家に住んでるわけじゃないけど、店にはしょっちゅう出入りしてるみたいだ。昼間もね」

「正春を助けたのはそいつなんだな?」

「ああ、顔に見覚えがある」憎々しげに陽一が顔を歪める。「オッサンなんだけど、けっこう体格が良くてさ。あれは、柔道か何かやってる感じだな。何だかいつもしかめっ面をしてる」

「名前は?」

「上條。上條元」

「北嶺署の刑事か」

「たぶん」

「そうか」

前方の信号が青になり、車が流れ始めた。真人はゆっくりアクセルを踏み、前の車と十分な距離を保ったまま車を前へ進めた。陽一が不満そうに鼻を鳴らす。

「左側、空いてるじゃない」

「安全運転だ」

つまらないことで警察に捕まるわけにはいかない。度胸や思いきりの良さ、決断力はもっと重要な目的のために取っておくのだ。思いきったことをするのは、それなりに価値があるものに対してだけでいい。

人の命をやり取りすることとか。

真人はごくりと唾を呑んだ。興奮が湧《わ》き上がり、臍《へそ》の下がむずむずする。なるほど、人を殺すことは人間の最大の快感かもしれない。いや、そんなことは自明の理だ。だからこそ戦争はなくならないのだから。セックスなんかよりよほどいい。それを知らない人間は、つくづく可哀相だと思う。

「やっちまうか」

陽一がコーラを噴き出しそうになって、慌てて真人の方を向く。

「やっちまうって、そのサツ官を？」

「正春と一緒にさ」

「冗談だろう？」

「冗談？　そう、冗談だな」

何を考えてるんだと言いたそうな表情で、陽一が真人の顔をちらちらと盗み見る。真人はそれを無視して車の運転に集中するふりをした。思い出したように口を開き、のんびりした口調で訊ねる。

「サツは真面目に捜査してるのかな」

「正春のこと？」

「何か変な感じがするんだよな。刑事が正春をかくまってるなんてさ。何か事情でもあるのかな」

陽一が肩をすくめる。

「さあね。でも、正春だって帰る場所がないんじゃないの？　今さら家に戻るわけにもいかないだろうし」

「それにしてもやっぱり変だ。お前だったら、どんな事情があってもサツ官の世話になんかならないだろう」

「そりゃあそうだ」陽一が大袈裟に頭を振る。「確かに何かやばいな」

「そうだな、やばいよな」真人は人差し指を噛みながらフロントガラスを見つめた。見当もつかない。病院にいるなら分かるが、よりによって警察官のところに身を寄せているとは。

「正春の奴、やっぱり喋る気になってるのかもしれない」

「まさか」陽一が笑い飛ばしたが、声には張りがなかった。

「そもそもあいつは警察が嫌いなはずだよな。俺らの中でも一番嫌いかもしれない――何でかは知らないけど。そんな奴が警察の世話になってるなんて、何か喋ろうと思ってるからに決まってるよ。もしかしたら、もう喋っちまったかもしれない」

「そんな」陽一の声が揺らいだ。「それはやばいよ。どうする」

「ちょっと考えようか」

わざとらしい呑気な声で真人は答えた。正春はまだ喋ってはいないだろう。喋っていれば、警察はとうに俺たちを見つけ出している。だが、正春が喋るのも時間の問題かもしれない。そうなったら全てがぶち壊しだ。うまく逃げおおせようという彼の計画も根底から覆ってしまう。逃亡者のまま残りの人生を生きるのはまっぴらだった。

「やるしかないな」

真人の言葉に、陽一が身をすくませるのが分かった。臆病《おくびょう》な奴だと腹の中で罵《ののし》りながら、真人はこいつらをどうやって切り捨てようかと密《ひそ》かに考え始めた。陽一も結局は、度胸のない普通の人間である。一緒にいたら、いつかは足を引っ張られるだろう。そういう心配をなくす究極の方法は、こいつらも殺してしまうことだ。秘密を共有する仲間だとはいっても、俺とこいつらは違う人種である。陽一だって、警察につつかれれば真相を喋ってしまうに違いない。

結局、俺が生き延びるためには、こいつらは邪魔な存在なのだ。

誰も信じるな。しばらく前から、真人はこの言葉を頭の中で転がしていた。いいフレーズだと思う。己の能力だけを頼りに生きていけ。自分以外の人間は必要ない。

今まさに、真人はこの言葉の重要性をはっきりと嚙み締めていた。

6

予備校から生徒が吐き出されてくるのを、上條は車の中から見守っていた。頰が赤い、まだ中学生にしか見えない子もいれば、無精髭を伸ばして堂々と煙草を吸っている若者もいる。なるほど、漫然と学校で時間を潰しているよりは、予備校に通った方がよほど人生勉強になるかもしれない。

　腰が痛む。慣れないポルシェのシートのせいだ。車を降りた瞬間には二度と乗ってやるものかと思ったのだが、そのうちに特徴的なエンジンのビートが、鋭敏に動く足回りが懐かしく思い出される。晩年の父親が、レーサー時代を懐かしんであの車に熱中していたのも理解できた。

　それでも、父親その人を理解できたとは思わない。依然として父は、大きな謎の壁として上條の前にそそり立っている。ろくな話をしないまま四十年近くが過ぎたのだ。理解するにはそれと同じだけの年数が必要かもしれない。そして多分自分はその年齢まで生きていないだろう、と上條は思った。

　探していた生徒はすぐに見つかった。直己が教えてくれたとおり百九十センチはありそうな長身で、周囲から頭一つ抜け出している。背が高い人間にありがちだが、極端な猫背になっていた。

　友人たちと別れて、一人駅の方に歩きだした少年を上條はつかまえた。

「君、池田《いけだ》君だね？　池田友昭《ともあき》君」

　少年がぼんやりと周囲を見回す。馬鹿にしたような仕草に見えて上條はむっとしたが、背が高いとこういうこともあるのだろうと思い直した。灯台下暗しではないが、すぐ近くにいる人間は逆に見つけにくいのだろう。おまけに友昭は、分厚い眼鏡をかけている。

「池田君だね」上條は少年を見上げながら繰り返した。そのうち首が攣りそうだ。

「はあ」頼りない返事をしながら、友昭がひょこりと頭を下げる。「何でしょう」

「警察の者だ」上條がバッジを見せても、友昭は驚きもしなければ警戒もしなかった。もしかしたら本当に鈍いのかもしれないと上條は疑い始めた。

「ちょっと話を聞かせてくれないか。亡くなった上杉光良君のことなんだが」

「上杉」友昭が長い顎に手をやる。「ああ、上杉」

苛立つ気持ちを何とか抑えつつ、上條は「寒いから車に乗らないか」と誘った。友昭は特に警戒する様子もなくついてくる。体を屈めて助手席に乗りこむと、両手をこすり合わせてそこに息を吹きかけた。上條は車のエンジンをかけると、エアコンの温度を上げた。友昭が噴き出し口に手をかざし、ほっとしたように表情を緩める。

「彼は何をやってたんだ」

「はい？」暖房で弛緩したような声で友昭が答える。

「変な薬をやってたんじゃないか」

「薬って……」

「ドラッグだよ、ドラッグ。ヤクだ」声を荒らげないように自分を抑えながら、上條は説明した。

「分かってますよ」のんびりした声で友昭が答える。「そんなに何度も言わなくても」からかわれているのだろうかと、上條は一瞬むきになって友昭を睨みつけたが、彼は相変わらずぼうっとした顔つきのまま、エアコンの温風を楽しんでいる様子である。

「どうなんだ。そういう話は知らないか」

「知りません。僕は光良とは学校も違ったから」

それは分かっていた。友昭は隣町の高校から通っている。同級生だった直己と違い、まさに予備校だけでのつき合いなのだ。

「事件が起きる前、何か様子が変じゃなかったか」

「特にないですね」

「話していて呂律《ろれつ》が回らなくなるとか、変なことを言いだすとか、そういうことは？　急に乱暴になったりしたことはない？」上條は具体的な症例を挙げてなおも追及した。

「ないですよ」相変わらず何の心配もなさそうな口調で友昭が続ける。

「いい加減にしろ！」上條はとうとう怒りを爆発させた。「彼は殺されたんだぞ。君は友だちだろうが。どうしてそんなに素っ気なくできるんだ」

「だって」友昭がびっくりしたように言った。どうして上條が怒りだしたのかさっぱり分からないといった様子で、声に怯えが混じる。「光良のことはそんなによく知ってたわけじゃないし」

「そうなのか？」上條は声のトーンを落とした。直己の情報とは違う。彼の話を聞いた限りでは、光良と友昭は無二の親友のようだったのに。

友昭が、ハンガーが入ったように角ばった肩をすくめた。

「たまに話をしたぐらいで、あいつがどんな奴かなんて全然知らないんですよ」

「俺が聞いていた話と違うな」

「そうですねえ」友昭ががりがりと頭を掻いた。「俺、背が高いんで、目立つんですよ。刑事さんが誰から話を聞いたのか知らないけど、そのせいじゃないですか」

それなら分からないでもない。立っているだけで目立つ人間と話していれば、二人が友人同士なのだと直己が思いこんでも不思議ではない。上條は溜息をついてハンドルを腕に抱えこんだ。

「だったら、ちょっとした知り合いってところなんだな」

「まあ、そうですね」居心地悪そうに友昭が尻をもぞもぞと動かした。「もういいですか？　電車の時間に遅れるから」

「家まで送っていこうか。こっちが引き止めたんだから」

「いいんですか」

「いいよ」

ちょっと驚いたが、上條はそのまま車を出した。この男は簡単に人を信用しすぎる。しかし、余計な説教はしないことにした。道順を訊き、制限速度を守って車を走らせる。友昭の家まで三十分ぐらいだろうか、この時間は尋問に使える。上條は話題を変えた。

「君の周りで、変な薬に手を出してる奴はいないか」

「またドラッグの話ですか」車内が暖まったせいか、少しリラックスした様子で友昭が答える。「そうですねえ……」

何か知っている。言いだそうかどうしようか決めかねているだけなのだと判断し、上條はしばらく様子を見ることにした。信号待ちでちらりと横を見ると、折り曲げた長い膝を揺すっている。何だかカマキリを連想させるような貧乏揺すりだった。上條は低い声で念を押す。

「どうなんだ」

「噂はありますよ」

「どんな？」

「眠気覚ましに覚せい剤を使ってる奴がいるとか」

「覚せい剤か。確かかな？」

「いや、ただの噂ですよ。俺は嘘だと思うけど」

「どうして」

友昭がふん、と鼻を鳴らした。

「足の引っ張り合いなんですよ。俺らは一応受験生ですからね、どうしたって他人は信用できないし、変な噂を流しておけばライバルを動揺させることもできるじゃないですか。別に俺が言ったわけじゃないけど」

「噂だけじゃないかもしれないな。火のないところに煙は立たないって言うだろう」上條が指摘すると、友昭がすかさず反論した。

「まさか」

「どうして」

「そんなこと、あるわけないでしょう。考えられないな」

「そうならいいんだがね」

「何か証拠でもあるんですか」

上條は口をつぐんだ。余計なことを言って、またそれを噂として広められたのではかなわない。ぼうっとしているだけかと思った最初の印象とは違い、この少年は案外詮索《せんさく》好きなのだ。

「光良が本当にそんな薬を使ってたんですかね」

「それはない」上條は即座に否定した。確かに「所持」はしていたが、解剖所見は「使用」を否定している。

「だけど――」

「いいか、変な噂を流すなよ。俺は、光良君がドラッグに手を出していたとは言っていない。そういう噂が流れたら、君が発信源だってすぐ分かる」

街灯に照らされた友昭の顔がかすかに蒼褪める。少し言いすぎたかなと思い、上條は声のトーンを落とした。

「いろいろあるんだ」

曖昧な上條の一言に納得したように、友昭が素早くうなずいて息を吐く。

「本当に誰かが薬を使ってるんですか？　その、俺たちみたいに若い連中が」

「あくまで仮定の話だよ」

そんなことはない。受験生が眠気覚ましに覚せい剤を使うという友昭の話は、いかにもありそうなことだ。だが、光良が隠し持っていたホワイトスノウは覚せい剤ではない。高揚感と幸福感をもたらし、勉強など手につかないような浮かれた精神状態を作り出す。その効用が切れた時には、トランキライザーを注射されたようにがっくりと気力をなくし、何もする気がなくなってしまうという。受験生向けではない。

「光良は真面目そうな子だったからなあ」友昭がぼそりと打ち明けた。

「そうなのか」

「いや、もちろん俺にはそう見えたってだけの話ですよ」友昭が慌てて言い繕う。「よく知らないけど、そんな感じがしたっていうだけで」

まただ。今のところ、光良という人間の性格や暮らしぶりに破綻《はたん》は見つからない。真面目で地味な男。誰に訊いてもそういう印象しか返ってこない。ただ一つ、ホワイトスノウを隠し持っていたことを除いては。その落差があまりにも大きすぎる。ふと、彼の部屋に煙草があったことを思い出した。灰皿を見つけた時は、高校生らしいささやかな悪さだと思ったが、そこからホワイトスノウに至るまでには長い距離があるはずだ。ホワイトスノウだけが、彼の生活から浮き上がっているのである。

何か見落としている。その何かを、これから出向くファミリーレストランで見つけられれば、と上條は願った。

電話帳で調べてみると、北嶺にはファミリーレストランが四軒あった。三軒は全国チェーンの北嶺店、残る一軒は北関東だけで展開している店だった。いずれも市の南側を走る国道沿いに集まっており、北嶺署からも遠くない。上條は、光良の家に近い店から始めることにした。

店長を呼び出し、光良の写真を見せる。ずっと持ち歩いているので、写真には皺が寄り始めていた。母親の朋絵からではなく、北嶺高校から借り出した写真を元に複製したものである。正面から撮った手札サイズで、一番自然に撮れているようだった。

三十代の前半ぐらいに見える店長は、しっかり洗い抜いて糊を利かせ、全身にアイロンをかけたような男だった。髭の剃り跡も見当たらない頬から顎にかけては石膏《せっこう》像のように滑らかで、短めの七三に分けた髪は、台風に遭っても乱れそうにない。だが、しっかりしているように見えたのは外見だけだった。

「そうですねえ……」首を振りながらあちこちの角度から写真を見る。

こいつは馬鹿ではないかと上條は呆れ返った。二次元の写真をどんな角度から見ても、違う一面が見えてくるわけではない。しかも、甲高い彼の声はひどく耳障りだった。

「いや、申し訳ないんですけど」店長が遠慮がちに写真を差し出してきた。

上條は受け取らず、ズボンのポケットに両手を突っこんだ。店長の顔が赤くなり、写真を持った両手がゆるゆると腰の高さまで落ちる。

「あなたは、ここでどれぐらい働いてるんですか」

「二年です。店長になってからは半年ですけど」

「二年も働いていれば、頻繁にここに来る人のことは覚えてるんじゃないかな」

「そうでもないんですよ。常連さんだっていつも同じ時間に来るとは限らないし、私たちも、シフトの関係で勤務時間が変わりますから」

「そうじゃなくて」上條は右の拳を左の掌に叩きつけながら言った。「あなたが覚えている範囲の話ですよ。この子も頻繁に来ていたはずなんだ」

「この店にですか?」

上條はほとんど爆発寸前になっていた。

「だから、それをあなたに訊いてるんじゃないか」

「ああ」店長が妙に赤い唇をゆっくりと舐めた。「なるほど」

「その少年に見覚えがない?」

「ええ」

「あなたはない、ということなんだね」

「そうです」

上條はバッグを探って光良の写真のコピーを何枚か取り出した。写真ほど鮮明ではないが、顔の特徴は分かる。自然にカールした髪が耳の上にかかり、細長く高い鼻が顔の中心で自己主張している。意思の弱そうな小さな目に、何か文句を言いたいのに怖くて口に出せないとでもいうように捩れた薄い唇。この顔に一番似合わない言葉は「覇気」だ。どこかアキラにも通じるものがある。

「これを、他の従業員の人にも見せて下さい。もしかしたら、何か覚えている人がいるかもしれないから」

「この店で一年以上働いてる人間は私だけなんですが」

背中に重い疲労を背負ったまま、上條は店を出た。何なんだ、いったい？　やる気があるのかないのか、それとも本当に馬鹿なのか。たぶん、この店では何の手がかりも得られないだろう。そして最初の一軒を回っただけで、これからの結果が全て予想できるような気がしていた。

二軒目、三軒目とも、予想したとおり何の手がかりも得られず、上條の足取りは次第に重くなった。頭痛もひどくなっている。いつも持ち歩いている頭痛薬を、水なしで二錠、飲み下した。

最後の一軒のドアを押し開けたのは午後十一時近かった。北関東にだけ展開しているレストランチェーンの北嶺店で、オレンジと茶色を基調にしたインテリアは他の三軒に比べて安っぽい。味も推して知るべしだろう。実は上條は、頻繁にファミリーレストランを利用している。車を使った昼間の捜査では、昼食に立ち寄るのに便利なのだ。この店にはまだ入ったことがなかったが、味見もしないまま、今後ここで食事をすることはないだろうと結論を出した。

しかし、手がかりはこの店に埋もれていた。

客は少なく、話し声はBGMに溶けこんでしまっている。応対してくれた中年の店長は、申し訳なさそうに上條をトイレの脇の席に導いた。ここが一番目立ちませんから、と弁解しながら。客の目障りにならないということだな、と上條が皮肉に考えている間に、店長がレジに向かって手を振り、コーヒーを持ってくるよう大声で命じた。上條は抵抗しなかったが、できればコーヒーではなくオレンジジュースにして欲しかった。鈍い頭痛がまだ居座っている。風邪の引き始めだったら、必要なのはコーヒーではなくビタミンCだ。

店長が、突き出た腹をテーブルに押しつけて身を乗り出す。暖房が利きすぎというわけでもないのに、額にはうっすらと汗が滲んでいた。上條が光良の写真を差し出すと、全て分かったと言いたげに大きくうなずく。

「誘拐された子ですよね。可哀相なことをしました。私も北嶺に住んでるし、中学生の息子がいるから他人事《ひとごと》じゃないんですよ」

中学生の息子か。ふと上條は違和感を覚えた。何だろう……やがて、光良が高校生だったという事実そのものが異常なのだと気づいた。営利目的の誘拐の被害者は乳幼児が多いのだが、それは犯人側にとって抵抗されにくいというメリットがあるからだ。体の大きい——光良の場合はそうでもなかったが——中学生や高校生を誘拐しようとすれば、乳幼児を相手にするよりはるかに大がかりな事前準備と人手が必要になる。被害者、加害者とも外国人である場合はまた別だが。

犯人は、なぜ光良を狙ったのか。確かに朋絵はそれなりの資産を持っているが、誘拐犯が積極的に目をつけるほどの金持ちというわけではない。そして、怨恨《えんこん》という線はほとんど消えているのだ。なぜ。なぜ。疑問符が頭の中で渦巻き、店長の言葉がその隙間を素通りしていった。

「――ましょうか？」

「はい？」店長の台詞を聞き逃し、上條は耳の裏が赤くなるのを感じた。それには気づかない様子で店長が繰り返す。

「この店で五年も働いてる人がいるんですけど、呼びましょうか。私はこの子を店で見た記憶がないけど、その人なら知ってるかもしれません」

上條がうなずくと、店長は「お役に立てて嬉しい」とばかりに、喜色満面でレジに向かって手を振り立てた。

「おーい、金井《かない》さんを呼んでくれ」

レジにいた女の子――アルバイトだろうか、若いのに妙に疲れた顔をしていた――がうなだれるようにうなずき、店の奥に消えていった。すぐに中年の女性を伴って戻ってくる。店長が立ち上がり、女性の背中に手を添えるようにしてソファに座らせた。

金井秋枝《あきえ》と名乗った女性は、不慣れな場に引き出されたという戸惑いを隠そうともしなかった。皺一つ寄っていないのに制服のブラウスをしきりに引っ張り、きょろきょろと周囲を見回す。四十代半ばというところだろうか、ひっつめた髪と細長い顎が、神経質そうな印象を与える。店長が事情を説明しても、納得も安心もしないようだった。

口で説明するよりもと、上條はテーブルにのった光良の写真を彼女の方に滑らせた。

秋枝の目が細くなり、ついには一本の線になった。

「はい」

その言葉にこめられた肯定の意味が胸に広がり、上條は再び活力が満ちてくるのを感じた。

秋枝の記憶力は驚異的だった。相手があまりにも細かく覚えていると、こちらを喜ばせようと話を適当にでっち上げているのではないかと疑うのが上條の癖なのだが、秋枝に限ってはそんな心配をする必要はないようだった。時々引っかかりながら喋るぶっきらぼうなその口調には、余計なサービス精神は一切感じられない。

「週に一度は来てたと思います」

「間違いありませんか」

「私は週の前半にまとめて夜勤をするんですけど、水曜日には必ずいましたね」

予備校のある日だ。やはり終わった後に、日課のようにこの店に立ち寄っていたのだろう。

「時間は何時頃でしたか」

「いつも九時四十五分ですね」

「どうしてそんなに正確な時刻が分かるんですか」

「私の夜勤のシフトが九時半からで、その子はいつも、私がお店に出てすぐに入ってきましたから」

後でバスの時刻表を調べてみよう。予備校が終わった後でバスに飛び乗れば、確かにそれぐらいの時刻になるはずである。

「一人でしたか」

「来る時は一人でしたけど、いつも店で友だちと一緒になりましたよ」

上條は心臓の高鳴りが口調に表れないようにと、わざと声を低くした。

「何人ぐらい？」

「その時々で違いますけど、二人の時もあれば四人ぐらいの時もありましたね」

「どんな感じでしたか？　何を話してたかは分かりますか」

秋枝の説明が途切れた。いったん唇を噛んで、記憶を手繰り寄せてから続ける。

「話の内容までは……でも、皆さん大人しかったですよ。そんなに騒ぐわけでもなくて。この時間に店に来る若い人はけっこううるさいんですけどね」

「そうそう、まったくそうなんですよ。親の教育がなってないんだな」店長が調子に乗って合いの手を入れたが、上條は一睨みして黙らせた。

「静かだからかえって目立ったのかもしれません」秋枝が説明をつけ足す。

「全員高校生でしたか？」

「いや」言葉を切り、秋枝が一瞬天井を見上げる。「大学生もいたと思いますよ。車で来てる人もいたし、煙草を吸ってる人もいましたから」

高校生だって免許は取れるし、煙草だって吸うだろう。当たり前のことだが、上條は口にはしなかった。それよりも、秋枝の推測が正しいとすれば、妙な取り合わせだということが気になる。学校の先輩後輩でよほど親しい間柄でもない限り、高校生と大学生は一緒に遊ばないものだ。

「光良君と一緒にいた人が誰かは分かりますか」

「そこまでは」秋枝が首を捻った。

「彼が誘拐された前後に何かおかしな様子はありませんでしたか？　光良君自身にでも、その、仲間の方にでも」

「特に気づきませんでした」迷うことなく秋枝が答える。

どうしたものか。上條はすっかり冷めたコーヒーをぐっと飲んでから腕組みをした。

そもそも光良の友人たちは何者なのだろう。大学生だとすれば、中学か高校の先輩か。しかしクラブ活動もやっていなかった光良に、親しい先輩がいたとも思えない。高校ではここ数年の卒業アルバムを全部借り出して、秋枝に面通しさせてみるか。いや、それではあまりにも効率が悪い。

切れ切れに乱れた上條の考えを、秋枝が救ってくれた。

「その人たち、今も時々来ますよ」

「本当ですか」

上條は思わず身を乗り出し、その拍子にコーヒーカップを倒してしまった。少しだけ残っていたコーヒーが零れて、薄いオレンジ色のテーブルに茶色の染みが広がる。慌てて店長がお絞りを広げ、コーヒーを拭き取った。上條はそれを横目で見ながら、秋枝に質問をぶつける。

「いつも同じ日に来るんですか」

「そういうわけじゃありません。二日三日続けて来たと思ったら、一月《ひとつき》近く顔を見せない時もあるし。私の勤務時間じゃない時に来てるかもしれませんけどね」

運が回ってきたようだ。上條は秋枝に向かって名刺をすっと滑らせた。

「もしもその子たちが店に来たら、すぐに連絡してもらえますか」

小さくうなずいてから、秋枝が遠慮がちに切り出す。

「あの」

「何でしょう」上條は光良の顔写真を背広の内ポケットに落としこみながら訊ねた。

「その人たち、誘拐事件に何か関係があるんでしょうか」

「いや、そういうわけじゃないんですよ」秋枝が明らかに落胆するのを見ながら上條は説明した。なるほど、彼女の記憶力の源泉は好奇心であるらしい。「事件前の光良君の様子を知りたいんです。彼がふだんどういう人間とつき合いがあったかもよく分かっていないんです」

「そうなんですか」秋枝が小さな目を光らせて大きくうなずいた。

「いやあ、金井さん、お手柄じゃないですか」店長が大きな手で秋枝の背中を叩く。

「やっぱりベテランは頼りになりますね」

そうではない。秋枝のような性格の持ち主は、普通なら「詮索好き」と評されて煙たがられる。

しかし今の上條は、彼女のそんな性格に感謝したい気持ちでいっぱいだった。


署に戻り、駐車場から建物を見上げる。捜査本部のある会議室にまだ灯りが点いているのを見て上條は思わず舌打ちした。まったく、役にも立たないのに残業代だけは稼ぎやがる。そもそもあの連中がサボっているのは明らかなのだ。俺はこの街に来て数日で、これまで明るみに出ていなかった事実を次々と暴いている。やる気さえあればこんなものなのだ。

どうするかと車に座ったまま思案しているうちに、捜査本部の灯りが消える。ほっとして車を出て正面玄関に回ったところで大田黒と出くわした。タイミングがほんの少し狂っただけでこれだ。上條は彼を無視して署に入ろうとしたが、予想もしない柔らかい口調で呼び止められた。

「飯でも食わないか」

上條はまじまじと目を見開いて大田黒の顔を見つめた。大田黒が小さく咳払いして小声で抗議する。

「何だよ」

「俺はもう済ませた」

「ちょっと冷静に話し合う必要があると思う」と、大田黒がやや冷静さを欠いた甲高い声で宣言する。

上條は肩をすくめたが、結局彼の誘いに乗ることにした。この先、大田黒が邪魔になることは分かっている。今のうちに互いの立場をはっきりさせて、線引きしておく必要があるという思いは上條にもあった。もちろん二人の意図はまったく別のものである。大田黒は上條の暴走を引き止めたい。上條は誰にも邪魔されたくなかった。

そんなことは分かっているはずなのに、この男は俺を呼び止めた。決着をつけたいと願う気持ちだけは、どうやら二人に共通しているようだった。


二人が落ち着いた先は、先ほど上條が聞き込みをしたファミリーレストランの一軒だった。大田黒は一滴も酒を飲まないから、二人で食事となるとどうしてもこういう店になる。上條はさんざん脅しをかけた店長に見つからないようにと、席に着くなり背中を丸めて顔を伏せた。

「何してるんだ」怪訝そうな表情を浮かべて大田黒が訊ねる。

「何でもない」上條は言葉を濁した。説明すれば、自分がこの店で聞き込みをしていたことがばれてしまう。こちらの手の内をさらけ出したくはなかった。

「さて、何にするか」大田黒がメニューを広げて小さく溜息をつく。「俺、ここのメニューはほとんど制覇したよ」

「ほう」

「もうずいぶん長く北嶺にいるからな。ここで何十回飯を食ったか」

「そろそろ帰りたくなったんじゃないか」

「そうは言っても、上が許してくれんよ」

その言葉から抜き難い帰心を読み取り、上條は「だからお前は駄目なんだよ」と心の中で悪態をついた。

二人は警察学校の同期であり、刑事になったのもほぼ同時期だったが、上條には、大田黒がどうして刑事を希望したのかさっぱり分からなかった。彼が刑事に向いていないと確信したのは、二人が初めて殺人現場で一緒になった時だった。大田黒は、アパートの室内で首を絞められて死んでいる女性を見ていきなり吐き始めたのだ。夏の暑い時期で腐敗が進んでおり、臭いも相当きつかったのは確かだが、上條はこみ上げてきた胃の内容物を辛うじて飲み下すことができた。死体は刑事の仕事につきものだし、そもそも死体を見て吐くのは被害者に失礼だと、先輩刑事たちからさんざん言い聞かされていたからである。そういうことは、交番勤務のうちに経験して乗り越えておくのが普通なのだ。

そのことがあってから、大田黒は、殺人現場でもなるべく死体に対面しないように立ち回ってきた。そんなものを調べるのは自分の仕事ではなく、汚れ仕事をする人間など他にいくらでもいるはずだという態度を隠そうともせずに。奴は一課向きではないと同僚たちは陰口を叩いたものだが、なぜか大田黒はポストにしがみついた。

現場の同僚や先輩たちの受けは悪かったが、人事担当者はまた別の評価をしていた。大田黒は頭の回転が速いし、判断も的確である。昇進試験もやすやすと突破し、出世の階段を順調に上ってきた。半ば義務のように試験を受けて、ようやく巡査部長になった上條とは大違いである。

しかし、実際に管理職になると、頭の回転の速さと要領の良さだけではどうしようもないものだ。部下は上司の実績を見ているし、大田黒がずっと死体を避けていたという事実は県警の中では誰もが知っていることだった。彼が捜査本部で陣頭指揮を執るのはこれが初めてなのだが、今まさに正念場に立たされているということは上條にもよく分かっていた。

そう考えると、有利な立場にいるのは自分だと上條はほくそえんだ。

「結局いつもハンバーグになるんだよな」どこか嬉しそうな表情を浮かべてメニューを閉じると、大田黒はウェイトレスを呼んだ。それから、たった今思い出したとでもいうように「お前は」と訊ねる。

「俺はコーヒー」コーヒーはもう飲みすぎだ。胃がしくしくと痛んだが、無意識のうちに言ってしまった。

「食わないのか」

「済ませたって言っただろう」

「そうか。外を飛び回ってる方が楽だよな。少なくとも、好きな時に好きな場所で飯が食える」言ってしまってから、いかにも取ってつけたような台詞だと気づいたようで、大田黒は丸めた拳の中に咳をした。

注文してから大田黒がテーブルに両肘をついた。手を組み合わせ、探りを入れるように切り出す。

「で、どうなんだ」

「何が」上條は目を伏せたまま水を一口飲んだ。

「だからさ」じれたような口調で大田黒が続ける。

どうやら意地でも頭を下げるつもりはないようだ。まあいい。しばらくいたぶってやれば、そのうち泣きついてくるだろう。

「はっきりしないな」

「上條、俺は今、立場がやばいんだよ」大田黒の声のトーンが低くなる。

意外に早くギブアップしたな、と上條は腹の中で笑った。

「そうか」

「そうだよ」大田黒が身を乗り出す。「上からの圧力が厳しくてな。連中は、犯人が挙がらないのは俺のせいだと思ってる」

「実際そうなんだから仕方ない」

「何だと」一瞬気色《けしき》ばんだが、大田黒はすぐに深呼吸して怒りを引っこめた。今夜が勝負どころだと分かっているのだ。ちょっとやそっとのことでは怒りをぶちまけたりしないだろう。「ああ、そうだな。現場の責任者は俺なんだから、何を言われても仕方ない」

「管理職は辛いな」

「分かってるなら、な？」大田黒が猫撫で声を出す。

上條は背筋に悪寒が走るのを感じたが、何とかそれを抑えこみ、「それで」と訊ねた。

「どうなんだよ。綺麗に包装して俺のところに持ってくるって言ってたじゃないか。お前の方はどうなってるんだ」

「人を当てにするなよ」

「お前、言ってることがころころ変わるじゃないか」むっとした声で大田黒が文句をつけた。

「だから？」

「なあ、俺はこの事件で躓《つまず》きたくないんだよ。それは分かるよな？」

「よく分かる」

「だったらさ。お前が今持ってる材料を全部投げてくれよ。捜査本部の刑事たちを動かしてそっちの線を調べた方が効率がいい」

「駄目だ」

「どうして」

「俺のやり方は、あんたたちの常識では通用しない。裁判になって恥をかきたくないだろう」

「そこまで無茶苦茶やってるのか」

上條は首を横に振った。少なくとも、まだ彼を訴えようとする人間はいないはずである。

「ちゃんと渡してやるから心配するな。どこからも文句が出ないようにしてな」

「そう言うだけじゃ安心できない」

「今は無理だ」

「そこを何とか」

この会話がすでに手詰まりになっていることを上條は意識した。どうやって切り抜けるか、思案し始めたところで携帯電話が鳴りだす。上條は安堵《あんど》の吐息をつき、失礼、と断って席を立った。憮然《ぶぜん》とした大田黒の視線はなおも絡みついてくる。

「はい、上條」

「おお、俺だ、小野里だ」

「小野里」無機質な声で上條は繰り返した。「どうかしたか」

「ホワイトスノウの件だけどな、やっぱり北嶺に出回ってたらしいぞ」

「どういうことだ」

「電話じゃなんだから」

「すぐ行く」

電話を切り、上條は一言も残さずに店を出た。「どうした」とすがるように叫ぶ大田黒の声が聞こえてきたが、上條にはどうでもよいものだった。

第三章

1

小野里は事務所で一人待ち受けていた。社員——上條は腹の中では「組員」と呼んでいた——の姿はすでになく、小野里が座るソファの上にだけ照明が点《とも》っている。これから低い声の独白に導かれて彼の独り舞台が始まるのではないか、上條は一瞬、そんな錯覚に陥った。

「よう」

上條が近づいていくと、小野里が気楽な調子でグラスを持った右手を掲げた。テーブルの上のシーバス・リーガルのボトルは半分ほどに減っている。今日封を開けたのだとしたらかなり速いペースだ。だが小野里の所作からは、酔った様子はまったく窺えない。

上條が向かい側に座ると、小野里は空のグラスを差し出した。どうしたものか一瞬悩んだが、結局はグラスを受け取り、酒を注いでもらった。たっぷり指三本分、氷も水もなし。ゆらゆらと揺れる濃い茶色の液体が、安楽な夜の始まりに上條を誘う。

「例のホワイトスノウだがな」

　小野里が口を開いた。上條は相槌も打たず、うなずきもせず、彼が喋るのに任せた。

「一年ぐらい前なんだが、街をうろついてたガキがホワイトスノウを持ってるのを、うちの連中が見つけた」

「ほう」都合のいい話には気をつけろ。上條は無意識のうちに身構えた。

「ただ持ってただけ、ということなんだがな。何だかびくびくして様子がおかしかったんでちょっとつついてやったら、ビニール袋を差し出しやがったそうだ」

「それは要するに、因縁をつけて分捕ったということだな」

　どんなにいきがった少年でも、ヤクザに脅しをかけられて突っ張り通すことはできないだろう。

「何とでも言え」小野里が肩をすくめた。

「そのホワイトスノウをどうした」上條は目を細めて小野里を睨みつけた。

「処分したよ、もちろん」

「横流しか」

「まさか」小野里が大袈裟に首を横に振った。「捨てたはずだ。北嶺川で魚が一斉に飛び跳ねて歌いだしたらしいぜ」

「わざわざ警察の代理をやってくれたわけだな。ありがとうよ」

「まあ、何だ」上條の皮肉を受け流して、小野里が巨大な鼻の脇を人差し指で擦った。

「前にも言ったが、俺たちはヤクは扱ってない。そんなことは、調べればすぐに分かる。

それに、この街で勝手なことをされたら困るからな」

「要するに縄張りを守りたかっただけなんだろう？」上條が平然とした表情を保っていると、やがて小さく肩をすくめた。

「茶化すな」ドスの利いた声で小野里が言ったが、

「とにかくそういうことだ」

「一年も前のことが、何で今になって分かったんだ」

「ちょっとした正義感を発揮したうちの若い奴は、その後すぐに刑務所に入っちまったもんでね。この情報は、俺の耳には入ってこなかった。改めて調べたらようやく分かったんだよ」

「刑務所？　何をやらかしたんだ」

「どうってことない喧嘩だ。相手は肋骨《ろっこつ》三本に顎の骨を折って、今でも飯を食うのに苦労してるそうだ」

「乱暴な話だ」

「相手は、ぶん殴られても仕方のない奴だったらしいぜ」

上條はわざとらしく眉をひそめた。

「社員教育はちゃんとしろよ」

「若気の至りってやつでねえ」小野里がにやりと笑う。「こっちだって、会社を出た後の社員の行動にまで責任は取れない」

「刑務所に入ってる奴から、よくそんな話が聞けたな」

「必要があれば、相手がどこにいても話は聞くさ」小野里がシーバス・リーガルを舐めた。「信じる信じないはお前の勝手だが」

「疑う理由はない」

「友だちに信用してもらえるのはありがたいことだな」

一瞬会話が途切れた。もしかしたらその少年というのは光良だったのではないか？　小野里の話にはまだ曖昧な点が多い。少年は何歳ぐらいだったのか。名前は分かっているのか。上條が質問を口にしかけた途端、先回りするように小野里が喋りだした。

「そのガキが何者だったかは知らんが、少なくとも殺された坊やじゃないよ」

「どうして分かる」

「新聞に載ってた顔写真で確かめさせた」

「これはまたご丁寧に」

小野里がにやりと笑ってグラスに酒を注ぎ足す。上條はまだ、自分の分に手をつけていない。アルコールが入った状態でこんな話は聞きたくなかった。

「そのガキ、北嶺の子なのか」

「どうだろう」小野里が太い首を傾げる。「それ一回きりのことだからな。ちなみに、売るほどの分量じゃなかったらしい。自分で使うつもりだったのかもしれんが、まったく恐ろしい話だな。青少年の薬物依存症は悲劇だ」

「そういうの、何て言うか知ってるか」

「ああ？」

「偽善」

一瞬、小野里の首に太い血管が浮き、スーツの上からでも肩の筋肉が盛り上がるのがはっきりと分かった。彼がスポーツジムでどれだけ長い時間を過ごしているのかが簡単に想像できる。だが小野里はすぐに怒りを引っこめ、笑みさえ浮かべてみせた。上條には昔からこれが理解できない。この男は、どうやって感情を自在にコントロールする術を学んだのだろう。もしかしたら、刑務所に入る原因になった出入りの時も、笑みを浮かべて冷静に相手の腹を刺したのかもしれない——死なない程度に加減しながら。

「まあ、お知らせまでだ」低い声で小野里が告げる。

「わざわざ悪かったな」

「俺だって、北嶺が麻薬汚染されるのを黙って見ているわけにはいかないんだ。……おっと、こういうのを偽善っていうわけだな」

「分かってるなら言うな」

「すまん」くすくす笑いながら、小野里がグラスを干した。

緊張の時は過ぎ去った。上條も小野里に釣られるようにグラスの酒を一気に飲み干す。熱い液体が喉を引っかき、胃壁を痛めつけた。この酒で酔うことがないのは、はっきりと分かっている。

この情報を大田黒に上げてもよかった。誘拐事件にどう結びつくかは予想もつかないが、少なくとも上の興味を引くことは間違いない。そうすれば、少しは大田黒の立場も有利になるだろう。

いや、必要ない。この段階で、あいつのために何かしてやる必要はない。

そう判断して家に帰ることにした。体はくたくたに疲れている。せめて熱い風呂に入って気を落ち着けたかった。足を伸ばすこともできない湯船だが、体を温めれば少しは疲れも取れるだろう。

アパートの前の駐車場に車を停めた時、ふとかすかな違和感を覚えた。具体的に何がどうだというわけではない。ただ、エンジンを切った時に、何か異音が聞こえたような気がしたのだ。しばらくシートに腰を下ろしたまま耳を澄ます。エンジンが冷えていく音が聞こえるだけで、異常は何もないようだった。ドアに手を伸ばし、一センチほど開けたところで動きを止める。

誰かいる。

ゆっくりドアを閉めた。相手が銃でも持っていない限り、車に閉じ籠っていればまずは安全である。かといって、いつまでもこうしているわけにはいかない。そもそも何でもないのかもしれないのだ。車の後ろを猫が横切った、あるいは遠くを走るトラックの轟音《ごうおん》が耳に入っただけかもしれない。どうしたものか。店に戻ろうかとも思った。裏の家に泊まってもいい。しかし薄ら寒く、そこかしこに父親の思い出が残るあの家で寝ることを考えるとうんざりした。

思いきって車を降りる。ドアを閉めた途端、自分を守ってくれるものが何もなくなってしまったことに気づき、心臓が胸郭を叩きだした。こうなったら一刻も早く部屋へ逃げこむことだ。少なくともあそこは安全なはずである。いざとなったら応援を呼べばいい。

逃げ腰だと見られないよう——誰かが見張っているとしてだが——わざとゆっくり歩いた。鉄製の外階段に足をかけ、ことさら一歩一歩を踏みしめるように上っていく。誰かに襲われることもなく、声をかけられることもなく、部屋の前にたどり着いた。コートのポケットから鍵を取り出して大急ぎでドアを開ける。冷たい空気が流れ出してくるだけで、家の中に誰かがいる気配はなかった。手探りで照明を点け、それからドアを閉める。鍵をかけ、チェーンもしっかり下ろしたところでようやく胸を撫で下ろした。

その安堵もつかの間だった。尿意をもよおしてトイレのドアを開けた上條が見たのは、便器の中を赤く染める猫の死骸だった。

落ち着け。落ち着け。こちらを恨めしそうに睨む猫の目を見ないようにしながら、上條はトイレを出た。家の中をくまなく探したが、他に異常は見当たらない。ビニールの手袋をはめて猫を便器から引き上げる。体中に無数の刺し傷があり、内臓が無残にはみ出していたが、どれが致命傷なのかは見当もつかない。まだ子猫のようで、持ち上げても手の中に重みが残らなかった。申し訳ないな、とつぶやきながらビニール袋を二重にしてその中に死骸を入れ、ゴミ置き場に持っていく。もちろん動物の死骸を生ゴミで出してはいけないのだが、手厚く葬ってやる余裕などない。署に連絡する気もなかった。考えてみればこれはチャンスなのだから。誰かが俺に警告を与えようとしている。ということは、俺は間違いなくゴミ溜めの真ん中に首を突っこんでいるのだ。そのゴミの正体が分からないのはもどかしくもあったが、これなら自分を囮《おとり》に使える。

部屋に戻り、「オープン・オールナイト」に電話を入れる。萩原は忙しそうで、応対する言葉が乱暴にざらついていた。

「萩原さん、上條ですけど、何か変わったことはありませんか」

「今夜はいつも以上に忙しいけど、どうかしたか？」

「いや……何でもありません」

「何だよ、変な奴だな」

「変わったことがあったらすぐに電話して下さい。今日は家にいますから」

質問を返されないうちに、上條は電話を切った。しばらく部屋の中に佇《たたず》んでいたが、ようやく意を決してトイレに向かう。何度も水を流した。三度目で赤い水がピンク色に変わり、四度目で透明さが戻ってくる。最後にもう一度流した。完全に綺麗になっていたのに、上條の脳裏には、真っ赤に染まった水の色が染みついて消えなかった。

断続的な眠りから完全に抜け出したのは朝の六時過ぎだった。頭の中にもやがかかり、昨夜の出来事の細部が記憶から抜け落ちている。しかし、上條に向けられた子猫の虚ろな瞳は、はっきりした映像になって頭の中に残っていた。家を出る時には、ゴミ置き場の方を見ないように努力しなければならなかった。

昨夜は、俺はいい線を衝いている、その結果の嫌がらせなのだろうと推測していたが、一夜明けると筋の通らない混乱ばかりが残っていた。俺の動きがどこかに漏れている可能性はある。だとしても、猫の死骸をトイレに投げこむことに何の意味があるのだろう。警告なのか、単なる嫌がらせなのか。

それにしても子猫とは。

車とその周囲を慎重に点検しながら、上條は何度も首を横に振った。子猫を刺し殺して便器に放りこむのは、いったいどんな人間なのだろう。本当に危い野郎なのか、それとも誰かが危い野郎の演技をしているのか。

車には何も仕掛けられていないようだった。エンジンをかけてから、心配すべきは自分のことばかりではないと気づき、萩原に電話をかける。さすがに疲れた声だった。

「はい」

「萩原さん、上條ですけど――」

萩原が上條の言葉を途中で遮った。

「変わったことか？　昨夜はここ一か月で最高の売り上げだったよ」

「そういうことじゃなくて」

電話の向こうで萩原が一瞬沈黙した。さすがにこの時間では、頭の回転が鈍くなっているようだ。上條は沈黙したまま萩原の答えを待ったが、返ってきたのは「いや」という短い一言だけだった。

「例の、店を見張ってた連中ってのはどうですか。昨夜は顔を見せなかった？」

「俺は気づかなかったな」

「アキラはどうしてますか」

「寝てるだろう？　確認したわけじゃないけど」

「そうですか」

「どうかしたのか」

猫のことを話すべきかどうか迷い、結局、上條は曖昧な説明を選んだ。

「俺に嫌がらせをした人間がいましてね。大したことじゃないんだけど、そっちにも何かあったんじゃないかと思って」

「昨夜の電話もそのことか」

「ええ、まあ」

体は冷えているのに、額には粘つくような汗が滲み始めていた。親指の腹で眉の上の汗を拭うと、上條はエアコンのスウィッチを切った。途端に車内を静寂が覆い、それが上條の心の底で眠っていた恐怖を呼び戻す。

「大丈夫か？」

「俺はね。とにかく、もしも何かあったらすぐに連絡を下さい」

「ああ、そうするよ。だけど嫌がらせって、俺にも話せないようなことなのか」

「聞かない方がいいと思いますよ」

電話を切って、上條は胃の中からこみ上げてきた苦い物を何とか飲み下した。たかが猫の死骸ではないか。

死体を正視できない大田黒のことは笑えない。


まだ手に残る不快な感触を何とか洗い流そうと、真人は乱暴に水を跳ね飛ばしながら手を洗い続けた。ファミリーレストランのトイレで水を流しっ放しにし、液体石鹸を大量に使う。ようやく綺麗になったと思って水を止めると、また不快な感触が蘇って同じことを繰り返す。

十分も洗い続けただろうか。やっと紙タオルで手を拭いた時には、十本の指先全部に皺が寄っていた。老人のように。俺が何よりも嫌う年寄りの手のように。温風乾燥機で手を乾かしてもその皺は消えない。結局、手を洗う前よりも不快感が増しただけだった。

刺すというのは自分の流儀ではないのだと改めて思う。殴る方が性に合っているのだ。自分の手に直接伝わる感触——肉を叩き潰し、骨が折れる感触——の方が、心の底にある野性の本能を心地よく刺激する。あるいは、相手が上げる悲鳴が俺を刺激するのだろうか。「やめてくれ」「許してくれ」という言葉が、快感を引き起こすキーワードなのかもしれない。

猫は喋らない。あの子猫の喉から漏れた情けない鳴き声が、悲鳴だったかどうかも分からない。

あの刑事を殴ったらどうなるだろう。格闘技の心得があるなら抵抗はするだろうが、何人かで取り囲めば長くは保《も》たないはずだ。脳天にバットを振り下ろし、向こう脛《ずね》をへし折る感覚を思い出しただけで、下腹部がむずむずしてくる。

俺は異常か？

そんなことはない。本当に危い奴なら、そういう行為を異常だと考えることすらないだろう。自分がやっている行為を冷静に分析して、なおかつそれが喫煙や飲酒と同じレベルの悪癖だと考える。そんなふうに思っているうちは大丈夫だ。

ただ一つの問題は、と真人は思う。

煙草も酒も金で買える。しかし、人の命は金では買えない。

だからこそ、快感もより大きいのかもしれない。それなりにリスクを背負い、苦労しながら奪い取るからこそ、快感も膨れ上がるのだ。

真人は汚れた鏡を覗きこんだ。どちらかといえば優しげな、女性的ともいえる顔が映る。大学で、自分に声をかけてくる女たちの顔を思い出したが、今は女に興味が持てない。ぴんと立った乳首も、ねっとりとした汗に濡れた股間も、真人の性欲を刺激することはない。脳天から股間まで貫かれる快感を与えてくれるのは、振り下ろしたバットで砕けた頭蓋骨の感触であり、頭を庇いながらのたうち回る相手の無様な姿である。下半身からだらしなく力が抜けるのを感じ、真人は足を引きずるように個室に入ってドアを閉めた。

これ以上の快感があるか？

「ここにいることを誰かに喋ったか」

アキラが寝ぼけ眼で首を横に振る。海老のように背中を丸めて寝ていたのを叩き起こしたばかりである。何が起きているのか事情が分からずぼんやりした様子だったが、辛うじて上條の質問は聞いていたようだ。

「誰かに電話したか」

「電話って……」電話という単語の意味さえも分かっていないように、アキラが力なく頭を振る。「だいたい、ここには電話なんかないじゃん」

言われて初めて気づいた。水道や電気、ガスの料金は、「店のついでだから」と萩原が払ってくれていたのだが、電話だけは外していた。店に電話があれば十分だと思ったから。

「誰か会いに来なかったか」

店の様子を窺っていたという人間のことを思い出しながら上條は訊ねた。猫の死骸をトイレに投げこんだ人間に関しては、あらゆる可能性が考えられるが、アキラと話しているうちに、彼を襲ったグループの仕業ではないかと思えてきた。上條がアキラをここにかくまっていることも摑んでいるかもしれない。そして直接アキラを襲う代わりに俺に警告——嫌がらせをしてきた。しかし、何のためにこんな回りくどいことをするのだろう。相手は、こういう状況を楽しんでいるのかもしれない。

「まだ眠いんだけど」

「そうか」

アキラが首まで布団を引き上げた。無防備で弱々しく、まだ数年は他人の保護が必要なように思える。本人はそれを望んでいるのだろうか。記憶が戻ったら確認してみたい。そう考える一方で、ずっとこのままでいても構わないとも思う。アキラの生活を、一から組み立て直してやることもできるかもしれない。

いや、こういう生活は長続きはしないだろう。アキラにも保護者はいる。いずれは行方不明の届出を出すはずだ——まだ出していないことが不自然でもある。

まあ、いい。今そんなことを考えても仕方がない。

「あの車、また乗る？」

「ああ？」

「何だっけ。ポルシェ？」

「そうだな」上條はさりげない一言に潜んだアキラの変化に敏感に気づいた。彼とまともな会話を交わしたのはこれが初めてではないだろうか。まともというにはまだ程遠いが、一応会話は成り立っている。

「車は好きなのか」

アキラが布団の中で首を傾げる。

「よく分からない」

俺はどうだったか。父親とのただ一度のドライブ。その後は誘ってくることもなかったし、上條の方で「ドライブに行こう」と持ちかけたこともない。父親にしてみれば親子の関係を修復するための思いきった行動だったかもしれないが、そういう行為は言葉を伴わないと上滑りする。父は何を照れていたのだろう。いや、父だけではない。俺もそうだ。どうして自分から話しかけることができなかったのだろう。

たぶん、父という謎は、上條にとって巨大すぎたのだ。その謎と真正面から取り組む気力も起きず、無意識に距離を置いていたのだと思う。高校生ぐらいの年齢なら、そんなふうに父親に背を向けるのも不自然ではないだろう。しかし上條は、成人した後も、正面から父と向き合うことを避けてきた。

俺は俺で生きる。家族を顧みなかった父のようにはならない。そう決心して北嶺を出ていったのだ。父親は反面教師にすぎない、とずっと自分に言い聞かせてきた。しっかり向きだが、反面教師だというなら、もっときちんと教訓を学ぶべきだった。しっかり向き合い、相手が何を考えているかを把握し、それが自分にとってどんな教訓になるかを考える。そんなこともしないで――。父親という存在から。父親と関わり合うことから。俺は逃げ続けてきたのだ。父親という存在から。父親と関わり合うことから。考えてみれば俺は、父と同じことをしている。家族の存在を無視する。その繰り返しが俺の人生だった。考えてみれば俺は、逃げたように、俺は仕事だけに打ちこんできた。今考えてみれば、父と話し合う話題はいくらでもあったはずだ。同じように妻を失った男同士として。

頭を振り、上條は話題を変えた。

「山にでも登ってみるか」

「山？」アキラが眉をひそめる。疲れるようなことは一切したくないと無言で訴えているようだった。

「山っていってもそんなに大した山じゃない。この店の裏が小さな丘になってるの、知ってるだろう」

「ああ」

「あそこに登ろう。面白いものがある」

「面倒臭いよ、山登りなんて」アキラの口調がだらしなく崩れてきた。

「大したことはない。十分も登れば頂上に着く」

「山って、何があるの」

「それは行ってからのお楽しみだ」上條はゆっくりと立ち上がった。膝がぽきぽきと音を立てる。寝不足のせいで頭の芯がしくしくと痛んだ。

アキラの不満そうな視線が追いかけてきたが、説明する気になれない。いろいろな意味で、俺はオヤジの遺産で食っているようなものではないか。本来なら感謝の念を抱くべきなのだろうが、なぜか後ろめたい気持ちが湧き上がってくるだけだった。

アキラを一人にしておくのは心配だったが、誰かが彼を狙っているにしても、いきなり襲いかかってくることはないだろうと思った。相手は将棋かチェスでもするようにこちらの出方を窺い、次の一手を打つべく頭を捻っているだろう。いずれにせよ、今のところその連中の狙いはアキラではなく俺であるはずだ。アキラはせいぜい監視されている程度ではないだろうか。

できるだけ頻繁に店に顔を出すようにしよう。そう決めて上條は署に向かった。今朝のうちに、小岩井の耳に情報を入れておきたい。そのことを考えると怒りがふつふつとこみ上げてくる。小岩井は、昨夜何度電話してもまったく反応しなかったのだ。どこかで遊び歩いていたのか、ぐっすり眠りこんで呼び出し音も聞こえなかったのか。返事のない携帯にも何十回もかけ直してやった。今朝になって、着信履歴に上條の電話番号がずらりと並んでいるのに気づいて蒼褪めているかもしれない。

生活安全課に顔を出したが、小岩井の姿は見当たらなかった。近くにいた刑事をつかまえて居所を訊くと、聞き込みで市内を回っているという。

かってきた。

「何で嘘つかなくちゃいけないんですか」応対してくれた若い刑事が遠慮なしに突っか
「本当に？」

　どうやら俺の評判は生活安全課でも右肩下がりらしい、と上條は苦笑した。

「署に顔も出さないで聞き込みか。ずいぶん忙しいんだな」

「こっちだっていろいろあります」若い刑事の耳が赤くなった。

「いろいろね。最近誰か逮捕したか？」

「情報収集が大事な仕事なんですよ、こっちは」若い刑事がむっとして言い返す。

「あのな、生活安全課にとって情報収集ってのは、単なる日常業務だ。野球選手のキャッチボールみたいなものだろうが。忙しいっていうのは、何か情報を掴んで、実際に事件を転がし始めた時に言うんだよ」

「ええ、分かってます」刑事も引かなかった。「実際忙しいんですよ。誰かさんが自分に関係ない情報を持ちこんでくれたもんで」

「お前らが全然気づかなかったことだな」

　刑事が顔を赤くして黙りこんでしまった。再び小岩井の携帯に電話を入れる。今度は呼び出し音が三回鳴ったところで出てきた。

「ああ、上條さん」欠伸を嚙み殺しているせいか、発音が不明瞭だった。

「昨夜から何度も電話してるんだが」上條はまだ突っ立ったままの若い刑事に向かって

ひらひらと右手を振り、部屋を出た。階段の踊り場で壁に背中を預け、話し始める。

「何で出なかったんだ」

「そうですか？　気がつかなかったな」

とぼけやがって。怒鳴り上げてやろうかと思ったが、そんなことで時間を無駄にすべきではないと自分に言い聞かせた。

「お前にネタをやりたいんだが」

「またまた」一瞬笑い飛ばそうとしたようだが、小岩井の明るい声はすぐに硬くなった。

「マジですか」

「今までお前に嘘ついたことなんかないだろうが」

「そりゃあそうですけど……この前の件の関係ですか」

「そうだ」

「いいですよ、そういう話なら大歓迎ですから。どうしましょう」

「署はまずい。外で会おう」

「どこにします？」

「うちの実家、知ってるか」

「あのレストランですよね」

「そうだ。そこまで来てくれないか。三十分後でいい」

「何でまたそんなところへ」言ってから小岩井は失言に気づいたようだった。慌てて言い繕う。「いや、上條さんの実家がどうこういうわけじゃないですけど」

「そんなことはどうでもいい」

「だいたい、あそこ、この時間は開いてないんじゃないですか」

「鍵は持ってるし、コーヒーぐらい俺が淹れてやる。とにかく人目につかないところがいい」

「まあ、いいですけど」どこか不満そうな口調を滲ませたまま、小岩井が了解した。

上條は胸を撫で下ろして電話を切った。本来なら、「オープン・オールナイト」で小岩井と会う必要はまったくない。閉まっている店の駐車場に車が二台あれば、かえって目立つかもしれない。しかしそれこそが上條の狙いだった。もしもあの家を見張っている人間がいれば、警察が頻繁に見回りに来ているという印象を受けるかもしれない。

コーヒーぐらい淹れてやる。

それも悪くないかもしれない。あの店をいつまでも萩原に任せておくわけにもいかないのだ。そのうち引き継いで、レストランの経営者に転身するというのはどうだろう。それともいっそのこと酒場に改装してしまうか。アメリカでは警察官の溜まり場になるようなバアがあると、小説か何かで読んだ記憶がある。そんな店にすれば面白いかもしれない。無愛想に出迎えて、安い酒に詰め替えたボトルを振舞ってやろう。それに気づくような警察官は、少なくとも北嶺署にはいないはずだ。

いいや。それは俺が刑事を辞めるという前提での話だ。冗談じゃない。辞めなくて済むようにこれだけ必死になっている時に、そんな考えが浮かぶとは。

上條は、腰に両手を当て、ペーパーフィルターの中でコーヒーが泡立つのをじっと待った。どのタイミングで残りの湯を注げばいいのか見当もつかないのだが、萩原がいつも最初にほんの少し湯を注いでから、フィルターの様子を見守っているのを覚えていたので、とりあえずはその真似をしてみた。泡が消え、お湯を完全に吸いこんだコーヒーは、薄汚い泥のように見える。しかし香りはしっかり立ち上っていた。なるほど、最初に蒸らすようにすることで香りを引き出すわけか。それからまた見よう見真似で、ポットの注ぎ口をゆっくりと回しながら、円を描くように湯を注いでいく。

「いい匂いじゃないですか」カウンターに両肘をついて上條の様子を見ていた小岩井がにやりと笑った。「上條さん、もう少し愛想よくすればここのマスターになれますよ」

「ごめんだね。愛想よくするぐらいだったら殴り合いでもしてる方がましだ」

「またまたそういうことを」

上條は小岩井の言葉を無視し、カップを二つ用意した。父親はずいぶん多くの種類のカップを集めていたようだが、何が何だか分からないので容量の大きいものを二つ選んでコーヒーを注ぐ。そこまでやって精根尽き果て、ミルクを出すのは諦めた。

「俺はいつもミルクを入れるんですけど」小岩井が不満そうに言う。

「砂糖だけで我慢しろ」上條はガラスの砂糖壺を彼の方に押しやった。

不承不承といった感じで、小岩井がスプーン三杯分も砂糖を加え、飽きることなく掻き回し始める。上條はブラックのまま一口飲んでみた。萩原が淹れたコーヒーに比べ、豊饒《ほうじょう》なコクは深みが足りない。ただ苦く、それにかすかな酸味が混じっているだけだ。舌に残らない。

「で、何の話ですか」音を立ててコーヒーを啜り、満足そうにうなずいてから小岩井がカップ越しに訊ねた。かすかに漂う湯気の煙幕に身を隠し、己の真意を上條に悟られまいとしているようでもあった。

「例のホワイトスノウな」

「ええ」警戒するような口調で小岩井が応じた。

「やっぱり北嶺でも出回ってたみたいだ」

「まさか」

「まさかじゃないだろうが」上條は小岩井を睨みつけた。「実際に光良が持っていたわけだし、一年前には持っている人間を見たっていう奴がいる」

「誰ですか、その目撃者とやらは」小岩井が胡散臭いものを見るように目を細める。

「直接会って話を聴きたいですね」

「無理だな」

「上條さん、その情報源は信用できるんですか」

「俺は信用してる」

上條は答えず、わざとぼうっとした表情を浮かべて小岩井を見た。

「客観的にですよ」

「それが事実かどうかを、お前に調べてもらいたい」

「何か、自分の都合のいいように俺を動かそうとしてませんか」

「じゃあ訊くが、お前たちは何か手がかりを摑んでるのか」

小岩井が何か言いかけ、ぐっと奥歯を嚙み締めた。

「そういうことだ」上條は声のトーンを落とし、代わりにカウンターの向こうから小岩井にのしかかるように身を乗り出した。「とにかく、北嶺にホワイトスノウが流れこんでいたのは間違いない。一年前にホワイトスノウを持ってたのもガキだったらしいんだが」

「光良の知り合いですか」

「だから、それをお前が調べるんじゃないか」

うんざりしたように唇を歪め、小岩井がカップをカウンターに叩きつけた。立ち上がりかけたところで、上條はふと思いついた質問を口にしてみた。

「小岩井、親になるってのはどんな気持ちだ？」

小岩井は、こいつはどうかしてしまったのかとでも言いたそうな目つきで上條を見つめただけだった。

2

上條は淡々と後片づけをした。放っておいて萩原に見つかったら、何を言われるか分かったものではない。自分の分のコーヒーを飲み干し、手を洗って水を一杯飲もうとした時、店の駐車場でオートバイのエンジン音が響いた。一瞬身構えたが、店に入ってきたのが関谷だったので、上條は体の力を抜いた。

「何だ、お前か」

「何だはないだろう」

「こんな時間にどうした」

「今日は休みなんだ。中にお前がいるのが見えたから」関谷はカウンターにヘルメットをのせてスツールに腰を下ろし、上條と向かい合った。「お前こそどうした」

「ちょっとここで秘密の会合があってね」

「へえ」

「で、休みの日にわざわざ何の用だよ。俺の顔なんか見たって仕方ないだろう」

「例の坊やのことさ」

肩に力が入るのが自分でも分かったが、警戒しているのを悟られまいと、上條は必死で笑顔を浮かべてやった。

「アキラか」

「名前、分かったのか」カウンターに両肘を預け、関谷が身を乗り出す。

「分からないから適当にそう呼んでる」

「ということは、記憶はまだ戻らないんだな」

「そういうことだ」

「ちょっと心配だから寄ってみたんだ。体の方は大丈夫だと思うけど、念のためにね」

「そういうことなら事前に連絡してくれよ。この時間だと、あいつは寝てるぜ」上條は家の方に向かって首を捻った。

「具合が悪いのか」関谷が眉根を寄せる。

「いや、そうじゃない。この店を手伝わせてるんだ。何もしないで置いておくわけにもいかないからな。夜が遅いから、寝るのは昼間なんだよ」

「いいのかよ、そんなことして」関谷の眉間《みけん》の皺が深くなる。

「体が大丈夫なら、ちゃんと働いた方がいいんだよ。だいたいあのガキは、生きてるのか死んでるのかも分からないんだ。ろくに話もできないしな」

「おいおい、殴られた日から後の記憶しかないんだぜ？　言ってみれば赤ん坊みたいなものじゃないか。それをべらべら喋れっていう方が無理だよ」

「ああ、分かったよ」面倒臭そうに上條は顔の前で手を振った。「診察ならさっさとやってくれ。もうここを閉めなくちゃいけないんだ」

「せっかくだからコーヒーでも飲ませてくれよ。外は寒いぜ」

「冗談じゃない。今、後片づけが終わったばかりだ」

「こっちはボランティアで来てやってるんだぜ？　コーヒーぐらいサービスしてくれてもいいじゃないか」

「うるさい奴だな」そう言いながら、手が自然に動き始めていることに上條は驚いた。

上條は関谷のヘルメットにちらりと目をやった。ＡＧＶの白いヘルメットはけっこう使いこまれているようで、シールドには無数の細かい傷がついている。

「しかし、お前もよく飽きないでバイクに乗ってるな」

「趣味はこれしかないからね」

「いい趣味だ」

「そうなんだよ」関谷が身を乗り出してきた。「不思議なんだけど、若い時バイクに乗ってると不良だって言われるのに、四十近くなっても乗り続けてるといい趣味だって言われる。何でだろうな」

「知るかよ、そんなこと。だけど、医者がオートバイなんかに乗ってたら危ないじゃないか」

関谷が、上條の台詞に驚いたように右手で心臓の辺りを鷲掴みにした。

「死ぬかもしれないと思うからこそ、生きてる瞬間を大事にするんだよ。それに、フェラーリよりもスーパーカブの方がスリルがあるからな」

「そいつは屁理屈だ。バイクなんかに乗らなくても、医者なんていつでも死と隣り合わせじゃないか」

「よせよ」汚いものを追い払うように、関谷が顔の前で手を振る。「俺は、人が死なないようにするのが仕事なんだからさ。オートバイだって同じだ。スリルを味わうのと、無茶をするのとは全然違う。お前は自分でオートバイを持ったことがないから分からないんだよ」

厳密に言えば、ないわけではない。関谷に言われて、上條は高校時代の奇妙な出来事を思い出した。免許を取った直後のことだが、ある日家に帰ると、店の前にオートバイが停まっていたのだ。暗い赤色のZ750FX、発売されたばかりのニューモデルだった。どんな人間が乗ってきたのだろうと店を覗いてみると、それらしい客は誰もいない。気になって、その時ばかりは父に訊いてみた。父はカウンターの中で洗い物をしながらぶっきらぼうに答えたものである。

「お前、バイクの免許取ったんだって」

「中型のね」

父親が顔を上げる。一瞬だけ、髭面の中で口がぽかりと丸く開いた。が、すぐに口を閉じると「そうか」とだけ言って目を伏せ、また洗い物に戻ってしまった。

あれはたぶん、父からのプレゼントだったのだ。免許を取ったばかりの息子に、いきなり真新しいオートバイをプレゼントする、それがさりげなくも洒落《しゃれ》た親子関係だとでも思っていたのかもしれない。だったらそう言えばよかったのに。不器用でもなんでもいい、言葉さえあれば、一台のオートバイを軸に親子の会話が転がりだしていたかもしれないではないか。だが父はそれ以上何も言わず、翌日になると新車のZは消えていた。

本質的に、父は不器用な男だったのだと思う。そして上條は、そういう不器用さを受け入れることができなかった。後から何度考えても、やはり常軌を逸したとしか言えない父のやり方は間違っていると思ったものである。父親らしいことをしたいという気持ちは分からないでもないが、そのために何十万円という金をぽんと出すような行為は、上條には受け入れがたかった。

今に至るも不思議だ。父は、友人たちと一緒にいる時は饒舌で、萩原に言わせれば、「面白い人だ」という評判を取っていたという。その言葉の一割でも二割でも自分に投げかけてくれれば、何かが動きだしたかもしれないのに。あるいは父は、無用な一言が親子関係を完全に壊してしまうのではないかと恐れていたのかもしれない。ある意味、父も親になりきっていなかったのではないだろうか。正面衝突を避けていたのは俺だけではなかったのだ。

「お前、バイクは乗ってないんだろう」

関谷の質問に、上條はうなずいて答えた。関谷が頬杖をつき、軽く頭を振る。

「何か趣味は？」

「何だよ、これはお見合いか？」

「いやいや。仕事ばかりで息が詰まるんじゃないかと思ってさ。それこそバイクでも乗ればいいじゃないか。免許もあるんだし」

「仕事が趣味なんだ」

そうではない。仕事しかしないから、趣味は必要ないのだ。いや、趣味など持たないために、人間らしい生活をしないために、仕事をしているのだ。妻の死を忘れるために上條ができた唯一のことであり、いつかそれが自分の生き様になった。自分の時間全てを仕事で埋め尽くすこと。別の女に出会えば気も変わったかもしれないが、それが美歩に対する裏切りになるのではないかと後ろめたい気持ちを抱いているうちに、時は足早に流れてしまった。気づいた時には、女に慰めてもらいたいという気持ちなど消えてしまっていた。

それでよかったはずだ。そんな生活を十五年余りも続けてきたのだから、今さら変えることなどできない。これからの二十年も、俺はこうやって生きていく。

上條は丁寧にコーヒーを淹れ、関谷の前に置いた。ブラックのまま一口啜って、関谷が「お」と短く声を上げる。

「どうだ」試験の結果を待つ高校生のような気分を感じながら上條は訊ねた。先ほどよりもコーヒーの量を増やしてみたのだ。

「けっこう美味いじゃないか」したり顔で関谷がうなずく。「まあ、マスター並みとは言わないけどさ」

「そうか」そんな気はないのに、上條はつい頰が緩むのを感じた。

「いつ警察を辞めても、この店を引き継げるな」

上條は唇を引き結んだ。どういうことだ。こいつも小岩井と同じようなことを言っている。

「馬鹿言うな。それよりさっさとあの子を診てやれよ」

「何怒ってるんだ」

「怒ってないさ」

「そうかね」関谷が肩をすくめ、自分の余裕を上條に見せつけるかのようにゆっくりとコーヒーを飲んだ。「なあ、四十近くにもなるといろいろ考えるもんだよな」

「急に何だよ」上條は身構えた。

「これからの人生のこととかさ」関谷が慎重にカップを置いて両手を組み合わせた。「一線で仕事ができるのって、あと二十年ぐらいじゃないか。社会人としての生活の半分は過ぎたわけだよ。折り返し地点に来ると、いろいろ反省することもあるじゃないか。今なら別の人生をやり直すこともできるかもしれないって思うことがある」

「医者は、普通の公務員やサラリーマンとは違うだろう。それともお前、本気で医者を辞めるつもりなのかよ」

「いやいや」関谷が慌てて首を横に振る。「そういうわけじゃない。やり直しっていったって、今さら転職なんかできないしな。でも、医者っていうのも、病院勤めをしてる限りは会社員と同じなんだ。毎日が忙しくて、仕事に流されちまうんだな。何しろ患者は待ってくれないんだから。もちろん、症状は一人一人違うし、その都度こっちも頭を捻って治療方法を考えなくちゃいけないんだけど、基本的には同じことの繰り返しだ。それで、今みたいにふっと暇な時に、これでいいのかなって考えちまうんだよ。そりゃあ俺は、何人もの人を助けた。感謝されれば嬉しいし、この仕事をやっててよかったとも思う。でも、それだけじゃないか。何かを生み出すわけでもないし、同じことの繰り返しをあと二十年も続けなくちゃならないかと思うと、正直ぞっとする時があるよ」

「どんな仕事でもそうだろう」こいつの真意は何なのだろうと訝りながら、上條は話を引き取った。「俺たちだってそうだ。お前は体の癌を切除する。俺たちは社会の癌を切除する。そういうことに終わりはないけど、必ず誰かのためにはなる」

「お前、そういうことをずっと続けていて飽きないか」

「飽きない」

本当に？　関谷の言葉は、無意識のうちに上條の心に染みこんでいた。このままあと二十年。他人を寄せつけず、自分一人の戦いを続けていくことができるのだろうか。確かに、犯人を追い詰める行為がもたらす興奮は、人間の狩猟本能を鋭く刺激する。しかし、そういう感覚は、五十になっても六十になっても尖ったままなのだろうか。もしも気持ちがへし折れてしまったら。その後に何が残るのだろう。

「俺な、時々お前のオヤジさんが羨ましかったよ」関谷がまた頬杖をつき、溜息をついた。

「何で」上條は不快に唇を歪めたが、関谷は気づかないようだった。

「オヤジさんが元気な頃から、ここにはよく来てたんだ。オヤジさんの淹れるコーヒーも料理も美味かったし、話も面白かったからな。レーサー時代の想い出話なんか、大袈裟に言えば日本の自動車の歴史そのものだったんだぜ。例の、スカイラインが一瞬だけポルシェをリードした日本グランプリでは、オヤジさんも走ってたんだよ。お前、そのこと知ってたか？」

「いや」

「たぶん、例のポルシェを手に入れたのだって、日本グランプリのことが頭にあったからじゃないか。とにかくバイクと車っていう違いはあったけど、同じスピード好きで妙に話が合ったんだよな。ヨーロッパをぶらぶらしてた頃の話も笑えたなあ。本でも書けばいいのにっていつも勧めてたんだよ」

「そうやってオヤジがぶらぶらしてる間に、お袋は死んだんだぜ」

関谷が唾を呑み、辛うじて上條の顔を正面から見据えた。

「いい加減にしろよ」

「何が」

「オヤジさんとちゃんと話もしなかったくせに、今になって愚痴ばかり言っても仕方ないだろう」

目を瞑り、上條はささくれだった心に突き刺さった関谷の台詞を何とかやり過ごそうとした。そう、俺はオヤジから目を逸らしている。ところが、父親とはまったく違う人生を歩みだし、これでいいのだとは思っていても、時に忍びこんでくる感情を消し去ることはできなかった。

羨望《せんぼう》である。世界を飛び回り、好き勝手に生きたオヤジ。自分にはそういうことはできない。

全ては手遅れだ。今や上條は、萩原や関谷から聞く話で、曖昧な記憶でしかない父親の実像を結実させるしかない。仮に正面から向き合ったとしても、それは幻と話をするようなものなのだ。

叩き起こされたアキラは不機嫌に鼻を鳴らしたが、結局は関谷の診察を受けた。もちろん問診だけだったが、それで関谷は問題なしという結論を出した。上條も少しばかりほっとして店を閉めることにした。

「じゃあ、またな」関谷がオートバイに跨《またが》りながら言った。

赤白の派手なカラーリングのドゥカティ。大排気量のLツイン・エンジンが乱暴に空気を震わせ、上條の耳を痺れさせる。関谷はヘルメットを被ると、いかにも腰に負担がかかりそうな前傾姿勢を取り、ふらふらと危なっかしく国道に出た。が、いったん道路に出ると、カタパルトから発射される艦載機のごときスピードで、あっという間に市街地の方に消えていく。

関谷の後ろ姿を見送りながら、上條は、俺も何か趣味を持つべきだろうかと思った。それこそオヤジのポルシェを綺麗に整備するとか。そう思った次の瞬間には、自分には趣味など必要ないのだと思い直す。そんなことを考えるのは、事件を解決してからだ。その後は余計なことを考えてもいい。もしも自分を赦すことができれば――。

自分を赦す。それは途方もなく甘い考えに思えた。


ファミリーレストランの駐車場は静まり返っていた。車の出入りはあるのだが、声高に騒ぐ人間はいない。エネルギーが有り余っていそうな若者の一団が車から吐き出されてきても、なぜか疲れきったように無言で店に消えていくだけだった。

そういえば、北嶺では若い連中に元気がない。地元ではろくな仕事もなく、ただその日暮らしを続けていくだけでは覇気が生まれることもないのだろう。だがこれは、今に始まったことではあるまい。二十年前の自分たちも、大人の目には同じように映っていたはずだ。その視線を逃れるために、若者はどんどんこの街を出ていく。関谷のように、一度北嶺を離れてから舞い戻ってくるのは珍しいことなのだ。

いつか訊いてみたい。お前はそれでよかったのか。関谷の父親はまだ現役で、医院を切り盛りしている。いずれは関谷が跡を継ぐのだろうが、本当にそれでいいと思っているのだろうか。仲間内で一番最初に「この街を出ていく」と表明したのは関谷である。

あれは自分の運命を覆い隠すための方便だったのかもしれない。彼の人生は、定められたレールの上を走っているだけなのだ。いつかは北嶺に戻らなければならない。だったら、出ていく時はせいぜい悪口雑言の限りを尽くしておこう、とでも考えていたのだろうか。

車の窓を閉めたままゆっくり煙草をくゆらせ、吸い終えてから窓を開ける。煙が外に吸い出され、曇っていた車内が冷たい空気に満たされた。すでに一時間、こうやって座ったままである。駐車場で待機していると店長には伝えてあったが、今のところ非常事態を伝えるために携帯電話が鳴りだす気配はない。メモ帳を広げる。この一時間に店に入っていった客は七組、十七人。そのうち七人は明らかにサラリーマン風で、四人は女性だった。大学生以下の若者らしく見えるのは六人いたが、何か面倒を起こしそうな連中とは思えなかった。もちろん、猫を被っているだけかもしれないが。

秋枝が見たという若者たちの人相が今ひとつはっきりしないのが痛かったが、そこまで期待できるものでもないだろう。秋枝はもう一度顔を見れば絶対に分かると断言したが、上條が「顔の特徴を説明してくれ」と要求すると口を濁した。

そんなものだろうか。

そんなものなのだ。上條は、人間の記憶の不思議さ、曖昧さをよく知っている。一年前の出来事を細部にわたって覚えていることもあるし、ほんの三分前に見たことをすっかり忘れてしまうこともままある。「説明はできないが顔を見れば分かる」という秋枝の言い分も嘘とは思えなかった。

首を回して肩の凝りをほぐそうとしたが、何の効果もない。ワイシャツの隙間から手を差し入れて触ってみると、水に濡れた石のように冷たかった。煙草の吸いすぎで喉にしつこい咳が絡みついているのも不快だった。もしも相棒がいれば、張り込みの退屈さを紛らすことができるのだが。嫌いな相手が一緒でも、どうやってそいつの首を絞め上げてやろうかと考えるだけで時間が潰せる。

ハンドルを抱えたまま身を乗り出し、周囲をぐるりと見回す。駐車場は半分も埋まっていない。数えてみると、停まっている車は十五台だった。オレンジ色の照明が車を照らし出し、本来の塗装とは違う色に染め上げている。歩道との境にある植えこみはあまり手入れされておらず、本来は綺麗に丸くなっているべきなのに、あちこちから不格好に枝がはみ出していた。

また一台の車が入ってきた。白いミニヴァンで、フロントガラス以外は黒く塗られている。何がプライバシーガラスだ、と上條はぶつぶつと文句を言った。守るべきプライバシーなど、大したものではないだろう。運転しているのは若い男のようだ。

空いた場所を探して、ミニヴァンがゆっくりと駐車場の中を回り始める。店の入口近くのスペースは埋まっているので、一番隅に停めた上條の車に近づいてきた。バックして車を駐車スペースに入れようとして、ふと何かに気づいたようにまた前に出る。いかにも中途半端な行動であり、その後タイヤを鳴らして駐車場を飛び出していくに及んで、上條の疑念は大きく膨れ上がった。

俺に気づいて逃げたのではないか。

上條はエンジンをかけると、タイヤを鳴らしてミニヴァンの跡を追った。道路に出た途端に、隣の車線のカローラにぶつけそうになる。額に浮かぶ冷や汗を手の甲で拭いながら、上條は車の流れの中に埋もれたミニヴァンのテールライトをようやく見つけ出した。間に三台、車を挟んで尾行を始める。繁華街の方に向かっているようだから、途中で交通量が少なくなって尾行を気づかれることもないだろう。上條は頭の中でミニヴァンのナンバーを繰り返し呪文のように唱えた。

全て気のせいかもしれない。ミニヴァンの運転手は、急に用事を思い出したのかもしれないし、誰かから呼び出しがかかった可能性もある。

いや、そんなことはない。俺に気づいて逃げたのだ。一瞬目が合った時、運転席に座る少年――青年というには幼い感じだった――の顔に怯えたような表情が走ったのを上條ははっきりと見ていた。明らかに上條の顔を知っており、あの店で会ったらまずいことになると分かって浮かべた表情だった。

やはり尾行に気づいていないのか、ミニヴァンは特に急ぐ様子もなく、規制速度を守っていた。急な車線変更をするわけでも、ウィンカーを出さずに交差点を曲がるわけでもない。もしかしたら尾行に気づいているのにあえて冷静に振舞っているのかもしれないと、上條は逆に不安になった。何か企んでいるのかもしれない。あの車には何人乗っているのだろう。本当なら援軍を呼ぶべきなのだろうが、上條には助けを求める相手はいない。頼りにはなるだろうが、小野里を呼びつけるわけにはいかないのだ。

　市役所と、隣接する北嶺公会堂、市立図書館を通り過ぎる。繁華街まではあと五分ほどだ。いったいどこに行こうとしているのか。繁華街のどこかの店に用事があるのか、それとも漫然と車を流しているだけなのか。

　信号待ちでミニヴァンが停まった。間には二台の車が挟まっている。信号が青に変わり、前の車がゆっくりと動きだした。上條の車のすぐ前にいたアコードが交差点に入った時、突然、右折路線で停止していたセダンが急発進し、左にハンドルを切る。上條の目の前でテールランプが巨大な赤い火の玉になった。慌ててブレーキを踏みこむと、その車は激しくクラクションを鳴らしながら上條の車の前を横切り、強引に左折していった。上條はブレーキを踏みつけたままクラクションを鳴らし、悪態をついたが、ナンバープレートに視線を走らせるのは忘れなかった。

　隠してある。

　後続の車がクラクションを鳴らす。上條は爆発せんばかりの鼓動が落ち着くのを待って車を発進させたが、彼の目に映ったのは、こちらも強引に左折して、隣町に向かう県道に入ったミニヴァンのテールランプだけだった。

　やられた。俺も尾行されていたのだ。まさかあんな乱暴なやり方で妨害してくるとは。上條は左折して進路妨害した車を見つけようとしたが、頼りない街灯の灯りでは何も見つけられなかった。あるいは照明を消して逃げたのかもしれない。車を路肩に寄せて停め、外いったい自分は何人を、何者を相手にしているのだろう。寒さのせいだけでなく手が震え、なかなかライターの火が煙草に移らなかった。寒風がコートの裾を揺らし、首筋がひんやりとする。それでも上條は、背中を熱い汗が伝い落ちるのをはっきりと感じていた。

「そりゃあ、きっと同じ連中だぜ」小野里が冷静な口調で断じた。

「ホワイトスノウを持ってた若い奴の仲間ってことか?」

「俺はそう思うね」

繁華街の外れにある小さなバアで、小野里が巨体を丸めるようにして囁く。BGMに消されそうな小声だった。

今夜の小野里はジャック・ダニエルズを選んだ。酒に関しては節操のない男だ。一口飲むと濡れた唇をゆっくりと舐め、低い溜息を漏らす。その仕草にかすかな苛立ちを感じながら上條は訊いた。

「ホワイトスノウを持ってた坊やの件は、どう解釈する?」

「俺が思うに」芝居がかった仕草で、小野里が人差し指をぴんと立てる。「あれは単なる運び屋か倉庫代わりだ」

「倉庫?」

を売りさばこうとした連中が高校生だとしようか」

「何にも事情を知らない奴に一時預かってもらうわけだ。例えばだよ、ホワイトスノウ
「おいおい」上條は顔をしかめた。自分でもさんざんその可能性を考えていたのに、他人がそのことを口にするとひどく危うく極端な考えのように思えてくる。「高校生があんな危ないヤクに手を出すと思うか？」

「何言ってるんだ、殺された坊やは実際に持ってたじゃないか。ヤクに関してはタブーなんかないんだよ。昔、北嶺でシャブが出回ってた頃、小学生が買ったっていう話を聞いたことがある。あと、八十二歳のジイサンがお得意様だったとかな。それはともかくとして、高校には同じクラスに必ず気の弱い奴がいるだろう？　そういう奴を言いくるめるか脅すかして利用するわけだよ。いざ見つかっても、自分たちに害が及ばないようにな」

「ちょっと考えられないな」上條は力なく首を横に振った。

「想像力不足だな。刑事さんらしくもない」

小野里がせせら笑ったので、上條はむっとして反論した。

「刑事に想像力は必要ないんだよ。必要なのは事実だけだ」

「事実が見つからない時は、想像力を働かせる必要があるんじゃないか」

何も言わずに腕を組み、上條は目の前に置かれたバーボンのグラスをじっと見つめた。静かな水面の底に、想像力を掻きたててくれる何かが隠れているのではないかと期待し

ながら。

「お前、もしかしたら事件のど真ん中に突っこんじまったんじゃないか」

「たぶんな。でも、まだ相手の正体が分かったわけでもないし、何もしてないんだぜ。生活安全課の連中はどうか知らないけど、俺は少なくともホワイトスノウの件は直接調べていないし」

「だったら、もっと状況は悪いな。相手が何者かも分からないで、ただ頭を低くしているだけっていうのは辛いもんだ」

「何も分からないわけじゃない。少なくともミニヴァンのナンバーは分かってる」

なぜか小野里ががっかりしたように口を開けた。

「何だ。じゃあ、時間の問題じゃないか。ナンバーが分かってれば、すぐに割り出せるだろう」

「何だか残念そうだな。そんなに俺の手伝いがしたいのか」

「いや、そういうわけじゃないけど、お前が真相に近づけば近づくほど、やばいことになるような気がしてるんだよ。怪我しないうちに、ちゃんとお仲間と一緒にやった方がいいんじゃないか」

「あいにく、もう組織からは落ちこぼれちまってるもんでね」

「それは違うな」小野里が否定する。「刑事でいる以上、警察という組織から抜け出せるわけがないんだ。言ってみれば終身刑だな」

お前に何が分かるんだと反論しようとしたが、その代わりに上條はバーボンを口に含んで言葉を封じこめた。実際、どんなに周りの刑事たちが能なしだと思っていても、俺にも組織を頼る気持ちは残っている。尾行している最中にそう考えたではないか。自分の意思で組織から距離を置いたつもりでも、長年の警官暮らしは身に染みついているのだろう。決して消すことのできない刺青《いれずみ》のように。

その事実が持つ忌まわしさを上條は呪った。


家に帰るべきかどうか迷った末、上條は「オープン・オールナイト」を訪れた。ここなら誰かがいる。一人でいるとあれこれ考えて神経がくたびれるばかりだ。ここ何日か、体力的にも精神的にもひどい疲れを感じている。車の外に出て伸びをしながら、俺も年なんだとつくづく思い知らされた。どちらがよりきついかといえば精神的な疲労の方だ。肉体的な疲れは、何も考えずに八時間たっぷり寝れば消える。しかし心の疲れは、事件を解決しない限り、簡単には消えてくれない。それはうっすらと降り積もり、やがては気力を真っ二つにへし折る。

実際に店の前まで来ると、萩原と話をするのが面倒になり、上條はもう一つの隠れ家を使うことにした。

父には、上條の知らない面がいくつもあった。自宅裏の小高い丘に丸太小屋を作っていたのもその一つである。上條はその小屋の存在を、萩原に教えてもらうまでまったく知らなかった。

車の次はアウトドア趣味か――苦笑いしながら上條は獣道を登った。それほど高いわけではない。標高はせいぜい三十メートルか四十メートルほどだろうが、父が死んでから誰も手入れしていなかったので、獣道には雑草が高く生い茂り、手で掻き分けながら進まなければならなかった。一年前、萩原に案内されて初めて来た時には十分しかからなかったのだが、今夜は二十分以上も悪戦苦闘しなければならなかった。手には無数の引っかき傷ができ、革靴が泥で白く汚れてしまう。途中、呼吸を整えるために何度も立ち止まらねばならず、頂上に着いた時には額にうっすらと汗が浮かんでいた。

それにしても、初めてここを見た時には言葉を失ったものだ。丘を登りきると、頂上部分は直径二十メートルほどのほぼ円形の空き地になっている。その中央に、父親がほとんど一人で組み上げた質素な丸太小屋がある。中は、と上條は一度だけ入った時の様子を思い出した。基本的には広いワンルームで、はめ殺しの窓がある壁には木製のベンチとテーブルが、窓がない壁にはベッドが押しつけられていた。キッチンもトイレも風呂もない。では何をしていたのかというと、ただだらだらと時間を潰していたらしい。水も食べ物も下から持ってくれば済むし、酔っ払ったらベッドに横になってしまえばいい。あるいは、ここで何かをするというよりも、この小屋を建てることそのものが目的だったのかもしれない。

「まあ、基義は何を考えているのか分からないところがあったから」頭を振りながら萩原は言ったものである。「たぶん、焚火《たきび》する場所が欲しかったんじゃないかな」

萩原も、何度か焚火につき合ったことがあるそうだ。小屋の前に薪《まき》を積み上げ、それほど火が大きくならないように気をつけながら夜明けまでかけてゆっくりと燃やす。火を見つめながら酒を飲み、取りとめのない会話を交わす。目的はただ一つ、火を絶やさないようにすることだけで、その単純な馬鹿馬鹿しさがかえって面白かった、と萩原も認めたものである。「火っていうのはな、いくら見てても飽きないんだよ」と。父の死後も、萩原は何度か一人でここに来たという。火を燃やし、父の魂と会話するために。

鍵を開けると——鍵をつける必要があるとも思えなかったが——室内にこもった黴臭い臭いがじわじわと襲いかかってくる。一年前に来た時は、目に染みるほどの木の香りが心地よかったものだ。窓を開け放ち、空気を入れ替える間に、硬い木のベンチに腰を下ろしてコートの前をしっかり閉じる。夕方の天気予報によると、今夜は一段と冷えこみ、北嶺を含めた県北部で一時的に雪が降るかもしれないということだった。まあ、いい。床に直に寝る必要はないのだから。心配なのは、雪が降ったら明日の朝ここを降りる時に靴が汚れるということぐらいである。

十分ほども自分の体を抱きしめて座っていた後、立ち上がって窓を閉めた。極度の緊張のせいか、頭が痛い。少し痺れさせてやらなければ。戸棚を漁って封を切っていないフォアローゼズを見つけ出し、グラスにうっすらと積もった埃を指で拭う。指二本分注いで一口啜り、グラスを持って外に出た。

焚火をしてみよう。ふとそんな気になったのは、丸太を転がしただけのベンチに座った時である。以前父がここで焚火をしていた証拠に、地面がかすかに黒くなっていた。闇に目が慣れてきたので、上條は小屋の裏手に回り、積み重ねてあった薪を十本ほどと、焚《た》きつけ用の新聞紙を持って戻ってきた。薪を積み重ねてから、今度は森に分け入って枯れた小枝を探し出す。屈みこんだ瞬間、木立を通して店の灯りがちらりと目に入った。鬱陶しいと思う。今まではステップを切るようにして巧みに過去を避けてきたのだ。想い出自分と関わりの深い人間がそこにいる。いずれも自分を過去に引き戻す存在だ。鬱陶しいと思う。今まではステップを切るようにして巧みに過去を避けてきたのだ。想い出に拘泥して前へ進めなくなるよりは、目を瞑って無視してしまった方がいい。そういう行為は卑怯《ひきよう》であり、臆病であることも分かっている。だが、誰かがそれを指摘して罵ろうが後ろ指を指そうが、前を向いて歩いていくことの方が上條には大事だった。ただしそれは、自分の人生が順調に推移している時だけの話である。泥沼に足を取られ、今までのペースで歩いていくことすら困難になった時、意識せずとも人の頭に忍びこんでくるのは過去だ。

今、俺の頭の中は、過去から呼び出されたことどもでいっぱいになっている。

携帯電話が鳴った。電源を切っておかなかった自分の愚かさを呪いながら、上條はのろのろとコートのポケットに手を突っこみ、電話を取り出した。

「ああ、上條君かね」

その声に、上條は思わず顔をしかめた。上條君。こんな呼び方をする人間は一人しかいない。過去のことをどうこう考えていたから電話がかかってきたのかもしれない。

「これはこれは、児玉先生じゃないですか」精一杯の皮肉をこめながら上條が言った。

「何年も話していないのに、このところずいぶん頻繁ですね」

「まあ」児玉が咳払いをする。わざとらしい咳払いは上條にはお馴染みだった。

「何かご用ですか」

「用というほどでもない……その、君の方に何か連絡はないか」

「いや」児玉の真意を素早く見抜き、上條はとっさに嘘をついた。「何の話ですか」

「息子のことだ」

「何で私に連絡があるんですか。関係ないでしょう」

「もしかしたらの話だよ、君ぃ」いやらしく語尾を伸ばしながら児玉が言った。

「家に帰ってないんでしょう」上條はずばりと切りこんでやった。

「よくあることだ」精一杯強がった口調で児玉が答える。

「どうして私に電話なんかしてきたんです？　人並みに心配してるんですか」

「君、あの子を育てたのは私なんだぞ」

そうだろうな、と上條は思った。俺は子育てには関与していない。

「私に電話してくるのはおかど違いですよ。心配なら、警察に届ければいいじゃないですか」

「そんなことは分かっている」

「だったら、もう電話しないで下さい。私とあなたは何の関係もないんだから」

憤然と鼻を鳴らし、児玉が電話を切る。ざまあみろだ、と上條は宙に向かって舌を突き出した。大きな秘密がばれた時は面倒なことになるが、この男を騙《だま》していると思うと気分がよかった。

一瞬だけは。

頭を振り、上條は立ち上がった。一握りの小枝を新聞紙の上に置き、ライターで火を点ける。すぐに小さな炎が上がり、やがて煙が激しくなって炎が見えなくなった。屈みこんで口をすぼめ、炎に向かって息を吹きかける。煙がしみて涙が零れたが、今はきちんとこの火を燃え上がらせることが何よりも大事に思えた。

ほどなく、火勢が安定した。しばらく炎に手をかざして温めていたが、やがて小屋の中にやかんがあることを思い出して取りに戻った。戸棚にはミネラルウォーターも入っていたし、やかんを火にかけるのに使う五徳《ごとく》も見つかった。上條はやかんを火にかけ、湯が沸くのをじっと待った。炎に照らされ、顔がまだらに熱くなる。

やかんからかすかに白い湯気が上がり始めると、グラスにバーボンを足し、酒と同じ量の湯を注いだ。バーボンは温まると甘ったるい味になるのだが、寒さを追い払うためにはその甘さがありがたい。

次第に体が熱くなってきて、上條はネクタイを緩めた。一瞬、それを火の中に投げ込んでしまいたいという欲望に襲われる。刑事でいる以上、警察という組織から抜け出せるわけがない——小野里の言葉が唐突に頭に蘇る。馬鹿な。ネクタイを捨て去りさえすれば、いつでも組織を捨てることができる。そう思い、本気でネクタイを外そうと思ったが、手が動かなかった。
そんな簡単なものではないということは、十分に分かっている。

3

ナンバーを照会すると、昨夜のミニヴァンの持ち主はすぐに割れた。北嶺市内に住む秋山典弘《あきやまのりひろ》、四十九歳。名前と住所さえ分かれば、あとは何とでも調べようがある。

そこまで情報を摑んだところで、上條は山を下りた。軽い二日酔いで、体の水分が抜けきってしまったようである。水を飲もうと店に入ると、テーブル席のソファの上で萩原が身を起こした。

「また店に泊まったんですか？　アキラは？」

カウンターの向こうの萩原に訊ねると、疲れた口調で答えた。

「家に戻ったよ。さすがにちょっとバテてるみたいだな」

「昨夜はいくつコップを割りましたか」

萩原が困ったような笑みを浮かべ、指を二本立ててみせた。

「お前からも言ってやってくれないか？　別に懐が痛むわけじゃないけど、いくら何で

そうしようかとも思った。寝ているなら寝顔を見ておくのもいい。しかし上條は、首を振って会話を打ち切り、店を出た。

住所を頼りに車を走らせた。秋山の家は、私鉄の線路の北側、北嶺市内では昔からの高級住宅地として知られる場所にある。かなり広い敷地で、家もそれに見合った大きさだが、よく見るとかなりくたびれている。昔はオレンジ色だったらしい瓦《かわら》は薄い茶色に変わり、家をぐるりと取り囲む生垣は長く手入れされていないようで、高さが揃っていない。おそらく秋山は、代々の土地と家の税金を払っていくだけで精一杯なのだろう。

朝八時過ぎ、ガレージのシャッターは閉まっていた。上條は車を降り、しゃがみこんで道路との間に開いたわずかな隙間から中を覗きこんだ。車はないようである。秋山が昨夜車を運転していた息子が、その財産を食い潰しているのかもしれない。

通勤に使っているのだろうか。あるいは馬鹿息子が朝から乗り回しているのだろうか。追及を恐れて昨夜から家に戻っていないのかもしれない。

秋山に直当たりする前に、周囲の家の聞き込みから始めることにした。どういうわけかどこの家も応答がなく、話ができたのはやっと五軒目だった。といっても、タバコ屋の店先での立ち話である。店番をしていた老婆は背中がすっかり曲がってしまっていたが、耳は確かだった。上條はおつき合いで煙草を一つ買ってから質問を始めた。

「そこの秋山さんなんですけどね」

「秋山さんがどうかしたかね」しわがれた声で老婆が応じた。警戒心を隠そうともせず、眼鏡の奥から上條を睨む。

「いや、ちょっと伺いたいことがありまして」

「何だろうね」老婆の目が細まり、二本の糸になった。

「事件の関係なんです。秋山さんは直接関係ありませんが」確かに秋山は関係ない。問題は息子なのだ。

「秋山さんが何かしたのかね」関係ないと言っているのに、老婆がしつこく繰り返した。

上條はもう一度、今度はさらに強く否定する。

「そういうわけじゃありません」

「直接関係ないとか言いながら、警察はいろいろ聴いていくんだろう」

ずいぶん疑《うたぐ》り深いバアサンだ。上條は顔をしかめながら首を横に振った。

「いや、本当に秋山さんは関係ないんです。ただ、どうしても直接話を聴かなくちゃいけない。今、家にいらっしゃらないみたいだけど、どこにお勤めか知りませんか」

「そりゃあ知ってるけど、警察に教える義理はないだろう」

「そう意地を張らないで」疑り深い上に頑固である。上條は苛つきを何とか抑えながら老婆をなだめた。「何もあなたに迷惑をかけるつもりはないんだから」

「警察ってのは当てにならないからね」老婆が馬鹿にしたように鼻を鳴らす。「昔、泥棒に入られたことがあったけど、とうとう犯人を捕まえてくれなかった」

ばかりの煙草のパッケージを開け、一本振り出して火を点ける。空きっ腹に苦い味が染みこみ、かすかな吐き気がこみ上げてきた。

老婆が急に声を柔らかくして続ける。

「その時秋山さんはずいぶんよくしてくれたんだよ」

「そうなんですか」

「秋山さんのお父さんは長く北嶺の市会議員をやってて、息子さんもよくできた人でね。うちは旦那が亡くなって、子どもも出ていって、その頃はもう一人きりだったから心細くてね。秋山さんは、警察が調べてる間もずっとつき添ってくれたんだよ。おかげでずいぶん助かった」

「いい人じゃないですか。で、秋山さんは今どこにお勤めなんですか」そんなことは交番で台帳を調べれば分かるのだが、上條も意地になっていた。

「しつこいね、刑事さんも」

老婆の口の端に浮かんだ皺が深くなる。上條の目には、苦笑したように映った。

「仕事ですからね」

「二十年前の刑事さんたちもそう言ってたけど、ろくに仕事をしてくれなかったよ」

「私はその連中とは違います」

ああ、とか何とか老婆が喉の奥でつぶやき、手にしていた湯飲み茶碗を口元に運んだ。ずるずると音を立てて茶を飲むと、眼鏡の奥から値踏みするように上條を見やる。

「本当に秋山さんは関係ないんだね」

「ええ」本人はな、という言葉を嚙み潰しながら上條は答えた。

「車屋さんだよ」

「車屋？」

「中古車の販売をやってるの。市役所近くの国道沿いに店があるから」

店の名前を教えてもらい、上條は礼を言って踵を返したが、すぐに足を止めて振り返った。まだ用事か、とでも言いたげに老婆が顔をしかめる。

「秋山さんには息子さんがいますよね」

「二人ね」

「年上の方なんですが」上條はカマをかけた。

老婆の顔の皺がさらに深くなる。溜息と一緒に繰り言を吐き出した。

「昔は可愛かったんだけどねえ」

「今は？」

老婆が黙って首を横に振る。上條は頭を下げ、車に戻った。老婆の視線がいつまでも追いかけてくるようだった。

少なくとも秋山本人は、近所の信頼が厚い人間のようだ。一方、その息子はどうなのだろう。もっとつけば、あの老婆は何か喋ったかもしれない。教えてもらった中古車販売店に向かって車を走らせながら、上條は地元の名士的な存在だという秋山とその息子の関係に思いをめぐらせた。


いきなり腹に一発食らい、秋山武《いさむ》が体を折り曲げた。口元からよだれが垂れ、ジーンズの膝に黒い染みができる。のろのろと顔を上げると、今度は思いきり頰を張られた。頰が波打ち、口が横を向いて一瞬顔の形が変わった。目尻に涙が浮かぶ。

「お前ねえ」

真人は冷徹な表情で、もう一度張り手を見舞う真似をした。武の喉の奥から細い喘《あえ》ぎ声が漏れ出し、それで真人は一気に気持ちが冷えてしまった。こんな奴を殴っても、自分の手を痛めるだけだ。

「人の家の床によだれを垂らすなよな」

うんざりした表情で真人は武を見やった。武は腹を押さえたまま、トレーナーの袖で慌ててフローリングの床を拭う。

「まあ、座れよ」

真人に促され、武がおずおずと床の上で胡坐をかく。真人は自分の椅子に腰かけ、少し上から武を見下ろす姿勢を取った。

昼間、真人の家に家族はいない。父親は北嶺市内にある建設会社に勤めており、母親も公認会計士事務所で事務のパート仕事をしている。まったく、働くだけしか能のない馬鹿な奴らだ。両親に対する気持ちは物心ついた頃からずっと同じだったが、正面切って衝突したことはない。そんなことはエネルギーの無駄遣いだし、余計なことを言って親に疑念を与えるのは得策ではないのだから。できる限りの無視。最低限の会話。それが、真人が選んだ親とのつき合い方だった。

部屋には他に陽一がいたが、二人のやり取りに加わる気はないようで、オリーブ色のフライトジャケットのフードをいじり続けている。真人には、それがいかにも及び腰の態度に見えたが、二人同時に説教するのは不可能だ。標的を武一人に決めて、一際醒めた視線を向ける。

「ヘマしたな」

「すいません」震える声で言って武が頭を下げる。

真人より一歳年下なだけだが、まるでガキだ。みっともない。こうなったら人間も終わりだと思ったが、真人は声の調子を変えなかった。

「お前には荷が重かったな」

「そんなことないけど」

「まったく、呼び出された時はどうなるかと思ったぜ」真人はにやりと笑ってみせた。その笑いに追従していいのかどうか判断できないようで、武が奇妙に顔を歪ませる。

「とにかく、あの店にはもう行けないな。まあ、それはいいんだ。行かなくたって困るわけじゃないから」

独り言のように言いながら、真人は、上條とかいう刑事はどうやってあのファミリーレストランを割り出したのだろうと訝った。あいつらにはあいつらのやり方があるのだろうが、それにしても想像していたよりもずっと早く俺たちに近づいている。こうなったら、どちらが先回りできるかだ。どういうわけか、あの刑事は仲間と一緒ではなく一人で動いているようである。ということは、人数の多い俺たちの方が有利なはずだ。

「何で慌てて逃げたんだよ」真人は少し声のトーンを落として訊ねた。

武がおずおずと顔を上げる。まるでガキだな、と真人は舌打ちをした。失敗を悔いているというより、また殴られるのではないかと怯えているだけだ。こういう奴が、ぎりぎりのところになると足を引っ張る。

武がぐずぐずと言い訳した。

「すぐ気がついて……やばいと思って」

「堂々と店に入ればよかったんだよ。こっちの名前も顔も向こうには知られてないはずなんだから、慌てて何かしたらかえって怪しまれるだろう？　普通にしてるのが一番安全なんだ。どうするかは後で考えればよかったんだし」

「だけど、急だったから。パニックになっちまって……」武の台詞の語尾が頼りなく宙に消える。

「よしよし」猫撫で声で言いながら真人は腕を伸ばし、武の肩を軽く叩いた。武がびくりと体を震わせる。

「まあ、仕方ないよ。あの時はお前一人しかいなかったんだし。俺たちが一緒だったら、あんな刑事の一人や二人、すぐに始末できたさ」

始末という言葉に敏感に反応して、武の肩が緊張で盛り上がる。体がでかいわりに気の弱い奴だ。真人は小さく鼻を鳴らしてから陽一に向き直った。

「陽一」

「ああ」陽一が気の抜けた声で返事する。

「今頃は、武のオヤジの車も割り出されてるだろうな」

「たぶん」

「車、処分するか」

「処分？」陽一が目を剝《む》いた。「処分って、どうするんだよ」

「どこかに捨ててくるとかさ。それとも燃やしちまうとか、いくらでも方法はあるだろうが」

「だけど、ナンバーが分かってるんだから、どっちにしろ警察は武の名前を割り出すんじゃないか」

「ああ、そうか」真人は深くうなずいた。「そうだよな。じゃあやっぱり、武に全部責任を取ってもらうか」

助けを求めるように、武が顔を上げる。目が真っ赤になっていた。

「お前に警察に行ってもらうのも手だよな。それで、例の件から何から、全部自分の責任ですって白状するわけだよ。それでどうだ？　刑務所に入れられても、あとは俺らが面倒見てやるからさ。十年もすれば出てこられるんじゃないか」

「そんな……」

屈辱と恐怖で武の声が震えだす。真人は、心の底に淀《よど》む濁った思いと正反対の温かい笑みを浮かべてやった。

「馬鹿だな、冗談に決まってるじゃないか。お前のことを見捨てるわけないだろう。な、俺らはいつでも一緒なんだから」

武がゆっくりと息を吐き出す。笑みを浮かべようとして、顔が奇妙に歪んでしまった。

いつも一緒か。つまり、俺が失敗して地獄に落ちる時はお前も一緒だということだ。お前はそれを理解しているのか、その覚悟があるのかと、真人は無言で武に語りかけた。が、魂が抜けたようにぼんやりとした武の顔からは、心の動きが一切読み取れない。

どうして俺の周りにはこういう間抜けしかいないのだろうと、真人は今さらながら悔いた。やはりタイミングを見計らって東京へ出るべきだったのだ。あそこなら、もっとましな人間がいるだろう。しかし真人は、自分が誰かにかしずいて生きる羽目になることを恐れた。自分より力が上の人間、知恵の回る人間の機嫌を窺いながら生きるなど、耐えられそうもない。今の状態が「お山の大将」であり、しかも周りにいる人間が自分をまともにサポートしてくれないために足元が危うくなっていることは十分に分かっていたが、それでも人に頭を下げるよりはましである。

それに、この街にいることで味わえるスリルもあったのだ。しかも金になる。

だが今考えてみれば、俺は思いきって広い世界に出るべきだったのだ。十八歳。それまでの人生と縁を切るためにぴったりの年齢である。俺はチャンスを逸した。これから先、一生をこの街で終えることになるかもしれない。おぞましい可能性を考えると、かすかな吐き気さえ覚えた。


秋山の経営する中古車販売店は、上條にも見覚えがあった。市役所の近くを通るたびに「北嶺オート」という派手な看板が目についていたのを思い出したのだ。国道沿いに売り物の中古車がずらりと並んでおり、冷たい風にのぼりが千切れんばかりにはためいている。従業員用の駐車場は裏だろうと見当をつけ、上條は車を店の裏に回し、細い路地に停めた。

予想は当たった。事務所に一番近い位置にミニヴァンが停まっている。ナンバーも間違いない。記憶にあるとおり、フロントガラス以外の窓は全てプライバシーガラスになっていた。近寄って中を覗きこむ。レーダー探知機がダッシュボードの上にセットされているぐらいで、特に変わった様子はなかった。息子が乗っているのだから汚くしているのではないかと思ったのだが、前から見た限りでは案外片づいているようだった。息子が汚すのを父親が渋々掃除しているのか、それとも息子が父親に遠慮して綺麗に使っているのかは分からなかった。

上條はすぐにミニヴァンから離れた。秋山本人にも従業員にも姿を見られたくない。警察だと名乗ればその場から逃れることはできるだろうが、その後で話が複雑になるのは目に見えている。夕食の席で、秋山が息子に話さないとも限らない。「今日、警察がうちの車をじろじろ見てたんだが、お前、何か心当たりはないか?」と。

自分の車に戻りながら、上條は自分が相手にしている人間の正体を考えた。向こうもこちらの存在に気づいているのは間違いない。今は互いに暗闇の中で顔を撫で合っているようなものだ。いや、平気で人の家に侵入して猫の死骸を捨てるぐらいだから、まだ相手の方が先行しているということか。おそらく、秋山の息子も含まれる少年たちのグループなのだろう。たかがガキに舐められてたまるかと、上條は強い視線で空を睨みつけた。どこかで先回りできれば、誘拐事件も一気に解決できるかもしれない。まだ複数の点が闇の中に散っているだけだが、いずれは結びつくのではないかというかすかな希望が芽生えていた。

秋山の家を管轄する交番に立ち寄り、台帳を借りて一家の家族構成を調べた。秋山と妻、それに煙草屋の老婆が話していたとおり、子供が二人。長男の武は十九歳だった。大学生という記載がある。次男はまだ十六歳で高校生。これで、昨夜車を運転していたのが誰かは分かった。

「あの、他に何かお手伝いできることはありませんか」

まだ頬の赤みが抜けない巡査が、いっそう顔を上気させながら上條に申し出た。「ない」と素っ気なく答えてしまってから後悔し、「いや、ありがとう」と言い添える。その言葉に、巡査が露骨に残念そうな表情を浮かべた。

「何だ、君はそんなに暇なのか」上條が皮肉をぶつけると、巡査が口をへの字に捩じ曲げた。

「いや、そんなことないです。だけど自分も刑事志望なんで、何かお手伝いできればと思いまして」

「刑事？　やめておいた方がいいぞ。疲れるだけだ」

「そんなことはないと思います」

ここで様々な理屈を論じて若い巡査を論破することもできたのだが、上條は黙ってうなずくだけにした。立ち上がれなくなるほど誇りをぶちのめされる時もあるということだけは伝えようかと思ったのだが、それも胸の内に封じこめる。もしかしたら、取り逃がしてしまった犯人、むざむざ失った被害者の命を思って、いつまでもうじうじしているのは自分だけかもしれない。他の刑事は、もっと要領よく失敗と折り合いをつけているのではないだろうか。所詮は仕事だし、仕事に失敗はつきものだと割りきれば、もっと安楽な日々を過ごすことも可能なはずだ。

気を取り直して上條は巡査に訊ねた。

「この長男だけどな、大学生って書いてあるだろう」

「ええ」

「どこの大学か分かるかな」

台帳にはそこまでは書かれていない。調べた人間の怠慢なのだが、それは指摘せずにおいた。

「北嶺大じゃないですかね」間髪を容れずに巡査が答える。

「この街の大学だな」

「そうです」巡査がうなずき、自信たっぷりの口調で説明し始める。「長男は今でも親元にいるわけでしょう？　ここから通える大学っていったら北嶺大ぐらいですよ」

「そうだな」

北嶺大は、確か十年ほど前にできたばかりの私立大学だ。いわゆる「大学バブル」の時期で、全国で一斉に新しい大学が生まれた時期に一致する。この街でただ一つの大学である北嶺大に関して、上條はいい噂も悪い噂も聞いたことがなかった。はっきり言えば、田舎にぽつんとできた影の薄い大学の一つにすぎないし、学生の質だってそれほど高くはないだろう。そこに通う武と父親の間で交わされたであろう会話を、上條は容易に想像できた。いいか、お前は秋山家の長男なんだから、とにかく大学ぐらいは出ておけ。どこの大学でもいいんだ。通うのが楽な北嶺大だっていいんだから——。

何も大学に行くだけが人生ではないはずだが、たぶん家柄を気にしているであろう秋山にとって、家の面子は上條が考えるよりも大きなものなのだろう。とりあえず大学ぐらいは出ておかないと世間体が悪い、そう考えても不思議ではない。それにしても、大学を出たことが何かの証明や保証になるようなご時世ではないのだ。四年間遊んで暮らすよりも、さっさと働きに出た方が、得るものも大きいのではないだろうか。例えば警察官になるとか。

いや、面接の段になれば武は確実に落とされるだろう。ろくでもないことを考えている人間、心の奥に弱さや脆《もろ》さを隠した人間の本質を見抜けないほど、県警の人事担当者は寝ぼけていないはずだ。

それにしても、さほど年は変わらないはずなのに、目の前にいる巡査と武の間には何と大きな差があることか。

あとは「刑事になりたい」などという馬鹿な夢を捨てれば、この巡査も順調に出世の階段を上って、後悔しない警察官人生を送れるかもしれない。

北嶺大は、昭和五十年代まで大手自動車会社のテストコースがあった場所にキャンパスを構えている。上條の父親が、青年時代にテストドライバーとしてスピードに命をかけていた、まさにその場所だ。テストコースが北海道に移転した後十年以上も空き地になっていたのを、学校法人が買い取ってキャンパスにしたのだと、上條は萩原から聞いた。そのため敷地はやたらと広く、キャンパス内を行き来するのにも自転車が必要だというのが話のオチだったのだが、それが大袈裟な表現ではないことをすぐに思い知らされた。

近くに路上駐車して、歩いてキャンパスに入った。正門の詰め所にいる警備員にチェックされるかと思ったのだが、二人の若い警備員はちらりと上條を見ただけで何も言わない。こんないい加減な警備体制でいいのだろうかと上條は訝ったが、その後で自分は大学という場所の実態を何一つ知らないのだと気づいた。

受験シーズンのせいか、キャンパス内は閑散としている。立て看板を見て、二週間後に入試が始まることを上條は知った。正門から真っ直ぐ続くレンガ敷きの道は幅が二十メートルほどもあり、道の両側には銀杏《いちょう》並木、その奥に建物が並んでいる。建物は薄茶色のレンガを壁に使っている他に共通点はなく、高さも大きさもまちまちだった。もっとも、同じ大きさの建物が並んでいたら、新興の団地に見えてしまう。

教務課の建物を見つけ出すのに、上條は十分以上もうろつき回ってしまった。レンガ敷きの硬い道でいい加減足が痛くなってきた頃、たまたま正面にあった建物に教務課が入っていることに気づき、どっと疲れを覚える。正門から三百メートルほども歩いただろうか。しかも奥はまだまだ深そうである。

教務課の事務室は、建物の一階のほとんどを占めており、白を基調にした内装がどことなく病院を思い起こさせた。数人の学生がカウンター越しに職員と話をしている他はひどく静かで、ファクスが紙を吐き出す音がやけに耳障りに聞こえるほどだった。

応対してくれた若い職員は、「秋山武という学生が在籍しているか」という上條の質問の意味をすぐには理解することができなかった。ぽかんと口を開けたまま言葉を探し、上條をぼんやりと見つめる。

「だから」苛つきを何とか押し隠し、上條は忍耐強く説明した。「そういう学生が実際にここにいるかどうかを知りたいんです」

「そういうことはお教えできないことになっているんですが」

「捜査です」

普通はこの一言でほとんどの疑問や不満を封じこめることができるのだが、若い職員は「教えられない」という一点に関しては妙に頑固だった。

「規則ですから」

「だったらこっちも規則で、令状を持ってくることもできるんですよ」

令状という言葉の持つ意味が理解できない様子で、職員が呑気に顎を掻いた。とうとう上條は爆発した。

「あんたじゃ埒《らち》があかない。上司を呼んでくれ」

自分にはそんなことをする義務はないとでも言いたそうな表情を隠そうともせず、渋々と職員が奥に引っこんだ。五分ほどしてから、上條と同年輩の小太りの職員が、心配そうな顔つきでカウンターの方にやってきた。近づいて顔がはっきり見えると、上條は彼の年齢を自分より五歳上に修正した。目は小さく、痛みを我慢するようにきゅっと口を結んでいる。いつも周囲の声を気にして、胃痛を我慢しているようなタイプに見えた。

「どういったご用件でしょうか」神経質そうな甲高い声で職員が訊ねる。

彼の心臓に余分な負担をかけないよう、上條は穏やかな声で訊ねた。

「こちらに秋山武という学生が在籍しているかどうかを知りたいんです」

「それは、あの……」

引っこめた言葉の背後に「何かやったんですか」という質問が潜んでいることは上條にはすぐに分かった。武は、いわゆる「札つき」なのだろうか。これまでにも問題を起こしたことがあり、その名前は、大学関係者に特別な反応を起こさせるのかもしれない。

「いや、彼が何かしたというわけじゃない」とっさに上條は嘘をついた。「ある事件の関係で話を聴きたいだけなんですよ」

完全に安心したわけではないようだったが、職員は少しだけ緊張を解いた。

「それは分かりますが、原則的にそういうご質問にはお答えできないんですよ。規則でしてね」

「そうでしょうね」

上條は腰を曲げ、カウンターの上に両肘をついた。ふと、傍らにあるパンフレットに気づく。来年度の入試要項だった。一枚取り上げ、ゆっくりと折り畳む。半分に、さらに半分に。これ以上折れない大きさになるまで、上條の手元を、職員は不安そうに眺めていた。

「こちらも、正式な話にはしたくないんですがね」

上條は三センチ角ほどになったパンフレットをカウンターに放り出した。花が咲くのを撮影したフィルムを早回しするように、紙が元の形に開いていく。

「とおっしゃいますと？」

「正式な話ということになると、裁判所で令状を取って、強制的にお話を伺うことになります」

職員の顔がすっと蒼褪める。先ほどの若い職員と違って、すぐに上條の言葉の意味を理解したようだ。それを見て、上條は手綱を緩めた。

「何も、こちらの大学が何か事件に関係しているというわけではないんですから。私も大事《おおごと》にはしたくないんですよ。裁判所を通すと時間もかかりますしね」

「そんなに大変なことなんですか」

「だから、大事にはしたくないと言ってるんです」微妙に返事をはぐらかしてしまったなと思いながら上條は言った。相手の緊張をほぐすために、薄い笑みを浮かべてみせる。

「それほど大変なことじゃないんです。ですからそちらも、ちょっと教えてくれれば済む話なんですよ」

分かりましたと言う代わりに職員が小さくうなずき、事務室の奥に消えていった。上条は壁の時計を睨みながら待った。秒針がきっかり三回転した直後に、職員が手ぶらで戻ってくる。軽い失望を隠しながら、上条は辛うじて愛想笑いを浮かべた。何かリストでも持ってくると思っていたのだが。

「秋山武という学生は確かに本学に在学しています」大変な秘密を打ち明けるような口調で職員が告げた。

「学部は？」

「経済学部経営学科ですね。一年です」

「そうですか」

これだけのことを聞き出すのにずいぶん手間がかかったものだ。上条は職員に気取られないようにそっと息を吐き出すと、礼を言って部屋を出ていこうとした。すぐに「あの」という職員の声が追いかけてくる。

上条は首だけ捻って職員の顔を見た。先ほどまでの不安は消え、今度は困惑の表情が浮かんでいる。

「何か」

「それだけですか」

「そうですよ。彼がこの大学にいるかどうかが知りたかっただけですから。何も大騒ぎする必要はなかったんです」

「そうですか」

「このことはどうかご内密に」

何のことか分からないと言いたげに首を横に振る職員を残し、上條は教務課を後にした。「刑事が妙な聞き込みをしに来た」という噂が、巡り巡って武の耳に入らないことを祈る。どこかであいつを――あいつらを出し抜かないと。今この瞬間にも、連中は俺のアパートに放火しようとしているかもしれない。あるいは「オープン・オールナイト」を襲撃しているか。

何かおかしい。しばらく思案した末、上條は気づいた。連中のやり方が、妙に回りくどいのだ。どうしてもっと直接的な方法で攻撃してこないのだろう。何だか相手は、こちらをじわじわと包囲するのを楽しんでいるようだ。刑事を相手にそんなことをする人間がいるのだろうか。いるとしたらよほどの愚か者か、あるいはこちらの想像も及ばないほど完璧な作戦を立てているかのどちらかだ。

後者ではないことを上條は切に願った。

大学ですぐに武が見つかるとは考えていなかったが、上條は一応、経済学部の建物にも足を運んでみた。教務課で建物の配置図をもらってきたので、今度は五分で見つけ出すことができた。入口近くにある掲示板で、ほとんどの講義が休講になっているのを確認する。入試が近い今の時期はこういうものなのだろう。学生の姿もほとんどなかった。やはり、武はここにいない可能性が高い。あるいは、学食か図書館にでもたむろしているのだろうか。

閑散とした学食を覗いてみた。奥行きが百メートルほどもありそうな細長いスペースで、枯れた芝を張った中庭に面した壁一面がガラス張りになっている。弱々しい冬の陽射しがガラスで増幅されて室内を暖めていた。学生が少なくて、くたびれたコート姿の自分が目立たないのは助かる。自分はいかにも場違いな人間なのだということを意識しながら、上條はテーブルの間を縫うように歩き、知った顔を探した。昨夜一瞬だけ見た武の顔を。これといった特徴のない顔だった。面長《おもなが》だったか……しかしくっきりと印象を残すほど顎が長かったわけではない。痩せこけた顔という印象もなかった。髪は中途半端に伸ばしていた。そう、耳は隠れても襟足に届くほどではなかったはずだ。目はどうだったか。口元は。上條は頭を振った。自分の頭の中で再現することもできない。体は大きかった記憶がある。もう一度見たら分かるはずだ。もっとも、相手も俺の顔を知っているだろうし、気づかれずに接近できるとは思えない。キャンパスの中でどうにかできるわけではないのだ。

一瞬、ここで食事を済ませてしまおうかと思った。昼飯には少し早いが、朝食抜きだったので腹は減っている。メニューのサンプルが入ったケースの前で足を止めた。そばやうどんの類は二百五十円から。カレーが三百五十円。一番高い定食が五百五十円だった。激しい空腹を覚えたが、どこからかキャベツを煮る甘ったるい匂《にお》いが流れてきた途端に、食欲は失《う》せてしまった。

最近、どんどんこだわりがなくなってきたようだ。食べることも眠ることも適当でいい。それを言えば、そんなことに気を遣おうとしていたのは結婚していた一年間だけのことだった。妻は若かったが料理上手で、毎日朝食を楽しみに目が覚めるようになったものである。あの結婚をきっかけに、俺の人生は大きく変わったのだと上條は思う。まともな家庭を持つ。その目標が早々と達成できたと思ったのに、妻の死で、様々なことがどうでもよくなってしまった。ただ一つ、仕事を除いては。仕事は結婚生活の辛い記憶を薄めてくれたから。

図書館に回ったが、学生証がないと入れないシステムになっていた。仕方なく、キャンパスの捜索を打ち切る。もともとこんな広い場所で、顔もはっきり覚えていない一人の学生を見つけ出せるわけもないのだが、それでもかすかな敗北感と明確な徒労感が上條の背中にのしかかった。

一番確実なのは家で張り込むことだ。できれば武の写真を手に入れて、アキラに見せたい。記憶を呼び覚ますきっかけになるかもしれないのだ。が、武が家に戻ってくる保証はない。昨夜の今日なのだ、用心してどこかに身を隠していると考えた方がいい。

もう一台の車のことを上條はぼんやりと考えた。自分の前に突っこんできたあのセダン。大胆というにはあまりにも乱暴すぎる。武は、俺に気づいて逃げ出した後すぐに仲間に連絡を取り、用意周到に車のナンバーを隠した仲間がすぐさま駆けつけてきたに違いない。おそらく、すぐに連絡を取れるようにしていたのだろう——連絡？

上條はにやりとした。次の瞬間には、己の愚かさ加減に気づいて思わず舌打ちする。そう、武は携帯電話を使っているに決まっている。尾行していた前後の通話記録を調べれば、誰に連絡を取っていたのかは分かるはずだ。それで仲間を割り出すことができる。どうして今までこんな簡単なことに気づかなかったのだろう。もしかしたら俺はぼけ始めているのかもしれない。しかし、そのような後悔も長くは続かなかった。上條は車に乗りこむと、通話記録を手に入れるためにあちこちに電話をかけ始めた。

4

携帯電話の通話記録をたどるというアイディアはあっという間に萎《しぼ》んだ。予想に反して武は携帯電話を持っていなかったのである。父親名義の電話を使っているのかもしれないが、それよりもプリペイド式の携帯ではないかと上條は疑った。念のため、父親の電話についても調べてみるつもりだったが、どうも、俺が相手にしている奴らは、簡単に尻尾を摑ませるつもりはないらしい。

自分の読みの甘さを罵っているうちに、注意力が散漫になっていたようだ。署の階段の途中に紅林がいるのにまったく気づかなかったのだ。内心の動揺を隠し、小さく会釈をしただけで無視しようとしたのだが、紅林は獲物を見つけた猟師のような素早さで、上條の二の腕を摑んで踊り場に引きずりこむ。上條は勢いよく腕を振るって、紅林の縛《いまし》めから逃れた。

「何ですか、課長」上條は紅林を見ながら訊いた。その目線は実際には、紅林の頭の後ろにある「禁煙」の張り紙に突き刺さっている。

「何ですか、じゃないぞ。どこまで引っ掻き回せば気が済むんだ」

「事件が解決するまでですよ。俺はちゃんと仕事をしてるんだから、誰かに文句を言われる筋合いはない」

「組織ってものはそうはいかんのだ。大田黒主任もずいぶん参ってる」

「あいつは昔から神経の細い男でね。課長もそれはご存じでしょう」上條は鼻でせせら笑ってやった。「まあ、あいつが大変なのも分かりますが、責任を背負《しょ》いこみすぎなんですよ」

「お前の存在そのものが、あいつにとってはストレスになってるんだ」

「だったらどうしますか」上條は挑みかかるような口調で紅林に詰め寄った。「停職処分ですか。それとも思いきってクビにしますか」

「そこまで言ってないだろうが」

紅林の口調から刺々しさが消え、弱気が覗いた。上條にとっては計算ずくの開き直りである。管理職の弱点はこれなのだ。簡単に部下を処分すれば、今度は自分の管理能力が問われることになる。監察官でも出てくれれば話は別だが、自分はそこまではみ出したことはしていないという計算が上條にはあった。

「仲間と馬鹿話をして時間を潰したり、仲良しクラブで楽しくやってる奴がチームワークを大事にするって言われて、ちゃんと捜査してる俺が文句を言われる。どういうことですかね」

「程度の問題だろうが。もう少し他人を信用して、一緒に仕事をするぐらいのことがどうしてできない。簡単なことだろうが。それとも、お前以外の刑事はみんな馬鹿だって言うのか」

「違いますか」上條の挑発に、紅林が無言で首を横に振る。上條はさらに拒絶の言葉を叩きつけた。「他の連中のことはどうでもいいです。俺のことは放っておいて下さい」

上條は慎重に後ずさった。右足の土踏まずが階段の端を踏む。

「俺は誰も傷つけていないし、これからもそんなことをするつもりはない。ただ、事件を解決したいだけなんですよ」

「解決するも何もな、お前が来てから滅茶苦茶になってるんだぞ。お前は、場当たり的に引っ掻き回してるだけなんだ」紅林の吐き出す言葉は強烈だったが、その口調は泣き言に近かった。「生活安全課の連中も、曖昧な情報で踊らされてるんだ。向こうの課長にさんざん皮肉を言われたよ」

「解決すべき事件があるのに『踊ってる』はないでしょう」上條は頭に血が上るのを意識した。「やってやろうって気になるのが普通じゃないですか」

「それは、自分たちできっかけを掴んだ時だけだ。部外者のお前が情報を持ってきて、はいそうですかって取りかかるほど、あいつらは鈍感じゃない」

「くだらないセクト主義ですね」

組織の持つ硬直性を、上條はこれまでも嫌というほど味わっていた。組織が全て。その論理で、今までどれだけの事件が暗礁に乗り上げてきたことか。隣の班に情報が届かない。「決裁を仰いで」と言っている間に犯人が逃亡してしまう。ぴたりとはまった時には、組織は極めて効率的に動きだすが、いつもそうとは限らないのだ。ほんの小さな歯車の狂いで、一気に間違った方向に動いてしまうこともある。正しい方向に引き戻すには、最初に動きだした時以上の力が必要になるものだ。

俺は間違っていない。だが、この事件が決着した後で自分の居場所がなくなってしまうことは目に見えていた。その時、俺はどこに行けばいいのか。

まだ何か言いたそうな紅林を残して立ち去ろうとした時、携帯電話が鳴りだした。番号を見ると、「オープン・オールナイト」のものだった。萩原だろう。反射的に腕時計を見る。午後二時。夕方からの開店準備のために、店に出て来る時間である。じっと自分を見つめている紅林に背を向け、上條は電話を掌で覆うようにして小声で話し始めた。

「どうしました」

「驚くなよ」萩原の声は粘つくようで、上條の耳を不快に刺激した。

「何ですか、いったい」

「ポルシェがぶち壊された」

「何ですって？」

上條は呆然として携帯電話を取り落としそうになった。父親の想い出が壊されてしまったことに衝撃を受けたのではない。アキラとの接点を一つなくしてしまったことが、大きなダメージだった。

ポルシェのウィンドウは全て叩き割られていた。フロントとリアのボンネット、ルーフ、ドア、あちこちに大きな凹《へこ》みができている。それでも何とか元に戻せるはずだと上條は自分に言い聞かせた。エンジンそのもの、それに足回りが無事ならば――上條は足元に散らばったガラスの破片を、無意識のうちに靴先で蹴飛ばした。

クソ、あいつら。ふざけたことをしやがって。腹の底で燻り始めた苦い思いを封じこめながら、上條は二人に事情を聴いた。

「何か気づかなかったか」と、まずアキラに訊ねる。「これだけ派手にやったら、ずいぶんでかい音がしただろう」

「いや」アキラの寝ぼけた表情には、恐怖の色が混じっている。

「だったらどうして、車が壊されたのが分かったんだ」

「ちょっと目が覚めて、水を飲もうと思って台所に行ったら……」

アキラが家を見上げた。二階の台所は国道に面していて、窓の外に目を転じれば、店の駐車場に出入りする人間や車が嫌でも目に入る。

「何か見たんだな」上條は、こじ開けられたガレージのシャッターに視線を移した。

「何人か、男が逃げ出すみたいに……」アキラの説明は中途半端に途切れた。

「どんな奴らだった？　若い連中か？　何人いた？」

矢継ぎ早の上條の質問に、頭を両手で抱えてアキラがうつむく。顔を上げた時、唇は無様に震えていた。

「二人か三人……分からない」

「車で逃げたのか」

「たぶん」

「そこまで見てなかったんだな」

アキラが痙攣するように小刻みに首を横に振る。台所の片隅で恐怖に怯え、頭を抱えて座りこんでいたのではないかと上條は想像した。それから何かがおかしいと気づき、恐る恐る下へ降りてきて、壊されたポルシェに気づいた——そんなところだろう。

「それで、萩原さんに電話をかけたわけだ」上條が萩原の方を見やると、彼は難しい顔をしてうなずいた。アキラに向き直り、かすかに非難めいた口調で告げる。「何もそんなややこしいことをしなくても、俺に直接電話すればよかったのに」

アキラが何度もうなずいたが、叱責されていると思ったのか、視線は地面の上を彷徨うだけだった。三人の間を、雪を予感させる湿った風が吹き抜けていく。

「今日からこの家を出るんだ」

上條の言葉に、アキラが驚いて顔を上げた。

「出るって……どうするの」

「裏山に行く」上條はアキラの頭越しに、木立に隠れて見えない小屋を見つけようとした。「今夜から店にも出なくていい。裏山に小屋があるからそこに隠れてるんだ。連中も、そこまでは気づいていないだろう」

「連中って誰なんだよ」萩原が目を瞬かせながら訊ねる。恐怖は、大事な昼間の睡眠を中断させられた不快さを上回っているようだった。

「まだ正体ははっきりしないんですけどね」上條は萩原ではなくアキラを見ながら答えた。「いずれは分かる。こっちが逆に追い詰めてやるつもりですよ」

「上は本当に安全なのか」萩原が疑り深そうに言う。「あそこへ行くには、細い獣道を登るしかないんだぜ。そこから来られたら逃げ場はない」

「道が一本しかないってことは、そこにだけ注意してればいいってことじゃないですか。返り討ちにしてやりますよ」上條はにやりと笑ってみせた。口から出任せだったが、その計画が急に魅力的に思えてくる。

「じゃあ、必要なものを調達しておこうか。食い物や水がいるだろう」

いつものように萩原が助力を申し出たが、上條はそれをやんわりと断った。保護者然とした萩原の態度は、時に鼻につくのだ。

「それぐらいは自分でやりますよ」

「ならいいが」不満そうな声で言いながらも、萩原がうなずいた。

「それより、店もしばらく休みにした方がいいんじゃないですか」

「そう思うか？」顎を撫でながら萩原が訊ねる。

「どうやら冗談じゃ済まなくなってきたようです。この店は監視されてるみたいだし、連中が何を考えてるのかも分からない。自分のことは自分で守りましょう。北嶺署の連中に頼るつもりはありませんからね」

「あのな」萩原が右足から左足に体重を移した。「前から考えてたんだが、お前、どうしてそんなに意地になってるんだ？　こんな馬鹿げたことをやってるのが誰か、警察が総出で調べればすぐに分かるんじゃないのか」

　上條は肩をすくめた。

「俺は誰も信用してないんですよ」

　頼るのは自分だけ。それがひどく意固地で孤独なスローガンであることは、自分でも分かっていた。何でもない時なら、それは昔ながらの男っぽい生き方として賞賛されるかもしれない。しかし今の俺は、他人から見れば、ただ意地を張っているだけの馬鹿者だろう。それでも俺は自分の足でしっかりと地面に立ち、周囲の状況を理解している。追いこまれるのはお前たちの方だ。

　上條は、武とその背後にいる若者たちに向かって密かに宣戦布告した。

「あそこがうちの土地なんだ」

小野里が淡々とした声で説明した。「あそこ」と言われても、そもそもこの辺りは街灯の灯りも頼りないので外の様子はさっぱり分からない。ゲレンデヴァーゲンの強力なライトが照らし出す範囲だけが、この世の全てであるように見えた。

話があると誘ってきたのは小野里の方だった。事務所の前で上條を拾うと、そのまま北嶺の東の外れまで自分の車を走らせてきたのだ。

「広いのか？」

上條の問いかけに、小野里が馬鹿にしたように鼻を鳴らす。

「当たり前じゃないか。ゴルフ場を作るんだから」

上條は黙って首を横に振った。今夜自分を呼び出した小野里の狙いが何なのか、さっぱり見当がつかない。

「けっこう高低差があってね」小野里が目の高さで掌を上下させた。「それをそのまま生かして、難易度の高いコースにするつもりなんだ。ゆくゆくは、ここにでかい大会を呼びたいと思ってね。そうすれば箔《はく》がつく。北関東で一番の名門コースにしたいんだ」

「で？　俺にゴルフ場の会員券を買えとでもいうのか」

痺れを切らして上條が言うと、小野里は喉の奥から搾り出すように笑った。

「貧乏な公務員ごときにそこまで期待してないよ」

小野里が道端に車を寄せて停め、寒さに体を丸めながら外に出る。上條はしばらく車の中で体を縮こまらせたまま、小野里の様子を見ていた。道端に控えめな看板があるのに気づく。暗闇に目が慣れてくると「北嶺ゴルフ場（仮）建設予定地」と書いてあるのが読めた。上條はゲレンデヴァーゲンのドアを押し開けたが、まるで一枚の鉄板でできているのではないかと思えるほど重い。もしかしたら、ドアや窓ガラスに実際に防弾処置を施しているのかもしれない。

小野里が黒いウールのコートの襟を立て、首をすくませる。煙草をくわえたが、ライターの火がなかなか煙草に移らない。かちかちとライターの石が擦れる音が、風の音に掻き消された。小野里が諦め、煙草を指で挟んだまま、上條に向き直る。

「何もないだろう、この辺りは」

「昔からそうだったな」

上條が高校生の頃、この辺りには一面田んぼが広がっていた。その頃は、北嶺でも米作りをする農家が少なくなかったのだ。暗闇の中で小野里が小さくうなずいたように見えた。

「俺はな、抜け出したいんだよ」

「ヤクザから足を洗いたいのか」

「そうはっきり言うな」小野里がやんわりと抗議する。

「ヤクザじゃないって言ってたのはお前じゃないか」

「まあ、そうなんだが」今夜の小野里はいつになく歯切れが悪い。「ゴルフ場開発ってのはでかいプロジェクトなんだよ。地元の建設業者に落札させて、完成すれば地元の人を雇う。それでずいぶん北嶺に貢献できると思うがね」

「北嶺のためにゴルフ場を作るのか。つまり、お前は立派な経済人になりたいわけだ。地元の名士とか呼ばれたいわけだ。商工会議所の役員になって、そのうち選挙にでも出るつもりか？」

小野里は、上條の揶揄をあっさり無視して続けた。

「だいたい、今まで北嶺にゴルフ場が二つしかなかったのがおかしいんだよ。こんなに土地が余ってるし、東京からも近いのにな。映画の台詞じゃないけど、それを作れば客は来る、だ。それに、でかいゴルフ場ができれば地元経済も潤う。簡単な理屈だろう」

「まあ、そうだな」

「でも、なかなかうまくいかないものでね。やっぱり俺はヤクザなんだろうな。自分でどんなふうに言い繕っても、その事実に変わりはない。実際、俺のことをそんなふうにしか見ない人間もたくさんいるわけだし。でも、何とかこのゴルフ場は完成させたい。反対する奴もいるけど、必ず説得するさ」

説得というのは、結局地上げ屋まがいの脅迫のことではないだろうなと釘を刺したかったが、上條はその台詞を呑みこんだ。次の瞬間、小野里の口から意外な言葉が漏れる。

「お前、俺と一緒にやらないか」

「何で俺が」虚を衝かれ、上條は間抜けな答えを返してしまった。「俺には仕事があるんだぜ」

「そんなもの、辞めちまえばいいじゃないか。警察の仕事なんて、執着するほどのものじゃないだろう」

「そうはいかない」

本当に？　警察における自分の居場所、それが危うくなりかけているまさにその時、小野里はこんな話を持ち出してきた。もしかしたらこいつは、署内に盗聴器でも仕掛けているのだろうか。あるいは紅林を情報源にでもしているのか。そろそろあいつを引き取ってくれないかと懇願されたのかもしれない。

風が弱まったタイミングを見計らい、小野里が再び煙草をくわえる。今度は一発で火が点いた。

「お前はあの誘拐事件を解決したい。それは分かるよ。要は面子の問題だろう」

「お前らの業界じゃそんなふうに言うのかもしれんな」

「ああ、言葉なんかどうでもいいんだ」小野里が面倒臭そうに煙草を持った手を振る。煙がたなびき、上條の鼻にもその香りが届いた。「だけど、事件を解決した後で何が残る？　お前、いろいろと突っ張ってあちこちで衝突してるらしいじゃないか。ずっとそんなことを続けてたら、居心地が悪くなるばかりだろう」

唇を噛み、上條は小野里の言葉をゆっくりと咀嚼《そしゃく》した。彼の言うことは正しい。全面的に正しい。

「元警察官っていう肩書きは、どこへ出しても通用するんだよ。信用される。一緒に仕事してくれれば、こっちとしては願ったり叶《かな》ったりなんだがな。具体的に何かをして欲しいっていう案が今あるわけじゃないんだが、とにかく一緒にやらないか？　昔の友だちのよしみでさ」

「それで俺に何のメリットがある？」

「金になる。少なくとも警察官を続けてるよりはずっと儲かるぞ」

「金なんてものは、俺の中ではそんなに優先順位が高くない」

暗闇に慣れた上條の目に、今度ははっきりと小野里が苦笑するのが見えた。

「まあ、お前はそう言うと思った。別に期待してたわけじゃないけどな。でも、これで諦めたわけじゃないぞ」

「俺を丸めこもうと思ってもそうはいかないよ」

「これだけは信じて欲しいんだが」小野里の声に真剣味が増した。「丸めこもうなんてつもりはない。これはビジネスの話なんだぜ。俺はただ、お前の信用が俺の仕事で役に立つと思ってるから誘ってるだけでさ。ヘッドハンティングってやつだ」

「そもそも俺には信用なんかない」

小野里が軽い笑い声を上げたが、それはこの場にいかにもふさわしくないものだと気づいたようで、すぐに唇を引き結んだ。二人の間に湿った冷たい沈黙が流れる。

ゴルフ場で何の仕事をしろというのだ。「北嶺ゴルフ場（仮）営業部長」の名刺を持って人に頭を下げる自分を想像してみたが、うまくいかない。だが、どんな仕事でもそんなものだろう。現場に立ってみて初めて分かることはいくらでもある。レストランの経営だろうが、ゴルフ場の営業だろうが、毎日が新しい発見になるはずだ。

そもそも、何でもよかったのだ。どんな仕事でも、打ちこんで、死んだ美歩のことを忘れられればそれでよかった。今、二十四時間、三百六十五日をこの仕事に捧げているという実感はあるが、それが何だというのだ。真っ直ぐ前を見て歩いてきたはずなのに、今は刑事という仕事の意味が曖昧に感じられる。関谷との会話を思い出した。一線でできるのはあと二十年。あと二十年間、必死で頑張ったとして、世の中の何が変わるのだろう。いくら事件を解決しても、また新しい悪が生まれる。いたちごっこは、常に警察の敗北に終わるのだ。だとしたら、俺のやっていることは刹那《せつな》的な自己満足にすぎない。

小野里が慎重に切り出した。

「話は変わるけどな」

「ホワイトスノウを持ってたガキのことだな。そっちが本題なんだろう」

「まあな。名前が割れた」

「ほう」上條は内心の焦りを悟られないように、わざとつまらなそうに言った。

「名前だけだ。今のところは、どこに住んでるのかも、何をしてるのかも分からない。調べるつもりもないがね」

「お前が知る必要はないだろう」

「そうくると思ったよ。で、お前はその名前を知りたいのか、知りたくないのか」

「さっさと話せ」

「児玉正春っていうんだが」

衝撃が、上條を吹き飛ばした。


何とかまともに話せるようになるまで、煙草を立て続けに三本、灰にしなければならなかった。その間、小野里はずっと黙ってゲレンデヴァーゲンを走らせていたが、上條は内心の動揺を見抜かれているのではないかと気が気でなかった。たぶん見透かされている。小野里は昔から妙に鋭いのだ。

「ガキの名前、どうして分かった」

繁華街の灯りが見え始めた頃、上條はようやく質問を口にした。

「そりゃあ、こっちにはこっちのやり方がある」

「誰かを絞り上げたんじゃないだろうな」

「おいおい、俺たちはヤクザじゃないって言ってるだろうが」

「さっきは別のことを言ってたな」

「ヤクザじゃない」軽々しく何度も口にすることで言葉の重みが失われてしまうことを、こいつは気づいていないのだろうか。小野里が、真っ直ぐ前を見据えてハンドルを握ったまま続ける。「とにかくそういうことだ。それが知りたかったんだろう」

「ああ」

「何だかあまり嬉しそうじゃないな」

「何か分かったからって、小躍りして喜ぶような年じゃないよ」

「まあな。四十近くにもなって一々万歳してたんじゃ、それこそ馬鹿だ」

上条は新しい煙草をくわえたが、かすかな吐き気がこみ上げてきたのでパッケージに戻した。代わりに拳を固めて、人差し指を噛む。肉に歯が食いこむ痛みで、何とか冷静さを取り戻すことができた。

「お前はどうするつもりだ」

上条が訊き返すと、小野里はなぜか鼻を鳴らした。

「俺？　俺はこの件には何の関係もないぜ。ちょっと友だちの頼みを聞いてやっただけじゃないか」

「馬鹿なことを考えるなよ」

「まさか」

小野里が簡単に笑い飛ばした。が、その奥にどうしても譲ることのできない固いものが潜んでいるのを上条は敏感に感じ取っていた。

ヤクザはヤクザである。どんなに暴力から離れようが、街のために役立ちたいと綺麗事を言おうが、根は絶対に変わらない。それは、自分がどうしても刑事を辞められないのと同じことではないかと上条は思った。

結局俺たちは平行線をたどるしかない。そうでなければ、いつか二本の道はぶつかって大きな衝突事故を起こすだろう。どちらの未来を望んでいるのか、上條は自分でも分からなくなっていた。

あの車は大丈夫なのだろうか。その日の午後、真人はそればかり考えていた。ゆっくり、しかし確実に相手にダメージを与えるように攻撃していくのはうまいやり方だ。といって、ポルシェを叩き潰したのが正解だったのかどうかはよく分からない。鉄の塊を叩いても何の快感もなかったし、そもそもあれだけ丹念に整備されているヴィンテージカーを傷つけることに関しては、かすかな罪の意識もあった。誰の所有なのかは問題ではない。あれだけ綺麗な車は、言ってみれば二十世紀の遺産ではないか。

「真人、どうかしたか」まだ興奮冷めやらぬ調子で陽一が訊ねる。

こいつは車になど何の興味もないのだろう。だから運転していてクソ面白くもないミニヴァンなんかに乗っている。武もそうだ。まあ、武はオヤジの車だが、同じことである。陽一が時々この車に女を引っ張りこんでいることを真人は知っていた。そもそもそのためにミニヴァンを買ったのかもしれない。シートは完全にフラットになるし、プライバシーガラスだから覗かれる心配もない。女を抱きたくなった時、手っ取り早くラブホテル代わりになるわけだ。この車に乗りこむと、生温かい体液の臭いが鼻にまとわりつくような気がして吐き気がこみ上げる。

「真人、何で黙ってるんだよ」

「うるさい」

真人はダッシュボードの上に乱暴に足をのせた。陽一がそうされるのを嫌っているのは分かっている。知っていてやっているのだ。俺に文句は言えない、そう意識させることで、力関係をはっきりさせることができる。こいつらは馬鹿だから、折に触れ、どっちが偉いのかはっきりさせておく必要があるのだ。

まあ、そんなことはどうでもいい。真人の考えはまた、自分が叩き壊したポルシェに戻っていく。

そうだ、あの車を盗み出すという手もあったのだ。壊さず、とりあえずどこかに隠しておく。ことが全て済んだら、たまに引っ張り出してきて乗ればいい。もったいないことをした。あんな刑事なんかよりも、俺が乗ってやった方がポルシェも喜んだのではないだろうか。

「これからどうするんだよ」陽一がしつこく訊いてきた。

「様子を見るんだ」

「それだけ？」

「そうだよ……それよりな」

真人は必要もないのに声を潜めた。お前にだけ打ち明けるんだ、この秘密は黙ってろよというわざとらしい態度である。しかし陽一はすぐに乗ってきた。信号待ちで車が停まると、真人の方に身を乗り出す。

「武のことだけど、どうしようか」

「どうしようって」

真人の言葉に潜む悪意に素早く気づいたのか、陽一が体を引く。真人は素早くその腕を摑んだ。

「今回の件は、そもそもあいつがヘマしたのがきっかけなんだよな。あいつ、いつもそうじゃないか。ヘマばかりして、俺たちの足を引っ張りやがってさ。いっそのこと、消えてもらうか？　そうすれば俺たちは安心ってわけだ」

「マジで言ってるのか？」陽一の声に怯えが混じった。

「嘘だよ、嘘」真人は声を上げて笑い、陽一の肩を軽く叩いた。異常に力が入って盛り上がっていた陽一の肩が、バターが溶けるように柔らかくなる。「奴の時とは話が違う。自分だけ抜け出してサツに助けてもらおうとしてるような奴と一緒にしたら、武が可哀相だよな」

「そりゃあそうだよ」陽一が安堵の溜息を漏らす。

真人は助手席でだらしなくずり落ち、暮れゆく街の光景をフロントガラス越しに眺めた。やるべきことはいくらでもあった。商売だって待ってはくれない。そう、今日はこの話をしなければならなかったのだ。

「それより、例の薬の件だけど」

「マジでやるのかよ」アクセルを踏みこみながら陽一が言った。嫌がっているのを隠そうともしない。

「この前、東京と話をしたんだ。ちょっと小遣い稼ぎをしておかないか」これから金はいくらあっても足りない。手っ取り早く金を稼いでおく必要があった。「今夜、とりあえず見本を持ってくるって言ってるんだけど、お前もつき合えよ」

「まあ、いいけど」

口では同意しながらも、陽一が逃げる理由を探していることは真人にはすぐに分かった。陽一が何か言いだすのを封じこめるために、真人は「じゃあ、今夜十時。お前のところに迎えに行くよ」と早口で言った。

陽一が何かぶつぶつ言うのが聞こえたが、真人はそれを無視した。窓を開けると、湿った冷たい空気が流れこみ、細かい雨が顔に当たる。雪にならないといいのだが。寒いのはどうにも苦手だ。一度も行ったことがないのに、九州や沖縄が恋しく思われる。片がついたら南へ行くのもいいかもしれない。人生を一からやり直すことになるだろうが、それもまた面白いだろう。初めての場所には、必ず初めての刺激があるのだ。その場合、陽一たちを一緒に連れていくわけにはいかない。こいつらにはこいつらで、自分の身を守る方法を考えてもらわないと——とにかく、まずは自分のことだ。完全に逃げきるためには、どこからも情報が漏れないようにしなければならない。そのために陽一も武も仁も殺してしまうのは悪くない方法に思えた。

もちろん、まずはあいつからだが。

恐怖を味わうためだけの綱渡り、ゲームのためのゲームはそろそろ終わりだ。

上條は午後六時過ぎから武の家の近くで張り込みを続けていた。七時ちょうどに父親が帰宅。その後はぷっつりと動きが途絶えた。九時を過ぎると、五分おきに腕時計を見るようになった。「オープン・オールナイト」は臨時休業し、アキラはとりあえず萩原の家に身を寄せているが、今夜のうちに小屋へ連れていくつもりだった。決着をつけるなら二、三日のうちだろう。あの小屋ならまずは安全なはずだが、一週間も二週間も籠っていることはできない。

十時を五分回った頃、スクーターが走ってきて家の前で停まった。警戒するように周囲を見回してからヘルメットを脱ぐ。

知った顔があった。

やはり、顔を見ればはっきりと思い出す。車の中で恐怖におののいていた武の顔が、間違いなくすぐ近くにあった。今すぐ車から飛び出して地面に組み伏せてやりたいという欲望と闘いながら、上條は観察を続けた。武はスクーターを道端に放置したまま、ガレージを開ける。中に姿を消してから十秒後に、ミニヴァンを運転して出てきた。最初は慎重に車の鼻先を道路に出しただけだったが、他に車がいないのを確認すると、タイヤを軋らせて走りだす。

上條はライトを消したまま追跡を始めた。武が気づいている様子はない。弱気ですぐにびくつくわりには用心が足りないようだ。

時間潰しをするように、武は市街地をぐるぐると回り続けた。いったん東の市境に向かい、小野里のゴルフ場の土地の近くまで行ったが、そこで引き返すとまた繁華街の方に向かう。一時間近くも丁寧で慎重な運転を繰り返した後でたどり着いたのは、北嶺で唯一の私鉄の駅だった。上條は、ロータリーの一角に車を停めると、エンジンをかけたまま中で待機する。駅前のロータリーの中ほどにある時計塔を見上げた。間もなく十一時になる。武は誰を待っているのだろう。上條は窓を五センチほど開けて冷たい空気を車内に引きこみ、周囲の音に耳を澄ました。平屋建ての駅舎に出入りする人はほとんどなく、周囲の光景全体が錆色《さび》に染まって凍りついてしまったようにも見える。「間もなく……最終の急行……」というホームのアナウンスがかすかに聞こえてきた。急行電車はさらに山深くまで進み、終点に到着する頃には車内はがらがらになってしまう。それでも泥酔して寝こんでいる人を狙うスリはいるもので、上條は五年ほど前に鉄道警察隊の応援をして、一週間で三人のスリを逮捕したことがある。

レールが軋む音がして、一分ほどすると改札からばらばらと人が出てきた。上條は十人まで数えてみたのだが、いくら乗客が少ないといってもそこで限界になった。ぼんやりと人の流れを見ていると、一人の男が武のミニヴァンの方に歩み寄り、助手席側に回って車に乗りこんだ。ドアが閉まるか閉まらないかのうちに武が車を出す。一瞬のことであり、車に乗りこんだ男の姿形を上條は完全に観察することができなかった。やや背の高い痩せぎすの男で、着ていたコートは黒か紺のダブル。手荷物は見当たらなかった。クソ、俺の観察力も当てにならない。上條は悪態をつきながら車のエンジンをかけ、ロータリーを回って武の車の追跡を始めた。

武は繁華街を迂回して車を走らせ、市内を南北に貫く県道に出た。真っ直ぐ南下すれば国道、そして高速道路のインターチェンジに行き当たる。しかし武はそこまで行かず、市役所近くで県道を右折して、市の西の方へ向かった。そちらには、誘拐事件の舞台になった公園がある。上條は嫌な胸騒ぎを覚えた。ふと不安になってバックミラーを覗きこむ。この時間になるとほとんど車も走っておらず、この世界に自分だけが取り残されたような気分になった。

やがて武は公園に到着し、入口付近で車を停めた。上條は武の車のブレーキランプが長く点灯するのを見てヘッドライトを消し、五十メートルほどの距離を置いて車を停めた。五十メートル離れていても、上條が外へ出たら向こうも気づくだろう。どうするか。ハンドルを抱えたまましばらく思案していたが、その間も武が動きだす気配はない。待っているのは人か、時間か。

ミニヴァンの車内灯が一瞬点った。が、後部座席のヘッドレストに邪魔されて中の様子は窺えない。灯りはすぐに消え、ミニヴァンの中が再び外と同じ闇に包まれる。どうやらこのまま待つしかないようだ。上條は腹の上で両手を組み合わせ、シートの上で体をずらした。

十分ほどもそのままにしていただろうか。上條は小さな物音を耳にした。ふだんなら聞き逃してしまうような音だったが、風が車のボディを舐めていく音しか聞こえないような状況では、どうしても気になる。がさがさと茂みを震わせるような音だった。公園の入口に続くこの道路には、歩道との境にサツキの大きな植えこみがある。そこだろうか。誰かが隠れているのかもしれない。どうするか。出ていって確認するか。だがそうすれば、こちらの存在を武に気づかれてしまうかもしれない。そもそも武が俺に気づいている可能性はどれぐらいあるのだろうと上條は考えた。駅からここまでの道のり、途中に車も挟まなかったから、気づいている可能性が高い。だとしたらあいつは、どうして車を停めたままじっとしているのか。

援軍がいるのだ。ミニヴァンの助手席に乗っている人間がそうかもしれないし、あるいはどこか別の場所に隠れているのかもしれない。ドアに手をかけて何度も躊躇い、上條は結局外に出ることにした。自分が動かなければ何も起きそうにないし、無為に時間をやり過ごすのも嫌だった。そう決めた瞬間、ミニヴァンのドアが開いて、武が周囲を見回しながら外へ出てきた。これで動ける。そう考えて上條もドアを開けた。

慎重にやったつもりだった。周囲にも十分注意していたつもりだった。しかし待ち伏せしていた人間は、上條を上回る慎重さと素早さで動いたらしい。アスファルトの上に足がついた瞬間、車の後ろから回りこんできた二人組が、ドアに向けて棒のようなものを振り下ろす。上條はとっさに身を屈め、ドアを盾代わりにした。鉄パイプだろうか、打ち下ろされた棒がガラスを砕き、こなごなになって上條の体に降りかかる。ドアを蹴って逃げ出す空間を確保し、中腰のまま走りだそうとする。その瞬間、肩甲骨の下辺りを激しい衝撃が襲った。気を失うほどではなかったが、思わず足が止まり、うめき声が漏れる。足が痺れたように動かなくなった。第二の衝撃に備え、上條は体を丸めて両手で後頭部を抱えこんだ。痛みは背中全体に広がっている。クソ、こんなことは最初から予想しておくべきだった。奴らは次第に行動をエスカレートさせてきた。そろそろ俺本人かアキラを襲うタイミングだったに違いない。

アキラは無事だろうか。萩原の家に火がかけられ、二人が業火の中で逃げる間もなく焼き尽くされる様を想像した途端、上條の頭が焼けつくように痛む。その痛みは振り下ろされた鉄パイプによるものではなく、己の頭から噴き出した後悔の念が引き起こしたものであるのは明らかだった。

足音が混じる。クソ、武の仲間は何人いるのだ。ここでこうやって身を守る術もなく死んでいくのか。空気が切り裂かれる気配が感じられ、上條はあてずっぽうで左に体を捻った。耳元をかすった鉄パイプが右肩に当たる。分厚い筋肉が衝撃を受け止めたが、それでもひざまずくには十分だった。痛みに耐えながら何とか顔を上げようとした上條の目に映ったのは、入り乱れる複数の足だった。ジーンズがいる。コットンパンツがいる。スーツらしい黒いズボンと磨き抜かれた革靴も見えた。複数の足は複雑なダンスを

は走り去っていく。

　逃げたのか？　しかしどうして。

　意識が薄れゆく中、上條は誰かの力強い手が脇の下に差しこまれ、自分を強引に立たせるのを感じた。焦点の合わない目で確認しようとしたが、目の前にいるのは見たこともない若い男の二人組だった。

　これは幻覚ではないだろうか。上條は必死に目を凝らして、自分の周囲の世界が厳然と存在していることを確認しようとした。「誰だ」と訊こうとしたが、喉が張りついて声が出ない。みっともないことだ。あんなガキどもに簡単に襲われ、何の抵抗もできなかったとは。

　俺の前にいる二人組は敵なのだろうか、味方なのだろうか。それをきちんと考えることもできず、上條はゆっくりと首を振りながら車のボディに背中を預けた。その冷たさが背中の痛みを一時的に遠ざける。同時に彼は、複数の車が走り去る音を聞いた。武の車ももちろんいなくなっていた。

　自分はヘマをしたのだという事実だけが、急速に意識の中に染みこんでいく。

5

「大丈夫ですか」

二人組の片割れが口を開いた。さほど心配している様子ではなく、義務として確認するような口調である。上條は車に寄りかかり、大きく口を開けて呼吸を整えながら二人を観察した。二人とも同じような黒いコート姿だが、彼に話しかけてきた方が背が低い。といっても、コートを着たままでも、分厚い胸板や肩の持ち主であることははっきり分かる。もう一人は小野里並みの巨軀《きょく》で、右手に持ったスパナを、眠気を誘うようなリズムで左の掌に叩きつけていた。

「あんたらは？」小柄な男をこの場での相手と決めつけ、上條は訊ねた。

「専務の命令でして」

「小野里か」あの野郎。上條は笑みを浮かべようとして頰が引き攣るのを感じた。「刑事がヤクザに助けられちゃおしまいだな」

男が眉をひそめる。

「専務はそんなふうに呼ばれるのが嫌いなんですが」

「いいんだ、俺はいつも面と向かって言ってるから。しかしあいつも、腕の立つ人間を雇ってるな」

男が薄く唇を開いた。かすかに笑ったようにも見える。誉め言葉だと思ったのかもしれない。

「ふだんからこんな仕事をしてるのか」呼吸が楽になるにつれ、痛みがはっきりとしてきた。車にもたれたまま、ゆっくりと息をしてみる。次いで慎重に背伸びをすると、体のあちこちが軋んだ。

「珍しいですよ、こんなことは」男がさりげない口調で説明した。

「頭脳労働専門か」

男が肩をすくめる。二十代の後半ぐらいだろうか。きちんとスーツを着こんでネクタイを締めている姿からは、ヤクザの面影は感じられない。もう一人の男は無表情の仮面の下に全ての感情とプロフィールを隠してしまっており、年齢も定かではなかった。ただ、長年何かの格闘技をやってきた人間であろうことは、体つきから容易に想像できる。柔道かレスリングか。打撃系ではないだろう。相手にのしかかり、関節を逆に捩じ曲げて骨をへし折るのが得意そうに――あるいは好きそうに見える。

小柄な男が口を開いた。

「怪我はありませんか」

「大したことはない。それよりあんたら、俺の跡をつけてたのか？」

「そういう指示でしたので」それで全ての説明が終わったとでもいうように男が一人うなずく。「何かあったら事務所にお連れするように言われています。ご一緒していただけますか？　専務が心配しています」

「今はあいつに会いたくないな。電話でもかけておいてくれ」

冗談のつもりだったが、男は真顔でうなずいた。うなずき返すと、上條は車のドアを開けて座席からガラスの破片を払い落とし、車内に滑りこんだ。残ったガラスの破片がちくちくと尻を刺激する。

「俺のことよりな、萩原さんの面倒を見てやってくれ。それとあの坊やだ。二人とも知ってるだろう」

男が辛うじてそれと分かるほどかすかに首を縦に振った。

「あの二人は素人だ。何かあったら逃げきれない」

「専務の指示を仰ぎませんと」

「あいつもきっと、俺と同じことを言うよ」口から出任せを言っておいて、上條はエンジンをかけた。男がじっとこちらを見ているのに気づき、念押しする。「とにかく、頼む」

頼む、か。自分の口から出た台詞に、上條は軽い驚きを感じていた。誰かに頼み事をするなど、いつ以来だろう。とにかく、この街に来てから調子が狂ってしまっている。そもそも小野里に頭を下げたぐらいなのだから。エアコンを「強」にした。温風が噴き出して、壊れた窓から入りこんだ寒気を追い出していく。だが、これはあくまで一時凌《しの》ぎだ。北嶺の冬の寒さは、車のエアコンぐらいでは追い払えない。

「あんたらの名前を聞いておこうか」

男が相棒と顔を見合わせた。そのような質問は想定問答集に入っていなかったのかもしれないが、やがて意を決したように「鈴木《すずき》と申します」と自己紹介した。相棒の胸の真ん中を親指でつつき、「田中《たなか》です」と続ける。

鈴木に田中か。偽名にしてももう少しましな名前があるだろう。だが、とりあえずはこれでいい。名前も知らない相手に呼びかけることはできないのだから。

「じゃあ、礼を言うよ――鈴木さん」

鈴木が深々とお辞儀をする。きちんと教育を受けた一流のホテルマンのような態度だった。上條は軽くうなずいて車を出した。

寒風が容赦なく吹きこみ、乾いた目から涙が流れだす。ヤクザに助けられる刑事か。たぶん今夜は、何度も不快な夢を見て目覚めるだろう。


「クソ」

真人は鉄パイプを植えこみに叩きつけた。何の手ごたえもない。それがまた、怒りを増幅させる。誰でもいい。この鉄パイプで脳天を叩き割り、血を噴き出させてやりたい。そうでもしなければ、すぐにでも爆発してしまいそうだった。犠牲者を求めて周囲を見渡すと、仲間たちが申し合わせたように地面に視線を落とす。それを見てまた怒りが膨れ上がった。

目標もなく鉄パイプを振り上げた時、誰かが彼の肩に手を置いた。重い岩のような手であり、真人は重心が傾ぐのをはっきりと感じた。振り返り、相手の顔面に鉄パイプを突き刺そうとしてはっと気づいた。東京から来た男の顔が目の前にある。冷たい表情を浮かべたままで、諭すようにゆっくりと首を振った。それを見て真人はつい愛想笑いしてしまい、そんな自分がつくづく嫌になった。鉄パイプを体の脇に垂らし、一歩下がって男から距離を置く。男が薄っぺらい笑みを浮かべた。

この男は「岩崎《いわさき》」と名乗っているが、それが本名かどうか真人は知らない。三十歳ぐらいだろうか、真人より少し背が高く、極端に痩せている。夏場、Tシャツ一枚の岩崎に会ったことがあるのだが、何か病気でもしているのではないかと思えるぐらい細い体つきに気づいてぎょっとさせられたものだ。ひょっとしたら、この男は自分でもホワイトスノウを使っているのかもしれないが、集中力が切れて目を泳がすことも、言葉が怪しくなることもない。

初めて会ったのは二年ほど前である。高校の卒業を間近に控えた真人は、渋谷の街中をうろうろしている時に、岩崎から声をかけられた。いきなり「仕事があるんだけど」と持ちかけられたのだが、話を聞いてみるとひどく簡単なことに思えた。「新しい薬があるんだけど、あんたの田舎で若い連中に売ってみないか」――それだけだった。別に暴力団が絡んでるわけじゃないから安心だよと、男は気軽な口調で真人を安心させようとしたが、そう言われる前に、真人はすでにこの商売に手を出す決心を固めていた。どうしても金が欲しかったわけではない。あえて理由を探すとしたら、何か刺激が必要だったのだ。

どうして俺に声をかけたのかと、後で訊いてみたことがある。岩崎の答えは気取った抽象的なものだったが、真人が考えていたのとまったく同じだった。「あんたは何かを探していた。何かをやりたがっていた」。そういう物欲しそうな様子は一目で分かった、というのが岩崎の説明だった。そのとおりだ。自分に欠けていたのは刺激であり、危ない商売がその欠落を埋めてくれる。

もちろん、この男が好きか嫌いかということとは別問題だ。

「真人さん」岩崎はいつも真人を「さん」づけで呼ぶ。その馬鹿丁寧な喋り方も何となく癇《かん》に障るのだが、一々「やめてくれ」と言う気にもなれなかった。

「すいませんでした、岩崎さん」真人は素直に頭を下げた。「わざわざ来てもらったのにこんなザマで」

「驚いたよ、サツ官を襲うなんてね。俺なら怖くてそんなことはできないな」岩崎が大仰に肩をすくめてみせた。

「邪魔だったんでね」

「何があったのか知らないけど、とりあえず車に入らない？　この街は本当に冷えるんだね」

岩崎がさっさと武のミニヴァンのドアを開けた。真人たちも次々と車に乗りこむ。こちらの方が陽一のミニヴァンより大きいのだが、それでも全員が腰かけると、息が詰まるような胸苦しさを感じる。助手席に座った岩崎が振り向き、二列目の右側に腰を下ろした真人に話しかける。

「申し訳ないんだけど、今回の取引は見送ろうかと思ってるんだ」

「見送る？　どうしてですか」

真人はむきになって反論した。こめかみで血管が脈打つのを感じる。あの事件以来、一年も商売をしていないし、電話をかけた時には岩崎も乗り気になっていた。ふだんは真人を東京まで呼びつけるのに、今回は自分で北嶺まで来ると言いだしたほどだ。

「あのねえ、変な噂を聞いたんだよ」

「噂？」

「あんたら、暴力団に監視されてる」

岩崎の一言で車内が凍りつく。真人は、ようやくの思いで口を開いた。

「さっき邪魔した連中がそうなんですか」

「そうじゃないかなあ」話の内容ほどには切迫感が感じられない声で岩崎が認めた。

「まあ、素人じゃなかったね、あの身のこなしは。喧嘩慣れした感じだ。それより真人さん、怪我は大丈夫なの」

「怪我？」

言われて初めて、真人は肩に残る鈍い痛みに気づく。確かにあいつらは、スパナか何かを持っていたのだ。だが、痛みを我慢すれば肩は自由に動く。骨に異常はないだろう。

「それより岩崎さん、暴力団とは関係ないって言ってたじゃないですか」

岩崎が大袈裟に首を横に振る。

「もちろん俺は関係ないよ。関係ないけど、いろいろな情報は入ってくる。何にも知らないでこんな商売はできないから、あちこちにアンテナも張り巡らしてるし。それにあんたら、サツ官ともトラブルになってるようだし、ますますまずいよ。こんな危ない状態で商売はできない」

真人はぎりぎりと歯嚙みをした。クソ、警察だけなら何とかできるかもしれない。しかし、暴力団が絡んでいるとなったら話は別だ。俺たちがホワイトスノウを取引しているという情報が、いつの間にか漏れたのだろう。暴力団の連中が、自分たちの商売の邪魔をされたと考えてもおかしくはない。

「そういうことでさ、ちょっと様子を見ようよ」岩崎が改めて提案した。「何か危ない感じがするよね。何も、今無理して危ない橋を渡る必要はないんじゃないかな」

「そうですね」

そうですねじゃない、と真人は自分を叱りつけた。俺はこの男の前では妙に緊張してしまう。無意識に卑屈な態度をとり、その後で激しく後悔するのだ——それはたぶん、俺がこの男の背後に東京という街を見ているからだ。自分が本当には知らない東京という巨大な街を。

いよ」

笑いを含んだ岩崎の言葉に、真人を除く全員がまた身を硬くする。こいつは俺たちをいたぶって楽しんでいるのかもしれないと真人は思い始めた。要するにこいつにとって、俺たちなどどうでもいい存在なのだろう。ちょっと小口の商売相手。いてもいなくても、岩崎の懐具合にさほどの影響はないはずだ。

「悪いけどちょっと駅まで送ってくれないかな」気楽な調子で岩崎が言った。「駅前にホテルを取ってあるんだ。今日は泊まって、明日の朝一番で東京へ帰るから」

武が車のエンジンをかけた。それを機に、それぞれが自分の車に戻る。真人は武のミニヴァンの二列目にそのまま座っていた。後ろから岩崎の後頭部を睨みつけてやる。途中で武が事故でも起こしてくれないかと本気で願った。どいつもこいつも俺の邪魔ばかりしやがって。今までずいぶん稼がせてくれた相手だが、真人は今、本気で岩崎の死を願った。この男が、ホワイトスノウを扱う組織の末端にいる人間にすぎないことはよく分かっている。背後には巨大な組織があり、大量のホワイトスノウが流れているはずだ。そこに楔《くさび》を打ちこみ、パイプをつないで、もっと大量の薬と金を自分の手元に流しこみたい。そうすれば、新しい生活を始めるために必要な資金などすぐに稼げるだろう。

金がないわけではないが、この街を出てまったく新しい生活を始めるとなると、少しばかり心もとないのも事実だった。そのためには、どうしてもこれからしばらく取引に専念する必要がある。

真人は射貫くような視線で岩崎の後頭部を睨み続けたが、岩崎はそれにはまったく気づかない様子でカーステレオをいじり、ラジオのチューニングを続けていた。どこかに、自分を正しい方向に導いてくれる局があるのではないかと信じてでもいるような熱心さだった。


「血が出てるぞ」萩原が渋面で指摘した。

額をそっと指で拭うと、乾きかけた血が人差し指にこびりついた。割れたガラスの破片が降り注いできた時に切れたのだろうが、気にするほどではない。

「関谷先生に来てもらうかね」

「冗談じゃない」上條は慌てて否定した。「大したことはないですよ」

「だけど、傷痕が残るかもしれんよ」

「そんなこと、誰が気にするんですか」

「まあ、それもそうだが」

萩原が口を閉ざし、大儀そうに立ち上がった。ずっと独身を続けてきた彼の家がこれほど賑わうことは滅多にないだろう。アキラはすでに寝入っているが、二人の異分子が入りこんだだけで、家の温度が二、三度上がったのではないかと上條は思った。

一升瓶を抱えて萩原が台所から戻ってくる。ガラス製の低いテーブルにコップを慎重に置くと、立ったまま一升瓶の栓を開けた。上條は萩原の動きをぼんやりと見ながら首を振った。

「俺はいいですよ」

「日本酒は飲まないんだっけ？　何だったらビールもウィスキーもあるけど」

「いや、今日はもう少し頑張らないといけないんで」

「例の小屋に行くのか」

「あそこが一番安全そうですから」上條はコップを手に取り、電灯に透かしてみた。曇り一つない。店のコップやグラスがいつも綺麗なのも分かる。「今からアキラを連れていきます」

「いいけど、寝てるぜ」

「寝てる場合じゃないんだけどな」上條はつい不満を口にした。「だいたい、今まではほとんど昼夜逆転の生活をしてたのに、どうして平気で夜眠れるんだろう。しばらくは時差ぼけで苦しむのが普通じゃないかな」

「高校生ぐらいの時っていうのは、いくらでも眠れるんだよ。それでいて、夜遊びする時は何日徹夜しても平気だし。お前にも覚えがあるだろうが、それが若いってことなんだよ」

「四十年以上前は、萩原さんもそうだったんですね」

「馬鹿にするなよ」

立ったまま横目で上條を睨みながら、萩原が自分のコップに酒を注いだ。半分ほどをすっと飲み、長い吐息をつきながらゆっくりとテーブルに置く。

「しかし何だな、こんな時間に酒を飲むなんてずいぶん久しぶりだ」

「萩原さん、そろそろあの店も閉めたらどうですか。好きな時に飲めますよ」

「馬鹿言うな」萩原が豪快に笑い飛ばす。しかしその声にかすかな疲れが混じっているのを上條は聞き逃さなかった。

「真面目な話です」

「あそこは、基義の大事な想い出なんだ。俺が守ってやらなくてどうする」

「ポルシェもやられたし、残ってるのは店とあの小屋だけですよ」

「嫌なこと言うなよ」萩原がようやく籐《とう》の椅子に腰を下ろす。「順番待ちってわけじゃないんだからさ」

「分かってます」

上條は一升瓶をちらりと見た。北嶺の地酒である。元々日本酒は好きではないのだが、この際アルコールなら何でもいいという気分にもなっていた。

「もう買い物は済んだのか」

「これからです。コンビニにでも寄っていきますよ」

「ずっと居座るつもりだったら、暇潰しに雑誌も大量に買っていくんだぞ。あそこにあるのはラジオぐらいだから」

「ラジオがあったんですか」

「ああ。気がつかなかったか？」

「ええ」

「基義はラジオが好きでね。若い頃から短波放送に凝ってたし、自分で出演してたこともある」

「そうなんですか？」上條はぐるりと目を回してみせた。

「ヨーロッパを転々とした時にな。時々、大きなレースのレポートを送ってきた。仲間内では大受けだったなあ。知り合いの声がラジオから聞こえてくるのって、けっこう衝撃的なんだぜ」

初耳だった。上條はまた、生身の父と自分の間に立ちはだかる壁の高さを実感した。自分はいつになったら父親の本当の姿を知ることができるのか。理解することができるのか。

「それとな」萩原がぐっと身を乗り出した。上條は座り心地の悪い椅子に背中を預けたままだった。「前にも言ったけど、あそこは要塞《ようさい》としてはあまりいい場所じゃない」

「要塞って、何を大袈裟な」

笑い飛ばそうとしたが、その言葉を冗談で済ませるわけにいかないということは分かっていた。説明を続ける萩原の眉間の皺が深くなる。

「小屋まで行くには一本道しかない。森を抜けて山を登るのは、まず不可能だ。一本道の反対側は崖《がけ》になってるしな。お前は『返り討ちにする』みたいなことを言ってたけど、逆に自分たちが逃げるのも大変だ」

上條は黙ってうなずいた。

「そこでだ」萩原がさらに身を乗り出した。「ちょっと考えがあるんだ。なに、あそこは登記上はお前の土地になってるんだから、何をやっても文句は言われないよ」

「何を企んでるんですか」

「今から話す」萩原が腕組みをした。「ちょっと考えてみてくれ。あの小屋に今あるもので十分対応できるはずだから」

「何だか嬉しそうですね」

萩原が相好を崩した。

「男には冒険しなくちゃいけない時もあるだろう」

「萩原さんがそうしたように、ですか」

「まあな」

満足そうにうなずく萩原に、上條は軽い反発を覚えていた。あんたの冒険がどれほどのものだったのか、俺は完全にではないが知っている。六〇年安保の闘士が警察と渡り合ったのは、己の反権力的な立場を確認するための体を張った冒険だったのだろう。とはいえ、あんたはそれで本当に「死ぬかもしれない」と感じたことがあったのか。

俺が相手にしている人間は、あんたが対峙《たいじ》していた「権力」とやらとは違う。ひたすら自分の欲望に正直に生き、それを邪魔する人間の首を掻き切ることを躊躇わない人間たちだ。そんな連中とまともにやり合ったら、それこそ命がいくつあっても足りない。しかも、この危機をうまく切り抜けたとしても、上條にはまだすることがあるのだ。誘拐事件の捜査は、まだ暗闇から抜け出したわけではない。もしもあの連中が事件と何の関係もないとしたら、俺は体の傷を増やしながら時間を無駄にしただけになってしまう。すぐにでも話を聞ける人間がいる。が、今は条件が悪かった。どんなタイミングを狙って話を始めるか、小屋を要塞化するという萩原の計画を真面目に検討するよりも、そちらの方がよほど難しいように思えた。

アキラは小声でぶつぶつと文句を言い続けたが、上條はあえて何も言わなかった。アキラにしてみれば、これだけの荷物を背負って山道を登ることなど、これまでに一度も経験したことのない大仕事に違いない。荷物といっても、デイパックを背負い、着替えと食料を詰めたダッフルバッグを両手で抱えているだけなのだが。

すでに夜中の一時を回っていた。後ろを歩くアキラが欠伸を嚙み殺す。彼に気を遣ってゆっくり登ったので、小屋にたどり着くまでにずいぶん時間がかかってしまった。開けた丘の頂上に出た時には、アキラは額にうっすらと汗を浮かべていた。小屋の中で荷物を下ろすと、上條はすぐに薪を集めるように指示した。アキラはベンチに座ったまま反抗的な視線を向けてきたが、上條が厳しく睨みつけると、そっぽを向いたままようやく腰を上げる。膝の関節を悪くした年寄りのように大儀そうな仕草だった。

上條も外に出て、ベンチの前で焚きつけの新聞紙に火を点けた。霧が漂いだし、空気が湿っている。薪はなかなか燃えださなかったが、何度か繰り返すうちにようやく火が移った。アキラがベンチに座り、屈みこんで両手を火にかざす。オレンジ色の火が、彼の顔にまだら模様を刻みこんだ。上條はグラスにバーボンを注いでゆっくりと飲みながら、話を切り出すタイミングを待った。アキラは自分がどうしてここにいるのか、これから何をすべきかまったく分かっていないようで、ぼんやりと炎を見つめるだけである。

「外で寝るの？」

「まさか」アキラの質問を即座に否定し、上條は小屋に向けて顎をしゃくった。「ベッドもあるし、寝袋も持ってきた。好きな方を使えよ」

「何でこんな目に遭わなくちゃいけないのかな」己の運命を呪うように、アキラが地面に目を落とす。

「その理由はお前が知ってるはずだ」

「分からない」うつむいたまま、アキラが首を横に振る。

「どうしてあいつらに襲われたのか、本当に心当たりはないのか？　あいつらが誰かも分からないのか」

無言で、アキラが地面を見つめ続ける。上條は小枝を火に突っこみ、薪を舐める火を均《なら》した。積み重ねていた薪が崩れ、細かい火の粉が舞い上がる。一瞬アキラの顔が闇の中に消え、一切の表情が読み取れなくなった。

「本当は知ってるんじゃないか」

「知らないよ」

「知らないふりをしてるんじゃないのか」

「どうしてそんなこと言うかな」握り締めたアキラの拳が震える。「何も覚えてないんだ。襲われた時のこともよく分からない。思い出せない」

ぼんやりとうなずき、上條はバーボンを舐めた。本当は甘ったるい酒なのに、今夜はどうにも苦い味がする。額の切り傷がかすかに疼《うず》いた。

「お前を襲った連中がどういう奴らか、だんだん分かってきた」

アキラがようやく顔を上げた。その顔に浮かんでいるのは希望ではなく、明らかな困惑である。上條の中ではある程度の筋書きができているが、ここで説明してもアキラは納得しないだろう。武は光良の友人だったというだけで、アキラとは直接関係はない。いや、あるのだが、まだその事実をアキラに明かす気にはなれない。

「一人は北嶺大の学生だと思う。他の連中は分からないが、すぐに割り出せるはずだ──それより、前にも訊いたがお前は高校生なのか」

「だから、分からないって──」

アキラの声に苛つきが混じる。そのうち叫びだすのではないかと上條は恐れたが、今夜は少しだけ粘ってみるつもりだった。

「あいつらはかなり変わってるな。というか、危険な連中だぞ。お前が『オープン・オールナイト』で夜遅くまで働いて、昼間は家で寝てることは分かっているはずなのに、直接手を出してこない。車を壊したり、俺の家に猫の死骸を投げこんだり、周囲をぐるぐる回ってるだけだ。普通、こんな面倒臭いことはしない。遊んでるみたいじゃないか」

「そんなこと、俺に言われたって分からないよ」

「お前はあいつらの仲間だったんじゃないのか。仲間割れでもしたんだろう。いったいどんな仲間なんだ。遊び仲間か」

「だから、分からないって」

痺れを切らしたようにアキラが立ち上がった。上條はかすかな違和感を覚え始めた。一度そう感じると、アキラの言うことすることが全て演技のように思えてくる。

「座れよ」

上條の言葉を無視して、アキラが焚火の周りをうろうろと歩き回り始めた。両手を腰の後ろで組み、心持ち前屈みになって次第に歩調を速めていく。

「座れ」

きつい口調で上條が命じると、アキラがようやく足を止め、炎を挟んで上條と向かい合った。炎が下からアキラの顔を照らし出したが、目は闇の中に沈んでいる。

「お前、何を隠してるんだ」

「隠してないって」アキラが声を荒らげる。上條の耳には、どこかわざとらしい響きに聞こえた。「知らないんだ。覚えてない」

「そうか」

上條は小枝で火を搔き回した。引き抜くと、枝の先に小さな炎が燃え移っている。それをじっと見つめながら、アキラはどこまで本当のことを言っているのか、見極めようとした。知らない、覚えていないと言われてしまえばそれまでである。「お前は嘘をついている」と矛盾点を指摘することはできないでもないが、その先に待ち構えている結果が怖かった。関谷に相談してみるか。いや、彼は外科医なのだ。本当に記憶喪失かどうかを確かめる方法を知っているとは思えない。嘘発見器にかけるのが一番手っ取り早い方法だが、署の連中に隠れてそれができるとは思えなかった。

「お前、ドラッグを使ったことはあるか」

「何言ってるの」叩きつけるような上條の質問に、アキラの声がかすかに揺らいだ。

「ドラッグ。ヤク。何でもいい。飲むやつ、鼻から吸うやつ、注射するやつ、そういうのを試したことはないのか」

「冗談じゃないよ。何で俺が―」

上條は闇の中に半分沈んだアキラの顔をまじまじと見つめた。嘘発見器？　そんなものはいらない。刑事としての経験と勘で見極めることができるはずだ。

できなかった。本当に記憶喪失なのか、そうでなければ上條の想像もつかないほど演技が達者なのかどちらかだ。一瞬、殴りつけてやろうかと思った。腰が立たなくなるほどぶちのめしてやれば、本当のことを喋るかもしれない。もしも相手がアキラでなかったら、とうの昔にそうしていただろう。怒りと苛立ちのはけ口が欲しかったのも事実である。

しかし、目の前にいる少年に手を上げることはできない。そうする権利が自分にあるとも思えなかった。

「腹は減ってないか」上條はアキラに訊ねた。アルコールで胃が温まると、自分も空腹なのだと気づく。

不機嫌に下を向いていたアキラが、辛うじてそれと分かる程度にうなずいた。

「軽く夜食でも食うか」

上條は小屋に戻り、やかんとカップ麺を二つ持ってきた。明日の朝食用には卵とベーコンがある。店からフライパンを借りてきたし、コーヒーを淹れることもできる。萩原がわざわざインディアンコーヒーとやらの淹れ方を教えてくれたのだ。昼間はまた萩原の家にアキラを預けよう。あとは、小野里の手下たちが監視してくれるものと期待するしかない。わざわざ小野里に頭を下げて頼む気にはなれなかったが、俺のメッセージはあいつに届いているはずだ。

やかんを火にかけ、煙草を吸いながら湯が沸くのを待った。食べることになると急に積極的になって、アキラがカップ麺の包装を剝がし始めた。まあ、いい。自主的に何かやるのは悪いことではない。

「あのポルシェ」カップ麺に湯を注ぎ、食べられるようになるのを待つ間、アキラが唐突に訊ねた。

「ポルシェがどうかしたか」

「遺産?」

「そんな大袈裟なものじゃない」上條は苦笑を浮かべながら箸を割った。時計で確かめると二分三十秒しか経っていないが、構わず蓋を剝がして麺を啜る。麺は硬い方が好きなのだ。「オヤジが趣味でいじってたんだ」

「譲ってもらったの?」

「そういうわけじゃない」どこまで話していいものかと迷いながら、結局、上條は本当の事情を説明し始めた。「オヤジとはあまりうまくいってなくてね」

「へえ」つまらなそうにアキラが相槌を打つ。それがごく普通の親子関係だと思っているような態度だった。

「お前の家族はどうなんだ」

「知らないって」

アキラがそっぽを向く。カップ麺には手をつけようとしない。軟らかい麺が好みなのかもしれない。あるいは、あまりにもしつこく訊かれて食欲を失ってしまったか。

「そうか」

会話の糸口を失い、上條は黙ってカップ麺を食べ続けた。半分ほど食べ終えたところで、ようやくアキラが食べ始める。上條はかすかに立ち上る湯気の向こうで、アキラが不器用に箸を使いながら麺を啜るのを見守った。初めて気づいた。こいつは箸の使い方もろくに知らないのか。

それ以外にも、上條が知らないことが多すぎる。


燻すような臭いが小屋に忍びこんできて目が覚めた。完全に消したつもりだったが、焚火が燃え残っていたのだろう。寝ぼけた頭で考えながら寝返りを打った途端、体のあちこちで痛みが自己主張し始めた。特に背中がひどい。木のベッドは硬く、薄いマットレスは痛みを和らげてはくれなかった。かすかな頭痛が頭の奥で危険信号を訴える。しばらく天井を見上げていたが、結局身震いして毛布から這い出した。この小屋は、どうしても隙間風が入りこむ。アキラはといえば寒さも気にならない様子で、寝袋にくるまって床に転がっていた。上條は冬眠に入った小動物や虫を連想した。アキラは長い冬の時期にいるのかもしれない。だが、どこかで目覚めなければ、その後に待っているのは他人に踏み潰されるだけの人生だ。

六時。一仕事するだけの時間はある。上條はドアを開け放ち、氷点下の冷気を小屋に導き入れた。アキラが体を震わせる。屈みこんで揺り動かすと、首をすくめて寝袋に入りこもうとした。

「起きろ」

声にならない声が漏れる。顔をしかめ、続けて二回くしゃみをした。

「起きろ。仕事しないと飯が食えないぞ」

「食べたくない」

「朝飯はちゃんと食わないと駄目だ」そういう自分もふだんは朝食を摂らないという事実を無視して上條は言った。しかし、三度三度の食事をきちんと摂ることは、生活のリズムを生み出すための基本である。

「いらないよ」

上條は寝袋のジッパーに手をかけ、一気に引き下ろした。アキラが体を丸めて抵抗したが、結局寝袋を剝ぎ取り、寒気の中に体をさらしてやった。アキラはなおも寝袋を引き寄せようとしたが、最後は諦めて体を起こし、床の上に直に胡坐をかいた。

「さ、仕事だ」

「仕事って」

「飯の準備だよ」

「今、何時？」

上條はアキラの顔の前に腕時計を突き出しながら「六時だ」と告げてやった。途端にアキラがうんざりしたような表情を浮かべ、大欠伸をする。上條は細い肩を抱くようにして立たせ、小屋の外に連れ出した。

焚火の跡から細い煙が上がっている。もしもあの連中が店の前で監視していたとすれば、この煙に気づいたかもしれない。それはそれで構わない、と上條は思った。ここへおびき寄せることができれば、一気に決着をつけられるかもしれないのだから。

トレーナー一枚のアキラが、震えを抑えるように両腕で自分の体を抱きながら上條の後についてくる。顔の周りに白い息がまとわりついた。明け始めた空は、海のように深い蒼である。上條には馴染みの、北嶺の冬の空の色だ。忘れてしまいたいと願っていたのに、その記憶は心の一番深い部分に染みこんでいる。

「薪がないんだ。用意しないと何もできないぞ」

「それって、もしかして薪割りをするってこと？」

「やってみな」アキラがぐずぐずと地面を蹴飛ばしていたので、上條は少しだけ声を荒らげた。

アキラがやっと踵を返して小屋の裏手に向かう。上條は後から続き、何の指示もせずにアキラが自分でやるのに任せた。アキラは地面に直に太い薪を置き、薪の中心に向けて斧《おの》を振り下ろそうとした。さほど大きな薪ではないのに体がふらふらと頼りなく揺れる。振り下ろした斧は薪でなく地面を直撃し、その反動でアキラは尻餅をついてしまった。悔しそうに唇を捩じ曲げると、もう一度斧を手にする。

「それじゃ割れないよ」

わざと大袈裟に馬鹿にして笑ってやると、アキラがむっとして斧を差し出した。

「だったら自分でやればいいじゃない」

上條は斧を受け取らず、近くにあった木の切り株の上に薪を真っ直ぐ立て直した。

「最初に斧の刃を薪に食いこませるんだ」

「どうやって」

「だから、ちょっと上から振り下ろしてやるんだ。ほんのちょっとでいい。重さで自然に食いこむから」

アキラが薪の上で斧を構え、慎重に狙い澄まして振り下ろした。実際には「置いた」という程度であり、刃は食いこまない。

「もう少し力を入れて。斧の重さをうまく使えよ。プロレスラーでもない限り、こんな重いものを自由自在に振り回せるわけがないんだから」

「自分でやればいいじゃん」

「お前がやれ。自分の朝飯の準備ぐらい自分でするんだよ」

なおも上條に聞こえないぐらいの小声でぶつぶつと言っていたが、アキラは結局もう一度、より慎重に斧を振り下ろした。少し斜めに入ったが、今度は刃がしっかりと薪に食いこむ。

「そのまま振り上げて、そこの切り株にぶつけるんだ。無理に力を入れなくていい。斧の重さに任せろ」

アキラが斧を振り上げる。顔の高さまで上げることもできず、よろけながら何とか斧を振り下ろした。鈍い音がして薪が切り株と衝突し、斜めに割れる。

「それでいい。だいたい一本を四つに割るんだ。それぐらい細くすればよく燃える」

「面倒臭いよ、こんなの」

「だったら飯抜きにするか？　俺は食いたいんだが」

アキラが真っ赤な顔をして上條を睨みつけたが、結局諦めて斧との格闘に戻った。上條は不揃いの薪を集め、火を熾《おこ》しにかかる。五分ほどして小屋の裏手に戻ると、薪が小さな山になっていた。

「できたじゃないか」

アキラの額には汗が浮かんでおり、振り下ろす手の動きを止めて掌を見ている。おそらく肉刺《まめ》ができているのだろう。箸より重いものを持ったことがないとはよくある表現だが、アキラの場合は本当にそうかもしれない。

「それぐらいでいいぞ。じゃあ、飯を作ろうか」

上條は薪を掻き集め、焚火に加えた。アキラがベンチに腰を下ろして掌をじっと見つめ、唇を尖らせて息を吹きかける。上條はそれを横目で見ながら朝食の用意をした。やかんで湯を沸かし、カップに入れたコーヒーの粉に直に注ぐ。湯の中でコーヒーが暴れ回ったが、萩原に教えられたとおり小さな木の枝を放りこむとすうっと底に沈みこんだ。一口啜ってみる。味も香りも頼りないが、確かにコーヒーだった。アキラは一口飲んで顔をしかめる。舌を突き出し、コーヒーの粉を指でつまみ取った。上條は笑いを嚙み殺しながら忠告する。

「上澄みだけを飲むんだよ」

「こんなのコーヒーじゃないよ」

「西部開拓時代はこうやって飲んでたらしいぜ。萩原さんに教えてもらったんだ」

アキラが肩をすくめた。上條はそれを無視し、フライパンを火にかけて温める。アルミフォイルを開いてベーコンを取り出し、煙が上がったフライパンに放りこんだ。取っ手を渡し、フライパンをアキラに任せる。

「カリカリになるまで焼くんだ。脂は捨てるなよ」

ぶすっとした顔で、アキラがベーコンをフォークでつつく。上條はコーヒーを飲みながらその様子を見守った。

「ほら、焦がすんじゃなくてカリカリにするんだ。火が強いとすぐに焦げるぞ」

忠告すると、アキラが危なっかしい手つきでフライパンを火から遠ざける。上條は紙皿を差し出して、そこにベーコンを入れるよう指示した後、卵を二つ渡した。

「どうするの」

「どうするって、焼くに決まってるじゃないか。今朝は目玉焼きにしよう」

案の定、アキラは最初の一個をフライパンの縁に叩きつけた途端にぐしゃぐしゃにしてしまった。半分ほどが火の中に零れ、煙が立ち上る。アキラが目を背けたが、上條はすぐにもう一個の卵を用意した。

「そっとやるんだ。そんなに勢いよくフライパンにぶつけたら、崩れるに決まってるだろう」

不満たっぷりの表情のまま、アキラが次の卵を割った。まだぶつける勢いが強く、黄身が崩れてしまう。しかし今回は無駄にならず、フライパンの中に収まった。三つ目の卵は黄身も崩れなかった。ベーコンの脂の中でちりちりと音を立てて泳ぎだす卵を見ているうちに、上條は腹が鳴る音を聞いた。

「焦がさないようにな。黄身が適当に固まってきたら、皿に移せよ」

上條が塩と胡椒《こしょう》を持って小屋から戻ってきた時には、卵は——というか卵の残骸は——皿の上に置かれていた。目玉焼きとはいえないが、スクランブルエッグだと思えば我慢はできる。上條はアキラに乾パンを渡し、目玉焼きに塩胡椒を振りかけてやった。自分の作った料理を恐る恐る眺めていたアキラが、ようやく皿にフォークを伸ばした。白身を慎重に切り取り口に運ぶ。ベーコンを頬張った時には口元から笑みがこぼれた。

「俺の分も取っておいてくれよ」

うなずき、アキラが乾パンを口にした。歯の頑丈さを証明するように、ばりばりと噛み砕いてコーヒーで飲み下す。そういえばアキラの歯並びは、歯列矯正具を使っていたように綺麗だ。彼を育てた人間は、それだけには気を遣っていたようである。

「こういうの、どこで覚えたの」不思議そうにアキラが訊ねる。

「こういうのって」

「だから、料理」

「こんなの料理のうちに入らないさ。二十年も一人暮らししてると、嫌でもこれぐらいはできるようになる」

「結婚してないんだ」

四十間近で独身の人間がこの世にいることが信じられないとでもいうように、アキラが驚いて口を開ける。上條は苦笑しながら答えた。

「昔はしてた」

「離婚したの？」

「死んだ」

気まずい沈黙が流れる。上條は気を取り直して淡々と説明を続けた。

「大変な難産でね。子どもを産んで数日後に亡くなったんだ。俺は仕事で、側《そば》についていてやれなかった。それを向こうの両親が怒ってね。子どもも引き取って、それ以来会わせてくれないんだ」

砂を噛むような思いがした。会うことはできたはずだ。「お前は二度とこの子に会わせない」というのは、向こうの親のはったりだったと思う。しかし上條は、自分から会いに行こうとはしなかった。自分にはそんな資格はないのだと思いこんでいたし、会えば死んだ妻を思い出す。

二度と会うことはないだろうと思っていた息子。それがこんな形で自分の前に姿を見せるとは。

第四章

1

自分の車を修理に出したので、上條は署の覆面パトカーを借り出し、武の家の監視を続けた。ハンドルを胸に抱えこみ、薄暗い街灯だけを頼りに目を凝らしているうちに、また頭痛が襲ってくる。スーツのポケットから頭痛薬を取り出し、二粒を水なしで飲み下した。錠剤が喉の粘膜を擦る感触に、かすかな吐き気がこみ上げる。涙で霞む目を擦り、ゆっくりと息を吐き出してシートに背中を預けた。

ふと、自分が小野里の部下——鈴木と田中——からの連絡を待っていることに気づき、上條は苦い笑いを噛み殺した。あんな連中を頼りにしてしまうとは。が、すぐに真顔に戻る。俺はずっと、誰の助けも求めなかった。他人を信用しなかった。いつの間に、何が変わってしまったのだろう。

マナーモードにした携帯電話が震えだす。無視しようかと思ったが、反射的に取り上げてしまった。電話に出た途端に、やはり無視しておけばよかったと後悔する。探るような大田黒の声が、不快に耳に響いた。

「お前、どうかしたのか」

「何が」

「車を修理に出したそうだな」

「何でそんなことを知ってる」

大田黒が一瞬沈黙し、ほどなく嘲《あざけ》るような調子で言葉を続けた。

「事故でもなけりゃ、車のガラスってのは割れないよな。昨夜は交通事故の報告は入ってないようだが」

回りくどい大田黒の言い方が、上條の怒りを沸点に近づける。

「だから何なんだ」

「お前、いったい何やってるんだ」

「自分の車のことまでお前に報告しないといけないのか」

「そろそろ手助けが欲しいんじゃないかと思ってね」どこか余裕を感じさせる口調で大田黒が告げる。「刑事が殺されたら、警察は普通の事件よりも必死になって捜査するもんだけど、お前の場合、その保証はないぞ。いつまでも突っ張ってると、仲間だってよく思わない。手遅れにならないうちに何とかした方がいいんじゃないか。一言『頼む』って言えばいいんだからさ」

「お前は二つの意味で間違ってる」上條は武の家のガレージを凝視しながら断言した。

自分の中に芽生えた弱い気持ちを押し潰すように。「俺は殺されないし、お前らの手助けは必要ない。クズみたいな刑事を百人集めても何の役にも立たないんだぜ」

「いい加減にしろよ。誰かと揉めてるんじゃないのか」

「仮にそうだとしても助けはいらない」

言葉を切った大田黒は、何かを切り出すタイミングを待っているようだった。やがて、いかにも最高の切り札だという自信を滲ませて小野里の名前を持ち出す。

「高校の同級生だそうだな」

「古い友人だ」

「刑事がつき合うのに適当な人間とは思えんがね」

「だったら暴対課の連中はどうなる。あいつらは、家族よりもヤクザと一緒にいる時間の方が長い」

「屁理屈を言うな。お前は暴対課の人間じゃないだろう」

上條は硬いシートに座り直して、いたぶるような大田黒の台詞に耐えながら低い声で続けた。

「小野里はヤクザじゃない。それは暴対課の連中だって知ってる」

「リストに載ってないからヤクザじゃないって言いきれるのか」

「じゃあお前は、そこに座ってるだけで何ができるんだ？　事件を解決するためなら、どんなことでも利用すべきじゃないのかね」

「物事には限度がある」大田黒が言葉を噛み潰すように言った。

「なあ、大田黒。主任さんよ」

「ああ？」

「俺は、今回の事件でよく分かったことがあるよ」

「何だ」

「ろくに仕事をしない刑事よりも、ヤクザの方がよほど役に立つことがある」

大田黒の返事を待たずに上條は電話を切った。捨て台詞を吐いても気持ちはすっきりしない。一つだけはっきりしているのは、大田黒との関係が修復不能なまでに悪化してしまったということである。元々当てにしていたわけでもないが、実際に妨害でもされたのではたまったものではない。どうしたものか。しばし思案していたが、結論は一つ「放っておけ」だった。心配事は一つでたくさんである。

腹の上で手を組み合わせ、深呼吸しながら上條は視線を武の家に戻した。その瞬間、ガレージが開く。ミニヴァンの鼻先が姿を現し、そろそろと車道に乗り出した。運転席に座っている人間を見極めようと目を凝らす。暗がりの中ではっきりとは見えなかったが、武ではなく父親だろうと見当をつけた。張り込みに入る前に、間違い電話を装って武の不在は確認していたし、この家には裏口がないので、武が出入りするにも正面玄関を使うしかない。そして、今までは何の動きもなかったのだ。車を動かせるのは父親しかいない。

上條はヘッドライトを消したまま車を出した。テールランプを頼りに尾行を開始する。

小野里に電話を入れようか、とも考えた。手助けが必要な状況だし、頼めば頼りになる人間を何人か寄越してくれるだろう。いや、無理だ。今でもあの男に対しては十分債務超過になっている。これ以上借りを作るわけにはいかない。

ミニヴァンは南へ向けて走り、市役所を通り過ぎると、一転して今度は北へ向かった。何か目的があるわけではなく、ただのんびりとドライブを楽しんでいるか、時間潰しをしているようにも見える。赤信号を無視したり、クラクションを鳴らして無理に車線変更するようなことはなかった。

車は繁華街に入り、人気の少なくなった駅前に向かって進む。ロータリーに乗り入れて停車したが、エンジンはかけたままだった。降りていってドアをノックしたい気持ちを何とか抑えつけ、上條はロータリーの真ん中にある時計台を挟んで監視を続けることにした。運転席にいるのは中年の男、やはり武の父親の典弘である。一分に一回腕時計に目を落とし、顔を上げると、落ち着かない様子で周囲をきょろきょろと見回す。誰かを待っているのだ。たぶん、武を。

車がなく、仲間と一緒にいるのでもなければ、武は移動するのに電車を使っている可能性もある。父親は帰ってくる息子を迎えに来たのか。いや、それにしてはずいぶん苛ついた様子である。上條は手帳に挟みこんだ時刻表を取り出した。一番近い電車は五分後に到着する。ホームまで出て待っていようかと思ったが、武が電車を使うというのは根拠のない推測にすぎない。結局シートに背中を預けたまま、何かが起きるのを待った。

電車がホームに滑りこみ、改札口から人が吐き出されてくる。その中に武がいるのを上條はすぐに見つけた。駆けだして捕まえたいという焦りを抑え、身を乗り出して武の動きを追う。案の定、父親のミニヴァンに駆け寄ると——幼い子どもが助けを求めるような足取りだった——慌てて運転席のドアをノックした。車に乗りこむのかと思ったが、実際には父親がウィンドウを下げると車内に手を突っこんだだけだった。何かを受け取ってきつく握り締め、そのまま去っていく。その間わずか五秒ほど、二人が言葉を交わした様子もない。

武は振り向きもせず、古びた駅舎に駆けこんだ。父親がひどく慌てた様子でミニヴァンを降り、跡を追う。上條も今度は車を降りて、小走りに二人の後に続いた。

上條が改札にたどり着いた時には、武の姿はすでに消えていた。父親が改札口から身を乗り出すようにして息子を探していたが、その顔には焦りの表情が浮かんでいる。跨《こ》線橋《せんきょう》を使って、反対側の上りホームに移ったのだろう。やがて父親が諦めて踵を返す。一瞬すれ違った時に、上條はその顔を頭に叩きこんだ。髪は半白になり、額が広くなっていた。常に何かを心配しているような顔には太い皺が刻まれ、そのために四十九歳という実年齢よりも年取って見える。

父親が駅舎から出るのを確認してから、上條は手帳をかざして改札を通り抜けた。下りホームに出て見渡したが、酔客が数人、ベンチに腰を下ろしているだけで、武の姿は見当たらない。トイレか？　いや、下りホームにトイレはない。上條は跨線橋の階段を駆け上がって上りのホームに出た。ここにも武の姿は見当たらない。

そのまま北口の改札をすり抜け、外に出た。繁華街が近い南口と違い、駅前に広い道路が一本通っているだけで、駅を出るとすぐに住宅地が広がっている。シティホテルが一軒――武はそこに入ろうとしていた。武の背中目がけて突進しようとしたが、ふと思いとどまって足を止める。仲間たちがここに隠れているとしたら、面倒なことになる。武が戻ってこなかったら不審に思うだろう。とりあえず、誰がここにいるのかを確認するのが先だ。

ロビーを覗きこみ、武が真っ直ぐエレベーターに歩いていくのを見届ける。武は特に用心する様子もなく、のっそりとエレベーターに乗りこんだ。右手は固く握ったままである。先ほど父親から受け取ったもの――おそらくは金を離すまいと、後生大事に握っているのだろう。武の姿が消えると同時に、上條は走ってロビーを横切った。フロント係が不審そうな視線を向ける。それを無視してエレベーターの前に立った。武が乗ったエレベーターは五階で停まっている。さほど大きなホテルではなく、せいぜい一フロアに十部屋というところだろう。あとは、どうやって武の部屋を割り出すかだ。

呼吸を整えながらフロントに行き、カウンターに肘をつく。若いフロント係は、柑橘《かんきつ》系のコロンの香りを振り撒きながらやってきたが、上條の顔を見た途端に笑顔を引っこめた。

「何かご用でしょうか」

「警察だ」上條は彼の顔の前に乱暴にバッジを突きつけた。

フロント係は首を捻ってそれを避け、上條の顔を覗きこむ。

「何かご用でしょうか」と繰り返す口調はいっそう平板になっていた。

「ここの五階には何部屋あるんだ」

「十二部屋ですが」

「今晩、五階に泊まり客は何人いる?」

「そういうことは……」フロント係は視線を宙に泳がせながら言い淀んだ。

「何人いる?」繰り返したが、フロント係の反応は鈍かった。

「面倒なことにはしたくないんだ。何人泊まっているか教えてもらえればそれでいい」

「決まりで、そういうことは申し上げられません」

「おたくのホテルで薬物の取引をやってる奴がいたら困るんじゃないか」

「そうなんですか?」フロント係が目を丸くした。

「そういうことがあったら困るんじゃないか」

繰り返せば落ちる。上條はそう踏んだが、フロント係は「責任者を呼びます」と逃げて事務室に駆けこんだ。上條はちらりと腕時計に目を落とした。二分ほど待っていると、しかめ面を浮かべた年配の男が事務室から出てきた。緑色のブレザーの胸元に「池上《いけがみ》」の名札が見える。

「池上さんですね」

機先を制して上條が名前を呼ぶと、池上がぎょっとして立ち止まる。上條が名札をじっと見ていると、ようやく魔法を使ったのではないと気づいたようだった。喉仏を小さく上下させ、フロントのカウンターを挟んで上條と向き合う。

「警察の方ですね」

「北嶺署の上條です」上條は池上にもバッジを見せた。

池上は一瞥《いちべつ》しただけで視線を上條の顔に据える。

「申し訳ありませんが、お客様のことに関してはお教えできないことになっています」

「事前に犯罪を阻止するのも警察の仕事でしてね」上條はカウンターの上に身を乗り出した。

池上がすっと背筋を伸ばすようにして後ろに下がる。

「犯罪といいますと？」

「それは捜査の秘密です。面倒臭いことを抜きにすれば、私は今このホテルに入ってきたガキがここに泊まっているのか、それとも誰かの部屋を訪ねてきたのか、それが知りたいだけなんです」

逃げ場がないと思ったのか、池上は目の前の端末のキーボードを叩いた。顔も上げずに「お客様のお名前は」と確認する。

「秋山武」

池上の指がさっとキーボードの上を動き、最後にリターンキーを押した。なぜかほっとしたような笑みを浮かべる。

「そういう名前のお客様はお泊まりではございません」

とすると偽名か。いや、やはり誰かの部屋を訪ねてきたのだろう。狭い部屋にすし詰めでホワイトスノウパーティだ。そのうち誰かが、羽が生えたと思いこんで窓から飛び降りるかもしれない。

「だったら、今夜は五階の宿泊客は何人いますか」

池上の顔から血の気が引いた。

「まさか、一部屋ずつ訪ねるおつもりじゃないでしょうね」

「そうしてもいいんですがね」そんなことはできないということは分かっていたが、脅しのつもりで言ってみた。「しばらく待たせてもらうのがいいんじゃないかな」

上條はエレベーターの方にちらりと視線を投げた。今にも扉が開き、武が出てくるかもしれない。そうすれば何も、こんなところで余計な押し問答をしている必要はないのだ。が、夜も遅いこの時間、エレベーターが動きだす気配はない。

「五階の廊下で待たせてもらうということでどうだろう。この時間だったら、他のお客さんの迷惑にもならないと思いますがね」

「しかしですね」池上が首を捻った。

確かにホテルとしては、廊下で張り込みなどされたらたまったものではないだろう。しかし他に方法もない。

「何だったら一緒にいてもらってもいいですよ。それだったら、誰かに見られても心配されないでしょう」

「いや……」

「だったら、今すぐ署から応援を呼んでもいいんですが」

それでとうとう池上が折れた。

「くれぐれも穏便にお願いしますよ」

「分かってます」

上條はネクタイを締め直した。自分が警察の立場を振りかざして相手を脅したのはよく分かっている。全身ではないが、少なくとも片足をどぶに突っこんだような気持ちになりながら、上條はエレベーターに向かった。


最初に対応してくれた若いフロント係――水谷《みずたに》という名前だった――が上條にくっついてきた。上條は五階の非常階段の踊り場に陣取り、壁に背中をつけて楽な姿勢を取った。エアコンの音、それに外を走る車の音が時折耳に入るだけで、誰かがドアを開ければ聞き逃すはずがない。

水谷は、どこから持ってきたのか折り畳み式の椅子を踊り場の一角に据えた。一度「いったい何なんですか」と遠慮がちに訊ねてきたが、上條が睨みつけるとそれきり黙ってしまった。

三十分まではのろのろと過ぎた。一時間が経ち、十一時になろうとする頃、ドアが開く音が聞こえ、上條は耳に全神経を集中した。ドアを開け放したまま、誰かが部屋の中に呼びかける。

「――君はいいんですか」一度も聞いたことはないが、武の声ではないような気がした。落ち着いた、もう少し年長の人間のようである。なおも耳を澄ましていると、「じゃ、三十分で戻るから留守番を頼みますよ、武君」と言う声が聞こえた。上條は水谷の制服の袖を引いた。

「今部屋を出てきた人の顔を確認してくれ。あんたなら怪しまれない」

「はあ？」突然言われて水谷がぼんやりと返事をする。

上條は大声にならないように気をつけながら言葉を叩きつけた。

「いいから、顔を確認するんだ。それで一緒にエレベーターで下へ降りてきてくれ。俺は階段を使う」

言い残して、上條は駆け足で階段を駆け下りた。一瞬、部屋に踏みこんで武を締め上げようかとも考えたが、他にも仲間がいるかもしれないと考えると無理はできない。部屋から出てきたのは一人だけだから、そちらをつける方が安全だ。

上條がロビーまで駆け下りた時、到着したエレベーターのドアはまだ閉まりきっていなかった。水谷がそ知らぬ顔でフロントに歩いていく。一人の男がズボンのポケットに手を突っこみながらロビーを横切った。上條はそっぽを向いたままの水谷に激しい視線を送ったが、気づく様子もない。やがて男が自動ドアの向こうに消える。

水谷の野郎、何で俺を無視してるんだ——上條はフロントに突進して、摑みかからんばかりの勢いで質問を投げつけた。

「今出ていった男だな？」

「はい」気圧《けお》されたように水谷の声がかすれる。

こいつは何でこんなに摑みどころがないんだと口の中で文句をつぶやきながら、上條はホテルを出た。

見逃すはずもなかった。この時間だと、駅の北口にはほとんど人がいない。駅前とはいっても、北口には流しのタクシーもほとんどいないので、二十メートル先にいる男が自分の車を持っているのでない限り、逃げられることはない。

案の定、男は寒そうに肩をすぼめたまま、とぼとぼと歩きだした。駅前まで出ると細い路地を右に曲がり、住宅地に向かって歩いていく。こんな夜中に何の用だろうと訝りながら跡をつけると、やがて、暗い路地でやたらと目立つラーメン屋の派手な看板が目に入った。なるほど、夜食か。三十分ばかりしたら帰るというのはこういう意味だったのだろう。少しばかりほっとして、上條は男の背中を追った。

想像したとおり、男はラーメン屋に入っていった。この辺りでは唯一遅くまで開いている店だし、こってりした味が評判を呼んで流行っていると聞いたことがある。上條も腹が鳴るのを感じたが、店に入るのは躊躇われた。もしもここで、あの男が武の仲間たちと落ち合うことになっていたら。武の仲間たちは上條の顔を知っているはずだし、そうなったら混乱は極限に達するだろう。

いや、そんなことはないはずだ。あの男は武に「留守番を頼む」と言い残していたではないか。武一人を部屋に残し、他の仲間と落ち合うとは考えにくい。いずれにせよ、今後のためにも男の顔をはっきりと見ておきたかった。思いきって店のドアを開ける。

威勢のいい「いらっしゃい」の声に迎えられ、素早く店内を見渡す。L字形のカウンターだけの店で、客は四人しかいなかった。跡をつけてきた男はL字の短い一辺の一番端に座り、スポーツ新聞を広げている。店内の熱気で暑くなってきたのか、コートと上着を一緒に脱いで、壁のコートかけに引っかけた。ぎょっとするほど体の線が細い。何か病気をしているのではないかと思えるほどで、頬もげっそりとこけていた。右の顎のところが大きく抉《えぐ》れていたが、それは生まれつきのものではなく、怪我を適当に処置しておいたためだろう。

「ご注文は」座るなり注文を訊かれ、上條はぼんやりとメニューに目を通した。一番最初に書いてある醬油ラーメンを注文し、傍らの雑誌を取り上げてからちらちらと男を観察する。

濃いグレイのシャツのボタンを一番上までとめているが、ネクタイはしていない。仕事帰りのサラリーマンだと言われればそうかとも思うし、自由業なのだと指摘されればそれでも納得できる。しかし顎の傷が一種異様な迫力を醸し出しているので、まっとうな人間ではないという印象は拭えない。

上條と男のラーメンはほぼ同時に出来上がった。一人取り残されるのを恐れ、上條は口の中を火傷するのも構わず、慌ててラーメンを啜り始めた。見ると男は、ゆっくりと構えて箸を使っている。麺が伸びることなど気にもしていないようだ。それを確認して、上條も少しだけ食べるスピードを落とす。ラーメンは評判どおりこってりとしていたが、上條にはそれをじっくり味わっている余裕はなかった。結局男よりずいぶん早く食べ終え、小銭を放り投げるように金を払って店を出る。自動販売機で缶コーヒーを買ってから、店の中を覗きこんで男を観察した。出てくる気配はない。煙草に火を点け、食後の一服を楽しんでいるふりをしながら男を待った。ラーメンで温まった体があっという間に冷えていく。コートのポケットに入れた缶コーヒーで手を温めた。

十分ほど待っていると、男が店から出てきた。周囲を警戒する様子もなく、真っ直ぐホテルの方に歩いていく。そのまま帰るのだろうと見当をつけ、上條は二十メートルほどの距離を置いて跡をつけ始めた。

ホテルまでたどり着いたところで、一台の車が近づいてくる。ゲレンデヴァーゲン。たぶん北嶺には一台しかない車だ。ヤクザが、シンボルとしてメルツェデスの巨大なセダンやキャデラックを好んでいた時代は去ったのだろう。軍用車ベースの本格的なSUVであるゲレンデヴァーゲンの方が、ある意味でヤクザには合っている。

上條は電柱の陰に身を隠し、男の動向を見守った。ゲレンデヴァーゲンのウィンドウが下がり、誰かが男に話しかける。男は二度三度うなずくと、助手席側に回って乗りこんだ。乱暴にドアを閉めた途端に、ゲレンデヴァーゲンが走りだす。タイヤを鳴らすわけでもなく、悠然としたその走りっぷりは、戦いを終えて凱旋《がいせん》する戦車を連想させた。だが、このゲレンデヴァーゲンが帰還するのではなく、これから戦いに赴く途中であろうことは、上條には容易に想像できた。

小野里、お前は何を企んでいるんだ。

「どうかした？」

寝袋の方から声がした。上條は硬いベッドの上でまんじりともせず天井を見上げていた。アキラの問いかけにもつい生返事をしてしまう。

「何が」

「さっきから溜息ばかりついてるけど」

「子どもがそんなこと気にするな」

「だけどさ」今夜のアキラは妙にしつこい。珍しいことだ。「何か心配してるみたいだから」

上條はゆっくりと体を起こした。毛布がずり落ちると、寒気が即座に体に染みこんでくる。

「友だちに裏切られたことはあるか」

「何、それ」

声を頼りにアキラの方を向く。月明かりがぼんやりと照らし出す部屋の中で、アキラは向こうを向いていた。

「信じていた友だちが自分に嘘をついていたとしたらどうする」

「分かんないよ、そんなの」

「そうか」

「何か変だよ」相変わらず寝袋にくるまったままだが、アキラが顔だけを上條の方に向けた。「誰かに騙されたの？」

「どうかな」

上條はベッドに体を横たえ、頭の下で両手を組んだ。天井のわずかな隙間から夜空が覗く。次いで視線を下ろすと、細長い隙間の形そのままに床に染みができていた。まったく、オヤジのやることは何でも中途半端だった。車も店も、この小屋にしてもそうだ。何にでも手を出してはそこそこにこなすのだが、結局一つの道を極めることはない。素人が自己流で作った小屋の最大の問題点は、この雨漏りだ。きちんと作り直さないと、さほど遠くない将来に崩壊するのではないだろうか。

上條は天井を見上げたまま言った。

「友だちだと思ってた奴が、自分の敵とつながってたらどうする」

「何言ってるのか分からないんだけど」

「そういうわけじゃないけど……それより、新しい薪を用意しておいたよ」

「薪割りは面白いか？」

「薪がないと火も熾せないからね」

生意気言いやがって。上條は唇の端を持ち上げて笑ったが、まだ素直に喜ぶ気にはなれなかった。

「考えるのも面倒か」

「昼間はずっと薪割りか」

「ラジオを聴いたりね」

「面白かったか」

「よく分からない」

自分が息子にしてやれることは、いくらでもあっただろう。そもそも、妻の実家が「引き取る」と言いだした時に拒否することもできたはずだ。自分の手元に置いて育て、少ないながらも時間を共有して、何とか親子の関係を築き上げる。たとえ上條が仕事に打ちこみ、アキラが——いや、正春が鍵っ子として育ったとしても、わずかでも想い出があれば親子の絆《きずな》は保てる。向こうの親は、正春を放っておいたのではないだろうか。だからこんなふうに育ってしまったに違いない。ドラッグを持ち歩き、ヤクザに脅かされるような人間に。

もしかしたらこの記憶喪失は、一つのきっかけになるかもしれない。白紙の状態からまったく新しい人生をやり直させるにはどんな方法があるだろう。眠れぬまま、天井の木の節を数えながら上條は考え続けた。

上條が結婚したのは二十一歳の時だった。周囲は「早すぎる」と冷やかしたし、上條自身も自分がこんなに早く結婚するとは思ってもいなかったのだが、結婚とは勢い以外の何ものでもないということを、その時つくづく思い知った。

同郷の美歩は、二十歳。一学年下だったが、北嶺にいる頃は女子高に通っていたので上條はまったく面識がなかった。出会った頃は短大を出たばかりで、父親の知り合いの弁護士事務所を手伝っていた。事務所は、上條が勤務する交番のすぐ近くにあり、コンビニエンスストアやレストランで何度か顔を見かけるうちに、胸の中に温かいものが溢れだすのを感じるようになった。事務所に始終出入りするのを見ていたので、そこで働いていることは想像がついたが、それ以上のことは調べようがなかった。いや、調べることはできたのだが、それは交番勤めの若い警察官がやってはいけないことだと自分を必死に戒めた。

初めて言葉を交わしたのは非番の日で、急に激しい雨が降りだしたのを覚えている。本屋にいた上條は出るに出られなくなり、軒先で雨宿りをしていたのだが、ずぶ濡れになった美歩がそこに駆けこんできたのだった。清流のように美しく流れる黒髪がすぐ側にあり、雨に濡れたせいか、くらくらするような甘い香りが漂った。少女期をようやく脱したばかりの幼い顔つきだったが、控えめな笑顔が将来の成熟した美しさを予感させた。

勇気を振り絞って声をかけると――あの店にいたでしょう、というようなどうでもいい話題だった――雨がやむのを待つ間に、彼女も上條に質問を返すようになっていた。そこから先はゆるゆると進んだ。朋絵の時に経験した爆発するような性急さではなく、互いに相手の本音を探り合うようなペースで。それでも、上條は焦りを感じなかった。何か運命的なものを感じていたのである。相手を完全に知りたい。そのためには多少もどかしくても、まず十分な言葉のやり取りが必要なのだと思っていた。やがて、「彼女を手放してはいけない」という切迫した気持ちが胸の中で泡立つようになった。「気立ての良い娘」という死語のような言葉が似合う女で、自分に欠けているものを彼女が全て埋めてくれるように感じたからだ。

慎重に、と自分を抑えつけていたものの、初めて言葉を交わしてから二か月ほどで上條は絶対にこの女と結婚する、と決めた。躊躇うのではないかと思っていた彼女も同意してくれた。だが、全面的に祝福を受けたわけではない。北嶺の彼女の実家――捨ててきた故郷だということは気になったが――に初めて挨拶に行った時、美歩の父親は渋い表情を最後まで崩すことはなかったのだ。娘がこんなに早く結婚するとは思ってもいなかったに違いない。若すぎる、としきりに口にした。少し頭を冷やせ、と何度も言われたのを覚えている。だが、美歩に励まされ、上條は新しい生活に踏み出す決心を固めることができた。二年や三年待つことに何の意味があるの、というのが彼女の言い分だった。結婚式も挙げなかったが、そういうやり方も自分たちの身の丈に合っているのだから気にしないで、と彼女は屈託のない笑みを浮かべたものである。上條としてもその方がありがたかった。結婚式で、戸惑う自分の父親と、不快な表情を浮かべている美歩の父親が同席するのを見たくもなかったから。

娘の結婚に渋い顔をする父親――。だったら認めさせてやろう。それが上條の目標の一つになった。相変わらず疎遠だった父とは、自分の仕事のことを話し合ったことはない。一方で、児玉には、会うたびにしつこいぐらい警察官の仕事を説明した。ある意味、警察官と弁護士は対極にある仕事なのだが、所詮は法律という同じ世界にいるわけで、互いに理解はできる。美歩の夫としてふさわしい人間に、児玉に一目置かれる人間になって、美歩との結婚を祝福してもらいたかった。そのためには、仕事ができる有望な若手というのが、一番分かりやすい指標になる。

とにかく刑事になることだ。警察官になった以上は、やはり刑事の仕事が花形である。署の刑事課に顔をつなぎ、時間外の仕事も喜んで引き受け、管内のパトロールにも神経を遣う。おべんちゃらは苦手だったが、誘われれば飲み会には必ずつき合ったし、先輩の話に合わせて笑ってもみせた。いかに能力があろうと、欠員が出た時に「あいつがいる」と思い出してもらわなければ何にもならないのだから。

その努力が夫婦の間を引き裂いたのだ。生まれた子どもを抱き上げた後、上條はすぐ

た。

妻の急死を知ったのは、出張先でのことである。

家族より仕事が大事なのかと児玉がなじるのを聞いているうちに、上條は自分の世界が急速に萎んでいくように感じた。お前みたいな奴に子どもは任せておけない、うちで引き取って育てる、二度とこの子に会わせないという言葉に、上條は反論もできなかった。児玉は生まれた子どもを養子縁組し、上條の手から引き離した。全ては他人事のようだった。

その後、上條は子どもを取り返す努力を一切しなかった。一連の出来事は、自分が父親になった自覚もないうちに起きたことだったし、冷静に考えれば自分一人で子育てなどできるわけがないということもすぐに分かったからだ。

児玉からは一切連絡がなく、上條は自分の腕に抱いた正春の体の温みを次第に忘れていった。そのうち、どうでもいいことだと思うようになった。あれは、若い日の事故のようなものではないか。妻の体調を気遣うことができず、仕事に走り回って死に目に会えなかったという事実は終始胸を苛んだが、それと正春の存在がうまく結びつかなくなってしまったのだ。仮にも自分が選んで愛した女が産んだ子どもなのに、どうしてもその子どもを愛《いと》しく思えない。女ならまた違うふうに感じるのだろうが、上條は仕事に打ちこむことで妻の想い出を消そうと努め、その副次的な効果として、正春の存在をすっかり忘れてしまった。いつの間にか手段が目的になり、上條の私生活は消えた。県警の同僚とつき合うこともしない。女の存在も目に入らなくなった。趣味もなく、家も荒れ放題。スーツだけはいつも新しいものを着ていたが、それはよれよれの服を着ていると人に信用されなくなるからである。

息子の存在は、遠い過去に消えた。

あの日、裸になった正春の背中の痣《あざ》を見るまでは。

生まれたばかりの正春の背中にぽつんと浮かび上がった小さな痣は、どこか不吉な徴《しるし》にも見えた。それが十七年後、親子の再会のきっかけを作ったわけである。それはやはり不幸なことだったのではないかと上條は思う。会わない方が互いに幸福でいられたのではないか。

児玉が強引に正春を引き取ったのは、意地もあっただろう。上條に対する憎しみもあっただろう。だが、そういう感情が冷えきった後、児玉は正面から子育てに取り組んでこなかったに違いない。普通に生きることすらおぼつかず、全てに無気力な十七歳の少年を育ててしまった責任を意識しているのだろうか。偉そうなことを言って、これだったら俺が男手一つで育てた方がましだったのではないか。空白の十七年間が、夢想になって上條の頭を駆け巡る。幼稚園。小学校の入学式。二人だけのつつましい夕食。初めてのガールフレンド。中学生になって野球部に入ると言いだす。そして高校受験。

馬鹿な。親としての義務も権利も自分にはない。俺はそういうことを全て放棄したのだ。忘れてしまっていたのだ。その事実を今になって消すことはできない。最初に気づいたあの時、児玉に電話をかけて「引き取りに来い」とだけ言えば済んだものを。そうだ。それが正解だったのだ。自分でも気づかないうちに、上條は父親ごっこをしていたにすぎない。それはあくまで遊びであり、自分には正春を立ち直らせることなどできないのはよく分かっている。息子の存在に一度もちゃんと向き合ってこなかった自分には、そんなことをする資格すらない。

父と同じではないか。突然、上條は気づいた。俺はオヤジと同じ人生を歩いているのだ。

母を亡くしてからの父は、魂の抜けた体でぼんやりと生きていたようなものだった。そこから助け出してくれたのが、「オープン・オールナイト」とそこに集う仲間たちであり、ポルシェであったのだろう。そして無為な作業に思えるログハウス作り、料理へのこだわりだ。いつまでも自分の方を見ようとしない息子の存在、妻の不在、それによって空いた心の穴を埋めるために、父は趣味の生活に走った。

俺も同じだ。ただ俺の場合は趣味ではなく仕事で人生を埋め尽くしただけで。

いや、俺の方が父よりよほど悪質だ。父は少なくとも、何度かは俺に接触しようとした。無言のドライブ然り、突然買ったオートバイ然り。だが俺は息子を黙って手放し、その後は意識の外に押し出してきた。妻を失った痛手を忘れるための副作用だった、と言い訳することもできるだろうが、それを誰に向かって説明していいのか分からない。そうして今、俺の目の前に現れた息子は窮地に陥っている。

　これは、俺に対する罰なのだ。己の心の痛みを言い訳に、息子を手放してしまった罪が、今裁かれようとしている。


　一時間半か。真人は頭の中でその数字をこねくり回した。

　武から電話が入ったのは夜中の三時過ぎである。浅い眠りの中で電話を受けた時は気が立ったし、話を聞いてもその怒りが薄れることはなかったが、電話を切ってからよくよく考えてみると、怒りよりも不信感が大きく膨れ上がってきた。

　岩崎は「三十分で戻る」と言って外へ出たという。わざわざ武にラーメン屋の場所を確認してから出かけたのだから、夜食を食べに行ったのは間違いないだろう。その三十分が二時間に延びた理由は何なのか。戻ってきた時、岩崎は酔っている様子でもなかったらしい。ラーメン屋で二時間も時間を潰すのは困難だし、そんなことをする意味があるとも思えなかった。

　誰かに会っていたのではないか。

　昨夜の嫌な会話を思い出す。奴はやはり、俺たちを見捨てようとしているのだ。もしかしたら、北嶺周辺にホワイトスノウの新たな販路を開拓するつもりなのかもしれない。そのために誰かに会っていたとしたら。

まずい。

真人はベッドの上で胡坐をかいた。真っ暗な中で煙草に火を点け、オレンジ色の火先を見つめて考えをまとめようとしたが、思いは千々に乱れる。

そもそも、岩崎がすぐに東京へ帰らなかったのもおかしな話だ。「明日の朝一番で帰る」と言っていたのに、なぜか滞在を引き延ばし、ホテルでぐずぐずしていた。念のため武を偵察にやらせたのは正解だったと思う。やはりあいつは何か企んでいるのだ。ここで切られるわけにはいかない。いや、岩崎に切り捨てられるのは構わないが、ホワイトスノウの供給源がなくなったら、日干しになってしまう。

ではどうするか。

「まあまあ、頭を上げて。土下座しても、岩崎は俺を相手にしないだろう。軽く鼻で笑ってしまうに決まっている。真人さんはそんなことしちゃいけませんよ」などと誤魔化してしまうに決まっている。へりくだっているように見えても、それは全て計算された演技なのだ。俺たちのようなガキを騙すぐらい何でもないと思っている。

問題は、奴が誰と会っていたかだ。それを探り出し、先手を打つ。必要ならば——そいつを殺す。

闇の中で目を光らせ、真人は携帯電話を取り上げた。もう俺たちに夜はない。全ての決着をつけるまでは、眠れぬ日々が続くのだ。

2

「何だ、こんな朝っぱらから」

小野里が目を擦りながら玄関のドアを開ける。いかにもわざとらしい仕草だった。インタフォンが鳴った瞬間には全神経が目覚め、ドアを開ける頃には相手を殺すための心づもりも肉体的な準備も整っている――本当はそういう男のはずなのに。

「昨夜はずいぶん遅かったみたいだな」

上条はすかさずカマをかけた。小野里は寝ぼけた目つきで上条の顔を眺め回し、寝癖のついた髪を手櫛《てぐし》で撫でつけてから、上條の質問を無視して「上がるか」とだけ言った。

「そうさせてもらう」

上條は小野里の横をすり抜け、玄関に入った。シューズクローゼットの向かいの壁が、一面の姿見になっている。そこに映る自分と小野里の姿をつい見比べた。寝ぼけたふりをしていても、小野里は巨体に精気を漲《みなぎ》らせている。それに比して自分はいかにも頼りなく、疲れきって見えた。

廊下の奥にあるリビングルームに入った。このマンションは北嶺では高級な部類に入るのだろう、リビングルームは二十畳ほどの広さがあり、天井も高い。部屋の中央には、二人がけと一人がけのソファに挟まれるように、天板がガラスになったコレクションテーブルが置いてあった。その他にはリカーキャビネットが目立つぐらいで、生活臭は感じられない。部屋の中が煙っているように思い、上條は窓に歩み寄ってガラス戸を開け、外気を取り入れた。ベランダ越しに市役所の庁舎が見える。その周囲を寂しく取り囲んでいるのは桜だ。春は狂ったように咲き誇り、市役所の周辺が桜見物の車で渋滞するほどなのだが、今はその賑わいを感じさせるものは何もない。

一人がけのソファに腰を下ろした。ガラスの天板の下に、コレクションテーブルを見下ろすと、知らず知らずのうちに表情が緩む。ガラスの天板の下には一見何の関連もなさそうな雑貨が雑然と並べられているが、その中にオートバイのプラモデルがいくつかあったのだ。ヤマハのRZにホンダのCBX。そう、小野里はCBXに乗っていた。関谷はRZ。過ぎし日の記憶を、小野里はガラスの天板の下に封じこめたのだろう。

「コーヒーでも飲むか」ががら声で言って小野里がキッチンに入ろうとしたが、上條は「けっこうだ」と引きとめた。小野里は上條の真意を推し量ろうとするように目を細めていたが、やがてそれにも飽きたようにソファにどかりと腰を下ろす。煙草に火を点けたが、朝最初の一服は喉に優しくなかったようで、軽く咳きこんだ。その咳が収まるのを待って、上條は最初の一太刀を切りこむ。

「昨夜、駅の北口でお前が拾った男は誰なんだ」

「お前には関係ないだろう」不機嫌そうに小野里が顔をしかめる。肯定でも否定でもない、第三の答えだった。

「俺には言えないことか」

「仕事の話だよ」

小野里の淡々とした説明に、上條は舌打ちをした。否定されたらされたで対処の仕方もあるのだが、あっさり肯定されると嘘を見つけにくくなる。

「あんな時間に？」

「こっちは二十四時間営業なんでね」

「ゴルフ場の話じゃないんだろう？　あの話はまだ消えてないはずだがな」

「ああ、違う」

今のところ、小野里の言葉に嘘はないはずだ。上條は手札をどこまで出すか迷い、結局できるだけの材料を提示することにした。この男を相手に腹の探り合いをしても何にもならない。

「お前が会ってた男だがな、俺も知ってる奴なんだ」

「ほう」小野里が煙草を灰皿に押しつける。「それは奇遇だな」

「知ってるといっても、昨夜初めて見たんだが」

小野里が鼻を鳴らして笑った。

「何だよ、それ。その程度じゃ、知ってるとは言わんだろう」

「そいつが何者かは知らないが、誰の知り合いかは分かってる」

「何だよ、それ」強張った笑みを浮かべながら、小野里が膝に両手を置いて背筋を伸ばした。「訳が分からんな」

「訳が分からんのは俺も同じだ。ホワイトスノウを扱ってるかもしれないガキの知り合いとお前が夜中に密会してるなんてな。どういうことなんだ」

小野里が体の力を抜き、ソファにだらしなく寄りかかった。二本目の煙草に火を点け、思いきり深く吸いこむ。

「上條、お前が何を考えてるのかはだいたい想像できるが──」

「違うのか」

挑むように、上條は小野里の台詞を遮った。この男はホワイトスノウの取引にちょっかいを出そうとしている。それが上條の想像だった。武たちの取り分を、自分がそっくりいただこうとしている。ヤクザの考えることは所詮その程度なのだ。

「違うと言ったら信用するか」

「何の説明もなしに信用できるわけがないだろう」

「説明しても、お前は信用しないと思う」

「言うだけ言ってみろよ」上條も煙草に火を点ける。火先を、傍らにあるポトスの葉に押しつけて穴だらけにしてやりたいという強い欲求に駆られた。

小野里が小さくうなずき、煙草を揉み消した。

「その汚いケツをさっさと上げて、北嶺を出ていけって言ってやったんだよ」

「何だと？」上條は反射的に目を細めて小野里を睨みつけた。

「お前らみたいな薄汚い奴は、この街を歩き回るなってな」

　小野里が淹れたコーヒーが、目の前で香ばしい香りを漂わせている。ポットには、たっぷり四杯分は入っていそうだ。二人が立て続けに吸う煙草の煙が室内を白く燻し、上條は思わず拳で目を擦った。視界がはっきりすると、背筋を伸ばして正面から小野里の顔を見据える。

「説明してくれ。最初からだ」

「奴は岩崎っていうんだ。本名かどうかは知らんがな。東京でホワイトスノウを売りさばいてる売人だよ」

「そういうことが分かってるなら早く言え。こっちで何とかする」

　小野里が煙草をくわえようとして、口元で手の動きを止めた。ほとんど唇を動かさずにつぶやく。

「どうなのかね」

「何が」

「サツが何とかしようとしたら、えらく時間がかかる。俺たちがやれば一瞬で済むだろう。結果は同じなんだ。どっちでもいいじゃないか」

「お前は、この街の番人でもやってるつもりなのか」

「阿呆な奴らを北嶺から追い出すのは悪いことじゃないだろう。誰がやっても同じだ」

実である。だが、そういうやり方はとうに死に絶えているのだ。上條は独り言をつぶやくように言った。

「出ていけ、か。脅しをかけただけで納得するような相手だったのか」

「脅しじゃない。理性的に説得して納得してもらっただけだ」

「理性的に？　お前が？」上條は鼻で笑ったが、小野里は挑発には乗ってこなかった。

「あまり細かいことを言うなよ。お前が追いかけてるのは別の線だろう」

「まあな」

「問題のガキどもが誘拐の犯人だと思ってるんじゃないのか」

「いや、まだそこまではっきりとはつながらない」

接点はいくつもある。光良がホワイトスノウを隠し持っていたこと。学校とも予備校とも関係なくつき合っていた武たちのグループの存在もある。小野里はそのヒントをくれたのだ。ホワイトスノウの売人であるという岩崎が、武と接触していた。それで全てが一本の線につながる。ただ、その事実と光良の誘拐がうまく結びつかない。

「どうするつもりだ」

「俺たちとお前らでは立場が違う」

「立場の問題じゃない」

二人はしばらく無言で睨み合った。小野里の理想は、古い任俠《にんきょう》の世界にあるのかもしれない。ヤクザ者の存在が、街の治安に一定の役割を果たしていた時代があったのは事

「さあ、どうするかな」

自分のやり方を一々小野里に説明するつもりはない。彼には払いきれないほどの債務を負ってしまったのは事実だが、ヤクザに義理だてする必要などない。利用するだけ利用したら、それでお終いだ。友だちを一人なくすことになるかもしれないが、それで事件が解決できれば安いものである。

立ち上がろうとした時、携帯電話が鳴った。小野里の視線を気にしながら窓辺に立ち、外を向いたまま電話に出る。

「上條、殺しだ」紅林だった。殺しという言葉が、この男に対する憤りや不満を一気に吹き飛ばした。

「現場は？」

「駅の北口に鐘淵《かねふち》公園っていうのがあるんだが、そこだ」

駅の北口。上條は心臓を鷲摑みにされたような衝撃を覚えた。昨夜のホテルのすぐ近くではないか。いや、まさか——。

「被害者は男だ。身元は確認中だが、名前は岩崎憲一《けんいち》というみたいだな。東京の人間だ」

上條は思わず唾を呑んだ。苦い薬を飲み下す時のように、喉の粘膜が悲鳴を上げる。

辛うじて声を絞り出し、訊ねた。

「もしかしたら殺された男は、異常に痩せてませんか？　病気でもしてるみたいに」

「俺はまだ遺体を見てないから分からんが、お前、何か心当たりでもあるのか」

舞台に全面的な戦争を引き起こすことなど、小野里は考えてもいないだろう。

必然的に犯人は絞られてくる。

「お前がやったのか」と詰め寄る。

紅林の質問には答えず、上條は電話を切った。虚ろな目で小野里を見ると、反射的に小野里は内容を理解している様子で、ゆっくりと首を振った。それで十分だった。この男はやっていない。岩崎を殺せば、その背後にある組織を敵に回すことになる。北嶺を

「すぐ行きます」

今にも雪が降りだしそうな空だった。現場はごく小さな公園で、周囲はすでに非常線で封鎖されているが、その中に張られた青いテントが、図らずも「ここが殺人現場なのだ」という目印になってしまっている。

上條はテープをくぐって公園の中に入った。現場は公園の入口から三十メートルほど入ったところで、テントの中にはまだ岩崎の死体が横たわっていた。しかし、まさか本名だったとは。売人は名前を名乗らない、少なくとも偽名を使うものだと思っていた上條には、何とも間の抜けた話に思えた。

テント内では、鑑識の係員がまだ忙しく立ち働いていた。腕組みをした紅林がそれを見守っている。上條に気づくと、不審そうな視線を向けた。何か言われる前に、上條は岩崎の遺体を確認することにした。

滅多打ちだった。凶器は金属バットか、あるいは鉄パイプというところだろう。鼻は潰れ、上唇が千切れてほとんどなくなっている。右耳は大部分が潰れており、頭皮の一部が抉り取られて、鮮やかなほど白い頭蓋骨が覗いていた。特徴的な顎の傷痕も見えなくなっている。血は地面に吸いこまれてしまったようだが、風が入らないのでテントの中にはむっとする潮のような臭いが充満していた。すぐ側にある花壇のブロックにまで血が飛び散っている。そこまで滅多打ちにされていても、上條にはこの死体が昨夜見た岩崎のものだとすぐに分かった。

「この公園は野球禁止なんだが、誰かが場外ホームランをかっとばしたみたいだな」

近づいてきた紅林が、その場にそぐわない冗談を飛ばす。上條が無視していると、紅林は咳払いをして話題を変えた。

「殺すにしても、普通、ここまではやらんだろう」

「異常ですね。頭の他には怪我はないんですか？」

「頭ばかりを狙って滅多打ちにしたみたいだな。こういうことをやるのはどんな連中だ？」

「それは、捕まえてみないと分からない」

ほぼ白骨化していた光良の遺体が、上條の脳裏に蘇る。頭蓋骨は割れ、頬骨は陥没していた。岩崎と同じように、頭と顔を滅多打ちにされたのだ。ただ殺すだけなら、ここまでやる必要はない。それに、必ず殺してやるという意図を持って襲っても、途中で恐怖心が邪魔をするはずである。一刻も早く済ませてその場を立ち去りたい。そう考えるのが普通の犯罪者の心理であり、ここまでやるのは尋常ではない。

「この男、確かに痩せてるな。お前が言ってたとおりだ」

紅林がぽつりとつぶやく。その後に続く台詞は簡単に想像できた。上條はそっと踵を返してテントから立ち去ろうとしたが、すぐに呼び止められた。

「どうしてお前がこの男を知ってるんだ」

予想どおりの質問だった。上條は足を止め、紅林の方に向き直る。

「勘ですよ」

「勘? 馬鹿言うな」紅林が顔をしかめる。「どこでこの男を見た」

「見たなんて言ってないでしょう」

「何で嘘をつくんだ。まさか、この事件も一人で抱えこむつもりじゃないだろうな」

上條は答える代わりに肩をすくめた。紅林が舌打ちをして首を横に振る。

「いい加減にしろよ。事件はお前だけのものじゃないんだぞ」

「こいつも捜査本部事件になるんでしょうね」上條は空を睨む岩崎の死体——実際には、目は血溜《ちだ》まりの中に沈んでいたが——を見やって言った。

「まあ、殺しだからな」紅林が素っ気なく認める。

「だったらこの事件は、そっちの捜査本部の連中に頑張ってもらうんですね。俺は誘拐の担当ですから」

「いつまでもその立場でいられると思うなよ。お前には殺しの捜査本部に入ってもらうつもりだ」

同じ事件なのだ。捜査本部が二つある必要はない。しかしそのことを紅林に告げるつもりはなかった。

今、事件は俺の手の中にある。糸の一端を摑んでいるのは間違いないのだ。手繰り寄せた先に何がぶら下がっているのかも、おぼろげながら想像できる。

真人は、顔に張りついた笑いをどうしても消すことができなかった。明け方車の中で二時間ほど仮眠を取っただけなのだが、疲れは微塵《みじん》も感じない。神経が昂って、体を思いきり動かさないと爆発してしまいそうだった。思い出し笑いが絶え間なく湧き上がり、体中を虫が這い回るような感触を覚えた。興奮を抑えこむようにシートの中で体を硬くする。

未明に岩崎を襲った仲間は、まだ全員が一緒にいる。真人は、自分を恐る恐る見つめる視線に気づいた。なるほど、俺が怖いのか。だけど、俺一人でやったわけじゃないか。岩崎を後ろから押さえたのは武、そして仁だ。陽一、最初の一撃はお前だったじゃないか。もちろんとどめを刺したのは俺だ。頭をかすった金属バットが頭皮を抉り、血が噴き出した瞬間に、視界を赤く埋め尽くした岩崎の顔。鼻を叩き潰す柔らかい感触が手に伝わった一瞬。人を殺すにはこれに限る。自分の手に痛みが伝わらない拳銃など、真人には凶器として認められない。拳銃は――たぶんまったく別のものだ。日本では、一丁の銃があれば相当なことができる。拳銃は純粋な暴力のためではなく、支配の道具なのだ。

「どうかしたのかよ」

真人は誰にともなく訊ねた。答えはない。ホワイトスノウが詰まったビニール袋を手の上で躍らせる。岩崎から奪ったものだ。五百グラムぐらいはあるだろう。これを手っ取り早く――できれば今日明日にでも売りさばいて金を作りたい。

一つ心配なのは、死体を放置してしまったことだ。まったく、あんなところにホームレスなんかがいなければ、予定どおり死体をどこかへ捨てることができたのに。顔を見られたとは思わないが、あれ以上時間をかけることはできなかった。警察も馬鹿ではない。岩崎のような人間は警察のリストに載っているだろうし、そうでなくてもいずれ身元は割れるだろう。そうなると、連中が俺たちに近づいてくるのは時間の問題だ。

追いかけっこか。今や自分たちが追われる立場になってしまったことを真人は強く意識した。まあ、いい。ここにいる四人全員が逃げきる必要もないのだ。いざとなったら一人ずつ切り捨てていけばいい。最後に俺が助かれば、このゲームは勝ちだ。

「どうしたよ」真人はことさら明るい声で言った。「みんな、何でそんなに落ちこんでるんだ？　さっさとこいつを売りさばきに行こうぜ」

「真人……」助手席にいた陽一が恐る恐る顔を上げて振り向く。

「何だよ、陽一。びびってるのか？」

「いや」

だったら笑ってみせろ。しかし陽一はうつむいて黙りこんでしまった。

「仁、お前はどうなんだ。何でもないだろう？　あんな奴、俺たちがやらなくても、そのうち誰かに殺されてたんだぜ」

仁は押し黙ったまま、爪をいじるばかりだった。真人は溜息をつき、運転席に座る武に声をかけた。

「車、出せよ。大学へ行こうぜ」

「だけど」

「いいから行くんだよ」真人は運転席の背もたれを思いきり蹴飛ばした。

武が喉の奥でうめく。恐怖で体が強張っているのだろう。だったらそこをどけ。お前はここに置いていく。

真人がそう命じる前に、武が車を出した。のろのろと、まるで免許のない人間が初めて車を動かすような調子である。だが、一度動きだしてしまった車を停めることはできないのだ。よし、これでいい。みんな揃って地獄へ行こう。

署へ戻る車の中で、携帯電話が鳴りだした。舌打ちしながら車を路肩に寄せ、発信者を確認する。相手の番号は表示されていなかった。

「上條さんですか」

とっさには相手の声が分からなかった。か細く、何かに怯えるような声である。しばらく無言で考えているうちに、相手の顔が頭に浮かんだ。

「石井か」

石井裕康。誘拐事件を上條と一緒にぶち壊した男。以前脅しをかけておいたが、何か思い出したのだろうか。

「ちょっと会えないですかね。電話じゃ話しづらいんで」

「何か思い出したのか」

「思い出したんじゃなくて、昨夜やばいものを見ちまって」

そこにいない石井を睨みつけるように、上條は目を細めた。

「また適当なことを言ってるんじゃないだろうな」

「まさか」石井が必死になって否定する。その口調に偽りはないように聞こえた。「いや、本当に驚いたんだって。あれはやばいですよ」

「だから、何なんだ」

「昨夜、鐘淵公園で――」

「お前、今どこにいる」上條は石井の言葉を遮った。

「今？　駅前の喫茶店だけど」

「名前は」

「ええと、『スクラッチ』って店。駅のすぐ近くですよ」

知らない店だったが、すぐに見つけられるだろう。

「石井」自分の声が強張るのを意識しながら上條は命じた。

「はい？」

「死んでもそこを動くな」


石井はあちこちに視線を彷徨わせながら、ソファの上で体を揺らしていた。入口に背を向けて座っていたが、上條がドアを開けるのに敏感に反応して振り向く。上條の顔を見ると、いったん大きく頬を膨らませてから細く息を吐き出した。

上條は石井の正面の席に素早く回りこんだ。ソファは柔らかすぎて彼の体重を支えきることができず、尻が沈みこむ。

「鐘淵公園で何を見た」上條は前置きを全て省略して切りこんだ。

「誰かが襲われてたんですよ」

「昨夜、あそこで人が殺されたのは知ってるな」

喉仏を上下させてから石井がうなずく。

「ちょっと聞いただけだけど」

「お前はその現場に出くわしたんだよ。襲われたって、どんな様子だったんだ」

「四人ぐらいで一人を取り囲んで、棒みたいなもので殴りかかってたんですよ」

石井がうつむいて指の甘皮を剥いた。この前会った時もこんなことをしていたな、と上條は思い出す。

「何か聞こえたか」

「いや」

「悲鳴も？」

「その時はもう死んでたかもしれない」言ってから、石井が両手で顔を拭った。昨夜の出来事をありありと思い出したのか、脂の浮いた顔は蒼褪めている。

「四人っていうのは間違いないんだな」

「いや……たぶん」

「どんな奴らだった」

「暗かったから、はっきりとは」

ウェイトレスが注文を取りに来たので上條はコーヒーを頼んだ。石井は空になった自分のカップを見つめてもう一杯飲みたそうにしていたが、上條はそれを無視した。

「どんな奴らだった」上條は質問を繰り返した。武の容姿を説明して確認するのは簡単だが、それでは誘導尋問になってしまう。どうしても石井本人に思い出してもらう必要があった。

「そうですねえ」石井が顎に浮いた無精髭を撫でながら天井を見上げる。

「年格好を訊いてるんだよ」

上條は身を乗り出して石井の顔を睨みつける。石井が無精髭をいじるのをやめて、両手をそっと膝に置いた。

「まあ、たぶん年寄りじゃなかったと思います」

「それじゃ幅が広すぎる」

「若い連中だったと思うけど、とにかく暗かったから」

こいつはどうしてのらりくらりと真実の周辺をうろつき回っているのだろう。遺体が発見された場所には街灯がある。故障しているのでない限り、暗くて襲撃の場面が見えなかったということはありえない。上條は狭い場所で無理に足を組み、煙草を手に取った。石井の方にパッケージを滑らせてやると、待ち構えていたように受け止めて煙草を引き抜く。上條はふと声を柔らかくして訊ねた。

「お前、最近はどうしてるんだ」

「どうって、何が」ひょいと頭を下げて上條のライターを手にし、煙草に火を移しながら石井が訊ねる。

「仕事だよ」

「まあ、いろいろと適当に」

上條は石井の姿を素早く見やった。この前会った時より服は薄汚れているし、無精髭も伸び放題だ。実家へも寄りつかないのだろう。ホームレスとはいわないが、それに近い生活をしているのに違いない。顔をしかめてやったが、石井はそれに気づかず美味そうに煙草を吹かした。

「禁煙は諦めたんだな」

「これぱっかりはどうにも」石井が下卑た笑みを浮かべる。「体に悪いのは分かってるんですけど、たまに吸う煙草は美味くてね」

「で」上條は自分も煙草に火を点け、目を細めた。「お前は、あんな時間にあの公園で何をやってたんだ？」

石井の目がすっと暗くなる。煙草を慎重に灰皿に置くと腕組みをし、上條から視線を逸らした。

「いや、別に」

「ほう」上條は石井の鼻先二十センチのところまで顔を近づけた。「あんな夜中に、しかも真冬の公園をうろついていて『別に』か。俺にはそういう言い訳は通用しないぜ」

「別に何もしてないですよ」

石井が顔を背けようとしたが、上條は右手で顎を摑んで自分の方を振り向かせた。そのまま力を入れてぎりぎりと絞り上げる。石井の唇が醜く歪み、荒い鼻息が上條の手にかかった。

「いい加減なことを言うな。どうせろくでもないことを考えてたんだろう。今は仕事もしてないんじゃないのか？　手っ取り早く金を稼ぐには、他人の物をいただくのが一番だよな」

石井が顔を振るって上條の縛めから逃れた。まだ首が体についているかどうか確認するように撫で回す。

「何ですか、それ」石井が頰を膨らませてそっぽを向く。

「あんな時間、あの公園に人がいるわけがないだろう。狙いが悪いんだよ」

「だけど実際いたじゃないですか。その、襲われた奴が」

「いい加減にしろ、石井」

上條はさっと手を伸ばし、石井の喉をがっしりと摑んだ。指を食いこませてゆっくりと絞め上げる。石井の目が飛び出し、潤んだ。声にならない声が喉から漏れる。もう少し力を入れれば、舌骨が折れてこいつは死ぬ。殺してしまっても構わない類の人間だが、今のうちに全ての情報を引き出しておく必要があった。そう考え、徐々に力を緩める。手を離し、石井の激しい咳きこみが収まるのを待った。石井は震える手をコップに伸ばし、ゆっくりと水を飲み干してテーブルに視線を落とした。

「お客さん、警察を呼びますよ」

マスターだろうか、レジのところにいた男が恐る恐る声をかけてきた。上條は背中越しに手帳を掲げ、「こっちが警察だ」と言って黙らせる。石井に顔を近づけ、なおも責めたて続けた。

「お前はどうしようもないワルだな。しかも頭が悪い」

「大きなお世話です」しわがれた声で石井が言い、精一杯強がって上條を睨みつける。

「ぶらぶらしてる時にたまたまおいしいネタを見つけたから、俺に売りこもうと思ったんだろう」

「そんなこと言ってないでしょう」

「金が欲しいのか」

石井が黙りこむ。上條はこの男を一発殴りつけて目を覚まさせてやりたい——あるいは永遠の眠りにつかせてやりたい——という欲望を何とか抑えながら畳みかけた。

「金はやらない。ちゃんと喋らなければお前を殺してやる」

石井が大きく喉仏を上下させる。単なる脅しでないことは十分に分かっているのだ。

上條は自分の方を見ようとしない石井の顔を睨みつけながら訊ねる。

「何時だった」

「午前四時」

「四時か……。一時間か二時間もすれば犬の散歩に出てくる人がいるかもしれないけど、一番人気の少ない時間だな。誰かを襲って金を奪うには早すぎる」

「いや、そんなこともできるかなって考えただけですって」石井が震える手を伸ばして喉をさすった。声はまだしわがれている。「考えるだけだったら罪にならないでしょう」

「執行猶予中の人間は、そういうことを想像しただけでぶちこまれるんだよ。で？　やられたのはどんな男だった」

「ちょっと背が高くて痩せてたな。コートを着てたけど、手首とか首とか見るとやけに細くてさ。何だか病気でもしてるんじゃないかと思いましたよ」

間違いない。この男は岩崎が襲われた現場にいたのだ。

「襲った連中は？」

「全員サングラスをかけてたんですよ。いや、これは本当です。若いだろうなっていうのは感じで分かったけど、一人一人の顔までは見えなかった」

「こういう奴はいなかったか」

上條は武の風貌《ふうぼう》を細かく説明した。大柄で動きが鈍い。長い顔に細い顎。しかし石井は首を振るだけだった。武は犯行に加わっていなかったのかもしれない。

「あれ、何だったんですかね」

「お前は知らない方がいい」

石井が不満そうに鼻を鳴らしたが、上條はそれを無視した。コーヒーに手をつけないまま腰を浮かしかける。

「あ、一つ言い忘れてました」

「何だ」石井の言葉に釣られて、上條は座り心地の悪いソファに再び腰を下ろした。

「連中、倒れた男から何か取っていったんですよ」

「お前が、じゃないのか」

「冗談じゃない」頬を張られたような勢いで石井が首を横に振る。「死体に触るなんて、そんな恐ろしいこと」

今の石井なら、平気で死体のポケットを探るぐらいのことはしそうだ。この男が急速に坂道を転げ落ちているのは間違いない。上條は小さく溜息をついた。

「で、何かって何なんだ」

「よく分からないけど、ビニール袋みたいなものでしたね。砂糖を入れる袋、あるでしょう。あんな感じ」

「大きさは」

石井が両の掌を合わせてから、それを二十センチほど引き離した。

「これぐらい……単行本ぐらいの大きさだったかな。そんなに分厚いものじゃなさそうだったけど」

「本当に本だったんじゃないのか」

「いや、違うと思いますよ。何だか柔らかそうだったから」

ホワイトスノウだ。連中は岩崎を殺してホワイトスノウを奪ったのだ。岩崎も、小野里の忠告を無視するほど馬鹿ではないはずだし、今朝には北嶺を離れようとしていたはずである。だが、ほんの少し遅かったのだ。武たちは、わずかな時間を逃さず襲ったに違いない。いや、あの部屋にいた武が誘い出す役割を負っていたのだろう。公園まで連れ出し、そこで仲間に襲わせる。単行本サイズだと、ホワイトスノウは五百グラム、あるいは一キロぐらいだろうか。それが全て北嶺でばらまかれることを想像すると、上條は血の気が引くのを感じた。連中は、手っ取り早くブツをさばきたいはずだ。とすると、まずはどこへ持っていくか。

「何か聞こえなかったか。そいつらは何か喋ってなかったのか」

「うーん」石井が目を瞑った。「そうですね、『学校』とか言ってたみたいだけど。まさか、高校生とかじゃないですよね？　高校生はあんなことしないでしょう」

上條は体中の毛が逆立つのを感じた。

「それはいつの話だ？『学校』っていう言葉をいつ聞いた？」

「連中が……」言葉を切り、石井が唾を呑む。眼球が飛び出しそうになった。「殺してから。何か物を取った後ですよ、確か」

大学だ。連中は、大学で手っ取り早くホワイトスノウをさばいてしまうつもりなのだろう。

「石井、お前、連中に顔を見られなかっただろうな」

「いや、それが」石井の顔がさっと蒼褪めた。「見られたかもしれません。連中、死体を動かそうとしてたみたいだけど、さすがに俺もびびっちまって。植えこみから立ち上がった時に音を立てちまって、その時に連中、俺の方を見たんですよ」

「顔を見られてたとしたら、お前も殺されるかもしれんぞ」

「脅かさないで下さいよ。顔までは見られてないと思うし、大丈夫でしょう」石井が無理に強張った笑みを浮かべる。「何か、やばいんですか？」

「あの連中は、妙に鋭いところがあるからな。もしかしたら、お前の顔もはっきり見てたかもしれない。知ってて泳がせている可能性だってあるぞ」

「ちょっと待って下さいよ」石井が慌てて身を乗り出した。「俺も危ないっていうんですか」

「その可能性もないとは言えない。だけどな、警察にはお前を守ってやるような余裕はないんだよ。自分のケツは自分で守れ。暗いところや人気のない場所には近づくな。どうしようもないと思ったら、とにかく悲鳴を上げて逃げろ」

「勘弁して下さいよ」石井が唇を震わせた。「あいつら、滅茶苦茶ですよ。バットだか何だか知らないけど、バッティング練習でもするみたいに滅多打ちにしたんだ」

「全員でか？」

「いや、一人、本当に滅茶苦茶に殴りつけてた奴がいて。他の連中は、体を押さえつけてるだけだったけど」

そいつだ。そいつが俺の家の便器に猫の死体を投げこみ、ポルシェを滅茶苦茶にした張本人に違いない。

いったい俺は、どんな奴らと関わり合ってしまったのだ？

3

「小岩井か？」

「ああ、上條さん」上條の電話に、小岩井が大儀そうに返事をした。

「北嶺大へ行け。今すぐだ」

「何ですか、いきなり」警戒して小岩井が声を潜める。

「お前に手柄をくれてやる」

「何のことですか？　今、殺しでそれどころじゃないでしょう。うちの課も応援を出してるからてんてこ舞いなんですよ」

「お前が大学に行ってくれれば、殺しも片づくかもしれん」

「殺しと大学に何の関係があるんですか。ちゃんと説明して下さい」

上條はアクセルを床まで踏みこんだ。窓の外の風景がぼやけ、線になって流れ始める。説明するのももどかしかったが、喋らないと小岩井は動いてくれないだろう。

「北嶺大でホワイトスノウを売りさばこうとしてる奴らがいるはずだ。四人か五人ぐらいの若いグループだと思う。そいつらの身柄を押さえるんだ」

「ちょっと待って下さい」小岩井の声がにわかに真剣味を帯びた。「北嶺大でホワイトスノウですか？　この前の話と何か関係があるんですか」

「あるかもしれない。とにかく、捕まえて話を聴くんだ。できるだけの人数を掻き集めて大学へ投入しろ。そいつらを見つけたら……」

「見つけたら？」

「殺さなければ何をやってもいいから、吐かせろ」

「ぐちゃぐちゃ言ってないで……」上條は大きく息を呑んだ。どうしても言わなければならない台詞が喉元に引っかかる。だが俺には今、こいつの力が必要なのだ。血を吐く思いで上條は言葉を吐き出した。「頼む。お前の力が必要だ」

電話の向こうで小岩井が息を呑む気配が感じられる。これ以上余計な会話が続かぬよう、上條は即座に電話を切った。

真人は携帯電話を握り締め、次々と指示を飛ばしていた。

「そっちはどれぐらい……三人か、まあいいよ。値段なんかどうでもいいって。とにかく金を集めるんだ。そう、一時間以内に何とかしろ」

電話を切って、真人はダウンジャケットのポケットに手を突っこみ、残ったホワイトスノウに指先で触れた。結晶が脆く崩れる感触が伝わってくる。ビニール袋の中身は半分ほどに減っていた。コンビニエンスストアで封筒を大量に買いこみ、小分けして詰めたのだ。分量はいい加減だが、この際細かいことは言っていられない。残った分に関しては、一手に引き受けてくれる人間に心当たりがある。とりあえずある程度金を稼いでおけば、当面は何とでもなるだろう。

また電話が鳴った。どうせ武だろう。愚図のあいつには所詮無理だったか。泣き言でも言ってきたらケツを蹴飛ばしてやろうと思いながら電話に出る。

武ではなく陽一だった。

「何か変だぞ」

「何が」

「サツが来てるみたいだ。目つきの悪い奴らがうろうろしてる」

「サツ？」

反射的に周囲を見回した。真人は教務課の近くにあるベンチに腰かけているのだが、それらしい人間は見当たらない。

「気のせいじゃないのか」

「いや、ふだんここで見かけるような人間じゃなかった。何人もいるぞ」

「間違いないのか」

「冗談じゃない」陽一がむきになって反論した。「そんなこと、一々確かめられるかよ。訊いてみろってのか？」

「何びびってるんだよ。やばいと思ったら隠れろ。知らん顔して逃げてもいいんだ。後で落ち合えばいいじゃないか」

「そりゃあそうだけど」

陽一はなおも落ち着かない口調だったが、真人は「しっかりしろ」とだけ言い置いて電話を切った。

陽一は怯えて神経質になっているだけだ。そもそも、警察が俺たちのことを割り出せるはずがない——いや、もしかしたら、公園にいたあのホームレスか？　あいつが警察にタレこんだとしたら。

始末しておくべきだった。やる時は徹底してやらなければ駄目なのだ。目についたもの全てを破壊し尽くさないと、いつかはほころびが生じる。

携帯電話を握ったまま、真人は周囲に鋭い視線を走らせた。途端に体が凍りつく。いた。黒いコート姿の男が二人、何かを探すように視線をあちこちに彷徨わせながらこちらに近づいてくる。刑事なのか？　真人の目には、そうは見えなかった。警察より面倒な相手なのではないだろうか。そういえば岩崎も、ヤクザが動いていると言っていた。

さりげなく立ち上がり、ジーンズの腿の辺りを叩いた。口に拳を当てて一つ咳払いをしてから、キャンパスの奥を目指して歩きだす。このまま歩けば途中で二人組とぶつかることになるが、おどおどしているとかえって目をつけられてしまうだろう。堂々と歩け。このキャンパスは俺の庭のようなものなのだ。逃げ道はいくらでもある。陽一たちとはぐれても、たっぷり残ったホワイトスノウは、自分で時間をかけてさばけばいい。

他の連中はどうする？　一瞬考えたが、あいつらと自分の命を天秤にかけることなど問題外だと、すぐに自分を納得させた。

上條はキャンパスの中を歩き回りながら、小岩井の携帯に電話を入れた。

「どうだ」

「いや、そりゃあ若い奴はいっぱいいますけどね」小岩井の声は不満そうで、疲れが滲み出ていた。

「そんなことは分かってる」上條は声を荒らげた。今やほとんど小走りになっている。「妙なことをしてる連中を探せって言ってるんだよ」

「やばいんじゃないですか、上條さん」小岩井が冷静に忠告する。「大学っていうところは、警察に対しては昔から敏感なんですよ。この大学はまだ新しいから、それほど拒否反応はないと思うけど」

「そんなことはどうでもいいんだ」

「そうは言ってもですね、これで何も出てこなかったら、本当にまずいですよ。何か文句でも言われたらどうします？」

「引っこんでろとでも言っておけ」

「無理です」小岩井の声が硬くなった。「俺は上條さんとは違うんだから」

電話を切って、上條はとうとう走りだした。具体的に目指す場所があるわけではないが、このキャンパスはやたらと広く、のんびり歩き回っていたら日が暮れてしまう。生活安全課は何人刑事を投入したのだろうか。この際、刑事課にも連絡を入れておくべきだったかもしれない。事情を説明するのは面倒だったが、とにかく人手が必要なのだ。

一人でやる、そう決めたはずなのに、今はどうしても誰かの手助けが必要だった。

どこだ。奴らはどこにいるんだ。植えこみを蹴飛ばし、建物から吐き出されてくる若者たちの集団を睨みつける。全員が同じ顔に見え、目がしばしばと痛んだ。大声を上げたい。出てこいと叫びたい。一瞬立ち止まり、上條は天を仰いだ。世界がたわんでいる。今にも巨大な屋根が崩れて降り注ぎ、瓦礫《がれき》の下で体が潰れてしまいそうだった。

「武がいない？」真人は自分でも驚くような大声を張り上げ、その反動がきたように一瞬黙りこんだ。声を潜め、もう一度確認する。「本当にいなくなったのか？　まさか、捕まったんじゃないだろうな」

「分からない」かすかに震える声で陽一が答える。「あいつ、ぼけっとしてるからさ。昨夜寝てないし、その辺で倒れてるんじゃないか」

「だったら放っておきゃいいさ」

本当は、そんなことはできないのだ。小分けしたホワイトスノウを持っているのが見つかったら、その時点でお手上げである。いや、すでに武は警察の手に落ちたかもしれない。そろそろ切り上げ時だろう。俺は、スリルに酔っ払って、引き際を間違えるような馬鹿ではない。

「刑事らしい奴の他に、変な奴を見なかったか」

「いや」否定したが、陽一の声に不安が滲んだ。「何かあるのか」

「ちょっと気になっただけだ」不必要に怖がらせることはないと思い、真人は言葉を濁した。「そろそろ切り上げるか。お前、どれぐらいさばいた？」

「……まだ三つだ」

「馬鹿野郎、そんなもの、どんどん渡しちまえばいいんだよ」

「だって高いんだぜ。簡単に買う奴なんかいないよ」

「安くていいんだ。いつまでも持ってる方がやばいだろう」自分がひどく焦っていることに気づいて真人は動揺した。この落ち着かない気分は何だろう。数時間前に岩崎の顔面をバットで殴りつけた時の高揚はとうに消え去り、今は一刻も早くホワイトスノウをさばいてこの場を離れることしか考えられなかった。

これが恐怖というものかもしれない。頭では分かっていたが、積極的に認める気にはなれなかった。どうして俺が何かを恐れなければならないのだ。その気になれば、俺はこんな街の一つや二つ、簡単に手に入れることができるはずなのに。


確か「鈴木」の方だった。小柄できびきびしている方。今日は相棒の「田中」は見当たらない。

上條は背後から鈴木に追いつくと、声もかけずに肩を摑んで振り返らせた。そんなことをすれば普通は身構えるか、少なくとも怒った表情ぐらいは浮かべるものだが、鈴木は顔色一つ変えずに小さく目礼するだけだった。この場所で上條に出くわすことはあらかじめ予想していたようで、嫌になるほど落ち着き払っている。

「どうも」それだけ言うと、体を捻って肩から上條の手を振り払い、再び歩きだそうとした。

「待て」

上條が命じると足を止め、ゆっくりと振り返る。

「萩原さんについていてくれと言ったはずだがな」

「上條さん、勘違いしてもらったら困りますよ」静かな口調で鈴木が話し始める。

「我々は専務の命令で動いているんです。あなたに指示されるいわれはない」

「だったら、こんなところで何をしてる」

「人探しです」

「昨夜、小野里が脅しをかけた人間は殺されたぞ」

「ああ、そうなんですか」機械の合成音のような口調で鈴木が答えた。「知りませんね。私には関係のないことですから」

「じゃあ、どうしてこんなところにいる。大学に何の用があるんだ」

「いや、ここは私の母校なんですよ」鈴木が意外な事実を明かした。わざわざ、遠いところを見るような目つきまでしてみせる。嘘ではないだろう、と上條は思った。「自分の母校を訪ねてきたら変ですか」

「さっきは人探しだと言ってたはずだ」

「そうでしたか？」

「ふざけるなよ」

吐き捨て、上条は鈴木の正面に回りこんで胸倉を掴んだ。グレイに赤の蝶を散らしたネクタイが捩れ、ワイシャツの襟が曲がる。それでも鈴木は顔色一つ変えない。上条は噛みつかんばかりに顔を近づけて脅しをかけた。

「せっかく大学を出たのに、小野里のところでヤクザ稼業かよ。いったいどういう人生なんだ」

「私の人生です。あなたには関係ないでしょう」諭すように鈴木が淡々と言う。「申し訳ありません。急いでるんですが、手を離していただけませんか」

チクショウ、これでは話が複雑になる一方だ。小野里も、武たちが岩崎からホワイトスノウを奪ったと考えているのだろう。「この街を汚させない」という小野里の言い分はおためごかしにすぎない。あいつの狙いは、ホワイトスノウを横取りすることなのだ。

上条はゆっくりと手を離した。困ったものだとでも言いたげに鈴木が眉をひそめ、丁寧にネクタイを締め直す。冷徹な表情を崩さぬままに頭を下げた。

「それじゃ、急ぎますんで」

「変なことをしたらぶちこむぞ」

「変なことはしませんから、ご心配は無用です」

鈴木の背中が人ごみに消えるのを待ってから、上条は小野里に電話を入れた。

「すぐにやめさせろ」

「ああ？」小野里が怒ったように短く唸る。「何のことだ」

「ホワイトスノウを横取りするつもりだろうが、やめるんだ」

「何言ってるんだ、お前」

「お前の阿呆な手下どもが、大学の中をうろついている。あのガキどもからホワイトスノウを分捕るつもりなんだろう。やめておけ。今のうちだったら、何も見なかったことにしておく」

「ノーコメント」

「ノーコメントだ？　お前、いつからそんな気取ったことが言える身分になったんだよ」

上條はこめかみの血管が沸き立つのを感じた。それをなだめるかのように、小野里が小さく溜息をつく。

「身分とか何とか、そんなことをお前に言われたくない。友だちじゃないか」

「このままこんなことを続けさせたら、友だちでも何でもなくなる」

「ご忠告ありがとうよ。でも、お前が欲しいのはホワイトスノウじゃないだろう。あのガキどもが見つかればそれでいいんじゃないのか？　だったら誰が捕まえても同じだろう。見つけたら、必ずお前に連絡する」

「ヤクザの手助けなんか受けたくない」

小野里が盛大に溜息をついた。

「お前は二つの点で間違ってる。最初に助けてくれって言ってきたのはお前だし、俺たちはヤクザじゃない」

「お前がそう言ってるだけで、そんなことは誰も認めない」

「いい加減にしろよ、上條。あのガキどもは熨斗《のし》をつけて進呈してやる。お前はどんと構えて待ってればいいんだ」

「これまでだな」

「ちょっと待て」切ろうとした途端、上條の耳に小野里の必死な声が飛びこんできた。

「児玉正春。お前の息子だろう」

上條は息を呑んだ。小野里は心底心配するような口調で持ちかけてきた。

「心配するな。誰にも言ってない」

「お前には関係ない」

捨て台詞を残して上條は電話を切った。忌々しい携帯電話。全ての元凶は、掌の中にあるこの小さな機械であるような気がしてきた。アスファルトに叩きつけ、ばらばらになるまで靴底で踏みにじってやりたかったが、今はこの電話が生命線なのだと思い直して踏みとどまる。

このキャンパスで、得体の知れない人間が何人も動き回っている。上條は血が滲むほど下唇を強く噛み、未《ま》だ見えることのできない標的を探して再び走りだした。

「――確保しました」電話の向こうで小岩井の声が頼りなく響く。

「どこだ」

上條は歩を緩め、ついには立ち止まった。アスファルトの上を革靴で走り回ったので向こう脛が痛く、息も上がっている。コートの前を開け、冷たい風を導き入れた。一瞬で汗が引き、体が凍りつく。

「ええと」小岩井の声がひどくのんびりしたものに聞こえ、上條は苛立ちを押し潰すために何度も拳を太腿《ふともも》に叩きつけた。「経済学部の建物ですかね、その裏手です」

「ホワイトスノウは見つかったか」

「今、調べてます。なにぶん、任意ですからね」

「まどろっこしいことをしてる場合じゃない。殺さなければ何をしてもいいから、すぐに身元を確認して仲間の居場所を割り出せ」

「無茶言わないで下さいよ」

「とにかくそこにいろ。すぐに行く」

電話を切って、上條は周囲を見回した。どこを見ても同じような建物が並んでいる。クソ、どこかに案内板はないか。こんな時に限って見つからない。上條は近くを通り過ぎようとした男の学生の腕を掴み、経済学部の場所を訊いた。今にも泣きだしそうに引き攣るその顔を見て、上條は自分がどれだけ険しい表情を浮かべているのか初めて気づいた。

「行こう」真人はきっぱりと言いきった。

「だけど、武が」うつむいたまま、仁がぶつぶつと文句を言った。

武を除いた二人とは駐車場で落ち合うことができた。武のことは気にならないわけではないが、もう時間切れだ。キャンパスの外に停めた車まで、走っても五分はかかる。こんなところでぐずぐずしているわけにはいかない。

「いない奴は仕方ない」

「見捨てるのかよ」仁が抗議したが、真人は睨みつけて黙らせた。

「あいつは警察かヤクザに捕まったんだ」

「ヤクザ？」仁が大きく目を見開く。「ヤクザって……」

「俺たちは目をつけられてたんだよ。岩崎もそう言ってただろう」こんなことならもっと早く手を打っておくべきだった。真人は初めて後悔したが、今となってはそれも手遅れである。「ヤクザの連中にとっても、こういう商売はおいしいんだよ。俺たちが目障りになったんだ。岩崎もそんなことを言ってただろう。とにかく早く逃げないと捕まるぞ。それでもいいのか」

仁も陽一もうなだれ、追いこまれた自分たちの立場を嚙み締めているようだった。真人はわざと明るい声で二人に告げる。

「大丈夫だよ、武も殺されるようなことはないさ」たとえヤクザに捕まっていたとしても、俺たちの居場所を喋るまでは無事なはずだ。その後のことは分からないが。「ぐずぐずしてると俺たちも捕まる。とにかくここから出るんだ」

真人は、駐車場の隅に向かって歩き始めた。フェンスが破れている場所があり、屈めばそこから外へ出ることができる。振り返ると、陽一たちはその場で固まったように立ち止まっていた。真人は硬い笑みを浮かべて呼びかける。

「何だよ、びびったのか」

反応はない。真人はダウンジャケットの前を開けて、ジーンズのベルトにさした拳銃をちらつかせる。岩崎から奪ったものだ。陽一たちの顔が瞬時に強張る。

「残ってサツに全部話して、刑務所にぶちこまれるか？　ヤクザに指を詰められるか？　それとも俺がここで撃ち殺してやろうか。どれがいいんだよ」

ようやく二人がのろのろと歩きだした。まったく、足手まといにしかならない連中だ。しかし、俺が逃げ延びるためには、この連中が必要になるかもしれない。

人質として。あるいは盾として。

間違いなく武だった。頼りなく幼いその顔は、上條の記憶に残る表情と一致する。小岩井たちに囲まれ、建物の壁に背中を預けて辛うじて立っていた。膝が頼りなげにぶるぶると震え、顔は真っ青を通り越して白くなっている。上條は小岩井を押しのけて武の前に出ると、いきなり胸倉を摑んだ。

「秋山武だな」もう少しで額と額がくっつきそうになるまで顔を近づける。鼻の下に細かい汗が浮いているのがはっきり見えた。

「秋山武だな」

繰り返したが返事はない。上條は胸倉を摑んだ右手に力を入れた。武の体が浮き上がり、足が地面から離れる。そのまま自分の体重を預けるようにして、壁に背中を叩きつけた。衝撃で武の頭ががくがくと揺れる。もう一度。さらにもう一度。

「上條さん、駄目だって！」慌てた小岩井が上條の背中にのしかかるようにして、武から引き剝がそうとした。上條は抵抗しなかったが、手を離した直後に武の頰を一発張ってやることは忘れなかった。澄んだ甲高い音が響き、武の顔に呆然《ぼうぜん》とした表情が浮かぶ。

「お前は、殺された上杉光良と知り合いだったな。一緒にホワイトスノウを売りさばいてたのか？」

「上條さん、何を――」

背中から聞こえてくる小岩井の質問を上條は無視した。

「お前らが殺したのか」

武の体がゆっくりと崩れ落ちた。膝を曲げて地面に尻を落とし、壁に背中を預けたまま両膝の間に首を垂れる。上條はしゃがみこみ、武の髪を乱暴に摑んで顔を引き上げた。

「どうなんだ。誰かを庇っているつもりかもしれないが、そんなことをしても何にもならないぞ。早く喋った方が身のためだ」

武の体が小刻みに震え、突然激しく吐き始めた。上條は顔をしかめて立ち上がり、そっぽを向いた。小岩井が耳に口を寄せ、忠告する。

「やばいですよ、上條さん。子ども相手にやりすぎです」

「お前は黙ってろ。人殺しに人権を云々《うんぬん》する資格はない」

「言いすぎですよ」

小岩井の忠告を無視し、上條はもう一度しゃがみこんだ。武は胃の中のものを全て吐き出してしまったのか、荒い息をしながら肩を上下させている。上條は低い声で訊いた。

「お前がやったのか」

武が力なく首を横に振る。否定の仕草ではないようだった。時間をくれ——そういうメッセージだろうと上條は判断した。武がのろのろと顔を上げる。目は真っ赤になり、零れ落ちた一筋の涙が頰を濡らしていた。それが悔恨の涙であってくれ、と上條は祈るような気持ちになった。己の所業を悔いた人間は、必ず全てを吐き出す。


車に乗りこむと、ドアが全部閉まる前に陽一が急発進させる。真人は後部座席で体が跳ねるのを何とか押さえつけながら、腹のところで頼もしい圧力を感じさせている拳銃を撫でた。岩崎の野郎、こんなものまで持っていたとは。否定していたが、どうせヤクザともつき合いがあったのだろう。しかし、俺らの前では拳銃を抜く暇もなかったな。あれは……数時間前の興奮が再び蘇ってきて、真人は下半身に疼くような快感を覚えた。どうせ殺すなら、次も……絶対にやめられない。俺はこれから何人の人間を殺すのだろう。効果が続く時間ができるだけ早い方がいい。殺しはホワイトスノウのようなものだ。

どんどん短くなり、次の一服へ向かう間隔が狭まる。

「どこへ行くんだ」

陽一が前を睨んだまま真人に訊ねる。バックミラーに映りこんだその顔は蒼褪め、口元が引き攣っていた。真人はサングラスのようなガラス越しに外の光景を見やった。無意識のうちに、陽一は市の南へ向けて車を走らせているようである。このまま高速に乗って東京へ逃げる。それが一番安全であるような気がした。

だが、それでは物足りない。俺にはやり残したことがある。真人は興奮を抑えながら指示した。

「例のレストランだ」

「逃げるんじゃないのかよ」陽一が慌てて確認する。

「逃げる？　どうして」

「相手はサツだぜ。ヤクザも俺たちを追ってる。さっさと逃げた方がいいよ」

「やり残したことがあるだろう。全部綺麗に片づけないとな」

「勘弁してくれよ」陽一が泣きついた。

バックミラーを見ると、目にうっすらと涙の膜が張っている。こいつも駄目だ。所詮、ガキなのだ。真人は舌打ちしたが、それでも穏やかな声で説得を続けた。

「いいか、そもそもこんなことになったのはどうしてなんだ」

「そりゃあ、正春の奴が……」

「だろう？　俺たちがこんな目に遭ってるのに、あいつだけが無事でいるのは許せないと思わないか。武はあの頃のことは何も知らないけど、正春は知ってる。あいつが喋れば厄介なことになるんだ。どこへ逃げてもサツの連中は追ってくるぜ」

「じゃあ、どうするんだよ」

「行きがけの駄賃ってやつだ」

「何だよ、それ」バックミラーに映る陽一の顔が不安で暗くなった。

「決まってるだろう。喋りそうな奴には死んでもらうんだよ」

「正春は、あの店にはいないぜ。どこかに隠れちまったみたいだ」

「じゃあ、レストランのオヤジの家にでもいるんだろう。そっちに行って訊いてみるか」

「もうやめようや、真人」唇を舐め、意を決したように陽一が訴えた。「今すぐ高速に乗れば逃げきれるよ。サツはすぐに検問を始めるぜ。そうしたら逃げられない。やばくなる前にこの街を出ようよ」

「駄目だ。正春を始末する」

「真人……」

真人はゆっくりと拳銃を引き抜き、運転席のヘッドレストの横から陽一の頭に突きつけた。

「真人？」陽一がかすれた声で繰り返す。

頭が震え、その震動が銃身越しに真人の手にも伝わってきた。車が大きな段差を乗り越え、そのショックで銃口が音を立てて頭にぶつかると、陽一が短く悲鳴を上げてブレーキを踏みこんだ。前のめりになりながら、真人は拳銃を陽一の頭から離した。

「おいおい、ちゃんと運転してくれよ」おどけた声で真人が言う。「事故なんか起こしたら馬鹿みたいだろうが。怪我しないうちに正春を見つけようぜ」

真人は車内をぐるりと見回した。隣に座った仁は、先ほどから沈黙を守って石像のように固まっている。

「じゃあ、陽一も仁もそういうことでいいかな」突き抜けるような明るい声で言って、真人は拳銃をベルトに挟みこんだ。「正春にはたっぷり楽しんでもらおうぜ」

車内が重苦しい空気に包まれるのを、真人は楽しんだ。こいつらは、俺がおかしいと思っているかもしれない。だが、俺はいつだって正気だ。自分がやっていることは完全に理解しているし、それが社会的な常識に照らせば犯罪だということも分かっている。だが、分かっていて楽しんでいるのだから、俺は絶対におかしくない。

銃身を撫でつけてから、真人は足元に置いたバットを拾い上げる。少年野球用の短い金属バットだ。それでもグリップの滑り止めなどはしっかり巻き直してあるし、長さも重さもちょうど扱いやすい。何か所かが凹み、まだ血がこびりついている。これにさらに凹みと血を加えるのだ。正春の痛みと恐怖を染みこませるのだ。できることなら、あの刑事にも同じ痛みを、苦しみを味わわせてやりたい。あいつが俺たちのことを嗅《か》ぎ回らなければ、こんなことにはならなかったのだから。もしかしたらあいつは正春のところにいるかもしれない。理由は分からないが、保護者ぶって面倒を見ているようだから。

窓を細く開け、真人は煙草に火を点けた。煙が流れだし、それと同時に車内の重苦しい雰囲気が少しだけ薄れたような気がする。急に笑いがこみ上げ、真人は口に拳を押し当てた。それぐらいでは抑えることができず、喉の奥からくっくっと声が漏れる。ついにははっきりした笑いになり、真人は両手で腹を押さえた。仲間たちが恐る恐る様子を窺っているのが感じられる。

馬鹿じゃねえのか、お前ら？　こんなに楽しいことなんて滅多にあるものじゃない。もっと楽しめよ。楽しむ気持ちが、余裕がないから、武みたいに捕まっちまうんだ。笑え。笑って前を見ろ。たとえ目の前に暗闇しかなくても、振り返るよりはずっとましなのだ。だから、闇を見て笑え。


署に戻る時間も惜しかった。武の仲間はまだキャンパスのどこかに隠れているかもしれない。武に対する尋問は覆面パトカーの中で行なわれた。だが三十分ほども続けた後、上條はこの若者は肝心なことは何も知らないのだという結論に達した。確かにホワイトスノウは持っていた。その辺の文房具屋にも売っているような事務用の封筒に小分けされたものを十個。売れと言われただけだという武の証言を上條は信じた。武はぐずぐずと泣き続け、まともに話をすることすら困難だったのだが、それが演技だとは思えなかった。

上條は後部座席に武と並んで腰かけ、体を密着させていた。武は体を硬くし、ずっとしゃくりあげている。それでも上條は容赦しなかった。

「仲間の名前を言え」

武は反応しない。上條は武の左肩をがっしりと摑んだ。小岩井が見咎《みとが》め、助手席から素早く声をかけてくる。

「駄目ですよ、上條さん」

上條は小岩井の忠告を無視し、武の肩を摑む手に力を入れた。

「いいか、このままだとお前一人が悪者になる。誰も助けてくれないぞ。仲間を裏切るのは怖いかもしれないけど、あいつらはお前を見捨てて逃げたんだ。裏切られたのはお前なんだよ」息を継いで武の反応を見る。自分の両手を見下ろしたまま、ゆっくりと肩を上下させていた。「連中は助けに来ない。お前を裏切ったんだ。そんな連中に義理立てしても仕方ないだろう」

武がぽつぽつと名前を漏らし始めた。何回か訊き直さなければならなかったが、結局、上條の手帳には三人の名前が書きとめられた。小岩井が「手配します」と言って車を飛び出す。

二人きりで車内に取り残されると、上條は事件の核心を衝き始めた。

「あの誘拐事件は、お前らがやったんじゃないのか」

「知らない」発音が崩れるほど声が震えていた。

ちの仲間だったんだろうが」
するこことどちらが怖いか比べさせることもできるのに。「殺された上杉光良はお前た
「とぼけるなよ」拳銃でもあれば、と上條は悔やんだ。頭に突きつけ、死ぬことと自白

「俺は知らない」

俺は、か。微妙な言葉の変化に上條は気づいた。

「お前、あの連中とはいつからつき合ってるんだ」

「去年の夏から」

そういうことか。確かに今回のホワイトスノウの一件に関して、武は有罪である。岩崎を殺した件にも関与しているはずだ。しかし、誘拐事件の時にまだ仲間になっていなかったとしたら、はっきりと知らなくても不自然ではない。

「よし。連中が行きそうな場所に心当たりはないか」

「知らない」

「誰か知り合いを訪ねるとか、どこかへ逃げるとか、そんな話はしてなかったか」

武が無言で首を横に振る。それも嘘ではないだろうと上條は思った。どうもあの連中は、何の計画もなく暴走を続けているだけのような気がする。俺を狙ったのだって、あまり賢いやり方とは言えない。

「これからお前を署に連れていく。その後で家族に連絡を取るけど、しばらくは会えないからな。そのつもりでいろよ」

武のすすり泣きが長く糸を引いた。こいつにはまだ救いがあるかもしれない。家族の話で涙が流せるぐらいなのだから。もちろん家族は苦労するだろう。仮にも北嶺の名士といわれた一家は重荷を背負いこむわけだが、それは上條が心配すべきことではない。

「正春を襲ったのもお前たちだな」

武の肩がぴくりと動いた。上條はその肩を摑んで揺り動かし、追及を続けた。

「この際だから全部話せ。隠しておくと後で大変なことになる」

武がかすかにうなずいた。

「お前らがやったんだな」

前よりも少し大きく首を横に振る。

「どうしてそんなことをやったんだ」

「知らない。聞いてない。やれって言われただけなんだ」

「正春は昔からあの連中と一緒なのか」

「そう」

上條は目の前が暗くなるのを感じた。昔から。たぶん、あの誘拐の時にも。正春は、自分の息子は、誘拐に一枚嚙んでいたのだ。ホワイトスノウという、儚《はかな》く消える白い粉を軸に集まったこの連中が、上條を地獄に突き落としたのだ。

根こそぎにしなければならない。一人も逃がさず網にかけ、然るべき処分を受けさせてやらなければ事件は終わらない。正春一人を見逃せば、俺は決して自分を赦せないだろう——だが、明快な理屈と裏腹に、簡単に割り切ることはできなかった。正春には大きな借りがある。自分が父親としての義務を破棄してしまったことで、どれほどあの子を苦しめたか。その借りは、可能ならばどこかで返さなければならないものだ。しかし今また俺は、あいつの両手から自由を奪おうとしている。

今ならまだ見逃せる。あいつは記憶喪失だ。因果を含めてどこかへ逃がしてやればいい。知らない街で一からやり直すこともできるだろう。

思いが千々に乱れる。このままでは、今まさに動いている事件のことも忘れ、呆然と時が過ぎゆくのを横目で見ているしかなくなってしまう。ばらばらになりそうな上條の心を救ったのは一本の電話だった。友からの電話が、上條を現実に引き戻す。

相手の声を呆然と聞いている間に、現実はさらに悪化し、破滅に向かって暴走を続けていた。

4

「上條か？　大変だ」

「どうした」関谷の声にただならぬ気配を感じ、上條は携帯電話を強く握り締めた。

「萩原さんが撃たれた。もうすぐうちの病院に運びこまれてくる」

「何だと」上條はかすかな眩暈《めまい》を感じた。「誰がやった」

「そんなこと、俺に訊くな」関谷が声を荒らげる。「犯人を探すのは俺じゃなくてお前の仕事だろうが」

上條は大きく息を吸いこんだ。膨れ上がった怒りがすうっと萎んでいく。ようやく吐き出した声は自分でも驚くほどしわがれ、疲れたものだった。

「怪我はひどいのか」

「右腕を撃たれてる。しばらく飯は食わせてもらえないんじゃないかな」

「冗談言ってる場合じゃない」

「ああ、分かった。すまん」乱暴に言い放ち、しばらく沈黙した後で、関谷が冷静な声に戻った。「とにかく、命に別状はないようだ。あとは俺がちゃんとやるから」

「話はできるか」

「処置が終わってみないと分からないな」

「すぐそっちへ行く」

上條は車を飛び出し、小岩井の姿を探した。覆面パトカーから手配の指示を終え、こちらに歩いてくるところだった。

「小岩井！」

ただならぬ上條の気配に圧《お》されたのか、小岩井が走りだした。

「発砲事件があった」

小岩井が眉間に皺を寄せる。

「そんな話、聞いてませんよ」

「今、病院の知り合いから電話があったんだ。被害者は俺も知ってる人間だ。たぶん、一連の事件と関係がある」

「やったのは逃げてるガキどもですか？」

「分からん」

分かりきったことだ。奴らは「オープン・オールナイト」を監視していた。正春が萩原の庇護《ひご》下にあったことも摑んでいるはずである。たぶん、萩原を脅して正春の居所を喋らせようとしたのだろう。

「とにかく病院に行ってみよう。連中が拳銃を持ってるとしたら厄介だぞ」

「了解」

蒼褪めた顔で、小岩井が空いている車を探した。武を署に連行するよう部下に指示しておいてから、自分で運転席に飛び乗る。上條がドアを閉めきらないうちにアクセルを踏みこんだ。

上條は腕を組んだまま、じっと前方を睨み続けた。一時にあまりにもたくさんのことが起こって頭が混乱していたが、一つだけはっきりしていることがある。ホワイトスノウと拳銃を持った連中が、北嶺の街中を徘徊《はいかい》しているのだ。さっさと逃げ出せばいいものを、何をうろうろしているのだろう。この街で戦争でも起こそうという腹づもりなのだろうか。

突然その理由を悟って、上條は胃に鋭い痛みを感じた。状況から見て、正春は萩原の家にはいなかったようだ。となると、小屋に行っているのか、それとも店か。いずれにせよ、萩原に確かめてみないと分からない。正春に携帯電話でも持たせておくべきだったと思ったが、もう手遅れである。

「もっと飛ばせ」

上條は噛み締めた歯の隙間から言葉を押し出し、小岩井に命じた。言われるままに小岩井がアクセルを踏みこむ。景色が溶けて後ろに流れ去ったが、すでに上條の目には何も映っていなかった。

受付で萩原が集中治療室にいると聞かされ、上條は全速力で廊下を走り抜けた。救急患者の搬入口近くにある治療室にたどり着いた時には、額に汗が浮き始めていた。「治療中」のランプが赤く点ったままで、ドアは閉ざされている。体当たりするか蹴破ってやろうかと迷っているうちにランプが消え、関谷が最初に出てきた。上條を認めるとマスクを引き下ろし、額に浮かんだ汗を拭って溜息をつく。引き攣ったような笑みが浮かんだ。

「大丈夫だ。大した怪我じゃない。二の腕を綺麗に貫通してたよ」

「今、話せるか」

「鎮痛剤を打ったから、半分寝てるぞ」

「やってみる」

ストレッチャーにのせられて、萩原が治療室から出てきた。裸の上半身はシーツに隠れているが、想像していたよりも顔色はいい。関谷の言うとおり鎮痛剤が効いているようで、辛うじて開いている目は虚ろだった。それでも上條が駆け寄ってくるのに気づいたのか、唇をかすかに動かして何か言葉を押し出そうとする。上條は看護師を押しのけてストレッチャーの横に陣取り、萩原の顔に耳を近づける。

「……すまん」

萩原の一言で、上條は顔から血の気が引くのを感じた。

「アキラの居場所を教えたんですね」

「いきなり撃たれて……殺されると思ったよ」

その時の様子を思い出したのか、萩原が目を瞑って喉仏を上下させる。目の端に涙が溜まっていた。次に目を開いた時には、わずかながら顔に生気が戻っていた。笑おうとしたのだろうか、口の端が引き攣る。

「だけどな、奴らには嘘をついてやった」

「どういうことですか」

「別の場所を教えたから、しばらくは大丈夫だ。奴ら、今頃は市立図書館で右往左往してるはずだ」

「撃ったのはガキどもですね？　店の前で張ってた連中ですか？」

「たぶんな……薄気味悪い奴だったぜ。妙に落ち着いてたな。拳銃を持ってるのは見えたけど、まさか撃つとは思わないじゃないか。それをいきなりズドン、だ」

それが、武の言っていた伊刈真人という若者だろう。どんな時でも目だけは笑っていない男。何を考えているのか、絶対に本音を読ませない男。

「アキラを頼むぞ。今もあの小屋にいるはずだ」萩原の声は次第に力を失った。

「分かってます」

「病気なんだからな。お前が守ってやれよ」それだけ言うと萩原は咳きこみ、痛みに顔を歪めた。

自分の息子なんだから当たり前です、という台詞を、上條は辛うじて呑みこんだ。腰を伸ばして立ち上がり、小岩井に指示する。

「刑事課の連中をここに呼んで、この人の事情聴取をしろ」

「それは俺の仕事じゃないと思いますけどね」

上條はいきなり小岩井の胸倉を摑み、廊下の壁に押しつけた。小岩井の顔からすっと血の気が引く。

「今は、そんなこと言ってる場合じゃないだろうが」

「分かった。分かりましたよ」

まだ不満気ではあったが、小岩井から言質《げんち》が取れたので上條はようやく手を離した。小岩井が上條を睨みつけながら、わざとらしい大袈裟な手つきでネクタイを直す。

「で、上條さんはどうするんですか」

「俺は行くところがある」

「どこへ」

「俺が行かないと、また人が殺されるかもしれない」

吐き捨てて立ち去ろうとしたが、関谷から声をかけられて立ち止まった。

「おい、上條」関谷がズボンのポケットからオートバイのキーを取り出し、放って寄越す。上條が宙でキーを受け取ると、にやりと笑って、「急いでるんなら、車よりこいつの方が速いぞ」とつけ加える。

「すまん。しばらく借りる」

「ヘルメットは？」

「どうでもいい。文句があるなら署の交通課にでもタレこめ」

風を切る感覚は二十年以上前に味わったきりだったが、オートバイの運転は一度覚えれば決して忘れない。スキーや水泳、自転車と同じだ。

ヘルメットを被っていないので、氷水の中に顔を突っこんだも同然だった。タンクに身を伏せ、カウルの陰に隠れる。赤と白をまとったこのドゥカティを、関谷が以前「限定生産のレプリカモデルなんだ」と自慢していたのを思い出した。繊細に組み合わされた細いフレーム、上半身だけをカヴァーするカウルが、七〇年代以前のレーサーのクラシカルなイメージを再現しているが、リアサスペンションは現代的に片持ちで路面からの情報をしっかり伝えてくれるし、シートカウルの下を通って高く跳ね上がった二本のマフラーから吐き出される排気音は、街中では気が引けるほど迫力がある。前傾姿勢はきつく、タンクが腹につかえる。ツインエンジンが生み出す震動は限りなく不快感に近い。だが、思いきりアクセルを開けてタコメーターの針を高回転域に叩きこむと、途端に震動が消えて滑らかになる。尻と腰を襲う震動から逃れるために、上條はついアクセルを開けてスピードを上げた。慣れてくると、日本の交通法規では非常識なスピードこそが、このオートバイの本領なのだということが分かってくる。

病院から「オープン・オールナイト」まで十分。途中三回信号を無視し、クラクションを五回は鳴らされた。まだ心臓が高鳴っていたが、上條はスピードを落として慎重に店と家の周囲を回った。怪しい車は見当たらなかったし、誰かが物陰に隠れている気配もない。萩原に騙され、真人たちはまだ見当違いの図書館を探しているのだろう。だとしたら、こちらにもまだチャンスはある。あいつらがのろのろしていて、北嶺署の連中に捕まっていなければの話だが。

俺がやる。俺が最後までやる。突然上條は、まったく別の事件が起きて署の連中がそちらに行ってしまわないだろうかと願った。嘘の通報でもしてやろうか。それで時間が稼げれば。

馬鹿な。

オートバイを店の脇に停め、走って裏山を目指す。急な獣道に分け入りながら、上條は時折立ち止まって周囲の様子を観察した。人の気配はない。武によれば、真人たちのグループは今三人だ。それが一斉にこの道を登ったら、小枝が折れたり下草が不自然に踏みしだかれたりしているはずだが、そんな痕跡はない。連中はまだここを見つけていないのだ。そう自分に言い聞かせ、顔に当たる小枝を払いのけながら歩き続ける。限界以上の負荷に膝と向こう脛が悲鳴を上げる。クソ、ここ何日かで俺は急に年を取ってしまったようだ。あんな大きな子どもがいる、そう思っただけで自分の年齢を思い知らされる。

ようやく頂上に出た。何のことはない。正春はベンチの前に薪を積み上げ、火を点けようと悪戦苦闘している。上條は立ち止まり、もう一度周囲を見回した。誰かが潜んでいるような気配はない。正春が上條に気づき、強張った笑みを浮かべながら立ち上がった。左手に丸めた新聞紙、右手にマッチを持ち、足元から立ち上るかすかな煙に顔をしかめる。上條は息を整えながら、精一杯の笑顔を作ってやった。

「どうした」

「うまく火が点かない」

「貸してみろ」

正春が素直に新聞紙を手渡した。上條は自分のライターで火を点け、組み上げた薪の下に突っこんだ。辛抱強く細く息を吹きかけていると、ようやく薪に火が燃え移る。それを見届けてから上條は小屋に入った。

何となく雑然とし、生活の匂いが生じていた。正春が持ちこんだ週刊誌や漫画本が散乱し、食べ終えたカップ麺の容器やパンの袋があちこちに放り出してある。アンパンを見つけ出し、ペットボトルの水と一緒に持って外へ出た。もう昼近い。朝から何も食べていないのでエネルギーが切れかかっていた。正春の向かいのベンチに腰を下ろし、息もつかぬ勢いでアンパンを一気に食べ、水を半分ほど飲む。それでようやく落ち着いて、あとは焚火を見つめながらちびちびと水を啜った。正春がちらりと目線を上げて上條の様子を窺う。

「コーヒーでも飲んだら」

「お前が飲みたいんじゃないのか」

「淹れ方が分からない」

「悪いけど、今はそれを教えてる暇がないんだよ」

不満気に唇を捩じ曲げたが、正春は文句は言わなかった。上條が発しているただならぬ気配を敏感に感じ取ったようである。顔を合わせないように炎を見つめ、手をかざして暖を取る。それだけのことにひたすら全神経を集中しているように見えた。

上條は地面にペットボトルを置き、正春に語りかけた。

「家に帰りたいか」

「どこが家かも分からないのに?」正春が皮肉っぽく答える。目は合わせない。

「俺が連れていってやる」

「何か知ってるの」正春が探りを入れるように上目遣いに上條を見た。

「お前の名前。住所。全部分かってる」

正春がぽかんと口を開けたまま、上條を見つめた。ずいぶん長いことそうしていたが、やがて何かに気づいたように急に口を閉じる。それを見て上條は続けた。

「お前の名前は児玉正春――」

「そうだね」正春の声が急に落ち着いた低いものになった。背筋を伸ばし、細く立ち上る炎越しに上條の顔をじっと見据えた。

「そうだねって、お前」状況を摑みかねて、上條は首を捻った。突然、正春にこの場の主導権を握られてしまったようである。

「分かってる。俺の名前は児玉正春。ずっと北嶺に住んでる。そういうことだよな――オヤジ？」

クソ、あの野郎、違う場所を教えやがった。真人はずっと口の中で毒づき続けていた。こんなことなら殺してしまえばよかった。腕を撃ったらべらべら喋り始めたから、てっきりびびっていると思ったのに、あのオヤジにはまだ嘘をつく余裕があったのだ。正春は市立図書館にいる――図書館中を探し回っても正春の姿は見つからなかった。こんなことは、考えればすぐに分かったはずだ。正春が本なんか読むはずがない。

「真人、どうするんだよ」焦った声で陽一が訊ねる。「このままうろうろしてると捕まっちまうぜ。もう検問も始まってるんじゃないか」

「うるさい」

低い声で言って陽一を黙らせてから、真人は腕を組んだ。どうするか。行き当たりばったりに正春を探し続けるのは時間の無駄だし、陽一の言うとおりで警察に捕まる可能性も高くなる。いっそこのまま、北嶺から逃げ出してしまうか。いや、それでは腹の虫が収まらない。

「おい、やばいぞ」

緊張で強張った陽一の声が耳に飛びこんできた。真人は運転席と助手席の間に首を突っこみ、前方を注視する。道路脇に停まったパトカーの赤色灯が回り、制服警官が道行く車を順番に路肩に誘導している。クソ、もう検問に引っかかったか。

「逃げるのか？　無理だぜ」

及び腰の陽一の口調が、真人をさらに苛立たせる。

「分かってる」

真人は素早く前方の状況を頭に叩きこんだ。誘導している警官は一人。その先に停まったパトカーにも一人か二人は乗っているだろう。ここで急にUターンすればかえって怪しまれる。かといって、検問を無事に突破できるとは思えない。

「どうする」陽一がほとんど泣きだしそうな声で真人に指示を仰いだ。

「普通に行け」真人は平板な声で告げる。「何でもないんだから」

「いいのかよ」

「いいから行け。愛想よく、な」

前の車が検問から解放された。陽一が警官の指示に従ってじりじりと車を進める。

「停めろ」

真人の指示で、慌てて陽一がブレーキを踏んだ。車の右斜め前にいた警官が怪しみ、運転席までやってきて窓を軽くノックする。

「開けるなよ」

命じておいてから、真人は後部座席の窓を開けた。素早く顔と右腕を突き出し、怪訝な表情を浮かべている警官を狙って一発撃つ。意外なほど頼りない音で反動も軽いものだったが、次の瞬間には警官は左肩を押さえて地面に転がっていた。

仁が悲鳴を上げかける。真人は最初の声が耳に届いた瞬間、左手を拳に固め、仁の口元を殴りつけた。悲鳴が引っこみ、口を押さえた手の隙間から血が流れだす。

「出せ」

言われるままに陽一が車を発進させる。道端のパトカーの脇をすり抜け、赤信号を無視して交差点に突っこんだ。クラクションと、タイヤがアスファルトを嚙む音が交錯する。真人はシートにだらしなく背中を埋めて、拳銃をベルトに挟みこんだ。二発撃った。あと何発残っているだろう。まあ、いい。正春に対しては、この拳銃は使わない。痛みが染みこむまで、たっぷりとバットを叩きつけてやるつもりだった。

「真人、やばいよ。警官だぞ。警官を撃っちまったんだぞ」

陽一の声は無様なほど震えていたが、そのわりに車の運転は乱れない。なかなかしっかりしてるじゃないかと真人は皮肉に考えた。

「だから何だよ」

「早く逃げないと」

「どこかで車を乗り換えなくちゃいけないな」わざとのんびりした声で真人は訊ねた。

「他の車なんかないよ」陽一の声はほとんど悲鳴になっていた。

「じゃあ、どこかで調達しないとな。でも、その前にやることがある」

「真人、いい加減にしろよ！」陽一が突然声を張り上げた。両の拳をハンドルに叩きつけると、耳障りにクラクションが鳴り響く。「俺はもう駄目だ」

「じゃあ、どうする？　自首でもするつもりか」

「しょうがねえだろう。ここまでやっちまったらもう逃げられないよ」

「だったらお前一人で自首すればいいじゃないか。それでどうなる？　今まで何人殺してると思ってるんだ」

「関係ねえよ」

陽一が急ブレーキをかけて車を路肩に寄せる。ドアに手を伸ばした瞬間、真人はその肩口に銃口を向け、溜息混じりに言った。

「よせよ、陽一。ここまで来て一人で逃げるなんて冷たいじゃないか」

「見逃してくれ。頼む」

「駄目」

真人の真意を探るように、陽一が動きを止めた。さあ、どうする。早く気持ちを決めちまえよ。真人は陽一の答えを待った。だが陽一が結論を出す前にサイレンの音が聞こえてきて、彼の背中が緊張で盛り上がった。真人はにやりと笑い、銃を打ち振る。

「ほら、さっさと逃げないと捕まるぜ」

陽一がクソ、とつぶやく。無駄だ。お前らはずっと俺と一緒にいる。そして最後は俺の踏み台になってもらうのだ。真人はシートに腰を落ち着けて口をすぼめ、ゆっくりと息を吐き出した。これでいい。あとは正春を見つけ出す方法を考えないと。

その機会は向こうからやってきた。鳴りだした携帯電話をジーンズのポケットから引っ張り出した真人は、見覚えのない相手の電話番号を眺めた。サツか？　そうかもしれない。何とか俺を説得できるとでも考えているのだろうか。無視してしまってもよかったが、何かが気になる。通話ボタンを押して電話を耳に当てると、聞き覚えのない声が流れてきた。

「伊刈真人だな」

「そっちは」

「誰だと思う」

真人は謎かけをされるのが大嫌いだった。そんなことで相手に主導権を握られるのが死ぬほど嫌だった。

「あんた、サツか」

「そんなことはどうでもいい。正春に会いたいんだろう？　児玉正春に」

真人は電話をきつく握り締めた。誰だ？　こいつは罠《わな》だ、という警告が最初に頭を過《よ》ぎる。

「嘘じゃない。ちょっと待て」電話の相手が断言する。

しばらくして、聞き慣れた声が耳に飛びこんできた。確かに正春だった。正春は一言二言もごもごと喋っただけで、すぐに電話を代わった。

「これで分かったな。お前らは正春に会いたいんだろう？　あいつは『オープン・オールナイト』の裏手の山にいる。その頂上の小屋だ」

それだけ告げて電話は切れた。罠かもしれない。正春がすでに警察の手に落ちている可能性もあるし、それを利用して俺たちをおびき寄せようとしているのかもしれない。

いや、警察は人質を取るようなことはしないだろう。裏山に来い？　これは明らかに警察のやり方ではない。だとしたら、正春本人が何か企んでいるのか？　しかしあいつには、俺たちと正面切って対決するだけの度胸も知恵もないだろう。あるいはヤクザが裏で糸を引いているのか。

構うものか。正春を殺すチャンスなのだ。びびって逃がすことはない。それに、こっちには拳銃がある。大抵のことはこれで解決できるはずだ。

電話を切ってから、上條は小屋の裏手に回った。萩原が言っていたとおり、必要なものは全て揃っている。あとは、連中がうまく引っかかってくれるかどうかだ。

ベンチに座って焚火を眺めている正春を視界の片隅に収めながら、上條は署に電話を入れた。自分の居場所を教えたくはなかったが、今、事態がどう動いているかは知っておく必要があった。おそらく署内は、上を下への大騒ぎになっているはずである。

紅林が刑事課に戻っていた。かりかりしているのではないかと想像していたのだが、すでに犯人を確保しているせいか、意外にもその声は穏やかだった。

「何してるんだ、上條」

「あのガキは何か喋りましたか」

「まだ事情聴取できる状態じゃないよ。しばらくは無理だな」

「締め上げてでも喋らせた方がいい」

「無茶言うな」紅林が繰り返した。「相手は未成年なんだからな。とにかく、今はパニックになってるから話にならん」

「親に会わせてみたらどうですか」

「まだ無理だな。落ち着くのを待つよ」紅林が言葉を切った。上條が何か言いだすのを待っている様子だったが、上條も自分から先に口を開くつもりはなかった。痺れを切らしたのか、紅林が喋りだす。「お前、今どこにいるんだ」

「証人と一緒です」

「証人？」紅林の声が裏返る。「証人って、どの事件の証人だ？　だいたい何やってるんだよ、お前は」

「もちろん捜査ですよ。逃げた仲間を探してる」

「検問中だ。それで、そっちはどうなってるんですか」

「話を整理しますよ。あの武というガキは、岩崎を殺したことは認めたんですね」

「ああ。まだ調書にできるような段階じゃないがね」

「それだけじゃないんですよ」

「そりゃあ、以前にもホワイトスノウを売りさばいてたんだろうが、それは生活安全課の担当だ」

「その件じゃありません」

「どういうことだ？」紅林の声に刺が混じった。「お前、何を摑んでるんだ」

「そのうち武が喋ります。そうじゃなくても、奴の仲間を捕まえて締め上げれば分かるでしょう」

「おい――」

「まだ誰も捕まってないんですね？」

「ああ、いや、ちょっと待てよ」

紅林が電話を手で塞いだ。それだけでは隠しきれない騒然とした雰囲気が伝わってくる。切れ切れに入ってくる言葉は「発砲」とか「重傷」と聞こえた。苛つきながら、上條は電話に向かって「おい」と嚙みつく。たっぷり一分ほども待たせた後、電話に戻ってきた紅林の声は重く沈みこんでいた。

「どうしたんですか」

上條が急かすと、紅林が舌打ちしてから答えた。

「検問の人間がやられた」

「撃たれたんですか」

上條は血が滲むほどきつく唇を嚙んだ。真人は完全に自分を見失っている。銃弾が尽きるまでに、あと何人犠牲者が出るだろう。

「聞こえてたか？」紅林が声を潜める。「レストランのオヤジを撃ったのも同じ連中だろう。やばいぞ、こいつは」

「そんなことは分かってます」

上條は再び唇を嚙んだ。自分が真人に電話したのは、検問中の警官に対する発砲の前だったのだろうか、後だったのだろうか。俺の言葉が、真人に暴走を決意させた可能性もある。

「上條、署に戻れ。一人で何をしてるか知らんが、危ないぞ」

「そうですね。でも、自分のケツぐらい自分で守れますから」

「おい――」

紅林の声を無視して上條は電話を切った。電話をしている間、正春はずっと焚火を見つめていた。コーヒーが飲みたかったが、そんな余裕はない。真人たちはすぐにここまで来るだろう。それまでにどうしても確かめておかなければならないことがあった。喉が渇いて張りつき、跳ね上がる心臓が胸郭を激しく叩く。

上條は正春の隣のベンチに腰を下ろした。正春がかすかに身を硬くするのが分かる。

「記憶喪失だって嘘をついたんだな」

正春が肩をすくめた。それを肯定の仕草と受け取って、上條は質問を重ねる。

「何で記憶喪失のふりなんかしたんだ」

「分かってないの?」馬鹿にしたように言い、正春が顔を上げる。「俺はね、あんたに守ってもらいたかったんだよ」

「守る? 何から?」

「あの馬鹿に決まってるじゃない。真人だよ、伊刈真人。記憶喪失の人間を放っておくわけにはいかないでしょう」

「馬鹿な」

上條はぶつぶつとつぶやいた。違う。記憶喪失の若者が可哀相だから守ってやろうとしたのではない。最初から予感があったのだ。正春と自分とのつながりにどこかで気づいていたからこそ、面倒を見てきたのだ。だが、図らずも正春の意図は的中したことになる。

「あいつはおかしいんだ」正春が吐き捨てる。

「そうみたいだな。今も検問の警官を撃ったらしい。その前には、お前の居場所を探り出そうとして萩原さんも撃った」

正春が両手で自分の体をきつく抱き、前屈みになった。煙がたなびき、その姿をぼんやりさせる。元々この少年が自分の息子だという実感も薄いのに、その事実がさらに曖昧になってきたような気がした。

「終わりだ」ぽつりと言って正春が枯れ枝で焚火を突いた。燃え尽きた薪が崩れ落ち、炎が一瞬だけ高く燃え上がる。

「お前、いつからあんな連中とつき合ってたんだ」

「ま、いつの間にか」正春が肩をすくめる。「いつかはこうなるんじゃないかと思ってたけど」

「ホワイトスノウをさばいてたんだな」

「あれだって、真人が持ってきた話なんだ」言い訳するように正春がつぶやく。

「ヤクザに因縁つけられて、分捕られたこともあったそうじゃないか」

大袈裟に正春が身を震わせる。

「あったね、そんなこと。後で真人にぶん殴られたよ。殺されるかと思った。あいつ、キレると本当に何するか分からないんだ」

「お前も金が欲しかったんじゃないのか」

「そういう言い方しなくていいんじゃない？」正春が頬を膨らませる。今度はやけに子どもじみた表情だった。「俺は大した金は受け取ってなかったんだから」

「児玉の家は、ちゃんとしてくれたのか」

「さあね。ケチだから、金はろくにくれなかったよ。だから……」

結局金か。上條はきりきりと歯を噛み締めた。小遣い稼ぎでホワイトスノウをばらまかれたらたまったものではない。

「お前がいなくなったのに、児玉の家は届け出てない。無責任だな」

「ああ、それ」正春がにやりと笑う。「この前、店から家に電話を入れたんだ。友だちのところを泊まり歩いてるってさ。よくあることだから、向こうもほっとしてたんじゃないの。厄介払いでさ」

先日児玉から電話がかかってきた後のことだろう。正春の狡猾《こうかつ》さは、上條には理解しがたいものであった。

「向こうの家には面倒かけてたのか」

「さあ、どうかな。最近はろくに話もしないから、向こうが何考えてるのかは分からない。それに、あのジイサンは本当の親じゃないし」

上條は頬が緩むのを感じた。あれだけ偉そうなことを言っておいて、あの男はまともに子育てができなかったのだ。成長するにつれ、正春は次第に面倒な存在になってきたのだろうが、正面からそれに対応しようとしなかったに違いない。

「何であいつらに襲われたんだ」

「俺さ」正春が真っ直ぐ上條の目を見た。一瞬躊躇い、舌を出して上唇に湿りをくれる。

「あの……去年の話」

「誘拐のことだな」

正春がうなずく。

「あれは誘拐じゃないんだ」

上條の頭の中で、何かが音を立てて崩れた。

「どういうことだ」

「ホワイトスノウの件で……光良が怖がってさ。巻きこまれてびびったんだと思う。抜けたいっていう話になって、真人がキレちゃって」

「あの件にはお前も絡んでたのか」詰問口調にならないように声を抑えながら、上條はさらに追及した。

「俺は呼び出しただけだよ」

「ああ」点が糸につながった。光良が拉致された日、彼と一緒にいたのは正春だったのだ。「光良が予備校に行く前、お前は一緒にいたんだな？　本屋で落ち合って、喫茶店に行った」

「そう」

「予備校が終わった後でまた落ち合ったわけだ……それで殺した」

「バットで滅多打ち」正春が身震いし、慌ててつけ加える。「俺は何もしてないよ。止めたんだ。だけど、ああなったら真人は絶対に止められない」

「そういうことか」上條は小さく溜息をつき、拳を両膝に置いた。「誘拐は偽装だったんだな？　偽装というか、殺しちまったからついでに金も取ってやろうと思った、そうじゃないか」

「それも真人が言いだしたんだよ。金なんかどうでもよかったんだ。誘拐だってことにしておけば、サツも混乱するからって。こういうことも、あいつにとってはゲームみたいなものなんだよ」

真人は常軌を逸しているかもしれないが、頭は悪くない。あいつのせいで、こちらは一年も全然違う方向を探っていたのだ。しかし、そういう計画は必ずどこかで破綻する。ほんのわずかなずれが犯行を発覚させるのだ。

「だけど、そういうのってやっぱりおかしいじゃない。いつかばれるし。だから俺も、この件はそのうち警察に話すつもりでいたんだよ」

「自分だけ助かろうと思ったわけか」

「悪い？」正春が鋭い目つきで上條を睨んだ。「俺が証言すれば事件は解決するじゃない。そうなったら、俺のことも少しは考えてもらっていいと思うけど」

「そんな保証はできない。アメリカならともかく、ここは日本だからな」

「できるよ」自信たっぷりに正春が言いきった。「法律なんか関係ない。あんたが何とかしてくれるんじゃないの。親なんだから」

「俺が、か」親なんだから、という言葉がすっと頭に染みこむ。

「あいつらにぼこぼこにされた時、すぐに分かったんだ。あんたのことは写真で見たことがあったし、ジイサンが、あんたが北嶺に戻ってきたって喋ってたから。あの場所にいたのは偶然だったけど、あんたなら何とかしてくれると思った」

「そうか」

そのとおりだ。最初は曖昧とした予感だったのが、やがて正春が息子だと気づいた時、上條は大きな負債の存在を意識し、この少年を立ち直らせるためにできるだけのことをしようと考えた。正春が親子関係に気づく、気づかないに関係なく。しかし今考えてみれば、俺は正春にうまく操られていただけなのだ。

「あんたは俺を捨てたんだよね」正春の声に怒りが混じった。「俺に借りがあるはずだよね。だったら、今それを返してくれてもいいんじゃないの。楽しかったでしょう、父親ごっこは」

正春の言葉が、上條の冷静な仮面に罅を入れた。一方で、わずかに残った冷静な部分は、正春の言うことももっともだと考えている。悪くなかった——いろいろなことを教え、死んだような少年を生気ある生き方に導いてやるのは。たとえ正春の態度が演技だったとしても。長年心から押し出してきた父親としての感情、それが一気に噴き出して、何かしてやらねばならないという焦りにも似た気持ちに支配されたのは事実である。

どうする？　見逃して父親としての気持ちを優先するか。犯人を揃えて突き出すことで刑事としての気持ちを満足させるか。

それを考える前に、やっておくべきことがある。上條は答えを棚上げして冷たく言い放った。

「自分で何とかするんだな」

「冗談じゃないよ」正春が言葉の端に怒りを滲ませた。「子どもを助けるのは父親の義務じゃない」

「もうすぐここに真人が来る」

上條の言葉に正春がぎくりと身を震わせた。構わず上條は続けた。

「俺が呼んだんだ。お前を囮に使ってな。お前がさっき電話で話した相手は真人だよ」

「何でそんなことしたんだよ」正春が蒼褪め、立ち上がった。握り締めた拳が大きく震えている。

「俺はあいつを逮捕する。そのために、お前にも手伝ってもらう」

「冗談じゃない。殺されるよ」

「何もしないでいても殺されるぞ」

「逃げればいいじゃない」

「俺は逃げない。あいつを捕まえる。お前も一人じゃ逃げられないだろう？　俺と一緒にここにいろ」

　正春はなおもぐずぐず言っていたが、結局、上條の説得を受け入れた。それから二人は、大慌てで罠の仕掛けにかかった。

5

「こんなので大丈夫なの」両手を叩き合わせて埃を落としながら正春が不安を漏らす。

「今の真人は自分を見失っている。奴は馬鹿じゃないだろうが、焦ってると自分の足元が見えなくなるもんだ。そういう時は、ふだん気づくようなことにも気づかなくなる」

「ふうん」なおも不安そうに正春が首を傾げる。「だけど、何だかガキの遊びみたいだな」

　正春の皮肉を無視して上條は指示した。

「その木のロープをもう一度締め直しておいてくれ」

「自分でやれば」そっぽを向いて正春が反発した。

「いいから、ちゃんとやっておけ。自分のためなんだぞ」

　言い置いて、上條は小屋へ戻った。中に入ってドアを閉め、窓から、ロープを締め直している正春の姿を目の端で捉《とら》える。携帯電話を取り出し、何度か躊躇った末、ある番号をプッシュした。破滅が確実に近づいている。自分の判断が正しいのかどうかすらも分からない。一方的に喋って電話を切った時には、指がはっきりと震えていた。無性に酒が欲しかったが、これから数時間は正気を保っていなければならないのだと自分に言い聞かせ、アルコールの誘惑を断ち切る。

外へ出ると、正春はベンチに戻っていた。焚火は小さくなり、日が傾き始めて寒さがうっすらと漂っている。上條はベンチに座って前屈みになり、頼りない火の前で両手を擦り合わせた。

「先に行っちゃ駄目なの」正春が木立の方にちらちらと視線を投げながら言った。今にも真人が襲いかかってくるのではないかと恐れるような態度だった。

「一人で逃げられると思ってるのか」

「いや」正春が地面に視線を落とす。金もない。足もない。家に戻るわけにもいかない。自分の置かれた状況は、正春にも十分、分かっているはずである。

「あいつらをうまくおびき寄せて逮捕する。そうするまでは、どこへ逃げても安全じゃない。それは分かるな」

「分かるけど……」

「少なくとも俺と一緒にいた方が安全だ。とりあえず、お前は小屋へ入ってろ。真人は拳銃を持ってるんだ」

うなずいて正春が立ち上がる。脚がかすかに震えていた。

「大人しくしてろよ」

「今さら騒いだってどうしようもないでしょう」

白けた口調で言い残して、正春が小屋の中に消えた。記憶喪失のふりをしていた時の無気力さにもてこずらされたが、こういう醒めた態度も頭にくる。

上條は枯れ枝で焚火をつつき回しながら考えた。俺は利用されていただけなのだ。そういう意味で正春はずる賢い。それが生来のものなのか、育った環境のせいなのか、真人たちとつき合っているうちに身についたものかは分からない。

ふと、妻の美歩の顔が頭に浮かんだ。もしもお前が生きていてくれたら。二人で正春を育てていたら、どうなっていただろう。少なくともこんな厄介事に巻きこまれるようなことはさせなかった。今さら誰に文句を言っても仕方のないことだが、無数の可能性が現れては消え、声を上げて叫びたくなる。

ペットボトルの水をゆっくりと焚火に回しかけた。炎がはぜる温かな音が消え、代わって木々を揺らす風の音が周囲を支配する。異変を一つも聞き逃さないよう、耳に全神経を集中した。膝に両手を置き、細い獣道に目を凝らす。間もなくそこから獣が姿を現すだろう。だが殺すつもりはなかった。獣を罰するのに、自分も獣になる必要はないのだ。上條は、最後まで人として真人を罰するつもりでいた。

あっという間の出来事だった。「オープン・オールナイト」の裏手に車を停めた瞬間、仁がドアを蹴破るようにして飛び出す。真人は鋭い声で呼びかけたが、仁は振り向きもせず、国道に向かって一直線に逃げていった。一瞬、拳銃を上げて狙いをつけたが、すぐに舌打ちをして下ろす。あんな奴を撃って、弾を無駄にすることはない。

陽一は蒼褪めた顔をしたまま、車を出たところで突っ立っていた。銃口をゆっくりと上げ、「逃げたいなら逃げろよ」と挑発する。

「お前も逃げるか」真人は笑いながら陽一に問いかけた。

「ちょっと待て。落ち着けよ。罠かもしれないぜ」陽一の声は震えていた。

「そうかもな」

「そう思うならさっさと逃げようぜ」小さくなった仁の背中に目を向けながら陽一が言う。「仁は……仕方ない。今ならまだ間に合うから、俺たちだけでも逃げよう」

真人は陽一の説得を頭から無視した。こんなことは話し合うだけ無駄である。やるべきことを済ませて、逃げることはそれから考えればいい。欲張って一度に二つのことをしようとするから失敗するのだ。

「さ、行くぞ」

真人は拳銃を振って、陽一を先に行かせた。電話の主——上條とかいうあの刑事ではないかと今は思っていた——が言っていたとおり、丘の麓《ふもと》に獣道がある。躊躇いがちに陽一が足を踏み入れたのに続き、真人も歩き始めた。

古い樹木に蔦が絡まり、どうにも歩きにくい。足元は滑るし、冬なのに濃密な緑の匂いで息が詰まりそうだ。真人は乱暴に拳銃を振るって蔦を掻き分ける。陽一は顔を打つ小枝が気になるのか、ずっと中腰の姿勢を保っていた。十分ほども道なりに登り続けただろうか、陽一がふと足を止める。

「何か臭わないか」陽一が鼻に皺を寄せ、周囲を眺め渡す。

「そうだな」

ガソリンか何かだろうか。それほど強い臭いではない。気にすることもないだろうと、真人は自分を納得させた。連中も小屋に籠っているのだから、燃料用に油ぐらいは使うだろう。

突然空が開ける。どうやら丘の頂上が近づいたようだ。真人は陽一に「待て」と声をかけ、彼の横をすり抜けて前に出た。太い松の木陰に身を隠し、様子を窺う。

いた。小屋の前のベンチに腰かけて周囲に鋭い視線を投げかけているのが、上條とかいう刑事だろう。まだこちらに気づいている様子はない。今撃てば殺せる。たぶん正春は小屋の中に隠れているのだろう。一瞬、発砲した直後に、小屋に隠れた数十人の警察官が一斉に飛び出してくるという悪夢が真人の頭を過ぎった。いや、まさか。あの馬鹿な刑事は、自分一人が英雄になるつもりで、ここで待ち構えているに違いない。まったく、馬鹿だよな。唇の端を持ち上げるように笑いながら、真人は銃口を上げ、木陰から狙いを定めた。もう二度撃っているから、銃の反動にも慣れている。一発でしとめられると考えるほどうぬぼれてはいなかったが、残った銃弾で必ず殺せるだろう。正春はその後だ。あいつに拳銃を使う必要はない。ゆっくり叩き殺してやる。

引き金にかかる指に力を入れた。もうすぐ全ての決着がつく。

周囲の空気の圧力が高まり、息苦しささえ感じた。何でもない、馬鹿らしいと思いながらも、上條は意思に反して反射的に身を翻し、ベンチの背後に隠れる。その瞬間、銃声が静寂を破り、先ほどまで彼が座っていた足元の土がぱっと舞い上がった。

奴が来た。少なくともこれで真人は三発撃った計算になる。あと何発残っているのか。撃ち尽くすまで持ちこたえることができるか、それともその前に強引に決着をつけなくてはいけないのか。

パニックに陥るな。奴が撃ってくるのは予想していたことではないか。計画どおりにやるしかない。

獣道の出口に、一人の若者が姿を現した。右手には拳銃。用心深く周囲を見回しながら、一歩ずつ小屋の方に近づいてくる。こいつが真人だろう。端整な顔つきで、落ち着いた表情を見た限り、極めてまともな感じがする。後ろからもう一人、紺色の毛糸のキャップを被った若者が出てきたが、そちらは及び腰で、一刻も早くこの場から逃げ去りたいという弱気を漂わせていた。

この男と話がしたい。どうして光良を殺したのだと正面から問い詰めてみたかった。ただ自分の楽しみのためにやったのではないか。誘拐をでっち上げたことも、警察の捜査を攪乱《かくらん》させることが目的ではなく、俺たちが慌てふためくのを見るのが面白かったからではないか。

上條は躊躇わず、手元の紐《ひも》を引いた。二人の背後で、木に吊るしたバケツがひっくり返る。二人がそちらを振り向くのを見てから、足元の溝に火を点けたライターを近づけた。溝に満たしたガソリンがあっという間に細い炎の帯になり、二人の背後にこぼれ落ちたガソリンに燃え移って炎が高く立ち上る。驚いた二人が飛びのいた。背中に炎の壁を背負ったまま、真人がゆっくりと上條を見やり、唇を舐める。逃げ場がなくなったのは俺だけじゃない、とでも言いたそうな、余裕のある態度だった。

いや、逃げ場をなくしたのはお前たちだけだ。

上條は右手に掘った細い溝に火を放った。そちらの溝は、二人のすぐ前につながっている。地面に染みこんだガソリンが火の帯になって走り、二人の前で炎が勢いよく燃え上がった。二人の足が止まる。これでどれぐらい時間が稼げる？　とにかく急げ。

「正春！」

叫ぶと、小屋から正春が飛び出してきた。上條の先を走って小屋の裏手に回る。上條はその跡を追って走り始めたが、その瞬間銃声が響き、同時に右腕に焼けつくような衝撃を感じた。真人が炎の壁の向こうから撃ってきたのだ。だが、これぐらいでは俺を止めることはできない。

衝撃はすぐに痛みに変わったが、我慢できないほどではなかった。左手で右の肩をきつく摑みながら、正春の跡を追う。正春はすでに森の中に姿を消していた。上條は足元に置いておいた火炎瓶――ビール瓶にガソリンを入れた即席のものだ――に封をしたガ

もう一発。思わず首をすくめたが、今度は当たらなかった。

　上條は森に分け入り、先を行く正春の跡を追った。正春は教えたとおりに、木立を伝いながらきつい傾斜を慎重に降りていく。この斜面を二十メートル降りれば、無事に逃げ切れる可能性が出てくる。正春が足を滑らせた。そのままずるずると斜面を落ちていく。短い悲鳴が上がったが、やがて体が木にぶつかって止まり、正春はその場でうずくまってしまった。上條は滑りながら正春の元にたどり着き、手を貸して立たせてやる。上條が腕から血を流しているのに気づき、正春が目を丸くした。

「撃たれたの？」

「大丈夫だ」

　右腕が冷たくなってきた。案外重傷かもしれない。意識して腕を動かしてみると、激しい痛みが走る。骨はやられていないはずだが、長い間放っておけば腕が死んでしまうかもしれない。

「真人は？」

「もう少しだからな」

「今のところは足止めしてる」

　それでも正春は安心できないようで、声を震わせながら断言した。

「あいつは絶対来る。そんな簡単に諦めるような奴じゃないよ」

正春が顔を曇らせたまま、横向きになって慎重に斜面を降り始める。上條は左手で正春の腕を摑み、転げ落ちないように支えながら自分もゆっくりと体重を移動させた。湿った斜面には足場もなく、無理に足を運ぶよりも、靴底を滑らせて降りる方が確実なようだった。

銃声が響き、頭の上から枯葉が舞い落ちる。上條は首をすくめて舌打ちをした。真人たちは、案外早く炎の壁を脱してきたらしい。正春の体が硬直し、足が止まる。

「止まるな」

警告しておいてから、上條は正春の体を斜面の下に向けて押し出した。正春が尻餅をつき、ずるずると滑り落ちる。二メートルほど下からは垂直の崖だ。一瞬ひやりとしたが、正春は傍らの木の幹に腕を絡ませて何とか体を支える。

疲労と痛みで目が霞んできた。上條は何度かきつく瞬《まばた》きし、焦点を合わせようとした。目を凝らし、用意しておいたロープを探す。ない。まさか、解けて下に落ちてしまったのか。だから強く縛り直しておけと言ったのに。一瞬パニックに襲われたが、正春がロープを見つけ出して渡してくれた。手が触れ合った瞬間、正春が小さく微笑む。邪気のない、幼児のような笑顔だった。上條は顔を強張らせ、その場に立ち尽くした。

「早く」

正春に急かされ、上條は彼がすでにロープを握っているのに気づいた。つま先立ちになりながら、正春が下を覗きこむ。上條も正春の肩越しに崖下を覗いた。十五メートル……いや、二十メートルはある。ロープは十分体重を支えられるはずだが、結びつけている木の枝が腐っていたらどうしようもない。あらかじめ何度も引っ張って試しておいたが、今になって不安が湧きあがってくる。

「早く！」

再び正春に急かされ、上條はもう一本のロープをきつく握った。右腕の怪我が不安だ。左腕一本では自分の体重を支えきれないだろう。といって、ここで躊躇っているうちにも真人は追いついてくる。それは計算のうちだが、今のうちにもう少しリードを広げておかないと、いくら素人の腕でも射程圏内に入ってしまう。

「一気に滑るな。手を火傷するからな」

正春に忠告してから、上條はロープを腰に巻きつけ、右手を伸ばした。ロープを摑むと、びりびりするような痛みが体の右半分を襲う。左手を腰の下に伸ばしてロープを握った。正春が同じようにするのを確認してから、後ろ向きになって崖の縁から足を離す。一瞬体が宙に浮き、腰と右腕に全体重がかかった。激痛が意識に楔を打ちこんだが、何とか持ちこたえて足場を探す。右足が崖の斜面を蹴り、その勢いで体がずり落ちた。左手に力を入れてロープが解けるのを防ぎながら、また足場を探す。斜面から剝き出しになった木の根に靴先が引っかかった。よし、この手順でいい。ロープを摑んで斜面を蹴りながら、慎重に降りていくのだ。真人が、上から俺たちの頭を撃ち始めないうちに。

正春の方がよほどうまくやっていた。リズミカルに崖の斜面を蹴り、一メートルずつ体を降下させる。ちらりと下を見ると、間もなく地面に足が触れようというところだった。上條は正春のリズムを頭に思い浮かべながら降り続けようとしたが、腕の痛みがそれを邪魔する。流れ出た血が肩口から胸にまで広がり、オフホワイトのコートが黒く染まった。上の方でがさがさと枯葉を踏みしだく音が耳障りに響く。間もなくこのロープにも気づかれてしまうだろう。もう少しだけ時間が欲しい。

下を見ると、正春はすでに地面に下り立っていた。あとは緩い斜面である。木立を抜ければすぐ目の前が国道だ。撃たれず、そこまで無事にたどり着ければ全てが終わる。あと三メートル。斜面を蹴ってロープを滑り落ちる、その動作を数回繰り返せば足が地面に着く。

頭では計算できても、体がそのとおり動くとは限らない。足が斜面を捉えそこなった。腰に回したロープが体を締めつけ、右腕に力が入る。体が宙に浮き、激痛に思わず右手をロープから離すと、バランスを失って体が回転し始めた。慌てて右腕を伸ばしたが、宙を摑むばかりである。腰に食いこんだロープの感触が消え、体が平衡感覚を失った。

真人だ。奴がロープを切ったに違いない。クソ、三メートルを落ちて無事でいられるのか？　何とか持ちこたえろ。俺は正春につき添ってやらなければならないのだ。正春のために——いや、俺自身のために。

空がひっくり返り、腰が何かにぶつかった。背筋を引き裂かれるような激しい痛みが走る。摑まる物を探してむやみに両腕を振り回した。右手が何か柔らかい物に触れる。体を捻って左腕を伸ばし、右手に当たった何かに摑まろうとした。頼りない感触だったが、それでも一瞬落下が止まる。張り出した松の枝だと気づいたが、次の瞬間、上條の体は自然のクッションを突き抜けていた。無意識のうちに体を丸める。気づいた時には右肩から地面に衝突しており、体がばらばらになるほどの衝撃を受けた。足は動かせるのか？　首は折れていないのか？　駄目だ。痛みというよりショックで体が言うことを聞かない。クソ、真人はすぐに降りてくるだろう。追いつかれるのは時間の問題だ。ここまで来て。あと一歩なのに。

その時、正春が上條を助け起こした。細い体に似合わず、案外力強い。

「しっかりしろよ、オヤジ」

その言葉が頭に染みこむ。こいつは俺を頼ってきたのだ。あの自分勝手で傲慢《ごうまん》な児玉ではなく、この俺を。そして今は、俺を助けてくれている。胸が詰まり、視界が白く霞んだ。

正春の手にすがって何とか立ち上がる。自分の足で地面を踏みしめると、ようやく体の感覚が戻ってきた。正春の肩に摑まりながら、緩い斜面を駆け下りる。上から銃声が降ってきた。木の幹にでも当たったのだろうか、銃声に重なるようにしてぴしっという音が響く。無理だよ、と上條はほくそえんだ。初めて拳銃を手にした人間が、数十メートルの距離を置いて相手の頭を撃ち抜くことなど不可能だ。さっさと降りてこい。そう

すれば お前は終わりだ。全てが終わりになる。いや、降りてこなくてももうすぐ決着がつく。

「もう少しだ」

正春にというより自分に言い聞かせるように、上條はつぶやいた。ふっと意識が遠のく。思ったよりも出血が多いのかもしれない。木立の向こうに暗い冬の空が見えた。あと二十メートルほどで森を抜ける。真人がまだ上でぐずぐずしているなら、十分安全な距離だ。

「助かったぜ、オヤジ」

正春が安堵の溜息を漏らす。上條は彼の肩から手を離し、歩調を緩めた。安全だと確信したわけではない。もう走るだけの体力が残っていなかったのだ。無性に喉が渇き、睡魔が襲ってくる。このまま倒れて眠ってしまいたかった。分厚く積もった枯葉のベッドは柔らかそうだし、冷たく吹き渡る風も頬に心地よいだろう。やがて俺は土と同化し、逞《たくま》しい巨木が、屍《しかばね》の上で枝を張り広げる。それはさながら、俺の墓標のように見えるはずだ。

森を抜けた。丘を挟んで「オープン・オールナイト」の反対側になる。一足先に平地に足を踏み入れた正春が、大きく肩を上下させていた。上條は一歩遅れて続いた。正春が振り向く。絶望と怒りが入り混じり、その顔は不気味なまだら模様になっていた。

真人はロープを摑んで一気に斜面を滑り降りようと試みた。あの野郎、妙な小細工をしやがって。上條と正春に対する怒りが、体を爆発させんばかりに膨れ上がった。顔の右半分が引き攣るように痛む。目の前で炎が燃え上がった時に、頰を焼かれてしまったのだ。どれほどの火傷かは分からないが、指先で触れると、滑らかだった肌がぶよぶよになっているのが感じられる。右目も半分塞がり、視界が白く霞んでいた。

「真人、危ないぞ」陽一が忠告した。

「うるさい」

真人はロープを摑んだまま応えた。ほんの二十メートルではないか。ここで躊躇っていたら、あの二人を逃がしてしまう。下へ降りさえすれば追いつけるのだ。首をめぐらせて崖の下を見ると、緩やかな斜面を二人がのろのろと逃げていくところだった。

「お前も後から来い」

命じておいてから、真人は地面を蹴ってロープに体重を預けた。腕が伸びきり、脇の下が攣るように痛む。短い悲鳴を上げて足をばたつかせ、何とか足場を探そうとしたが、靴は空しく宙を蹴るばかりだった。

「真人！」

陽一の悲鳴が追いかけてきた。陽一がロープを摑んだのか、体がふっと浮き上がる。その一瞬を利用して何とか足場を探す。つま先が斜面の土を捉えた。一蹴りしてバランスを取り戻そうとしたが、かえって体勢が崩れてしまう。重みに耐えきれなくなって陽一がロープを放したのか、真人は一気に五メートルほどずり落ちて、背中から斜面に衝突した。その衝撃で、ロープを摑んでいた手の力が抜ける。まずいと思った瞬間には体を支えるものが何もなくなり、天地がひっくり返った。緑と茶の風景が目の前を通り過ぎる。やがて二つの色は混じり合い、黒に近い灰色になった。

衝撃が真人を襲う。首の後ろから背中にかけて痺れるような感覚が走り、何の抵抗もできないまま、ほぼ垂直に近い斜面を転がり落ちるしかなかった。ようやく転落が止まった時、真人の顔は空を向いていた。密生する木々の隙間から垣間《かいま》見える空は曇っている。銀色とも灰色ともつかない雲が流れ、空が次第に暗くなってきた。真人は額を生ぬるい汗が伝うのを感じたが、それを拭おうにも手足が動かない。遠くで陽一が呼ぶ声が聞こえてきた。あの野郎、びくびくしてないでさっさと降りてこい。

真人の目が、ぶらぶらと揺れるロープを捉えた。クソ、こんなところで死んでたまるか。吐き気を感じながら首をめぐらせ、上体を起こす。腕を突っ張って何とか立ち上がったが、腰から下の感覚がなかった。それでもまだ、拳銃は握り締めている。逃がさない。絶対に殺してやる。真人は木の幹を支えに立ち上がり、のろのろと一歩を踏み出した。

「どういうことだよ……何だよ、これ」

震える声で正春が訊ねた。上條は無言で、彼の後ろに立ちはだかって退路を断った。

前方には正春の行く手を塞ぐように数台のパトカーが停まっている。上條は自分の体をきつく抱いて震えを抑えながら、大田黒を探した。パトカーから飛び出してきた大田黒が、困惑しきった表情で近づいてくる。

「俺が呼んだんだ」

上條はぼそりとつぶやいた。

「サツに売るつもりかよ」

正春が上條に詰め寄る。予想もしていなかった結末だったのか、逃げ出すことすら忘れてしまったようだった。上條の胸倉を摑んで顔を近づける。汗の臭いが上條の鼻を不快に刺激した。

「助けてくれるんじゃなかったのかよ、オヤジ」

オヤジという言葉が激しく胸に突き刺さるのを感じながら、上條は首を振った。

「そんなことは一言も言っていない」

「冗談じゃない、息子をサツに突き出すのかよ」

「俺は刑事だ」

クソ、と捨て台詞を吐き、正春が身を翻そうとした。ずっとぼんやりしていたのは演技だったのだ。上條は最後に残った力を振り絞って正春の腕を摑み、自分の方に引き寄せる。

「助けてくれよ」

正春が顔を背けたまま哀願する。上條はそれを無視し、正春の体を大田黒の方に押しやった。大田黒と制服の警官が、二人がかりで正春を押さえつける。正春はしばらく抵抗していたが、やがて全てを諦めたように身を委ねた。制服警官に連行されていく途中、正春は一度だけ上條の方を向いて虚ろな視線を投げつけてきた。信じていた者に裏切られ、これからの人生で何一つ頼るものもなく生きていかなければならないということに突然気づいたようだった。

大田黒が部下に指示を飛ばしたが、上條の耳には入らなかった。

「怪我してるのか」

さほど心配する口調でもなく、大田黒が訊ねた。上條はぼんやりと自分の右腕を見下ろし、ゆっくりと手を握り、広げてみた。その都度激痛が走るが、それは神経が生きている証拠だ。瞼を閉じ、ゆっくり十数えてから目を開けた時には、風景に色が戻ってきていた。冷たく甘やかな風の香りも感じられる。

「犯人は渡してやるって、あの坊やのことなのか」

「森の中にもまだ仲間がいる。拳銃を持ってるから気をつけろ」

大田黒が指示を飛ばすと、すぐに刑事が三人、森に分け入っていった。それを見届けながら、上條は自分が予想していた以上の破滅が近づいているのを確信した。

音がする。誰かがこっちに近づいてくる。誰だ？　逃げた仁が助けに戻ってきたのか。

いや、それはありえない。あいつは虫けらも同然だ。虫けらは、自分が生き延びることしか考えていない。

太い松の幹に背中を預け、真人は呼吸を整えた。木陰にちらちらと動く暗い影が見える。あの刑事が帰ってきたのだろうか。それとも正春か。石のように重く、硬くなった腕を何とか地面から少しだけ上げる。ちらつく影に向けて引き金を絞った。反動で腕が持ち上がる。構わず二発目、三発目を撃った。あと何発残っているのだろう。無駄弾を撃つな。落ち着いて様子を見るんだ。

霞む視界の隅では、まだ影がちらついていた。クソ、しとめ損ねたか。真人は再び拳銃を構えた。次の瞬間、自分の拳銃のものではない発射音が遠くで鳴り響く。肩に衝撃を感じ、真人の体は木の幹に張りついた。青臭い松葉の匂いが鼻を衝く。ああ、森の香りだ。俺が嫌っていた、北嶺の田舎臭い香りだ。また発射音。筋肉の奥深く入りこみ、組織を破壊する銃弾の熱い感触。痛みは感じなかったが、真人は体をくの字に折り曲げた。血液が沸騰したように体が熱くなり、内臓がずたずたに切り裂かれるのを真人ははっきりと意識する。

こんなふうに人を殺して楽しいのかよ。自分の手でやらないで、実感が得られるのか。

突然、右目に涼しい風が吹きこむ。弾丸が脳を掻き回す一瞬前に、真人は三発目が顔に当たったのだと気づいた。ああ、俺の脳は滅茶苦茶になる。視界を失い、この森の匂いを嗅ぐことも二度とない。誰かを殴る感触を味わうこともできなくなるのだ。

真人の体が木の幹から離れ、ゆっくりと崩れ落ちた。湿った落ち葉を血が濡らす。汗と血で濡れた髪を冷たい風が揺らし、木立の隙間を縫うように舞い始めた雪が、焼け爛《ただ》れた顔を愛撫《あいぶ》するように、頬の上で溶けた。

長い残響を残す銃声を聞いて、上條と大田黒は顔を見合わせた。大田黒がゆっくりと首を振る。残っていた警察官に指示を飛ばし、森の捜索に向かわせた。それから上條の方に向き直る。

「お前が連れてきた坊やが誘拐の犯人なのか」

「あれは誘拐じゃなかった」

「どういうことだ」大田黒の顔がさっと蒼褪める。

「奴らは、例のホワイトスノウの件で仲間割れして、先に光良を殺したんだよ。それから捜査を混乱させるために脅迫電話をかけて、誘拐をでっちあげたんだ」

「馬鹿な」大田黒が吐き捨てた。「殺しておいてから誘拐の真似事だ？　それじゃ墓穴を掘るようなもんだろう」

「そう馬鹿にしたものじゃない。俺たちはあいつらにまんまと騙されたんだぞ。少なくとも一年、誘拐だとばかり思って振り回されたんだからな」

上條の反論に大田黒が口をつぐんだ。上條はともすれば痛みで遠のく意識を保つために、早口で喋り続けた。

「身代金受け渡しの時には、被害者はとっくに死んでたんだ」

「じゃあ、お前のミスはミスじゃなかったってことになるわけだ」大田黒がようやく明るい顔を見せた。「お前には責任はないんだよ。それが分かっただけでもよかったじゃないか。それに、やり方はともかく、これで事件は解決だ。ガキどもの仕業だと思うと気が重いがね」

「ああ」

上條は言葉を切り、地面に直に座りこんだ。震える手で煙草を引き抜き、何とか火を点ける。まったく、火ぐらい貸してくれてもいいではないかと大田黒を恨んだが、こいつは煙草を吸わないのだと気づいた。湿り気のある空気の中に煙草の煙が溶けていく。それをぼんやりと眺めながら、上條は自分の中で事件を総括しようとした。

無理だった。

「何で浮かない顔をしてるんだ」不思議そうに大田黒が訊ねる。「これで全部綺麗に解決だろうが。森の中で誰か死んでるかもしれないが、それは仕方ない。向こうが先に撃ってきたんだから、緊急避難だ。誰かに文句を言われることじゃない」

上條はパトカーに押しこめられた正春に目を向けた。呆然とした表情で、ガラス越しにこちらを見ている。どうしてこうなってしまったんだ、父親というのは子どもを助けるのが義務ではないかと自問自答していることだろう。俺は、刑事であることと父親であることを天秤にかけた。刑事の方が重かった、それだけの話である。手からすり抜けそうになっていた事件を解決し、これから俺はまた刑事としてやっていけるだろう。自分の失態を赦すことができるだろう。

しかし、人間としてはどうだ。父親失格という前に、俺は人間として大事な何かを踏みにじってしまったのではないだろうか。

「怪我は大丈夫か？　今、救急車が来るから——」

上條は大田黒の言葉を遮った。

「あのガキは俺の息子なんだ」

「何だって？」上條を見下ろしていた大田黒が目を剝いた。

「あれは、俺の息子だ。俺は自分の子どもをお前らに引き渡したんだよ」

風が吹き抜け、上條は寒さのためではなく身を震わせた。ぼんやりと森に目をやる。冷たい湿気をはらんだ風が木々を揺らし、そのざわめきが自分を責めたてているようでもあった。

勝手にしろ。叫びもない。涙もない。乾いた彼の心には、いかなる感情も残っていなかった。

6

細かい埃を含んだ風が吹きつけ、小野里のコートの裾をはためかせる。上條は「北嶺ゴルフ場（仮）建設予定地」の看板を眺めながら煙草に火を点けた。

「あのガキ――伊刈真人だっけ？」小野里が目を細めて看板を見やりながら言った。

「ああ」

「俺も見逃してた」

「お前には関係ないだろうが。また番人気取りかよ」

上條の言葉を無視して、小野里が涼しい顔で続ける。

「最近はああいうガキが増えたな。何考えてるのか、俺にも分からん。暴走族とかそういう連中の方がよほど分かりやすい。ああいう奴らは可愛いもんだよ」

「真人は、さっさと北嶺を出ていけばよかったんだ」

「どういうことだ」

小野里が上條の方に振り返る。上條はまだ長い煙草を指先で弾き飛ばした。吸殻がアスファルトの上を転がり、立ち上る煙が風に流される。

「奴はこの街が嫌いだったんだ。仲間にもさんざんそう言っていたらしい。そんなに嫌いなら、さっさと出ていけばよかったんだよ。難しいことじゃないし、そうしたらあんな事件も起きなかった」

「要するにお前と同じか」

風に消えそうな声で小野里がぼそりとつぶやく。

「何だと」

気色ばみ、上條は小野里の方に一歩を踏み出した。小野里がゆっくりと顔を上げる。

「お前もここが嫌で仕方なかった。ここで腐っていくのが嫌だった。真人とかいうガキも同じじゃないか」

「俺はさっさと出ていったんだぜ。あいつとは違う」

「ほんのちょっとした違いじゃねえか」

小野里が煙草を引き抜き、上條の過ちを指摘するかのように顔の前で振り立てる。

「行動を起こすには小さなきっかけがあればいい。真人とかいうガキにはなかった。違いなんてそれだけだよ」

ふと思い至る。この街が、真人を殺した。続く小野里の言葉が、その思いを強く植えつける。

「お前なら、真人とかいうガキの気持ちが分かるんじゃないか」

唾を呑み、上條は頭を上げた。風が髪を揺らし、景色から色が抜ける。小野里は何を言っているのだ。俺と真人が似ているとでもいうのか。

そうかもしれない。

どうしてこの街が嫌いなのか。長年にわたる鬱屈《うっくつ》だ、と一言で片づけるのは簡単だ。だが、今考えれば一つ一つの出来事は大したことではないように感じられる。父親との確執、この街が持つ閉塞《へいそく》感。下らない友人たち。どれも、取るに足りないことではなかったか。それこそ、十年も経てば笑って想い出話にできたはずだ。いや、それは北嶺を出て、この街で過ごした十八年間の人間関係を自分の中で清算してしまった今だからこそ言えることかもしれない。あのまま北嶺に残っていたら、俺は何をしていただろう。

なぜ真人がこの街を出ていかなかったのかは分からない。だが、出ていきたい、行かなければならないという気持ちを抑えつけて暮らしていくうちに、彼の心が異様な形に捩じ曲がってしまったであろうことは簡単に想像できた。

「ま、死んじまったガキのことなんかどうでもいいやな」わざとらしい明るい口調で小野里が言った。「事件は解決だ。これでお前も、心置きなく捜査一課に戻れるだろう」

彼の言うとおりで、表面上、事件は収束に向かいつつある。だが、真人という若者の存在が、これからも俺の中に大きな影を落としていくのは間違いない。それを理解していくのも自分の仕事なのではないだろうか。

今まで、上條にとっての捜査というのはひどく単純なものだった。犯人を捕まえる。検察に送る。そこから先、裁判の結果を気にしたことはあまりない。さらに、判決が下り、刑期を勤めた後の犯人がその後どうなっていくかは、自分にはまったく関係ないことだと思っていた。

だがこの事件は、いやおうなしに上條に重荷を背負わせた。死んだ者、生き残った者。無視して生きていくわけにはいかない。特に真人に関しては。もしかしたら俺が真人になっていたかもしれないのだから。いや、今の自分の生き様は、真人よりもましなものだと言えるのか。何しろ俺は息子を警察に引き渡したのだ。死んだ若者。生き延びて裁きを受ける若者。二人の人生が、上條の背中に重くのしかかる。

踵を返し、上條は自分の車のドアに手をかけた。

小野里の声が追いかけてくる。

「どこへ行く」

「被害者の墓参りだ」

「ゴルフ場の件、どうする」

小野里が右手を広げてだだっ広い空き地を指し示した。

「今日はその件を話すつもりだったんだぜ」

「断る」

小野里の顔を正面から見据え、上條はきっぱりと断言した。

「どうして」

「俺は刑事だから」

その言葉が風に打ち砕かれ、細かい光の点となって寒気の中に消え去っていく。死ぬまで、と上條は心の中でつけ加えた。

光良が眠る墓地は、高速道路の南側にある。隣町との境に近く、周囲には何もない場所だ。わずかに春めいた風が吹き抜ける墓地に人気はなく、高速道路を走る車の音が時折静寂を邪魔するぐらいである。上條は光良の墓に線香を上げ、事件の解決を報告したばかりだった。

そう、事件は解決したはずだ。しかし、どうにも気分はすっきりしない。被害者である光良が真人たちの仲間であり、自分でもホワイトスノウを売りさばいていたという事実は残る。もちろん、正春のことも脳裏に引っかかっていた。正春は今、厳しい取り調べを受けている。アメリカのような司法取引の制度がない日本では、いくら「警察に情報を提供するつもりだった」と言っても通用しない。それ相応の裁きを受け、どうしてこんなことになってしまったのかと、冷たいコンクリートの壁を相手に暗く自問する日々が長く続くだろう。

然るべく罪の償いをした後には、自分が身元を引き受けるべきかもしれないと考えることもある。しかし、正春がそれを受け入れるとは思えなかった。かといって、児玉の家に戻ることもできないだろう。正春は坂道を這い上がることはできず、時の流れとともに加速度がついて転落していくのは明らかである。何もできない自分にもどかしさを感じることもあった。これでよかったのかという自問は、一生消えることがないだろう。自らの失敗を悔い、急かされるように捜査に走り回っていた時とはまったく別種の痛みが心を支配していた。

「上條さん」

つぶやくように頼りない声が風に乗って流れてきた。振り向くと、五メートルほど離れたところに朋絵が立っている。淡いグレイのコートに黒いマフラーという格好で、色

げる。上條は唇を引き結んだまま軽く会釈すると、またうつむいて歩き始めた。彼女の脇をすり抜けようとした途端、腕を掴まれる。包帯で吊っていない方の左腕だったのに、体に電流が走った。痛みをこらえて立ち止まり、朋絵と向き合う。朋絵が笑みを浮かべようとして失敗し、引き攣ったような表情が顔に張りついた。

「あなたにお礼を言おうと思ってたの」

「どうして」

上條の一言が朋絵を困惑させたようだ。

「どうしてって……犯人を捕まえてくれたから」

「息子さんがやっていたことが明るみに出たんですよ」

すでに表沙汰《おもてざた》になっている。新聞は「誘拐」の真相を書きたて、週刊誌やテレビのワイドショーの取材も入っている。疎ましく思いながらも、上條にはそれを止めることができない。

「それは、仕方ないでしょう。私のところにも取材が来たわ」

「それで？」

「どうしたと思う？」急に朋絵が悪戯《いたずら》っぽい笑みを浮かべる。一瞬その笑顔に、二十年以上前の笑みが重なって見えた。「弁護士を通してって、全部断ったわ」

「弁護士？」

「児玉先生。児玉幸一先生。よくしてもらってるのよ」

正春の育ての親だ。彼女はそれを知っていて依頼したのだろうか。知らないでいるとすれば、皮肉以外の何ものでもない。先ほど自分で火を点けた線香の香りが流れてきた途端、上條は軽い吐き気をもよおした。朋絵が笑みを引っこめる。

「私は母親だから」

それが全ての説明になるとでもいうように力強い口調だった。

「どんなことになっても、気づかなかった私が悪いの」

「自分を責めても仕方ないですよ」

「でも、誰かが責任を取らないと」

上條はゆっくりと首を横に振った。

「あなたの責任をどうこう言っても仕方ないでしょう。責任を感じなければいけないのはあなたの息子さん自身だ」

「そんな厳しいこと、言わないで」朋絵がふっと顔を背ける。「あの子、まだ子どもだったのよ」

「十七歳でしたよね。自分が何をやっているか、その結果どんなことになるかぐらいは理解できる年齢じゃないですか。とにかく、あなたが責任を感じる必要はないと思う」

「上條さん」

朋絵が顎をしゃくるようにして顔を上げ、上條を見つめる。上條はそっと視線を逸らした。朋絵は真っ直ぐ上條の顔を見据えたまま続ける。

「犯人たちの中に、あなたの息子さんもいたのね」

「ええ」

ということは、彼女は全ての事情を知っている。なのになぜ、児玉に依頼したのか。訊く気にはなれなかった。北嶺には弁護士の数は多くない、それだけのことなのだと自分に言い聞かせる。

「どうして……」

「あの子とは十数年ぶりに会ったんですよ」言い訳にならないように気をつけながら上條は説明した。「生まれてすぐに別れたんです。自分に息子がいることもずっと意識してなかったし、会っても、特に何とも思いませんでした。母親なら別だけど、父親なんてそんなものでしょう」

「だけど」朋絵の目が濡れた。「分かっていて息子さんを逮捕したんでしょう」

「俺が逮捕したわけじゃない」

実際に手錠をかける行為と、他の刑事に突き出す行為との間には決して埋めることのできない隔たりがあるはずだ。

そうなのだと信じたかった。

何か言いかけ、しばらく躊躇った後に朋絵が口を閉じる。光良の墓に目をやり、細く立ち上る線香の煙を長い間見つめていた。それからようやく言葉を押し出す。

「私には何も言う資格はないけど、あなたにお礼だけは言っておきたかったの。ここで会えてよかったわ。光良は帰ってこないけど、それでも今まで分からなかったことが分かったんだから、それで自分を納得させないといけないわね」

上條は小さくうなずいた。朋絵は一生、納得することはできないだろう。夜中にふと目を覚まし、どうして息子が死ぬような目に遭ったのか、その答えを未だに手に入れていないことに気づいて愕然《がくぜん》とする。しかし「これでいいのだ」と自分に言い聞かせなければ生きていけない。どんなことについても、百パーセント満足できる答えなど絶対にないのだ。手元にある結果が全てだと割り切らなければ、雪のように降り積もる不満がいつか心を押し潰す。

「自分を責めてるのね」

「いや」

「じゃあ、事件が解決したのにどうしてそんなに浮かない顔をしてるの」

上條は思わず顔をしかめた。いくら被害者の母親だからといって、昔、体を重ね合わせた間柄だからといって、この女にこんなことを言われる筋合いはない。嗄《か》れた声で答えた。

「これが普通の顔なんですよ」

朋絵が唇を舐める。ルージュも引いていない唇は白く、生気が感じられなかった。

「私には何か言う資格はないと思うけど」躊躇いがちに朋絵が改めて切り出した。「少なくとも私はあなたに感謝してます。ずいぶんひどいことも言ったけど」

「確かにそうでしたね。でもあなたは、昔からはっきりものを言う人だった。そういうのには慣れてます」

上條が認めると、朋絵が困ったような笑みを浮かべた。

「あまり自分を責めないでね。少なくともここに一人、あなたに感謝している人間がいるんだから」

上條は小さく首を横に振って辞去した。朋絵の視線がなおも追いかけてくる。

自分を責めるな、か。朋絵がそう言ってくれても、すっかり忘れてしまうことなどできそうもない。ふと、無理に忘れることはないのだと思い至った。忘れることなど不可能だし、それならいっそのこと、答えが出るはずもない問いを発し続けることこそが自分の義務なのではないかと思う。

俺は間違っていなかったのか。息子を警察に引き渡すと決めた時から歩き始めた道は、正しい方向に向かっているのか、と。

顔を上げると、朋絵の姿はなく、目の前に父親の基義と妻の美歩がいた。ペンキの剝げかけたベンチに腰かけ、二人とも穏やかな笑みを浮かべている。美歩はまだ肌寒いこの季節にはそぐわない半袖の白いワンピース、父親は油染みのついた空色のつなぎの上にエプロンをかけている。

美歩の口が動いた。何と言っている？　上條は必死に耳を澄まし、唇の動きを読みとろうとしたが、判然としなかった。俺を責めているのか？　俺たちの子供の将来を奪ったことを恨んでいるのか？

父親は腕組みをしたまま、照れたような笑みを浮かべた。生きているうちにもろくに話をしなかったのだ。今になって息子に何か言葉をかけようとしてもうまくいくわけがない。しきりに唇を舐め、言葉が出てこない苛立ちを隠すように貧乏揺すりを続ける。

そのうち二人は諦めたように立ち上がった。上條は美歩を追いかけようとしたが、足が動かない。彼女の唇がまた動いた。俺を非難しているのか。あなたが行くべき道は地獄に通じているとでも言いたいのか。違う――突然、彼女の唇がはっきりとした言葉を結び、懐かしい、少し舌足らずな声が耳に届く。「あなたは正しいことをした」。ちょっと待て。君に何が分かる。美歩が、世界中に光を投げかけるような笑みを浮かべた。私以外にあなたのことを知ってる人間がいると思う？　一緒にいた時間は二年もなかったけど、あなたのことを分かっていたのは私だけでしょう。

立ち去る二人の後ろ姿が空気に溶けこみ、モノクロームの墓地の光景が蘇る。かすかに春を感じさせる風が背中を撫でていった。

二人の墓参りに行こう、と上條は思った。

解　説　「餓鬼道」化する社会、その見立ての的確さこそ暗黒《ノワール》の本懐

マライ・メントライン（ドイツ公共放送プロデューサー）

堂場瞬一《どうばしゅんいち》氏は警察系ハードボイルドの名手・大家として知られ、本作でも遺憾なく発揮されるプロット捌《さば》きの巧みさ、組織と個人の葛藤《かっとう》、仲間意識がもたらす希望と絶望、周囲との駆け引きの心理描写といった、いわゆる犯罪捜査小説としての仕上がりの素晴らしさについては今さらここでクドクドしく述べるまでも無いだろう。テレビドラマ化されたことからも窺《うかが》えるとおりの傑作だ。が、十九年を経て再文庫化される意味と意義は、単にその面白味の再演にとどまらない。

『棘の街』が発表された二〇〇四年、それは、私が大学留学で本格的に日本での社会生活を開始した年だ。もしその頃にこの小説を読んでいたら、「いくら閉塞感《へいそくかん》に満ちた地方都市が舞台といっても、いささか日本社会の空気を暗く悪く描きすぎでは？　でもノワール＆ハードボイルド系フィクションの作法とはそういうものか」という観点で納得したのではないかと思う。そして二〇二三年に読んでの率直な感想は「これは地方都市にとどまらない、日本の心象風景の【リアル】だよね」というほかない。ここが重要だ。

二〇〇四年から二〇二三年にかけて明確化・先鋭化した社会心理的傾向のひとつに、旧来型の知性・教養が「善であり好ましい」と見做《みな》していた文化的要素をおおかた「偽善」と見做して拒絶する、というアンチテーゼ性がある。この背景には、いわゆる九〇年代型のリベラル言論界の既得権化や、そうした知的業界の世代的「逃げ切り」狙いの露骨化といった諸々の問題があるのだが、いずれにせよ後続世代が「非リア充」という言葉に象徴される文化的不満層としての色合いを全体的に強めたのが大きなポイントだ。その特徴は、精神的な余裕の無さと「生存」への渇望から来る一種の攻撃性であり、そもそも精神的な余裕のあるヤツはその余裕こそが「悪」であることの証明だ、という主客逆転じみた観点をもつ。なんというかまさに高度化した餓鬼道のような！

巷間《こうかん》これはネット民的な精神性とよくいわれるが、『棘の街』の主人公と敵役、双方ともこのタイプの人格を有しており、周囲の味方を滅多切りにしながら「仕事」を進めていくのが実に興味深い。特に、主人公が途中で気づく自分の父への怨念《おんねん》的敵意の正体と、それに気づいたところでもはや根本的にどうしようもない、という胸焼けしそうな内面描写が素晴らしい。いっぽう、普通ならそのサイコパス性と共に図抜けた犯罪的知性の冥《くら》い輝きを読者に見せつけるはずの敵の主犯の、知的ポテンシャルの無駄遣いともいえそうな一種のさもしさと志の低さ、でもそれがオレのMAX人間力なんです！　というパーフェクトな閉塞感も素晴らしい。そんな二流サイコパスのふるまいが警察組織を徹底的に攪乱《かくらん》してしまう、一種のやるせなさのリアリティがまた絶品でもあったりする。

通例、いくらノワール作品といえど、クライマックスからラストに至る展開では何かしら人間的なひとすじの光明か、少なくともピカレスクロマン的な鮮烈さを見せつつ話を締めるものだ。が、本作ではそのような面がきわめて希薄で、餓鬼道じみた因果律の完成とその納得感の中、静かに幕が下りる。ここはエンターテインメントとして見た場合に好き嫌いの分かれる点でもあろうが、個人的には、これだからこそ人間観の本質が古びず、発表後、十九年の熟成を経た今こそ「刺さる」神経的要素に満ちた傑作となったように感じられる。ことさらネット周りの設定を重視せずとも、ネット民的心性の核心をえぐるような小説は書けるのだ。それは時代的な予見というより普遍的人間心理の本質を的確に突いた結果なのかもしれない。

クソ野郎が土俵際で踏みとどまって立ち直るのではなく、クソ野郎が生存のためにクソの拡大再生産を行い、その影響と構造を自覚したときにはもう何もできることがない。しかも社会全体もそのように流れているし！　という絶望ベースの徒労感。読んでいて哀しき高揚が止まらない。まさに餓鬼プロフェッショナル仕事の流儀というべきか、不思議な充足感と説得力だ。

ときに私の母国ドイツはミステリ・サスペンス読書大国であり、また、組織と規律と葛藤が身近で渦巻き続けるお国柄ゆえか、いわゆる名探偵もの以上に警察チーム捜査系作品の人気が高い。権威的教養の国であるため、エンタメ文芸は長らく文化的プロダクトとして評価されにくかった（ドイツ語「圏」作家としてはスイスのF・デュレンマットやオーストリアのJ・M・ジンメルといった例外もあるにはある）のだが、ヘニング・マンケルに代表される北欧の社会派ミステリの本格流入以降、知的刺激を受けて良質な警察小説が多く書かれるようになり、エンタメ文芸領域の社会的地位も向上した。日本における松本清張《まつもとせいちょう》エポックに該当する文化的ムーヴが一九九〇年代から二〇〇〇年代にかけて発生した、といえばわかりやすいだろうか。

だがしかし、と私は思ってしまう。警察ものを含むドイツミステリ、質の向上はよいのだが、なぜかおしなべてラストが「暖炉の前での大団円」みたいなお約束ドラマじみた雰囲気に収斂《しゅうれん》しがちなのだ。コージーミステリならいざ知らず、激辛ハードボイルド系と見せかけて最後の後味が「りんごとハチミツ」味っぽかったら何気にマズいでしょ。でも目立つのだ、そういう事例が。ひょっとして英米・北欧の売れ筋作品にしばしば見られる露悪的などぎつさへの反抗的矜持《きょうじ》なのかもしれないが、正直、これはこれでコレジャナイ感が半端ない。

というか、ドイツ社会文化の精神的文脈を読み解くに、この現象の原因として思い当たる内面的要素がなくもない。そのひとつが「ドイツでは、最終的な結末が人間精神のネガティブ面の証明となるような造りの作品は、そもそもエンタメでなく文学に分類されやすい」という文化特性だ。先般、ドイツで「地域社会に古くから残る田舎的因習・精神性・社会的しがらみは超ロクでもない！」というテーマを扱った本格ブンガク系作品が評判となったのだが、実はよく読むと基本的に、田舎的閉鎖社会の精神性をネタにしたローカルミステリの「結末を暗黒にしただけ」のようなもの、といえなくもなかったりする。

まあこれはドイツの知的権威主義の土壌が生む文化的喜劇性の一端だが、この事象をベースとして考えるに、『棘の街』という作品、ドイツでは何気に「エンタメ」よりも「文学」寄りの存在として受容される可能性があって、一種の極論ながら、それはそれで本作の深みの証明の一端になる気がしなくもない。と、そんな思考を展開していると、じゃあ本作をドイツで翻訳出版しなさいよ！　という声がどこかから上がりそうで、確かに成功の可能性はあるけど絶対の保証があるわけでもないゆえ、真顔で翻訳作業を依頼されたりする前に、私はコソコソとこの場を立ち去るのであった。

以上、ご清聴ありがとうございました。

本書は、二〇〇九年十月に幻冬舎文庫より刊行されました。

棘《とげ》の街《まち》

堂場瞬一《どうばしゅんいち》

令和5年 9月25日　初版発行
令和5年 11月15日　4版発行

発行者●山下直久

発行●株式会社KADOKAWA
〒102-8177　東京都千代田区富士見2-13-3
電話　0570-002-301（ナビダイヤル）

角川文庫 23408

印刷所●株式会社KADOKAWA
製本所●株式会社KADOKAWA

表紙画●和田三造

ISBN 978-4-04-112527-4　C0193

◆◇◇

角川文庫発刊に際して

角川源義

第二次世界大戦の敗北は、軍事力の敗北であった以上に、私たちの若い文化力の敗退であった。私たちの文化が戦争に対して如何に無力であり、単なるあだ花に過ぎなかったかを、私たちは身を以て体験し痛感した。西洋近代文化の摂取にとって、明治以後八十年の歳月は決して短かすぎたとは言えない。にもかかわらず、近代文化の伝統を確立し、自由な批判と柔軟な良識に富む文化層として自らを形成することに私たちは失敗して来た。そしてこれは、各層への文化の普及滲透を任務とする出版人の責任でもあった。

一九四五年以来、私たちは再び振出しに戻り、第一歩から踏み出すことを余儀なくされた。これは大きな不幸ではあるが、反面、これまでの混沌・未熟・歪曲の中にあった我が国の文化に秩序と確たる基礎を齎らすためには絶好の機会でもある。角川書店は、このような祖国の文化的危機にあたり、微力をも顧みず再建の礎石たるべき抱負と決意とをもって出発したが、ここに創立以来の念願を果すべく角川文庫を発刊する。これまで刊行されたあらゆる全集叢書文庫類の長所と短所とを検討し、古今東西の不朽の典籍を、良心的編集のもとに、廉価に、そして書架にふさわしい美本として、多くのひとびとに提供しようとする。しかし私たちは徒らに百科全書的な知識のジレッタントを作ることを目的とせず、あくまで祖国の文化に秩序と再建への道を示し、この文庫を角川書店の栄ある事業として、今後永久に継続発展せしめ、学芸と教養との殿堂として大成せんことを期したい。多くの読書子の愛情ある忠言と支持とによって、この希望と抱負とを完遂せしめられんことを願う。

一九四九年五月三日